김수영 장편소설

# 스쿨존에서

국립중앙도서관 출판시도서목록(CIP)

스쿨 존에서 : 김수영 장편소설 / 김수영. -- 서울 : 한누리미디어, 2009
p. ; cm

ISBN 978-89-7969-345-4 03810 : ₩12000

한국 현대 소설[韓國現代小說]

813.6-KDC4
895.734-DDC21 CIP2009001917

김수영 장편소설

# 스쿨 존에서

한누리미디어

꼬마야!
일일이 이름을 찾지 못한
너희들의 발광이 이 소설의 건강한 씨앗이었다.
저만큼 성장해서 여전히 너희들의
빛을 뿌릴 모습이 부시고 설렌다.

김수영 장편소설

스쿨존에서

# 차례

# 프롤로그

— 이것 좀 보세요. 호응은 내가 고쳤어요. 아실 것 같아서요.

함동우가 손에 든 쪽지를 내밀며 비실비실 웃는다.

요분질; 남녀가 호응할 때 여자가 허리를….

김혜수; 한국 여배우. ○○여우주연상, ○○최우수 연기대상. 데뷔작… 이후 수많은 작품….

— 이게 뭐야?

— 1학기 동안에 있었던 사안을 간추려 보니 이 두 낱말이 가장 폭발력이 컸던 것 같아요.

— 학생부 출신 아니랄까 봐.

— 재밌지요?

— 재밌네.

— 안 믿을지 모르지만 나는 이 둘을 전혀 몰랐어요. 요분질은 그 학부형이 가르쳐 주었고 김혜수는 그놈이 가르쳐준 거예요.

— 사전 속에나 들어있는 낱말이니 일반인이야 아나. 그리고 안 쓰는 낱말이고. 나도 덕분에 사전을 펼쳤는 걸.

— 그런데 이 배우는 대단한가 봐요. 상이란 상은 다 휩쓸었네요.

— 몰랐어? 누드는 아니지만 노출 패션이 자랑이야. 아찔아찔해. 가슴이 울렁울렁하지. 얼마나 벗어부치는지. 그러니 아이들이 보면 눈이 휘둥그레지지 않겠어?

— 그래요?

— 신문에 난 걸 보고 그놈도 백일장에서 '사랑은 김누구의 XX다' 하고 썼다며. 그건 욕이었지만.

— 그 자식 오지게 맞을 것인데 인사부장님이 꺼내 와서 벌 청소 며칠 시키고 반성문 한 장씩 쓰게 하고 말았지요. 반성문도 저기 모아 두었는데 폐기해야겠어요. 보자는 사람 없을 테니까요.

— 이게 1학기 뭐라고?

— 최고 화두였지요.

— 그렇겠네.

— 수업 없어요?

— 없어.

수업이 없는 그는 창밖으로 눈을 준다. 여름이 타다가 말았지만 그 위세는 여전하다.

짙푸른 은행잎이 청처짐하게 고개를 늘어뜨리고 있다. 운동장도 아이들이 텅 비우고 아무도 얼씬대지 않는다.

새까맣게 탄 미역타래 같은 등줄기에도 뙤약볕은 무섭던 모양이다.

뜨겁긴 뜨거웠다.

그때 김차희는 당장 날아갈 위기에 빠졌다. 학부형이 요분질이라고 대놓고 전화에다 학교장에게 항의한 그 춤은 생기발랄하다기보다 어쩌면 민망한 춤이 아닐까 싶다. 허리를 홰홰 내젓고 단전을 콱콱 내밀고 엉덩이를 깝죽깝죽 터는 몸짓이 음란한 분위기를 자아내기에 충분했다.

그걸 가지고 시비한 학부형의 말도 일리는 있었다. 다만 김차희가 재수 없었던 것이다. 하필 박쥐처럼 자기 반 학부형이 그 자리에 있었으니.

그래서 학교장의 처방은 단호했다. 온 지 석 달밖에 안 된 김차희를 띄운다는 것이다. 당장 시내 빈자리가 있는지 알아보라고 교감에게 지시한 것이다.

아뿔싸! 춤 한 방에 김차희는 긴급히 전보당해야 할 판이었다. 그래도 본인은 기죽지 않았다.

이전이나 이후나 변함없이 머그잔을 들고 입실했고 동료인 신신우와는 그림자처럼 붙어 다녔다. 오히려 지켜보는 주위 사람들이 조마조마할 뿐이었다.

이제 9월이다.

앞으로는 금방이다. 이를 옛말에는 어정칠월 중덕팔월이라고 했다. 아침과 저녁이 붙어 있어 일손이 바쁜 농촌 시절을 가리킨 말이다. 그와 달라도 학교도 사정은 유사하다.

해도 짧은 데다 행사가 많아서다.

그리고 어느 빙원氷原처럼 펼쳐지는 겨울방학이 있다. 거기까지 학교생활은 일사천리다.

해서 3월이 가면 1년이 다 간다는 말이 딱 맞는 것이다. 사태 지듯 주르르 미끌리는 기분이니까.

— 수업 없어? 새 잡나?

고개만 반짝 내밀고서 송 영감이 묻는다. 아니, 없어 중에서 어물쩍거리는 그의 말은 듣지도 않고 도로 휴게실로 몸을 감춘다. 1교무실까지 왔다가 들여다본 모양이다.

새는 무슨, 이런 찜통에.

# 1부 현다영

## 1.

주춤대며 올라간 3학년 컴퓨터반 앞에서 그는 바로 들어서지 못하고 멈칫거린다.

—……!

그렇다. 아이들은 언제나 떠든다. 그것은 매우 일상적이다. 그리고 일부는 엎드려 자기도 한다. 아침부터 끊임없이 자는 아이도 있다. 저들의 야간 생활은 알 수가 없다.

주간에 잔다면 야간에는 무엇을 할까?

인문학교에서는 수업을 했다. 밤 두 시까지도 한다. 그런 아이들은 잠이 극히 필요했다.

그렇다면 실업학교에서는 왜 자는 것일까?

보나마나 알바 때문이겠다. 그런데 꼭 알바 때문이 아닌 경우도 있다. 그것은 인터넷 게임 때문이기 일쑤다. 아니면 채팅을 한다든가. 그것도 아니면 비밀히 하는 사업도 있을 것이다.

자세히는 모르나 전에 있던 학교에서는 혹가다 호스트바를 나간다는 소문도 돌았다. 지금도 호빠는 있고 압암리에 성업 중이라 했다. 그때 보면 몇몇 아이들은 같은 남자 눈에도 잘 생겼다 싶은 명품들이었다. 체격도 좋고. 그래서 그 중에는 탤런트도 있고 모델도 있고 백댄서도 있었다.

그들의 눈에 띄는 점은 두발이었다. 오뉴월 밀이삭처럼 눈부시게 노란 금발들이었다. 그리고 그들은 일주일에 두세 번 정도 얼굴을 내밀었다.

지금 생각하면 그쪽과 이쪽은 물이 다르다고 말할 수 있겠다. 환경이 다른 것이다. 하나에서부터 열까지. 그러니 말세 같은 취업도 더러는 했을 것이다. 누가 그 요지경 속에서 허우적거리는지 그는 발싸심해서 찾아보지는 않았다. 소문이었으니까.

또 가능성이 있다손 쳐도 그의 촉수가 거기까지는 뻗어가지 않았으니까. 왜 남의 일에 감이야 배야 해. 안 그래? 안 그러냐고! 사돈의 팔촌이라도 된다면 모를까 세상 사는 이치가 그런데 왜 완장 두르고 나서겠는가 말이다.

— 자, 깨워라. 어서!

그는 출석부에 사인부터 한다. 그러고 나서 자는 아이들을 깨우라고 두 번째 말한다. 뒤이어 돌아서서 본시 제목을 판서한다.

오늘은 한림별곡翰林別曲이다. 이런 단원을 아이들이 깊이 있게 들으려 하지 않음은 당연하고도 남는다. 그런데 교과서로는 인문, 실업 구별이 없다. 똑 같이 교육인적자원부 검정이다. 즉 교육인적자원부가 검정한 고등학교 문학(하) 교과서를 인문계나 실업계나 구별하지 않고 진도를 나가는 것이다.

그러니까 진도가 일정하지 않다. 인문고등학교에서는 보충수업이 있어 시간수가 많다. 갑절이 넘는다. 비해서 같은 분량인데도 실업고등학교에서는 절반도 못되는 시간을 가지고 수업을 한다. 그러니까 드문드문 띄어서 배우게 된다. 그러면 반은 전인미답인 채 남는 것이다. 그것이 실업고등학교의 실태이다.

— 자, 어서 책 펴라.

그는 가지고 온 대꼬챙이로 교탁을 땅 땅 땅 세 번 두들긴다. 그러면 아이들이 말소리보다는 훨씬 빠르게 집중한다.

— 자, 어서 일어나라. 오늘은 10분만 한다.

그는 파격적인 제안을 한다. 그것은 그의 삶의 단련으로써 조삼모사식 수단을 짜맞춘 것이다. 10분으로 유인해서 20분씩 30분씩으로 늘여가는 것이다. 야, 너희가 떠드니까 자꾸 시간이 길어지잖아, 자니까 자꾸 시간이 늘어나잖아 하고 아이들에게 원인을 둘러대면서. 초다짐에 정량 50분을 전제하게 되면 이들은 이내 늘어져 버린다. 그래서 그는 몇 가지 방안 중에 오늘 같은 10분 수업안을 가끔 써먹는 것이다.

— 자, 빨리 깨워라. 이것은 주욱 읽기만 하면 돼. 머릿속에 챙길 것도 없어. 그냥 본문만 한 번 읽자고.

하기는 이런 단원이 아이들에게 눈 뜨일 까닭이 없다. 우선 한문 세대인 그도 맥 빠지는데 채팅 세대인 이들에게서랴. '안뇽' 이라든지 '마니마니' 하고 문법조차도 파괴해 버리는 아이들에게는 그야말로 하나마나한 소리인 것이다.

— 어서 눈 떠라. 딱 10분이다, 10분.

그는 할당 시간을 매우 힘 있게 강조한다. 도대체 10분짜리 수업이 어디 있단 말인가. 그의 앞에 퇴임해서 별명이 전철前轍인 황 영감은 이 학교에서 20분짜리 수업을 해보는 것이 소원이었다. 잦은 행사 때문에 30분 수업이 많은 것을 빗댄 말이겠으나 어느 학교에서도 20분짜리 수업을 하는 일은 없다. 그런 점에서 보면 그는 실제로는 그럴 수 없더라도 구두로는 매우 독특한 수업 모형을 착안한 셈이 된다.

— 자, 눈 떠라! 저기 뒷자리에도 어서 일어나.

할 수없이 일곱 명은 그냥 두고 수업을 진행한다. 이러다가는 문도 못 열고 장사를 끝낼 것 같다.

한림별곡.

— 이 글은 경기체가景幾體歌의 제1번 작품이다. 한림제유翰林諸儒가 필자이다.

여기서부터 그는 아이들이 귀를 막는다는 것을 안다. 도대체 경기체가란 무엇인가? 그것도 모르는데 무슨 한림제유 어쩌니 한단 말인가. 그래서 그가 기껏 제1번이라고 풀어서 말한들 별 도움이 안 된다. 그는 돌자갈에 물 흘리듯 원문을 주욱 읽는다.

元淳文 仁老詩 公老四六
원슌문 인노시 공노ᄉᆞ륙

李正言 陳翰林 雙韻走筆
니정언 딘한림 솽운주필

沖基對策 光鈞經義 良經詩賦
튱긔대책 광균경의 량경시부

위 試場ㅅ 景 긔 엇더ᄒᆞ니잇고
　　시댱　경

(葉) 琴學士의 玉笋文生 琴學士의 玉笋文生
금흑사 옥순문생 금흑사 옥순문생

위 날조차 몃 부니잇고….

— 자, 그럼. 현대어 풀이를 같이 보자. 저 뒤에 계속해서 자나? 그냥 잘래? 3학년들이 1학년들보다 더 자네? 이러면 10분이 또 몇 분이나 길어지지. 어서 같이 보자. 모두 일어나!

인문고등학교에서도 잠은 양적으로 이보다 적지 않았다. 그는 불과 3년 전까지 시내의 모모한 인문고등학교에서 근무했다. 도대체 이들에게 국어교과란 무엇일까를 회의케 한 학교가 거기였다. 그러나 꼭 그 학교만은 아니었으니 그런 현상은 갈수록 일반화하는 과정에 이르렀다.

'선생님, 얘는 깨우면 안 돼요.'

'왜?'

'밤에 또 두 시까지 돼지죽 먹으러 가야 해요.'

'돼지죽?'

'네. 새벽 두 시까지는 수학을 하고 자정까지는 영어를 해요. 그리고 저녁 먹고 나서 열시까지는 과탐을 하구요.'

어이가 없었다. 한 마디로 가관이었다. 그런 교실을 비틀어서 희화한 것이 TV 프로인 봉숭아학당이었다. 그러니까 한국 교육의 현주소는 바로 '봉숭아학당' 인 것이다.

그때 그 학교 아이들은 마땅히 학교에서 자고 학원이나 개인교사 집에서는 날 새면서 공부를 했다. 숙제도 무지하게 많았다. 그래서 수업 시간에는 예사로 다른 과목을 펼쳐놓고 있었다. 그러지 않으면 그날 가서 호되게 맞는다는 것이다.

학교에서는 손을 대면 천인공노할 일이 되고 그밖에는 의당 응징 받아야 할 대가였다. 그러니 학교의 위상과 지위는 거론키조차 어려운 실정인 것이다.

이런 환경에서 어찌 수업을 계속할 것인가 하는 의문과 갈등은 줄기찼다. 그래서 그는 실업학교로 옮겼다. 옮기고 나니 그처럼 신간 편할 수가 없었다. 수업 때문에 시름 겪지 않아도 되었다. 잠방이에 대님치기 같은 안간힘에 매달릴 필요가 없었던 것이다. 물론 다른 고충도 없지는 않지만.

— 자, 얼른 현대문 풀이를 같이 보자. 보고 나서 다음 시간에는 재미있는 단원을 하자.

— ……?

설명을 하다가 그는 재차 자신의 말끝을 확인한다. 그의 말이 입술을 떠나는 순간 산산이 흩어진다는 느낌을 받는다. 이것은 종종 그가 느끼는 '카리스마 없는 수업' 일 때의 현상이다. 아이들은 아이들대로 교사는 교사대로 딴전을 벌이는 것이다.

이를 그는 스스로 레임덕 현상이라 부른다. 잡은 권력은 없지만 행사할 교권은 있는 교사로서의 책임감, 의무감이 무너진 도덕적 해이인 것이다. 그래서 사람들은 도덕적 해이가 가미된 몇 가지 조건 때문에 실업학교가 편하다고 말한다.

편하기로 말한다면 더 없이 편하다고 할 것이다. 개인교사, 학원 강사를 의식하며 무한대로 연구, 수련해야 하는 입시 전문의 인문학교에 비해 실업학교에서는 그간 벌어둔 공부만으로도 아이들을 가르치고도 남는다. 자신과 같이 인문 쪽에서 오래 몸담았던 교사들 경우에는 더욱 그렇다.

— 위 날조차 몃 부니잇고.

그는 혼자서 읽고 혼자서 풀어간다.

— 나를 포함해서 몇 사람이나 됩니까? 라는 뜻이야. 알겠어?

— …….

차 선생이 이런 수업을 했다. 전전 학교에 있을 때 국사 과목이었다. 아이들은 잠반 위의 누에처럼 온몸을 휘젓고 앉았고 차 선생은 혼자 천장을 쳐다보며 딱딱거렸다. 딱딱거리는 것이 아닌, 우렁우렁 했다. 목소리가 컸었다.

와글대는 아이들을 제압하기 위함이겠는데 화기 때문에 불가피하게 커진 점도 있었다. 큰 목소리에 놀라 밖으로 나와 보면 그 사람이던 것이다. 쇠토막처럼 목소리는 천장으로 날아가 박히고… 그랬다. 배고픈 아이들은 그냥 입만 따악딱 벌렸었다.

— 그러니까 몇 분이, 몇 사람이나 되겠습니까? 거꾸로 이 말은 나밖에 없다는 뜻이야. 이해가 가?

그는 말을 바꾸어 다시 확인한다. 그래도 침묵은 길다. 길 수밖에 없는 것은 다 자고 다 떠들기 때문이다. 교탁 주변에 앉은 서너 아이를 제외하고는. 그는 거듭 경치가 좋다(경긔 엇더ᄒᆞ니잇고), 나를 포함해서 몇 사람이나 되겠습니까를 반복한다.

……

10분은 그렇게 해서 길쭉하게 40분에 다가서고 있다. 모래주머니를 주렁주렁 묶어서 지나온 시간임에도 아직 10여분이나 남은 것이다. 그는 남은 시간 앞에서 푹 주저앉는 기분이다.

— 오늘은 여기까지 하겠다. 좀 쉬자.

뿌옇게 손에 묻은 분필가루를 털면서 창문 앞으로 다가간다. 자유롭기는 여느 아이들만이 아니다. 맨 앞인 나제왕은 판타지 소설에 빠져 있고 보진이는 만화책을 보고 있다.

— …….

그는 트인 창 앞에서 문득 열정적이던 옛날의 한 교실을 떠올린다. 차 선생의 음영이 슬그머니 창가에 다가선다. 에스컬레이터라도 탄 사람처럼 그를 향해서 다가온다.

차 선생! 이러다가 어깨라도 껴안겠네.

2.

'쉬는 것도 수업만큼 힘들다' 는 경륜을 실감할 때쯤 한 아이로부터 깔짝깔짝하는 손가락질이 들어온다. 문 앞에 송 영감이 서 있다. 가까운 데서 수업을 한 것 같은데 일찍 끝낸 것이다. 몇 분이 남았지만 그도 떨치고 나온다. 안녕히 가세요 하고 입구에 앉은 태석이가 그나마도 인사를 한다.

— 내가 말이지.

복도에 발을 들이기 무섭게 송 영감이 서둘러 운을 뗀다.

— 아이들 수업 좀 밀도 있게 해 줘.

입안에 괸 침을 걷어 넘기며 그가 송 영감의 말을 자른다. 자신에게도 동시에 하는 말일 것이다.

— 암. 밀도 있게, 열심히.

긴 복도가 그들 앞에 멀찍이 누워 있다. 그리고 그늘도 엷게 깔려 있다.

— 이건 옛날 얘기고 현재 얘기야.

— 타임머신 탔어?

선생님 아냐세요 하고 발발거리며 계단을 올라온 여학생이 그들을 스쳐간다. 인사가 몸에 밴 심성이 고운 아이다. 교직이 천직인 그로서는 저런 아이의 모습이 가장 바람직한 교육이라고 만천하에 외치고 싶다.

— 지금 실습시간인 학급이 어딘지 알아?

서슴지 않고 옆 교실 문을 민다. 3학년 금형과이다. 송 영감의 전공 학급이다.

— 아그들아. 나가서 놀아라.

복도 쪽 벽 밑에는 두 사람의 남녀 학생이 인쇄물을 펴놓고 앉아 있다. 그러니까 빈 교실이 아닌 것이었다. 뒷문 유리창으로는 텅 비어 있었는데도.

— 죄송합니다.

— 그리고 앞으로는 남의 교실에 들어오지 마. 할 일이 있으면 저쪽 창가나 교실 한 가운데 앉아. 그럴 염치가 없으면 들어오지 말고.

또박또박 송 영감이 고개 꺾인 두 남녀 학생을 꾸짖는다.

— 죄송합니다.

걷어든 파일 표지에는 학생회라는 글씨가 삐죽이 보인다.

— 건축과지?

— 네.

— 내가 알아. 어서 가봐.

문이 닫히자 송 영감이 놀랐네, 전부가 복병이야 한다.

— 문을 왜 안 채웠지?

수십 년 인습으로 내려오는 것이 빈 교실 문단기다. 사전도 훔쳐가고 돈도 훔쳐가고…. 그래서 문단속은 십계명처럼 강조된다.

— 가져 갈 게 없어. 그리고 채우라고 해도 듣나.

그들은 햇볕을 비켜서 창가 둘째 줄 중간에 앉는다. 아까 잔소리할 때 '창가나 교실 한가운데'가 이런 자리일 것이다. 그랬으면 오해를 덜 받지 하고 그도 뒤늦게 영감의 의사에 찬동한다.

창가에는 백일홍 가지가 턱에 걸릴 만큼 올라 서 있다.

— 아침에 어떤 놈이 과제를 시켰는데도 하지 않고 놀고 있어. 제 말로는 애니메이션 쪽으로 공부할 것이래. 애니거나 대니거나 과제를 하지 않으니까 그 꼬챙이로 한 대 갈겼지.

그와 몇 사람이 들고 다니는 대꼬챙이는 지난 학기말 때 밖으로 나갔다가 길가에 쳐내놓은 시누대를 이(공규) 부장이 트렁크에 몇 개 싣고 와서 노인들끼리 나누어 쓰는 교편이다. 주의를 환기시킬 때나 설명을 할 때 지시봉으로 유용하게 쓰인다. 포리끼리한 세 마디짜리 지시봉이 그만 챙겨 있고 송 영감은 지금 없다.

— 그랬는데 이놈이 1학년이야. 눈을 번쩍 뜨면서 여기 다 했다는 거야. 저는 한쪽을 해놓았고 나는 세 쪽을 시켰어. 다른 애들은 세 쪽째 혹은 두 쪽째 과제를 풀고 있었고. 그러니 놈은 애니메이션 학습을 한 거지. 연습장에다 날아갈 듯 패셔너블한 여자를 그리는 중이야. 해서 한 대 더 때렸어. 야, 임마. 다른 애들은 세 쪽까지 다 하고 있는데 너만 왜 귀를 막고 있었어 했더니 깜짝 놀란 눈으로 옆에 학생을 돌아보지 뭐야.

흔히 있는 상황이다. 학생과 교사 사이에 교감이 안 될 때, 반응이 크면 송 영감 같은 경우가 되고 반응이 작으면 다소곳하게 학생이 웃고 만다.

— 그러면서 이놈이 에이 씨팔 한단 말이지. 또 꼬챙이로 한 대 더 일깨우면서 밖에 나가 있으라고 했어. 수업을 마칠 때까지 고심했는데 도저히 납득이 안 돼. 용서할 수가 없었어. 해서 데리고 교사실로 왔어. 오면서 일부러 학생부 앞으로 해서 빙 둘러 왔는데 그때까지도

무슨 말이 없지 않겠어? 창피해서 교사실에는 안 들이고 옆에 휴게실에 가서 꿇려 놓았어. 고약한 놈이 그런 난폭한 말을 해놓고 끝까지 침묵을 하다니 생각할수록 혈압 오르는 거야.

— 그래, 또 때렸어?

조급해서 그가 묻는다. 모든 상황이 이해가 되고 수십 번 수백 번 그도 겪어온, 앞으로도 겪어갈 인생 공부감이다. 이럴 때는 참는 것이 교육인가? 참는 것이 방치인가? 이럴 때는 때리는 것이 폭력인가? 때리는 것이 참교육인가? 이럴 때는 곰비임비 타이르는 것이 참교육인가? 타이르는 것이 타성에 이르는 훈련인가? 싶다.

— 해서 왜 아무 소리가 없느냐고 물었지. 그러자 대뜸 하는 대답이 자신에게 한 말이지 내게 한 말이 아니래. 그것 때문에 몇 마디 주고받다가 안경을 벗게 해놓고 양손바닥으로 아구창을 한꺼번에 처발랐어. 야, 이 자식아. 그게 어떻게 네 자신에게 한 말이야. 누구한테 거짓부렁을 하려는 거야. 또 같은 방식으로 때렸어. 이때 나는 가슴이 터지는 것 같았어. 그렇게 화가 날 수 없지 뭐야. 금년에 와서는 최초의 최후의 발광이 아닐까 싶어.

— 그래서?

그 심각한 상황을 사진기에 담으면 곤경에 빠지는 것은 교사이다. 과정은 중요치 않고 결과가 중요한 것이다. 양손바닥으로 어금니 쪽을 후려 팬 교사는 갈데없이 폭력 교사로 내몰리는 것이다.

— 그래서 아이를 휴게실에 세워두고 자리로 돌아왔어. 가슴이 덜덜 떨리는 게 말이지. 요즘 아이들이 왜 이처럼 변명에만 급급하고 상황 파악을 제대로 하지 못하나 싶었어. 물을 한 잔 마시고 다시 갔어. 또 물었지. 그게 네 자신에게 한 말이었느냐고. 그렇다는 거야. 그러면 임마, 그렇다고, 선생님 그게 아니었다고 즉시 해명을 하지 그

랬느냐고 했지. 했더니 언제 선생님이 그럴 시간을 주었느냐고 해. 이 자식이 아주 맹한 놈이거나 나쁜 놈이거나 싶데. 임마, 네가 복도로 나가고 여기까지 같이 온 시간이 얼마야? 그게 다 시간인데 시간을 안 주었다는 것이 뭐냐!

— 용서해 줬어, 어쨌어?

그가 이야기를 자르는 것은 더 이상 재연한들 감정이 사그라지는 것이 아니라 도리어 보깬다는 것을 알기 때문이다. 그래서 그는 방금 그 애들 몇 학년이야? 연애하는 것 아냐? 하는 말로 분위기를 바꾸려 꾸물댄다.

— 용서해 줬어.

— 잘 했어.

— 화가 나서 도저히 상대할 수가 없을 것 같아.

— 뭐라고 용서해 줬어.

용서에도 양면이 있다. 방임과 교훈이라는. 그는 하려던 얘기를 어물쩍 삼킨다.

— 앞으로 그러지 마라 했지. 누구나 오해할 수 있는 말을 아무렇게나 던져놓고 뒷갈물이 안 되니까 자신에게 했다는 것은 누구도 곧이 듣지 않아. 또 정말 그랬다면 아, 선생님. 미안합니다. 제가 실수로 한 것인데 선생님께 한 말이 아니고 실은 제 자신이 잘못됐다 싶어 스스로 꾸짖는 말이었다고 그렇게 했어야지. 지금 와서 네가 한 말은 변명이요 거짓말이야. 알았어? 했더니 네 잘못했습니다 하데. 그래서 돌려보냈어.

옛날 같았다면 준 살인급 지도를 했을 것인데 한다. 머리가 나쁜 아이도 있지만 쓸데없이 자기 고집 때문에 일을 더욱 키우는 아이도 적지 않다. 그것을 학교에서는 가정교육의 힘이 크다거나 부모의 성향을 닮아간다고 분석한다. 부모가 양질이면 돌밭에 던져놓아도 아이는 악성이 안 되고 가정교육이 없으면 제 맘대로 자란 소나무처럼 기둥은 하거니와 서까래로도 남지 못한다고 믿는 것이다. 그 쓸데없이 자란, 옆으로만 뻗어서 다른 나무나 다른 풀포기까지 성장을 막는 가지를 보아서 산주가 가지치기를 하듯 교사들이 일벌백계로 나선 것이 이전까지의 학교가 신봉한 정도 교육이었다. 거기에서 발생한 폐해나 피해자들이 지금은 정반대의 입장에서 새로운 참교육을 목청껏 부르짖는 중이다. 지금 온 사회는 그쪽으로 경도돼 있다. 하여 지난날의 목청이 크고 완력이 센 교사들은 일선 경영을 끝냈거나 그와 같이 끝낼 시점에 와 있다. 이 문제는 그도 수없는 반성과 회의로 나머지 시간을 정리하는 중이다.

— 문제는 그 놈을 보내놓고 나서 지금까지 남는 후회가 적지 않다는 거야. 두 번에 걸쳐서 아이를 밀어붙인 점, 그때는 나도 아직 젊은 혈기가 그대로 남았구나 하는 것을 느꼈어. 그것을 참아야 했거든. 그때 얼핏 보니까 어떤 젊은 선생이 내 뒤를 지나가는 것 같았는데 그 사람이 보고 뭐라 했겠나 말이지. 이제쯤엔 도사가 되어서 한 마디 말로 아이를 웃기고 울릴 지경에 이르렀을 텐데 지금도 원초적으로 몸으로써 지도를 하는가 하지 않겠어? 왜 이러지, 내가?

거반 울먹이듯이 송 영감이 끝말을 기운 없이 떨어뜨린다.

— 내가 보니까 열정파네. 그리고 아직 남아 있는 마지막 교사상이고.

활화산 같은 정열이 없으면 교사 자질이 없어 하고 그가 힘을 실어준다.

— 어때? 시인은 안 그래? 나 혼자만 요령 없이 사는 것이 아닌가?

— 택!

그는 내려놓은 대꼬챙이로 책상을 힘 있게 때린다. 이렇게 나도 아이들을 구박한다고 덧붙인다.

— 그런데 말이지.

꽁꽁 언 분위기를 깨며 송 영감이 입가에 환한 웃음을 배문다.

— 이제부터는 내 얘기를 듣고 돈을 내야 할 것 같애.

— 왜?

— 내 얘기를 들으면 시상이 부글부글하잖아.

— 그래 시집이 한 권이다.

압축하면 이렇다. 지난 여름, 교회의 의료선교팀을 좇아 캄보디아로 봉사활동을 갔다고 한다. 꺽동이라는 말라리아며 에이즈 환자들이 있는 곳이었단다. 돌아오자 집에서 선걸음에 내쫓더라 했다. 아들이 의사지만 부인의 성화에 떠밀려 검사를 받았단다.

— 수혈이나 성접촉으로 옮기지 에이즈는 단순한 피부접촉으로는 안 옮기거든.

— 그러니까 말이지.

그가 장난스럽게 말한다.

— 뭐가 그러니까야. 아무 데도 말하지 마. 천기누설 금禁이야.

— 어이! 시시해. 뭐 그래.

그들은 햇볕에 점령당한 교실을 닫아놓고 나온다. 지나면서 보니 옆 교실도 휑하게 비어 있다. 땡땡인지 환자인지 교실 뒤에는 엎드려 자는 애도 보인다. 저 놈의 자식 하고 송 영감이 흘리듯이 말한다.

## 3.

봄신령이 지펴서 빼앗기 들을 절름대며 걷는다는 상화尙火. 환경도 사람도 다르지만 그는 아마도 가을에 더 끌리나 보다. 그처럼 지난 여름은 더워서 꼼짝을 못했다. 몇 십 년내의 최고 기온이라 한 것 같았다. 공사 중이란 금줄이 내걸린 곳은 차가 다섯 대씩 주차되던 가죽나무 아래이다. 이제 거기서는 질긴 카트기 소리가 귀를 짼다.

— 여기 왜 이러세요?

공사 감독은 늘 보는 얼굴이다. 정식 직원은 아닌데도 매일 학교로 출근한다. 워낙 구석구석 손 볼 데가 많아서다.

— 하수가 잘 안 되어서요.

체육관 옆으로 해서 목공실 쪽으로 실선이 그려져 있다.

— 대단하네요, 저 기계가.

— 네. 톱날 하나에 35만 원이나 합니다.

— 그래요?

— 다이아몬드거든요.

그가 하고 싶은 말은 이런 소음 공사는 휴일이나 방학 때 했으면 좋겠다는 말이다. 그러나 면전에서는 그런 말을 할 수가 없다. 어느 핸가 일본엘 갔다. 거기서는 인부들이 야간에 도로 포장을 하고 있었다. 낮에는 차량 통행에 방해를 주기 때문이라는 것이다. 그러나 이곳 사정은 달랐다. 위험해서 안 된다든가 밤에는 인부들이 일을 하기 꺼려서라는 말이 들렸다. 지금 이런 공사도 마찬가지일 것이다. 후관동의 남쪽은 몇 개 교실에 이 소리가 그대로 전달될 터였다. 낯짝 두텁게 인부들이나 학교에서는 공사만 진행한다. 무엇이 주요 무엇이 부인지를 구별 못하는 것이다.

— 수고하세요.

그는 체육관을 돌아서 쓰레기장으로 가는 길을 포기한다. 바로 덤벨을 들기 위해 합숙소로 내려간다. 합숙소 앞에는 선임자가 와 있다. 똥짤막한 체육 선생이 골프채로 스윙 연습을 하는 중이다.

운동장에는 농구장에서 팔팔 끓는 몇 명을 제외하고는 모두가 등나무 그늘에 앉아 있다. 잉걸불 같은 볕살이 무서워서 그렇다. 그래서 평생 직업이라면 교사 중에는 미술이냐 체육이냐가 팽팽하게 대립된 적이 있었다. 늙어서 편하게 하는 데는 체육보다는 미술이 낫다가 우세했던 것 같았다. 그러나 지금 보니 건강도 챙기고 취미까지 곁들인다면 체육이 나을 듯도 하다.

그는 구석에서 조용히 쉰 개를 들고 마친다.

— 매우 열심이십니다.

누가 해도 좋을 말을 체육이 먼저 던진다.

— 네.

체육 선생의 아랫배는 소쿠리 엎어놓은 것 같다. 키도 작고. 이 사람이 금년에 부임했는지 작년에 부임했는지 그는 알 수가 없다. 체육과와 2교무실이 가깝지만 내용상 교류가 없으니까 성도 이름도 모르고 지내는 것이다.

— 있잖습니까.

체육이 모아 쥔 그립을 풀며 한 손으로 이마의 땀을 닦는다. 그런 뒤에 뒷말을 잇는다.

— 덤벨을 천천히 들어보세요. 그러면 운동이 더 됩니다.

같은 무게인데도 느리고 빠르기에 따라 운동의 강도가 달라질까 싶다.

— 네.

— 또 기왕이면 목 뒤로 해서 안 쓰던 근육을 풀어주세요.

그것은 일리가 있다 싶다. 그러나 그의 운동은 이론이나 요령이 요구되는 사안이 아니다. 말 그대로 짬짬이 하는 생활체육일 뿐이다.

물론 기초를 알면 좋기야 하겠지만.

—감사합니다.

그는 앞말은 실현 가능하나 뒷말은 생소한 느낌을 받는다. 다음부터는 천천히 쉰 개를 끌어올려볼 것이다.

'필드에도 나가세요?'

그러나 그 말은 감추고 물러선다. 아직 골프가 대중화하기에는 때가 이르지 않을까 싶다. 하지만 일부 학교에서는 골프가 유행하고 있다. 그가 아는 사람만 해도 몇 명이 된다. 테니스가 지금 골프처럼 낯설었을 때가 1960년대였다. 1970년대에 들어와서 그가 초임으로 근무했던 학교에서 일시에 4면의 코트를 만드는 파격을 보였다. 그때가 ㅁ문교부 장관이 생활체육으로써 테니스를 접목시키려 일을 벌였을 때였다.

그 후, 테니스는 귀족 스포츠가 아닌 생활체육이 되었다. 하듯이 골프도 그렇게 접목돼 올 것인가 하는 관심은 아직 미지수이다. 언젠가는 그렇게 될 날이 오겠지마는.

이런 상충되는 문화의 이식 장면은 많다. '선생이 차를 몰아?' 하는 것도 같은 맥락이다. 같은 차이면서도 '선생이 그랜저를 몰아?' 했을 때도 있었다. 그런 낯설음들이 이제는 말끔히 불식되었다. 교정에는 교장급의 중대형은 물론 신신우의 사브 컨버터블까지 있다.

경제가 나아졌으니까.

사람들은 의아해 하면서도 차종에 대해서만은 폭넓은 아량을 보였다. 골프도 그런 날이 올 것인가?… 올 것인가?

여전히 땅심을 파고드는 카트기가 따갑게 귀를 때린다. 손을 씻고 들어간 교무실은 조금 전까지 조용했던 분위기가 별안간 딱딱하게 냉각돼 있음을 보고 그도 긴장한다.

— 왜 그래?

그는 서정국에게 나지막하게 분위기를 묻는다.

— 잠깐만요.

서정국은 보던 인터넷에서 기사를 뽑는다.

— 갸륵한 인물이 한 사람 나왔어요.

— 누구야?

흑백으로 처리된 사진에는 옆모습이 본교 교사인 '그 사람' 인 듯하다. 자전거맨이라고 명명해둔 젊은이다.

— 아시겠어요, 누군지?

사진 밑에는 '청광공업고등학교 교사 채우진' 이라고 적혀 있다.

— 이 사람은 자전거맨이잖아.

— 자전거맨일 뿐더러 마라클의 창시자랍니다.

새로 듣는 말이다. 마라톤에다 사이클을 합성한 말이란다. 그리고 꿈이 '두 바퀴로 백두대간 달리기' 란다. 그래서 열심히 손을 들고 자전거를 타고 계단을 겅중겅중 뛰어내리는 묘기도 부리던 것이다. 그러면 간혹 아이들의 자전거맨을 환호하는 괴성이 하늘을 찔렀다.

— 상담을 하는 모양이네.

— 독불장군처럼 가정 방문을 한 거예요. 촌지 폐단 때문에 하지 못하게 한 교육정책을 깨뜨린 것이지요.

형편이 어려운 아이들이 많다 보니 가정 방문이 되어야 중식 제공도 해주고 장학금 혜택도 받을 수 있을 것이었다.

— 용기 있는 젊은이네.

— 보기에는 안 그런데 사람이 바로 뚫렸어요. 최종 꿈이 대안학교를 세우는 거랍니다.

— 학교의 병폐가 많다는 진단이구만.

— 젊은 사람이 어디서 그런 머리가 나오는지 가상해요.

늘 들락거리는 전기과에서 채우진을 격의 없이 만나는 서정국이다. 뿐더러 같은 전교조 회원이기도 한 것이다.

…채 교사는 평소에 지나치게 잘 '노는' ㄷ(16)군을 내심 걱정하고 있었다. 하지만 가정 방문을 해보니 ㄷ군은 맞벌이 부모를 대신해서 어린 동생들을 돌보는 자상한 형이었다. 그리고 늦게 귀가하는 부모님을 위해서 저녁 식사까지 준비하는 믿음직한 아들이었다.

…ㅈ(17)군의 어머니 박봉희(가명. 48)씨는 '전세금을 날리고 쫓겨날 처지에 놓였다' 며 '아들이 학교에서 장학금을 받을 수 있었으면 좋겠다' 는 속사정을 털어놓았다. 집주인이 최근에 부도를 내서 집은 경매에 붙여질 상황이고 전입신고를 늦게 하는 바람에 전세금 보호도 받지 못할 처지에 놓였다고 말했다.

채 교사의 말: 아이들이 좀처럼 학교에서는 이런 사례들을 사실대로 얘기하지 않습니다. 그래서 사실 파악이 어렵지요. 이유는 청소년들이라서 예민한 감성 때문에 자존심이 상할까봐 그렇지요. 일단 담임은 알아야 한다고 솔직히 말하라고 해도 한사코 사실을 털어놓지 않습니다. 그러면 내내 ㄷ군은 '노는 학생' 으로만 파악되고 ㅈ군은 '무사히 지내는 학생' 으로 넘어가는 것이지요. 때문에 저희들이 하는 '좋은 교사' 모임에서는 참여 교사들이 '학급생 전원 가정 방문' 을 계획하고 추진했습니다. 가정 통신문을 미리 보내놓고 일체의 음료 대접이나 촌지는 받지 않는다고 공지했지요. 지금이 또 어느 때입니까? 완전히 달라졌잖습니까.

달라졌고 말고. 지금은 확실히 칼클해졌다. 교사부터 손 벌려놓고 촌지 접수를 하지 않을 뿐더러 돌려주는 용기도 있다. 또 허기진 시대가 아니며 의식 자체가 깨어 있는 것이다. 어느 한 때만 욕먹었으면 되었지 다음 세대까지 잘못 되었어야 되겠느냐는 강다짐도 했을 것이다. 그래서 교내에서 보는 2, 30대들의 눈빛이 맑고 초롱초롱함을 느낄 수가 있다. 이것은 본교만의 기운이 아니다. 그리고 흔한 말로 이 세대는 임용 고사가 아닌 임용 고시를 뚫은 자부심도 없지 않을 터였다.

— 이런 페스탈로치를 형님도 한 번 해보고 나도 한 번 해봐야 하는데 큰일 났네.

— 그러니까 말이지.

뽑아둔 출력물을 몇 사람의 자리에다 돌린다. 선택적으로 제한하는 것은 전교조 교사들에게만 국한하기 때문이다. 떠벌리지 않고 조용히 실천하는 생활로 전교조 운동도 변신해 갔으면 싶다. 물론 채 선생은 해당 단체에 소속된 사람이기는 하지만 이번 일을 추진한 것은 다른 모임에서라고 했다.

아무튼 이런 한 사람의 용기와 실천이 닫히기 직전의 교사들 마음이 열린 마음으로 진행할 가능성을 보인 것 아닌가 싶다. '내신이나 포상 같은 일이 종전대로 학교에 남았기 때문에 집요한 학부형들 요망을 어떻게 막아낼 것인가' 하는 일반의 우려는 좀더 숙고해야 할 과제이다. 그러나 그것도 특정지역 학교의 경우이지 본교와 같은 환경이 열세인 지역에서는 맞춤형 교사로 내세울지언정 채 선생을 다른 의미로 의심할 소지는 추호도 없다.

— 인터넷에 이렇게 크게 올랐으면 학교 평가도 나아질 것인데요. 안 그렇습니까?

— 경사지.

— 저도 1년짜리지만 담임을 해봤잖습니까. 제가 감동한 것은 발로 뛰어서 사춘기 아이들의 어려운 실상을 발굴해낸다는 것입니다. 예를 들면 당연히 장학금 혜택을 받아야 하는데도 ㅈ군 같은 경우에는 입을 열지 않으니까 가정이 어렵지 않은 학생으로 보여진단 말입니다. 그런 경우는 참 많지 않습니까? 그렇지요?

— 그래. 그게 좋은 대목이네. 그 외에도 담임으로서 종합된 환경 파악도 할 것이고.

— 잘 확산된다면 학교혁신운동 같은 것이 일어날 조짐도 보이는데요? 사회와 교직 단체간의 막힌 장벽을 허무는 계기 같은 것이라도 마련되지 않을지 모르겠어요.

단정은 금물이나 필요한 운동임에는 틀림없다. 철벽화된 교사와 사회간의 불신의 벽, 이런 시도로부터 허물어졌으면 좋을 것이다. 결국 다음 교사들이 이어가야 할 막중한 교사운동이기는 하지만.

— 전기과에 좀 가보고. 이 자식이 형님한테 이런저런 일을 할 것입니다 하고 보고를 하지도 않고서.

서정국은 내준 질문도 받지 않고 나가 버린다. 그는 여전히 냉랭한 좀 전의 분위기를 교무실 안에서 맡고 있다.

4.

테니스 라켓이 아닌, 이제는 체육 교사가 골프채를 휘두르고 있기 때문에 그는 멍하게 앉아 있는 이미례에게 그 생소함을 터놓는다. 그러자 눈에서 거미줄이 걸리던 이미례가 즉시 입질을 한다.

— 우리 학교에 골프 동호회 있다는 것 모르세요?

— 그런 모임도 있었어?

— 그럼요.

호화 군단으로 결성되고 있다는 것이다. 교장, 실과부장, 행정실장… 이미례가 아는 사람만 해도 열이 넘는다고 한다.

— 이 선생도 들었어?

— 왜요?

이미례는 알 듯 모를 듯 웃기부터 한다.

학교에서 골프채를 휘두르는 사람은 체육 선생이 유일했고 그런 동호회가 있다는 것도 그로서는 처음 듣는 소리였다. 인원이 많으니까 별별 모임들이 있을 것이다.

그는 벽시계를 쳐다보면서 다음 시간을 예비한다.

— 그럼 이 선생님은 안 하세요?

컴퓨터에 파묻혀 있던 박민태가 뒤늦게 관심을 나타낸다.

— 여자가! 그게 우리 신랑 반응이에요. 돈 없다는 소리는 안하고요.

잠이 급기야 이미례를 데리고 가서 책상에다 눕힌다. 선하품과 동시에 아이, 졸려 하면서 팔을 겹쳐서 괴고 이마를 한쪽으로 돌려 잠을 청한다. 그와 박민태도 떨어져 각각의 호흡을 정돈한다.

다음 시간, 거리를 재다가 그는 가던 길을 가로막는다.

— 정지!

양 옆에서 함동우와 이 부장이 한 줄로 늘어선다.

— 막아! 막아.

가장 바람직한 사람이 누구냐 하면 그가 보기에는 윤명주이다. 윤명주는 김차희와 자리가 옆옆이다. 그래서 일면 대비가 되는지도 모르지만.

— 나도 수업인데요. 들어가지 말까요?

길이 막혀 윤명주는 어쩔 줄을 몰라 한다.

— 막으라니까!

아무래도 이 부장이 만만해 보였던지 그쪽을 뚫고 길을 튼다.

— 아 참, 아까운 대어를 놓쳤네.

윤명주는 생물과이다. 전문교과 이외의 교과라 세 교무실 중, 1교무실에 있다. 조심스럽고… 조금만 웃고 조금만 말하고. 아쉬운 구석이 많아도 여성으로 포장되었을 때는 그게 아름다움으로 비치는 것이다. 그렇다고 사람들은 가만가만 촌평을 했다.

— 아까 시간에 보니까, 김호웅 선생 있잖습니까?

대어를 놓치고 나서 함동우가 껌벅대며 말한다.

— 왜? 부인이 어느 병원 의사래. 그런데 빚보증 때문에 재산을 다 날렸대.

— 그래요?

— 지금 빚잔치한다고 학교에서 매달 월급을 차압당해서 생활비만 얼마씩 받아간다나 봐.

소문은 많다. 그러나 건져지는 소문은 적다. 왜냐하면 각자 재량껏 잘 갈무리고 있기 때문이다.

— 그래요?

— 작년에 명퇴를 하느니 어쩌니 하는 소문이 돌더니 그 때문이었구나.

— 잘은 모르지. 그런 말이 들리데.

— 늘 느끼지만 교사들도 참으로 복잡한 군상들이에요. 사람 사는 데는 어디나 똑같은가 봐요.

— 그렇지.

세 사람은 그 점에 동의한다. 하긴 헤쳐 보면 바람 없는 공간이 어딨겠는가. 지난 학교에서도 월급을 차압당한 사람이 있었다. 역시 빚 때문이었다. 거기는 빌딩을 샀다가 IMF로 그 빌딩에 깔린 사람이었다. 김호웅도 그런 여파가 아닌지 몰랐다.

— 어디세요? 저는 위층인데.

계단을 밟으려다가 함동우가 돌아선다. 그리고 말한다.

— 그젠가 어느 시간에 보니까 김 선생이 말이지요, 얘기가 길어요. 나중에 얘기해 드릴게요.

— 싱거운 양반. 무슨 얘긴데?

그가 대꼬챙이로 난간을 툭 치며 말한다.

— 좌우간 새로운 변신이에요. 갔다 와서 얘기해요.

— 수요자 중심 몰라? 얘기해 봐.

— 다녀오세요. 아이들이 기다려요. 제비 주둥이마냥 입을 딱 벌리고 말이지요.

주춤주춤 올라가던 함동우가 계단을 꺾는다.

아이들이 기다린다고? 제비주둥이처럼 입 벌리고?

복도 끝, 구름 깔린 하늘이 낮다.

— 싱거운 양반, 이제웅이라고 말이지.

— 건축과에?

— 아네. 앞서 시간에 수업을 하고 나오는데 갑자기 묻는 말이 국어과에 김차희가 누구네.

— 김차희를 물어?

— 터무니없지?

— 왜 김차희는?

그는 화제가 어느 방향에 있는지 몰라서 허둥거린다.

— 사람을 알아야 욕을 하든 상을 주든 하는데 자기는 여태 허공에 대고 무슨 춤, 요분질했대.

— 저런!

— 나하고는 전입 동기야. 지난번에도 같이 한 번 근무했고.

— 그래서 물었구먼.

— 사람이 좀 심심해. 동치미 국물 같다고 할까. 악의는 없어.

— 그래서 인물 묘사를 정확히 해줬어요?

— 누구라고 해줬지.

— 그런데 그 학부형은 왜 거기 있었대요?

— 동창들 모임이 있어 술 먹으러 갔대. 선수들만 춤추고.

아이도 방학하고 바로 전학을 갔나 봐 한다.

— 그래요?

— 잘 됐지 뭐. 서로 껄끄러운 사인데.

어느 반에선가 와 하는 함성이 터진다.

— 꼭 잘 됐다고는 할 수는 없지요. 학교로서도 찜찜한 구석이 남지요.

— 이제 보니 그 학부형이 대단한 안티였던 거야. 선생은 사표師表라느니, 춤은 상대와 장소가 중요하느니, 또 뭐랬더라? 선생이 그러니 아이들이 배울 게 없느니 했대.

— 그러면 자기도 선생 그림자를 안 밟아야지 왜 거론은 하나?

— 그러게 말이지. 아이들이 선생 보고 배우나? 요새 보고 배울 게 얼마나 많은데.

— 전보 건은 어떻게 됐나? 유보됐나?

돌아서는 이 부장에게 그가 묻는다.

— 가겠지. 2학기도 있고 신 학년 정기인사도 있으니까. 그때 안 가면 말소된 거고. 그때까지는 가 봐야지.

다시 같은 교실에서 이번에는 더 큰 함성이 창문을 떠민다. 그는 들어가지 않은 자신의 학급인가 해서 가슴이 달막달막한다.

이 부장은 어깨를 모으고 양호실을 돌아간다. 이럴 때 그들은 나누는 인사가 있었다. '하품 잘 하세요' 가 그것이다. 압축 수업으로써 너절한 시간 때우기를 압도하라는 뜻이었다. 말도 생명이 있는지 1학기만 부쩍 쓰다가 말았다.

소란한 교실은 그 사이 잠잠하다. 그는 유리창에 붙었다 계단에 누웠다 하는 몇 놈의 얼굴을 떠올리며 재게 재게 계단을 밟는다.

수업을 마치려는 데도 끝내 신申은 나타나지 않는다. 학생부가 이름만 학생부가 아닌 것이다.

— 마치자. 조용히 해.

그는 벌떡 일어서는 차병에게 깊이 눈침을 찌른다.

— 네.

복도는 한산하다. 빈 교실도 보인다. 실습시간이라서 그렇다. 비둘기가 어느 창문으로 들어왔는지 떨어진 빵부스러기를 열심히 찾고 있다. 순하디 순한 비둘기가 이제는 공원을 떠나서 건물 안까지 날아들어 사람과의 공생을 시도한다. 그러면 사람들 발길에 차이기보다는 훨씬 안전한 생활이 아닐까 싶다.

그는 올라왔던 대로 중간 계단을 통해 1층 현관으로 내려서던 참에 창밖에서 우두커니 교실 안을 지켜보는 박종문을 발견한다. 그에게는 형님 항렬이고 퇴임 예정 동기다.

— 뭐하세요?

교과가 영어인 박종문은 기골도 서양인처럼 큼지막하게 생겼다.

— 저기 보세요.

대답 대신 커다란 입으로 웃음만 한 움큼 물고 있다.

— …….

교실에는 소싸움 판 같은 아수라장이 연출 중이다. 교탁 앞에 둥글게 빈 터를 만들고 아이들은 원을 그려 빙 둘러서서, 또는 앉아 있다.

— 누구요?

그는 비로소 두 남녀가 하나는 선생이고 하나는 단발머리 여학생임을 안다.

— 김호웅 선생이네요.

같은 외국어과라서 불어인 김호웅을 윗도리를 벗었는데도 눈썰미 있게 알아본다.

— 옷 벗은 사람이 김 선생입니까?

— 네.

김 선생은 러닝셔츠 차림이고 여학생은 그가 가르친 손새잎이다. 아주 되알지고 욕심쟁이다. 글을 쓰는데 매번 만경평야 같은 원고지를 앞뒤로 빽빽하게 채웠다. 소녀의 꿈은 돈벼락을 맞는 일이었다.

— 어퍼컷, 어퍼컷!

갑자기 박종문이 소리를 지른다. 손새잎의 글러브가 김 선생의 턱을 향해 솟구친다.

— 스트레이트, 더블! 더블! 에이 블로킹.

그가 옆에서 관전을 하자 박종문은 신이 난 모양이다.

— 저러다가 다치면 어떻게 하지요?

교탁 위에 서서 카메라 폰으로 사진을 찍는 아이도 있다. 쫄티다. 아이들은 조재민을 그렇게 불렀다.

— 아이가 사진을 찍네요. 저거 인터넷에다 올리면 어쩌지요? 괜찮겠어요?

앞서 함동우가 새로운 변신 운운하던 말이 생각난다. 저 모습임을 여실히 알 수가 있다. 저렇게 사람이 달라질 수 있나 싶다. 그리고 지금은 수업 시간인데 웃옷까지 벗고 난리굿을 벌이다니 놀랍다. 다양한 학습 모형이 권장되는 것이 바뀐 교육과정의 특징이라고는 해도 저런 것은 교수활동 밖의 유해한 일이 아닐까.

— 야, 저 여자 대단히 다부지네요.

— ……?

복도는 예대로 휑하게 열려 있다. 그는 곧 종이 날 것이란 예상에 먼저 박종문 곁을 떠난다. 가장 재미있는 것은 통상 '불구경' 이라고 했다. 그런데 지금처럼 선생과 학생이 붙어 치고받는 광경도 못지않게 재미가 있다. 그러나 이 일이 밖으로 샌다거나 인터넷에 올려져 먼 데까지 알려지기라도 한다면 괜찮을지 모르겠다.

왁자지껄한 소리가 남아 있는 현관 앞에서 그는 등을 노크하는 종소리를 듣는다. 몇 분 일찍 끝낸 것을 경고하는 소리다. 그러나 그는 그 점을 개의치 않는다. 왜냐하면 양은 양에 맞추어야지 아니면 일찌감치 입맛까지 그르칠 수 있으니까.

계단에서 바라본 이쪽 하늘은 바다처럼 열려 가을 본색을 완연히 드러내고 있다.

## 5.

— 선생님, 불렀어요?

— 오냐.

아니라고 그는 말하지 않는다. 왜냐하면 아이들이 장난을 친 것이지만 일단 올 필요도 있었다. 신의 입술에는 고리가 없는 것이다. 그것을 확인하는 것만으로도 와야 했다. 이럴 때는 아이들이 신통하다 싶다.

— 수업 시간에는 어디 갔었나?

그는 지난 시간을 상기시켰다.

— 네?

— 아까 5교시에 말이다.

— 네. 학생부에요.

장기 결석으로 학생부에 불려 간 것이다. 결석일수를 헤아려보지는 않았으나 교실에서 안 보인 기간만으로도 열흘 전후는 될 성부르다. 그 얘기는 그가 하지 않는다. 아이는 고개를 빼서 한 수 접고 있으니까.

— 한 시간이나 벌섰어?

그때 가제트 부장이 버럭 소리를 지른다. 그는 시선을 길게 쭉 뺀다. 기획인 장세연과 천하대장군, 지하여장군처럼 서서 심각한 얼굴을 풀지 않는다. 그들을 일컬어 사람들은 묘한 관계라 규정한다. 희한하달까? 좌우간 뭐랄 수 없는 절묘한 사이다. 시각적으로 말한다면 아늘아늘하다고나 할까. 거기 비해 김차희 짝들은 표나게 선명하다. 그것이 차이다. 그리고 나이가 젊고.

— 도대체 이런 경우가 어딨냐 말이지!

— …….

턱을 앞가슴에 올려놓은 장세연은 묵묵히 듣고만 있다. 냉기로 가득했던, 서정국도 터놓지 않고 자리를 벗어났던 엊그제 사건이 새로 불거진 것이다.

사태의 좋지 않음을 보고 그는 신의 엉덩이를 손으로 떠민다.

— 나중에 교실에서 보자. 그리고 앞으로 결석하지 않을 거지?

— 네.

— 그리고.

— 네?

돌아서던 신이 주춤한다.

— 오늘 보니까 단정하다. 앞으로는 피어싱하지 마라.

생각만 해도 소름이 오싹해지는 입술고리를 주먹만하다는 말은 과장이지만 콩알만한 크기로 달고 다녔다. 저래서 입술나누기는 어찌할까 싶었다. 그래서는 안 될 일이지만. 하지만 그것은 어른들 입장에서 하는 바람이고 저희들 입장은 아무도 모르는 일이었다. 꼭 누가 어떻다기보다 이들 나이는 이미 불거웃이 다 자랐고 기타 성징도 두루 갖추었다고 말할 수 있었다. 각설하고.

— …….

신이 풀기 없이 돌아선다. 저 염치라면 새 출발도 할 듯한데 결과는 두고 볼 일이었다.

— 무슨 일 있었습니까? 전윤범 선생이 온 것 같더니.

인터넷을 들여다보던 함동우가 몸을 솟구쳐 가제트 부장에게 묻는다. 연구부장이 가제트 부장이 된 것은 기계과라는 유사점도 있지만 매부리코 때문이다. 어느 영화인가 만화에서 주인공인 가제트 형사의 모습과 닮았다고 했다. 구부정한 코가 특징인데 졸지에 영화 주인공이 된 것이다.

— 이런 일이 어딨어요, 세상에. 남의 사인을 훔쳐 공문을 날조했는데도 교육청에서 이처럼 회신이 오지 않았습니까?

— 공문을 날조해서요? 해외 연수를 간다고요?

함동우는 이미 사건 개요를 알고 있는 말투이다.

— 이것 보세요.

— 그런데 날조는 어떻게 한 것이지요?

공문을 받아들면서 함동우가 넋 나간 표정을 짓는다.

— 모르지요. 귀신이 곡할 노릇이지요.

털퍽, 가제트 부장은 자리에다 상체를 내린다. 기가 차다는 것은 기가 막히다는 것인데 지금 보니 기가 다 빠지고 없다는 말인 것도 같다.

— 왜 계속 분위기가 이래요? 무슨 일 있어요?

앞뒤 균형을 잘 맞추고 있는 장세연을 보고 손을 닦으면서 들어온 한혜진이 묻는다. 한도 처음 상황인 것이다.

— 나도 모르게 공문을 가로채서 전윤범 선생이 자기가 이번 유럽연수 간다고 청에다 올렸어요. 방학 동안에 있었던 일인데 청에서는 그 공문 보고 저렇게 회신이 왔지 뭐예요.

난감해서 장세연은 말을 제대로 잇지 못한다. 그것이 마치 자기 책임이기라도 한 듯이. 그러나 상황으로는 행위자의 책임이지 주무라고 공동의 책임감에 휘둘릴 일은 아닌 듯하다.

— 어떻게 그런 일이 있을 수 있어?

한혜진도 영문 없이 난감한 표정이다. 들어보니 윤곽이 잡히는 모양이다. 이 말 저 말 사이에 잠시 침묵이 흐른다.

그가 전윤범을 기억하는 것은 오던 해 연말, 다음 학년도의 인사부장(보통교과의 인문사회과 부장)을 추천하는데 자천하고 나서서 현직인 이 부장과 경쟁을 벌였던 일이다. 당시 전윤범은 부장의 코밑인 지금의 조은주 자리에 앉아 있었다.

그런데 이해할 수 없었던 것은 아무에게도 말을 하지 않고 있다가

선출일 하루 전에야 부장을 해보겠다고 불쑥 나섰던 것이다. 추천이 관례지만 경쟁 체제가 된 일이라 관련 교사들이 모여 투표를 했다. 결과는 보나마나였다.

다음 해 전윤범은 자리를 다른 부서로 옮겼다. 어렵게 실과 쪽에 구해 나간 것이다. 이듬해 전윤범은 또 다른 부서로 이동했다. 눌러 있지 못하는 것이 아니라 주위 환경이 거부했던 것이다.

그런 전력이 있었던 사람이어서 그는 전윤범을 볼 때마다 신기한 느낌을 받았다. 움직이는 지혜의 샘이었으면 좋겠는데 뭔가를 꿈꾸는 돌담 속의 구렁이로 보였다. 그러니 으스스한 느낌이 없지 않았던 것도 사실이다.

— 그러면 어떻게 합니까?

가라앉은 숨통을 한혜진이 조심스럽게 틔운다.

— 교장님이 보셔야 하는데, 나도 모르겠어. 너무 당혹스러워서 말이지.

학교장은 며칠째 부재중이다. 지방 출장이라든가 누군가 말했다.

— 처음에 공문이 왔다는 것을 부장님도 모르셨어요?

— 알았지. 분류가 되어 우리한테도 넘어 왔지. 그리고 행정실에서 복사를 해서 1교무실 게시판에도 붙여놓았고. 외국어과에서 공람하라고 말이지. 그런데 방학 중이라 그 사람이 먼저 보고 공문을 가로챘던 것이야. 다른 사람들은 보지도 못한 상태에서 혼자 일을 꾸민 것이지.

— 그렇게 됐구나.

가로챘다는 것이 게시된 공문을 뜯어갔다는 말임을 알 수 있다. 그러니 여타에서는 열람 기회조차 얻지 못했던 것이다.

— 내 사인이랑 부장님 사인을 어떻게 했는지 엉터리로 해서 직접

결재를 내고 공문 발송을 시켰다니까.

부장의 끝말을 장세연이 받아서 매듭짓는다.

— 저런 수가 있나!

듣는 그도 놀란다. 이건 말하자면 각다귀판이 아닌가 싶다. 교사의 상식이나 자질이 거덜 난 그런 판국인 것도 같다. 여기가 혹 난장 바닥이라면 모르지만 새고 나면 옳은 길 바른 길을 외치는 사람들이 그럴 수도 있나 싶어 머리가 절로 내둘린다.

— 그러면 교장님도 모르시네?

— 네.

가제트 부장.

— 몰랐지. 본인이 불어니까 이렇게 추천이 됐다고 한 것이지. 그리고 현재는 교장님도 출장 중이고.

장세연.

장세연의 별명은 특이하다. 둘세연이다. 가슴께가 커서 엉덩이가 둘이란 뜻이다. 그러나 사람들은 장세연에게는 그런 말을 쓰지 않는다. 한 번씩 속이 구기면 비상처럼 써먹는 수가 있기는 하나 그 점은 가제트 부장과 다르다.

— 하 참, 그거 웃기네.

방석을 툭 털어 뒤집어놓고 자리에 앉는다. 한은 테니스회 회장이다. 그리고 상조회도 맡고 있다. 해서 학교에서는 왕발로 통한다. 가제트 부장과 자리다툼을 해서 밀렸다는 소문과 그 때문에 앙금이 많다는 소문도 있기는 하나 겉으로는 별 문제가 없는 듯이 잘 지낸다.

사람 속을 누가 아노. 열길 물속은 알아도, 그런 말도 있지만.

— 아까 와서는 말이지. 혼자 큰소리야. 자기가 잘못 한 게 없데. 세상에 그런 이치와 상식 없는 경우가 어딨느냐 말이지.

— 왜요? 뭘 잘했다는데요?

벌쭉이 웃으면서 함동우가 나선다. 화제는 실꾸리 몇이 풀린다는 용소처럼 깊다.

— 방학이었고 기일은 촉박하고 해서 자기가 올렸다는 게지.

— 말 되네. 말은 돼.

외양간의 평화로운 소처럼 함동우가 넙적하게 웃는다.

— 나도 모르겠다, 젠장. 교장님이 결재했으니까 아시겠지.

책상 위에 던져진 공문을 부장이 서랍을 열고 서랍에다 처넣는다. 왈카닥, 덜커덕. 분위기는 다시 무겁게 내려앉는다. 잠이나 한 숨 자볼까 싶더니 그런 생각은 쏙 들어가고 만다. 한바탕 소란은 예상과 관계없이 있구나 싶다.

그는 귀를 막고 인터넷 안에 있는 편지를 꺼낸다. 페이倍가 방학 전에 보낸 편지에 이제 답장을 보냈다. 중국이 먼 이웃이 아님에도 기숙사에 컴퓨터가 없거나 수업시간이 많아 짬을 못 냈을 지도 몰랐다. 한국에 가고 싶다가 하고 싶은 말의 요체였다.

그러나 다 큰 처녀를 한국에 불러오면 뒷감당을 어떻게 해야 할지 애매했다. 옹색한 집에 재우기도 어렵지, 그렇다고 여관에다 혼자 재우는 것도 그렇다. 한국이 현재로서는 동남아나 중국에서는 가고 싶은 나라에 속해 있다.

오너라!

그러나 그 여부는 더 생각해 봐야 할 과제로 남긴다.

창을 타넘는 햇살이 차양막을 비집고 갈팡질팡 흔들린다. 그는 의자를 뒤로 해서 등을 대고 눈을 감는다. 천사의 유혹인 듯 다시 낮잠이나 살풋 자고픈 것이다.

— 선생님, 안녕하세요?

그를 찾아온 사람은 낯선 아주머니다.

— ㅅ생명에서 왔습니다.

그는 눈을 도로 감으면서 오른팔을 크게 흔든다. 그리고 말한다.

— 감사합니다.

3분 뒤, 그는 또 눈을 뜬다. 구내전화가 온 것이다.

— 오늘 얘기 들었어?

황 영감이다.

— 아뇨.

— 학생부장이 저녁 산다네.

— 아닌데요?

약속 날짜는 다음 주 오늘이다. 정문 지키는 늙은이들에게 인사치레를 하는 것이다. 한 해 한 번씩 듬성듬성 행사한다.

— 그런데 학생부장이 지방 출장이 있어 응급조치로 당겼데.

— 오려면 오고 말려면 말라는 얘기네요.

— 우리만이 아니라 부과장들도 같이래.

— 그러면 숟가락 하나 더 놓는 거네.

— 그러니까 마시고 '안주 모두 합쳐서 6만5천 원' 인 그 집으로 가. 송 영감은 내가 연락할게. 이 부장한테 이야기해.

— 지금 은행에 갔어요.

본관동에서 나가고 금형 · 설비동에서 나와 두 사람은 먼저 분수대 앞에서 만난다.

— 그 사람 정신 나간 거 아니야?

소문은 금형과까지 미친 모양이다. 송 영감이 하늘을 보고 불끈한다.

— 정신 나간 사람이 어디 한둘이람?

그러나 그는 누구라는 것은 말하지 못한다. 자신을 포함해서 다가 아니면 영인 까닭이다.

— 직원회의에 회부시켜야 할 것 같아.

— 그거야 교장이 알아서 할 테지.

— 나로서는 이해가 안 돼. 교사 상식으로 어떻게 그럴 수 있나 말이지.

— 그리움이 밀물지면, 그런 노래도 있지 않나?

배고픔이 밀물지면… 황 영감은 수위실 앞에 있다.

— 이 부장은?

— 바로 그 집으로 온대요.

— 은행을 짊어지고 오나?

전윤범의 화두는 길을 건너 시장 입구에서 새로이 시작된다. 직원회의에 붙여서 결론을 얻어야 한다는 것이 황 영감의 의견이다.

— 방금 보니까, 그 참!

모두 합쳐 6만5천 원인 안주 집까지 가는 동안 철이 형이 꺼낸 화제는 색다르다. 잠깐 동안 수위실 앞에 서 있으려니 펑퍼짐하게 생긴 검정색 승용차가 한 대 교문 앞에 서더라고 했다. 그러자 무슨 하우슨가 하는 그 빌라의 필로티에서 기다리던 여학생 세 명이 킬킬대며 타더라고 했다. 담배를 산다고 나가면서 보니 차는 서울 번호판이더란다. 그리고 차안에는 색안경을 낀 남자 둘이 앞뒤로 앉아 있더란다. 아이구 애들이 팔려가는 것이 아닌가 싶어 지금까지 머리가 뜨겁다는 것이다.

— 온갖 시속 걱정을 다 하는구만.

하면서도 그는 영감의 걱정이 그와 흡사하다는데 놀란다. 왜냐하면 방학 전에 차종은 다르지만 석 대의 오토바이에 본교 여학생들이 우 우 우 좇아가서 각각 한 사람씩 올라타고 어딘가로 사라지는 것을 봤던 까닭이다. 그것이 그냥 한강 둔치로 나가서 담소나 하고 앉았다 오는 건지 그 다음은 어떻게 되는 건지. 강릉이나 경포대나 지상 끝까지 갔다가 내일 아침에 돌아오시는지 그것은 학교도 모르지만 집에서는 더더욱 모를 내막이었다. 그놈의 오토바이! 그래서 그는 구두 뒤축으로 땅바닥을 툭 툭 즈려찼던 적이 있었다.

벌써 몇 개월째인지 신장개업이란 글씨가 종이 색깔과 같아져 버린 시장통의 끝집 앞에서 세 사람은 일단 걸음을 멈춘다. 그들이 한 번씩 찾아오는 동안 시간은 떼를 지어 뭉쳐 나간 것이다.

간 데를 다시 가지 마라. 지난 시간이 눈에 보이느니 했다.

그 말은 어느 분의 해타咳唾보다 훌륭한 세월에 대한 경구가 아닐까 싶다. 걸음마다 시간이 찍히고 앉는 데마다 시간은 돌덩이를 안고 내려앉는 것이다.

— 왜 안 들어가고 있어. 어서 들어가.

그들은 또 하나의 눈금을 용기 있게 긋는다. 또 올지 말지 한 다음은 생각지도 않고.

— 하이구, 오래간만이네요. 왜 그처럼 안 오셨어요?

간드러진 주모의 기성이 발등을 덮을 만큼 바닥에 홍건하다.

## 6.

인터넷을 덮고 시편들을 꺼내 정리하는데 아림이들이 나타난다. 여우랑 항상 같이 다니는 주변들이다.

— 선생님!

눈이 마주치자 아림이가 폴싹 뛴다.

— 응 왔어?

— 뭐 하세요?

— 보다시피.

주위를 살피면서 그는 자판에서 손을 뺀다.

— 뭔데요?

아림이가 앞에 있고 세정이가 뒤에 있다. 여우(수아)는 꽁무니에 붙어 서서 메시지에 열중한다. 그렇잖아도 입이 무거운 세정이는 분위기가 맞지 않은 듯 눈만 껌벅거린다.

— 공부.

— 공부를요?

아림은 그가 무얼 고민하는 사람인지를 모른다. 그것은 아림이만이 아니다. 그의 정체가 실밥만 해서 일반의 눈에는 안 보여서 그런데 그것은 다른 학교에서도 마찬가지였다. 이때쯤 현란하지도 낯설지도 않게 조출하니 새장을 여는 행사를 또 한 차례 해야 하는데 여의치 않은 것이다. 새鳥가 부실하니까.

— 계세요, 안녕히.

— 왜, 가려고?

교무실이 어색한지 아이들의 기압이 내려가 있다. 덩치 큰 서정국이 옆에 버티고 있어서일까?

— 심부름 왔다가 한 번 와 봤어요.

— 누구?

— 담임요.

눈도 안 들고 여우는 그놈의 메시지에 푹 꽂혀 있다.

— 나가자, 같이.

그는 턱짓으로 바깥을 가리킨다. 딸기 우유라도 사주겠다는 의사인 것이다.

— 아니에요.

아림이가 먼저 돌아선다.

— 선생님, 안녕히 계세요.

화면에다 인사말을 찍는지 핸드폰에 대고 여우가 나불거린다.

— 가거라.

최소한 한 명, 최대로는 두 명이 빠졌다.

이 말은 이들의 최대수가 다섯이란 뜻이다. 혜신이, 유민이가 안 들어온 것이다.

— 형님은 여성 팬들이 많네요.

그의 동향을 꿰고 있던 서정국이 등판으로 꿈틀꿈틀 말한다.

— 여성 팬이 아니고 여학생 제자지.

— 쓸데없는 말씀!

고개를 돌려 서정국이 의미 있게 웃는다.

— 그럼 그대는 찾아오는 여학생들이 여성 팬인가?

— 저는 담임을 했으니까 지난 담임을 못 잊어서 찾아오지요. 형님과 같습니까?

그걸 뭐라고 설명해야 하나. 지난주에 그는 한 차례 아림이랑 세정이를 만나 데이트를 했다. 교실에서 나오다가 둘을 부른 것이다.

'아림아.'

'네.'

'나 따라 가자.'

'어디를요?'

'교무실에.'
'왜요?'
'혼자 가려니까 심심하다.'
'네.'
'세정이도 오너라.'
그는 교무실로 가지 않고 길을 매점으로 돌렸다.
'우유가 좋겠다.'
그는 우유 세 개 값을 판매대에 올렸다.
'선생님, 우유 사주시는 거예요?'
'그래. 우유를 잘 먹어야 피부가 곱다.'
'야!'
그들은 등나무 아래도 자리를 옮겼다.
'앉아라.'
그는 사로잡힌 적국의 포로처럼 꼼짝없이 따라온 아이들에게 첫 질문을 던졌다.
'누가 애인 있어?'
'아림이가요.'
'아림이가?'
'혼자 좋아해요.'
세정이가 다시 자기 말에 꼬리를 단다.
'혼자서 좋아해?'
'네.'
둘 다 깔깔대며 웃는다.
'그럼 나하고 사귈까?'
'네?'

'왜?'

'호 호 호.'

그는 입술에다 우유를 축인다. 말은 했지만 자신도 찔끔한 것은 사실이다.

'세정이는?'

'저는 아직 없어요.'

'그래? 그럼 나하고 사귈래?'

'아, 호 호 호.'

그는 우유를 마저 마신다. 장광설을 선생답게 시작한다.

'너희는 큰 그물을 가져야 한다. 큰 그물에는 잔챙이는 걸리지 않는다. 큰 그물이 짜여질 때까지 열심히 학교생활에 충실해야 한다'.

'네!'

힘차게 둘은 대답한다. 둘은 이런 대답에 이골이 나있을 것이다. 모든 어른이나 선생의 말에는 '네'가 최고 최선의 명답이라는 것을 수없이 체험하고 익혔을 것이다.

'이상한 아이들이 많지? 너희 친구나 언니 중에도.'

'누구요?'

'남친과 사귀는 언니나 친구들 말이다.'

'네.'

'그들을 부러워하지 말란 말이다. 무엇에 충실해야 한다고 했지?'

'학교생활에요.'

'왜?'

'커다랗게 짜라구요.'

'그래 알아들었으면 됐다.'

갑자기 세정이가 들고 있던 핸드폰을 펼친 채 내민다.

'이게 뭐야?'

화면에는 메시지가 들어와 있었다.

'이보지라. 가을인데 사랑에 푹 빠져 봅시다.'

'누구야? 수아냐?'

'아니요. 스팸인가 봐요.'

'선생님은 언제 오셨어요?'

'아림이가 중2때.'

'그럼 3년째시네요.'

아림의 빠른 계산에 역시 영특한 아이구나 한다.

'그럼 우리 선배네요.'

'뭐라고?'

그는 세정을 무섭게 째린다. 그러나 이미 세정이는 그의 눈을 읽고 있다.

'가자.'

'네.'

'선생님과의 데이트 재밌지?'

'네.'

그런 일이 있었다. 아이들이 찾아온 것도 그 뒤끝일 것이다. 등나무 벤치와 세 사람과 모이 찾는 비둘기 다섯 마리, 그것은 삭은 화면일까? 복원해야 할 풍경일까? 서정국도 그 낌새를 조금 킁킁대며 맡은 것이다.

— 듣자니까 어제 세 분이 뭉쳤다던데 표가 전혀 안 나네요?

— 들었어?

— 오늘도 뭉친다던데요?

서정국의 수신기는 군데군데 꽂혔음에 틀림없다. 누구냐니까 송 영감이 같이 가자더라고 말한다. 친척이 참치집을 이전 개업했다고 장소까지 말해 주더란다.

— 같이 가지.

— 어디 어른신들 자리에 감히.

서정국이 과장된 몸짓으로 후르르 어깨를 털고 있는데 건너편에서 불시에 쿵 하는 소리가 들린다.

한 사람이 뒤로 넘어진 것이다. 의자에 몸을 기댔다가 균형이 무너져서 넘어간 것이 분명하다.

그는 희미하게 웃는다. 신경필이 아니면 강사인 권 선생일 것이다.

— 어이쿠, 어이쿠. 이느무 의자가 사람 잡네.

역시 신경필이다. 그래도 나라에 야단맞지 않는 것이 다행인 줄 아세요 하고 농담을 해주고 싶다. 삼촌과 외숙이 죽창에 찔려 삼태기로 몇 개씩이나 창자를 쏟아낸 관계로 신경필에게는 영원한 국시가 반공인 것이다. 해서 국보법이니 김신조가 어떠니 하면 신문을 보면서도 치를 떨었다. 영원한 민족주의자요 반공주의, 국수주의 냄새를 추호도 감하지 못하는지라 신에게는 과목이 국사나 사회가 아니고 수학이었다는 것이 천만다행이라고 그는 속으로 분석한다.

— 안 다쳤어요?

옆 자리의 손규희의 산휴로 온 권 선생이 의자를 일으키면서 부축해 준다.

— 내 잠버릇이 좀….

— 복도에다 내놓으세요. 저기 스툴의자라도 임시로 쓰고요.

안쓰러운 듯 대각선에 앉은 박정임이 대책을 말한다.

— 그러세요. 지난번에도 넘어지시더니.

— 제가 주의하지요.

뼬쭘하게 웃으면서 신경필이 툭툭 손을 튼다. 소동은 이내 평화를 업고 온다. 교무실은 재차 평온함에 빠진다.

7.

숙취가 깃털처럼 남아 있는 아침이다.

지하보도에는 사람들이 가리산지리산 흩어진다. 그는 한산한 3번 통로로 들어선다. 올라가는 계단은 턱이 아플 만큼 쳐다보아야 한다. 턱이 닿지 않는 중간 지점에 등을 보이는 한 사람이 가고 있다. 그는 트인 하늘을 향해 계단을 하나씩 접는다. 마치 예쁘게 종이로 각을 반듯반듯하게 세우며 접는 주름 같다.

그런데 저것은 뭔가?

우스꽝스럽지만 그는 케케묵은 해학 한 토막을 떠올린다. 어떤 노파가 호랑이를 모면하기 위해 커다란 자신의 엉덩이를 내보였다고 한다. 그러자 고쟁이 속의 시뻘건 괴물을 보고 호랑이가 질겁해서 도망을 쳤다고 했다. 고쟁이를 들추기 전, 그 고쟁이 입은 엉덩이를 돌려댈 때의 노파의 엉덩이가 코앞에 있었던 것이다. 설마 하고 그는 뜨끔한 가슴을 쓸어내렸다.

그런데 실제로 놀라운 것은 청바지 차림인, 쌀자루처럼 탱탱한 엉덩이가 물에 빠진 듯 다 젖었다는 사실이다. 그가 한 계단씩 다섯 계단을 접을 때마다 가까스로 한 계단씩 접던 청바지는 마침내 남은 계단을 포기하고 만다. 긴 생머리카락을 쓸어 올리면서 나머지 계단과 상관없이 덜퍽 엉덩이를 내린다. 스무 살, 하고 그는 이마 위에 감춰진 나이를 찾아낸다. 저렇단 말이야, 다 저렇단 말이야 하는 소리가 이명인 듯 귀청을 때린다.

깃털은 출구 끝에서 하늘로 멀리 자취 없이 날아간다.

계속되는 아침이고 맑은 거리, 제일 아파트 앞이다. 1층 상가에 새로 생긴 것이 두 가지가 있다. 하나는 ㅎ자동차의 전시장이고 남은 하나는 동태찜집이다. 시기에 맞게 동태찜이 들어왔으나 장사가 얼마나 될지는 두고 볼 일이다. 슈퍼를 치우고 새 단장을 했으니 상권이 어떻게 형성될지는 모르는 것이다.

그건 그렇고 창문 안으로 들여다보이는 ㅎ자동차의 신차종들은 요즘 와서 마냥 붙박혀 있다. 투산과 뉴소나타가 그것인데 몇 달째 그 자리에 같은 차가 눌러앉은 것이다. 나라 경제가 곤핍하다는 것을 여기서도 실감하게 된다.

그는 잠시지만 그런 상념을 한다. 동네 걱정에다 나라 걱정까지 두루 겸해서.

……

그는 평소와 다름없이 그렇게 하루를 시작한다. 승도 보고 속도 보며 내 건물도 아닌 것을 내 건물인 양 흐뭇하게 쳐다보며 이 냄새 저 냄새도 맡으면서 복잡하게 시작하는 것이다. 이제는 주유소, 명신 시장, 암소 갈비집, PC방, 돈이야 돼지집도 지났다. 그리고 정문에서 소리치는 선도부 아이들의 함성도 둘러섰다.

분수대, 복도를 거쳐서 그는 곧장 교무실로 들어온다.

어!

교무실이어서가 아니고 교무실에 들어서는 순간, 그는 코앞에 앉은 현다영을 보자 제 자리에서 열 바퀴를 돌고나서 똑바로 멈춰선 느낌이다. 그런 혼돈 뒤의 무無의 상태를 체득한 것이다.

머뭇거리던 황 영감이 무슨 이야기를 연타석 주청酒廳에서야 꺼냈는지 그 토막이 비로소 연결이 된 것이다.

— 오늘 아침에는 선생님 차를 끌고 가려고 난리쳤어요.

물감처럼 그의 뇌리에 사상事象을 떨어뜨리는 것은 박정임이다.

— 선생님 차를요?

커피잔을 들고 있는 함동우의 목소리가 촉촉하다.

— 마침 지나가던 오상규 선생이 보아서 망정이었지 큰일 날 뻔했어요.

그는 일상적으로 컴퓨터의 전원부터 켠다.

— 걱정이네. 애가 걱정이야.

몇 마디 듣지 않았는데도 상황이 그려진다. 그는 상태가 안 좋은 성갑이를 지우고 마우스를 잡는다.

지금 현은 어깨까지 컴퓨터에 집어넣고 있다. 교재인지 교지인지를 준비하는 모양이다.

저 애를 언제 불러서 이야기를 들어보나.

느닷없는 정보 때문에 그는 괜스레 고민스럽다. 그것은 황 영감이 혼자 고민하는 숙성과정과 닮아 있다. 사생활인데 발가벗고 깨춤을 춘다 해서 함부로 말할 수는 없다. 그런데 무심코 그 통념이 깨질 때가 있다. 많고 샜다. 오염된 공기만큼 악폐스럽게 숱하다. 그러다가 자칫하면 무고죄로 묶여 형을 받을 수도 있다. 그것이 잘못 된 이 사회이다. 설혹 갓을 쓰고 물구나무를 선다손 쳐도 왜 남의 일에 손가락질인가 말이다. 거적을 지고 장에 간들 왜 남의 일에 간섭이겠는가 말이다.

사려 후에 숙성된 황 영감의 이야기는 이렇다.

지난 여름, 황 영감이 전철에서 현다영을 보았다고 했다. 곁에 있는 남자는 어린 사람으로 파악 되었단다. 머리칼이 짧고 현다영과 비슷하게 키도 훤칠했단다. 그런데 짧은 머리의 남자는 현다영의 맨 어깨를 폼 나게 걸쳐 안았더란다. 탄 곳에서부터 두 역을 지나 남자가 먼저 내렸단다. 그 다음 역에서 그만 현을 놓쳤는데 남자가 내린 다음 역에서 내렸을 거라고 했다.

자, 그러면 이때 본 이 남녀의 조합은 정상적일까?

황 영감이 볼 때는 매우 비정상적이었다고 했다. 왜냐하면 짧은 머리칼로 보아서 남자는 본교 학생으로 보였다는 것이다. 어쩜 군에 있는 남자 친구인지 모른다고 했다. 그러나 입대한 남자 친구가 아니라는 것은 엊그제 그 훤칠이를 다시 보았다는 것이다.

학교 주변에다 현이 한 학생을 내려주고 자기는 학교로 갔는데 이때 내린 남자가 여름에 보았던 큰 키에 짧은 머리였다는 것이다. 짧은 머리와 키 큰 남학생은 본교에도 많다. 잘 생긴 최민수나 배용준은 없어도 그 아류들은 더러 있다. 그 점이 황 영감을 혼란스럽게 한다고 했다. 전후 기간이 멀어서 이미지 합성이 어려울 수도 있으나 그만한 우연도 쉽지 않을 것이라고 말끝을 흐렸다.

'이래 된다면 우리 학교에서는 화제의 주인공이 전부 국어과잖아? 거기에 이번에 천둥벌거숭이 같은 어린 여 교사가 남학생을 꼬셔서 연하의 향연을 벌이는데 말이지. 이거는 안 되는 거야.

스캔들이라는 것이다. 이 스캔들을 사전에 방지할 방법은 없을까 했다.

'그러면 그 일로 어제부터 뜸을 들였우?'

'아니야. 모든 일에는 때라는 것이 있잖아. 그리고 '삼포 가는 길' 노래도 한 번 부르고 말이지.'

노래에도 일가견이 있는 황 영감이다. 황 영감은 다방면에 재주가 있었다. 그런 재주를 제하면 일상적인 부분은 그의 앞바퀴에 속해 뒤만 좇아가면 되는 것이다.

'그래서 같이 머리를 짜 보자는 거유 뭐유?'

'아니라, 내가 그 동안 입이 간지러웠지만 참고 있었던 것은 나도 딸을 셋씩이나 키우는 애비 아닌가? 때문에 함부로 발설할 수가 없었지. 조심스럽기도 하고 말이지. 내 얘기는 그때 본 이런 현장이 어디까지 진실한 것인지 갈피가 안 잡혀. 정말 그녀가 어린 남자 아이를 호려서 불을 지필 생각이라면 이건 천하에 남우세스런 일인데 이래서는 우리 교사 집단은 안 된다는 것이지. 안 그래?'

'네, 부처님, 거룩하신 성모님, 예수님.'

'하 하. 내일이라도 잘 봐. 내가 말한 키 크고 머리 짧은 남학생이 얼마나 자주 현다영의 주변을 서성이는가, 나처럼 그런 장소에서 발견이 되는가를 눈여겨보란 말이지. 우리는 그 아이의 아버지가 되고 또 교육 선배 아닌가?'

'네, 꼭지님.'

그래서 그는 술기운이 확 깨는 부담감에 술맛이 가셨다. 그 후로 그는 그 생각을 묻어놓고 있었다. 오늘 아침 현다영을 보는 순간 묻어둔 과제가 떠올랐다, 라고 해야 맞다. 왜냐하면 실상이 그랬던 것이기 때문이다.

— 성갑이 걔, 전학조치를 해야 된다는데 왜 붙들고 있는 거야?

한 머리에선 김호웅이 박정임을 보고 투덜거린다.

이럴 때 적합한 속담이라면 뭐 묻은 개가 뭐 묻은 개를 흉본다는 말이겠다. 객관적으로 보면 성갑이가 걱정스럽다기보다 김호웅 스스로도 걱정스럽기는 마찬가지 아닐까 싶다. 그것을 새 교육과정의 범위라든지 자신의 독특한 교육방법이라든지 하는 눌변은 파기하기로 한다면 말이다.

그는 저장 표지를 눌러놓고 커피 잔을 챙겨서 일어선다.

— 담임도 애를 먹는가 봐요.

함동우가 돌아서서 김호웅에게 설명을 부가한다.

— 성갑이가 또 문제를 일으켰나 보지요?

이번에는 현다영이 가담한다. 의자를 팽글 돌려서 함동우를 겨냥한 것이다.

— 지금까지 얘기가 그거야.

— 아, 난 또 누구라고.

그러면서 교과서를 들고 커피를 타서 자리로 돌아온 그에게로 좇아온다. 좇아와서는 둥지에 새알 떨어지는 소리를 한다.

— 선생님, 뭐하세요?

— 응?

— 지금 안 바쁘세요?

현다영의 늘씬한 키가 키 큰 남학생의 그림과 겹쳐진다. 화면에는 '오리와 원앙이 부부' 라는 꼭지가 떠 있다.

— 그래, 왜?

엄격히는 지난 3월이었지만 그때는 동과에서 정년한 사람이 없었으니까 곧 이어 나가는 황 영감이나 그가 현다영과 바통 터치하는 주자 입장이라는 생각을 했다. 그래서 애처로운 후배에게 자신들의 경험을 전수해서 보다 나은 교직 생활을 하게끔 도와주어야겠다 싶었다. 그러나 그는 여태 한 번도 그런 말을 한 적이 없었다. 선생에게는 시인은 덤이라는 귀띔 말고는. 특히 국어 선생에게는.

— 시험 범위가 말이지요.

펴든 교과서를 그의 책상에다 놓고 목차 쪽으로 지면을 넘긴다.

— 아, 그래.

그는 현에게 수정된 중간고사 범위를 누구도 일러주지 않았다는 사실에 놀란다. 모두 무시한 것이 아니고 등잔 밑이 어두웠던 것이다.

— 요새도 전 단원 공략하기야?

— 네.

빠짐없이 현은 단원을 숙지해서 아이들을 가르치고 있었다. 그것이 바람직할 것 같지만 여건이 그처럼 구비돼 있지 않아 도로일 수가 있다.

— 그러지 말라니까.

— 힘들어요.

— 그렇지?

— 네.

그는 바뀐 시험 범위를 일별해 준다. 고대국어와 근대국어가 같은 국어사여서 근대국어를 빼고 다음 단원을 넣었던 것이다.

— 큰일 날 뻔했네. 근대국어 준비하려고 인터넷도 뒤지고 책도 보고 있는데요.

— 다행이야. 이번 시험에서 빠졌으니까 그 단원은 빼. 이제부터는 해당되는 단원만 교재 준비를 해.

— 너무 힘들어요.

— 거봐. 그렇게 해도 몇 년만 지난다면 고수가 되는 거야. 그러고 나서 다음 학교를 인문고로 옮기면 그때는 한층 변신이 되고 말이지.

— 찜찜해서요.

— 그것은 본인 생각이야. 먼저 아이들이 받아들여야 되잖아? 어때? 아이들이 다 알아 들어?

— 아뇨.

그래 놓고는 뽀시시 웃는다.

— 나 혼자 떠들고 아이들은 자고 그래요.

— 그렇다니까.

— 자는 애들 깨워야지 수업 준비한 것 소화해야지 땀이 나요.

— 그러다가 쓰러지지. 학생에 대한 기대도 잃을 수 있고. 우리 학교는 실업계 학교라는 사실을 알아야 해. 매우 부실한 수업이 잘 하는 수업이란 말이 있어. 무슨 말인가 하면 아이들과 같이 호흡을 맞추는 수업이 잘 하는 수업이란 말이지. 그러면 한쪽에서는 떠들고 한쪽에서는 공부하고 엉망이 되지. 반에 따라서는 그것이 필요해.

그리고 그의 강철 주장인 50분 수업이 일부 학급에서는 벅차다고 말한다.

— 그래요. 자는 애도 많지만 수업 중에 화장실 간다는 애도 무척 많아요.

— 힘들어서 그래. 잘 참고해. 재차 강조해줄까 했는데 교재 준비를 열심히 하고 있어서 말이지.

— 이제 좀 알 것 같아요. 속도를 조절해야겠어요.

— 적당히 남자 친구도 만나고 말이지.

은근슬쩍 본론을 떠본다.

— 그럴 사람이 있어야 말이지요.

그는 움찔한다.

— 사귀는 사람이 없다, 나는 엄마와 살 거다, 이건 처녀들이 하는 공통적인 거짓말이잖아. 안 그래?

— 아니에요. 저는 거짓말 할 줄 몰라요.

— 천하에 제일 거짓말 잘하는 사람이 나는 한 번도 거짓말을 해보지 않았다고 한 사람이래.

— 호 호. 아닌데.

— 정말 없어? 만나는 것을 본 사람이 있을 것인데?

아슬아슬하게 그는 황 영감의 현장을 비켜서 말한다. 흡사 익명의 투서를 들이대는 것처럼 그로서는 찔끔한 부분이다.

— 아니에요. 없어요. 선생님이 한 사람 찾아주세요. 그러면 가을이 살찌겠어요.

— 정말이구나.

— 네.

목례를 하고 돌아서는 현다영에게 그는 이런 말을 덧붙인다.

— 오늘 대화는 참 유익했어.

— 저두요.

— …….

그는 펼쳐진 화면을 주루룩 끌어내린다.

그새 입술이 파삭 탄다.

# 2부 총정리

1.

공사는 몇 주일째 드그럭거리고 있다. 흙을 파내고 배수관만 묻으면 끝날 줄 알았으나 중장비는 남아서 그대로 소음을 생산했다.

드글 덜덜덜덜, 뜨그럭 떡떡, 떨 떨 떨.

그 소리는 지축을 울리는 굉음에 가까웠다. 다행히 가까운 두 개 학급이 드문드문 실습을 나가서 교실을 비우는 바람에 학과 수업이 줄어들어 피해는 덜했다. 하지만 인문과목 경우에는 할 수 없이 교실에서 수업을 해야 한다. 요란한 소음은 인문교과만 고스란히 뒤집어쓰는 것이다.

—…….

이 부장이 인상을 부쩍 쓰면서 계단을 내려온다.

— 수고했어요.

그는 화장실에서 나와 파낸 흙더미를 보면서 말한다.

— 시끄러워서 도무지 수업을 할 수 있어야지.

— 공사가 크네요.

뜨그럭 덜덜덜. 쿵! 쿵! 쿵!

주춤하나 싶더니 소음이 다시 시작된다. 체육관에서 식당과 매점으로 올라가는 계단을 붕괴시키는 중이다. 거기에도 배수관을 묻어 후관동의 뒤쪽 빗물을 하수시키자는 뜻이다.

— 이런 데서도 콩고물이 떨어지나?

작년 봄, 웅장한 장비고를 손댄 데서부터 나온 말이 회자되는 것이다. 웅장하기로야 웅장했지. 이런 소규모와는 비교가 안 될 것이었다.

— 콩고물보다 인부들에 대한 배려겠지요.

— 배려?

의외라는 듯 이 부장이 그를 흘낏 쳐다본다.

— 건설사업이 노동력을 가장 많이 흡수한다지 않습니까. 저기서 일하는 젊은이 보셨지요? 마치 로봇처럼 일을 하지 않습디까.

공사장 곁으로 주춤주춤 걸어가더니 이 부장이 널브러진 금줄을 발끝으로 툭 찬다.

— 그런 애들도 필요하기는 필요해. 남들은 저 나이에 공부네 연애네 해서 시간을 보내는데 말이지.

— 애가 참 순해 보이기도 하고 인물도 두툼하게 잘 생겼잖아요. 왕년의 김일처럼.

산업 역군도 있어야 하고 생각하는데 운동장에서 갑자기 와 하는 소란이 인다. 한 골을 차 넣었거나 차 던진 공이 빗나갔거나 한 것 같다.

— 가시죠!

그는 이 부장의 겨드랑이를 바짝 꿰찬다. 팔이 새끼줄처럼 가볍다. 이 노인도 이렇게 늙는구나 싶다.

이 부장은 한 때 잘 나가는 참고서 필자였다. 그래서 전국적으로 이름이 알려진 저명한 사람이다. 그도 이 학교에 와서 실물을 확인했다. 그런가 하면 그는 이 부장이 송 영감과 이웃한 지역에서 최일선을 지킨 보병 출신임을 알고 있다. 포탄이 엄폐호 앞에서 폭발하는 바람에 종가집 장손입니다, 후방으로 보내주십시오 하고 소대장에게 소란 떤 사건은 지금도 본인 운명이 자칫했으면 그때 달라질 뻔했다고 믿고 있다. 생사의 기로에서 한 발 비켜 선 지점이 당신의 가없는 삶의 터전이 되었다는 것이다.

— 손님을 앉혀놓고 주인은 어디로 싸돌아다니는 거야.

때맞추어 송 영감이 양지다방에 와 있다. 아이 문제로 잠깐 자괴스러워 하던 영감이다. 타 놓은 커피는 이미 절반 줄어 있다.

— 아, 장군님 오셨군요.

수선스럽게 이 부장이 인사를 한다.

— 두 사람은 왜 만날 붙어 다녀? 아이들이나 잘 안 가르치고.

그 참, 희한하다고 그도 생각한다. 자석 가루처럼 수업을 마치고 교실을 나오면 간혹 그들은 또르르 뭉친다. 그나 상대가 기다리기도 해서. 그리고 갈 때는 아예 뭉쳐서 나가고 말이지.

— 장군님, 웬 심술이셔.

고독했어? 하고 이 부장이 손바닥을 쓱쓱 부비면서 웃는다.

송 영감도 황 영감과 같은 ROTC 출신이다. 그 중, 송 영감의 꿈은 장군이라 했다. 그러나 지금 부인을 만나는 바람에 전역을 결심했다는 것이다.

계급은 대위였다. 혁혁한 대한민국 예비역 장교임을 자랑스럽게 여기는 사람이다. 그 부인은 사업 수완이 있어 강북에서 대형 슈퍼를 운영한다. 하나 아들은 군의관이고 딸은 시집을 갔다. 손녀가 얼마

전에 첫돌을 보냈다. 아이구 나는 인생 종쳤네, 할아버지가 확실히 되어버렸으니 했다.

그러나 그것은 엄살이었다. 찌는 여름, 낯선 나라까지 가서 어려운 이들을 일주일씩이나 돌보고 돌아오는 것을 보면 마음도 몸도 젊은이 못지않게 건강한 초로였다.

— 저기는 어떻게 된 거야?

— 어디?

그는 은연중에 움찔한다. 지금 현다영은 자리에 없다.

— 저기, 옆 동네.

— 아, 공문 건.

— 다른 사람들은 소리가 없나? 외국어과에서는 조용한가?

— 소리가 있고 말고 할 게 어딨어.

— 굿이나 본다고?

— 그럼.

그도 박민태의 의자를 끌어다 송 영감 곁으로 앉는다.

— 그런 좋은 기회를 말이야.

— 1만 피트 창공에서 마시는 커피에다 관광에다 전부 거저잖아.

— 그래서 쌍심지를 켠 거야. 누가 그 사람 추천해서 한 달간 외국 연수 다녀 오슈 하겠어?

미운살이 남은 듯 이 부장의 덧대는 말투가 까칠하다.

— 어떻게 보면 사람이 덜 떨어진 것도 같고.

후르르 커피를 들이켠다. 마치 남은 국 국물을 마시는 소리 같다.

— 그래도 선생하잖아.

그러자 벌컥 송 영감이 커피를 토한다. 넘어가던 커피가 목젖에 걸린 모양이다.

— 왜, 괜찮아?

— 아니, 괜찮아.

입술로 넘친 커피를 손등으로 대충 지운다. 그리고 손바닥으로 정리한다.

— 우리 학교에 어떤 선생이래. 하도 발음도 철자도 틀리고 하니까 아이들이 이렇게 저렇게 고쳐 줬대. 그런데 문제는.

— 그런 능력이 우리 아이들한테도 있나?

이 부장이 돌아앉은 채 뒤통수로 말한다.

— 하여간 누구냐고 알면 수긍이 가는 소리야.

— 그래?

그도 신기해서 화제에 빨려든다.

— 그 후에 어느 선생에게 묻더래. 우리 학교 선생님도 다른 학교에 갈 수 있느냐고. 그러면서 이 학교에 선생으로 오려면 어떤 시험을 보느냐고 하더래.

— 아이들이?

마침내 이 부장이 컴퓨터를 버리고 훌렁 돌아본다.

— 그렇지. 우리 학교 선생들은 다른 학교 선생과 다르지 않느냐는 거지.

— 이런 자식들이 저희 주제는 생각지도 못하고서.

이 부장이 푸르르 화를 바친다.

— 혈압 고정해. 그쪽 얘기는 아니야. 어떤 수업 시간 얘기가 나와서 거기까지 이야기가 발전한 것이래.

— 그러니까 우리 학교 선생들이 얼마나 못 가르치면 그런 놈들한테 그런 말을 듣느냐 말이지.

그도 치를 떤다. 떨면서도 한편 아이들이 무섭다는 생각을 한다. 카메라폰이 그냥 카메라폰이 아닌 것이다. 또 더 정밀한 사진기는 아이들의 눈이라는 것을 실감케 한다.

무섭다 싶다. 발끈할 때 이 녀석들 혼찌검을 내줘야겠다는 생각은 쑥 들어가고 만다.

— 저기는 어디 갔어?

계속해서 송 영감이 눈짓으로 옆 자리를 가리킨다.

— 모르지. 출장인가 하루 종일 안 보이네.

출장은 무슨, 하고 수틀리는 소리로 말하고 커피잔을 구겨 쥐고 일어선다.

— 가려고?

— 다음 시간 수업이야.

그도 엉덩이를 들고 일어선다. 그리고 의자를 제 위치에다 밀어 넣는다.

— 잘 가시오.

또 오시오, 커피가 맛있다고 소문 내지 마시오.

송 영감이 그의 말을 받아서 휴게실 문에 얼굴을 끼우고 말한다.

— 지랄한다.

그는 잘 한다는 소리로 알아듣고 벌쭉 웃는다.

— 아는지 모르지만 전에 있던 학교에 어떤 영어 선생이 있었어. 거기는 소위 강남권이었거든. 그런데 이 선생은 늘 책만 보고 수업을 해. 아이들 하고 눈을 못 맞추는 거야. 하도 틀리니까 자신감이 없는 거지. 사람은 똘똘해 보였는데 그래. 거기는 한 반에 몇 명씩 외국에서 살다 온 아이들이 있었어. 그때 내가 학년부장을 할 땐데 학부형들이 찾아와서 어느 영어 선생 좀 바꿔달라고 해. 왜냐니까 발음이 영 아니래. 전혀 안 되는 소리를 한다는 거야. 현장에서 살다가 온 아

이들 하고 국내파 선생들하고는 많이 다르지. 그래서 한 1년 동안 애를 먹었어. 나는 다음 해 와 버렸으니까 알 수가 없지. 어찌 됐는지.

이 부장의 말을 듣자니 그도 생각나는 이야기가 있다. 오래 전에 있었던 어떤 연수 자리였던 것 같았다.

그때 이미 대학생들이 컴퓨터 관련 학과 교수들을 능가해서 교수 자리가 위태롭다고 했다. 학생들이 이론이나 실기를 새롭게 더 빨리 받아들인다는 것이다.

그 다음이 영어영문과 교수들이라 했다. 이 부장의 얘기대로 본토 발음을 숙지한 학생들이 많아서 토박이 교수들이 진땀을 뺀다는 말이었다.

그에 비해서 국문과는 예외라 했다. 빡뽀설화부터 춘향전만 놓고서도 1년을 가르친다고 했다. 그밖에 찬기파랑가讚耆婆郎歌니 연오랑延烏郎과 세오녀細烏女니 풀어 놓을 보따리는 쌔고 쌨다고 했다. 그래서 국어국문과 교수들은 철밥통이니 철가방이니 한다는 이야기였다. 어쩌면 그런 현상은 앞으로도 유효한 것이 아닐까 싶다.

— 어느 선생인지 짐작은 가네.

이 부장이 관심을 잃지 않고 말한다.

— …….

얼굴이야 떠오르지만 점안이 안 된 얼굴이라 그는 관심을 묶는다. 그리고 알아서 득 될 것도 없다는 생각을 한다.

— …….

이 부장도 그 말에 대해서는 더 이상 말이 없다.

— 철가방 얘기 아세요?

— 누구? 이창명이?

그는 흐르르 웃는다. 그리고 말한다.

— 네.

다음 시간은 3학년이다.

## 2.

힘든 고전 단원이 넘어갔다. 다음은 재미있는 단원이라 했으나 그런 단원은 없다. 공부가 재밌는가 하면 이들에게는 서른이면 서른 명이 다 아니라고 할 테다. 그러니 어떤 단원도 마침맞지는 않다. 특히 졸업을 앞둔 시기라서 취업과 진학에 대한 꿈만 가득하지 눈앞의 고타분한 공부는 안 보일 것이다.

— 제왕이는 몇 점이나 나오나?

수업 중에 들으니 9월에 친 모의고사 얘기가 번성한 것 같았다.

— 몰라요.

고개를 내젓는 모습이 시원찮은 눈치다. 이렇게 인간성 좋은 아이들이 점수가 많이 나와야 하는데 현실은 그렇지 않다.

— 왜?

— 잘못 쳤어요.

— 그래도 2백50점은 넘지?

실업계는 이만한 점수라면 상당하다. 인문계의 3백 점을 상회하는 성적일 것이다.

— 네.

— 누가 이 반에서 성적이 좋으냐?

— 김상신이요.

김상신은 천하의 장난꾸러기다. 얼마나 애를 먹이느냐보다 얼마나 떠들었느냐고 물어야 할 것이다. 그는 그것을 정상이라고 생각할 뿐

애를 먹인 것이라고는 생각지 않는다. 왜냐하면 왕성한 성장의 표현이 그런 번잡함이라고 생각하기 까닭이다. 물론 제왕이처럼 얌전하게 지내는 것도 좋기야 하지만.

— 그래?

그는 위치를 바꾸어 상신이쪽으로 다가간다.

상신은 요새 와서 수험 서적을 펴놓고 하는 척을 한다. 그러고 보면 자리도 복도 쪽에서 둘째 줄로 옮긴 것을 알 수 있다. 상신이로부터 뒷자리가 그들의 빨래터였던 것이다. 그때 상신은 큰 입을 벌리고 옆으로 앉아서 '아구를 깠다.'

— …….

그가 곁으로 다가서자 상신이가 적이 긴장한다. 제 이력을 스스로 알고 있는 것이다. 이제부터 그가 상신을 집적거리면 된다. 그러면 보상이 되는 것이다.

— …….

지금 들여다보는 책은 영어 문제집이다. 빡빡한 글씨를 무슨 힘으로 읽어내는지 그리고 문제는 어떻게 풀어 가는지 그로서는 가늠할 수가 없다.

— 상신이가 열심히 하네.

말투와는 달리 그는 신속하게 상신의 목덜미를 손아귀로 눌러 잡는다.

— 아!

아이의 반응이 크다.

— 공부해 임마. 이제부터는 내 차례야.

그는 짓이기듯이 놈의 목덜미를 꺾어 누른다.

— 아, 선생님. 공부해야 돼요.

상신이가 상체를 크고 작게 비튼다. 그 한 방이 그로서는 깨소금이다.

— 상신은 몇 점이나 나오나?

그는 쉽게 손을 풀고 상신의 책상 옆에 선다.

— 글쎄요.

— 3백 점?

— 네. 그 정도 되는 것 같아요.

놀라운 일이다. 이런 곳에서 이처럼 알토란 같은 점수가 나오다니! 그 점수라면 인문고의 3백5십 점 이상일 것이다.

— 그래?

— 모의고사라서 아직 몰라요.

모의고사라서 난이도가 본고사보다 높다는 것이 종전 그의 경험이었다.

— 아니다. 열심히 해라. 일찍 철이 들지 그래, 짜식!

이번에는 상신의 넙적한 등판을 손으로 쿡 덮누른다. 상신이가 입술을 걷어 올리면서 웃는다.

— 선생님, 지금 상신이 공부 안 해요. 괜히 하는 척하는 거예요.

가장 가깝게 지내던 명준이가 뒤에서 주먹으로 쥐어박는 시늉을 한다.

— 맞아요. 선생님 없으면 계속 떠들어요.

친하게 지내던 친구들이 다 적이다.

— 임마!

그는 상신의 편이다.

— 조용히 해! 김상신이 지금부터 공부한다.

칠판에는 그가 판서한 유려한 글씨들이 날고 뛰고 기고 있다. 어느 수학 선생이 조밀하게 바둑판에 돌 놓듯이 하던 판서와는 격이 다르다. 비교하면 그의 판서 형태는 시원시원한 편이고 수학 선생은 정밀한 수학적 판서라 할 것이다. 그는 수학과 같은 판서법을 끝내 익히지 못하고 말았다.

시간은 아직 7분이나 남았다. 제왕이 곁으로 다가서다가 낯선 문서 하나를 발견한다. 홈룸 조직표 위에 테이프로 붙인 것은 '대학수학능력시험 9월 모의고사 평가표' 이다. 그중에 '채점불가 인원 현황' 을 게시해 놓았다.

1반— 12명

2반— 15명

3반— 8명

……

6반— 13명

……

13반— 10명

14반 — 6명

이것이 학급별로 채점이 안 된 인원이란 것이다. 내용별로는 수리영역, 탐구영역, 사탐/과탐/직탐영역의 선택 과목을 잘못 표기하거나 응시유형을 무 표기해서 채점이 안 된 것들인데 용어부터도 일부 학생들에게는 반발력이 크다는 점을 인지할 수 있다.

유형으로는 직탐영역의 선택과목을 2개 혹은 3개, 4개까지 선택하여 채점이 안 된 경우이거나 반대로 탐구영역에서는 선택1과목 또는 선택4과목 등을 전혀 표기하지 않은 경우도 있다. 그 외 '기타' 로도 잘못 표기한 사람이 한 반에서 여러 명이 나온다. 개별적으로 가장 많이 오류를 발생시킨 학생은 7회가 1명이고 5회가 3명, 4회가 1명, 3

회가 4명 등이다.

그가 생각할 때는 남 따라 장에 가니까 이런 요령부득의 결과가 나타나는 것이다. 인문학교에서도 오류야 나온다. 그렇지만 비교가 안 될 만큼 그 숫자는 현저히 적다. 그것은 월별로 학년별로 연중 반복 훈련을 하기 때문이다. 그에 비해 실고에서는 1학기에 한 차례, 이번 9월 시험이 두 번째인 것이다. 그러니 한 학급에서 대량으로 열댓 명씩이나 채점 불가 인원이 나오는 것이다. 형식적인 법제의 표본이 안 될까 싶다. 아니라면 실고의 인문고화人文高化 과정의 과도기 현상이라고나 할까.

좋게 좋게 보자면 그런 것이다. 실고의 본령인 기능인력 양성 운운하게 되면 이야기는 더욱 복잡해진다. 그러니 그 얘기는 덮어 놓겠다.

본교를 비롯해 지금 실고는 애초의 취지와 다르게 많은 변화를 모색하는 단계에 와 있다. '특별전형으로 대학 들어가기가 쉽다' 는 유인책부터 정책이 크게 바뀐 것이다. 이에 대해서는 보통교과 선생들과 전문교과 선생들의 견해가 다르고 동일 교과안에서도 개인별 견해는 다르다. 그래서 언제까지 논란의 여지만 만들어 놓을 것인가 싶다. 100년 대계의 장대한 텃밭에는 발도 들여놓지 못하고 줄창 언저리만 서성거리다가 시간을 소비하는 느낌인 것이다. 하여간 그건 또 그렇다 치자.

살펴보면 7회에 걸쳐 오류를 발생시킨 학생은 탐구영역에서 1,2,3 과목을 무 표기하여 빈도수를 높인 경우이다. 이 학생을 붙잡고 묻는다면 담임은 어떤 대답을 듣게 될지 모르겠다. 아마 '전혀 모르겠어요' 나, '엄청 헷갈렸어요' 중 하나일 것이다. 결국 연습이 부족했다는 것이다.

— 선생님, 배 안 고프세요?

누군가가 던지는 말이 점심시간이라는 뜻이다.

— 그래. 마치자.

못 본 것으로 하고 그는 입을 꾹 닫는다. 이것도 자존심일 수 있으니까.

— 차렷!

웅철의 구령이 파장을 일으킨다. 밥 소리에 그나마 몸을 일으키는 사람은 손꼽아서 몇이다.

— 경례!

버려두고 몇이서만 인사를 주고받는다.

3.

점심을 빨리 먹으면 해가 빨리 진다는 신조로 하나같이 점심을 당겨 먹는 이들이 있다. 그도 그들 축에 속한다. 심지어 점심을 먹고 나면 하루 해는 다 간 거나 마찬가지라는 소리도 있다. 시간을 다투어야 할 사람들이 불나방처럼 어딘가를 향해 허둥대는 몰골인 것이다. 가여운 청맹과니들이라니.

보리차로 입을 행구면서 식당을 나오는데 송 영감이 거품을 문다.

— 큰일 났어.

— 왜?

이 부장이 놀라 발걸음을 멈춘다.

— 아이들이 다 봤대.

— 뭘?

— 그날 도깨비짓거리 하던 날 말이야.

선후 없이 내던지는 말에 그도 어리둥절해진다.

— 언제?

— 가만히 있어봐. 나도 밥을 먹어야지.

— 무슨 말인데?

이번에는 그가 팔을 빼서 송 영감을 붙잡는다.

— 그때 황 영감하고 저 집에 갔을 때 말이지. 안주 모두 합쳐서 6만 5천 원 하는 집 말이야.

아, 그날. 그날은 좀 취했다. 아니 그들이 모여서 언제는 맑은 정신으로 헤어진 적이 있었나? 2차는 노래방이고 3차는 호프집이다. 호프집에서 입가심을 한두 잔씩 하고 나면 다음 날은 반생반사다. 머리가 깨어질 것처럼 태를 두른다.

— 그날 왜?

— 우리 과 아이들이 지나다가 봤어.

그의 팔을 뿌리치고 송 영감은 식당으로 빨려든다.

— 왜 무슨 일이 있었어요?

사정을 알지 못하는지라 함동우가 귀를 키워서 묻는다.

— 술 먹고 여기 박 첨지가 그날 지갑을 잃어버렸어. 그런데 나중에 보니까 자기 가방에 들어 있지 뭐야.

자신의 벼슬이 드디어 첨지로 올랐네 하고 그는 흐뭇하게 웃는다.

— 다행이네요.

함동우가 사건의 일부만 듣고 고개를 끄덕인다.

— 그런데 아이들이 그때 곁에 있었던 모양이네. 첨지는 맨바닥에다 가방에 든 온갖 원고랑 심지어는 물병까지 꺼내놓고 눈을 부라리며 지갑을 찾고 있었는데 말이지.

— 어디서 나왔어요?

듣고만 있던 박민태가 관심을 보인다. 진지하게 눈빛을 빛낸다.

— 원고뭉치 틈에 감춰져 있었던 거지. 바지주머니에다 넣는다면서 가방으로 밀어 넣고서는 그 난리였어.

— 아하! 그 말이었구나.

대낮에 도깨비라도 본 듯 함동우가 고개를 쳐들고 킬킬거린다. 마치 외양간을 나온 황소처럼 웃는 것이다.

— 서울 한복판에서 도깨비가 출몰했다고 노랑신문에 나는 것 아닌지 모르겠어. 걱정이야.

— 웃자고 한 말이지요. 안 그래요?

박민태는 이 부장과 시각이 다르다. 곧이곧대로인 것이다. 고지식해서.

— 그랬으면 좋지.

후관동을 돌아서 그들은 공사가 진행 중인 체육관 쪽으로 나온다. 점심시간이라 현장도 쉬고 있다. 굴삭기는 계단 밑에서 옹벽을 뜯다가 뿌레카를 입에 문 채 목을 꺾고 있다.

— 저희 옆집이 지금 중장비업을 하는데요. 이런 소형 굴삭기는 하루 일당을 30만 원 받는데요. 한 나절은 20만 원이구요.

박민태가 쉬고 있는 굴삭기를 가리키면서 말한다.

— 장비값이겠지.

— 그렇지요. 인부 삯과 비교하면 안 되는데도 사람들은 하루 30만 원이라 하면 깜짝 놀란대요. 그렇다고 매일 일이 있는 것도 아니잖아요.

박민태는 그들이 모르는 이웃 편이다. 박민태의 말은 맞다. 그런데 이곳 젊은 인부는 과연 얼마나 받는지 그는 청년의 몫이 궁금하다. 6만 원? 혹은 8만 원? 순전히 살로 부비는 육체노동인데도.

— 우리는 일당이 얼만지 아세요? 혹시 계산해 보셨어요?

함동우가 갑자기 화제를 앞섶으로 끌어온다.

— 얼추 15만 원씩은 되지?

대강이라면서 이 부장이 계산을 한다.

— 그래요. 5천5백 정도면 그렇게 되지요. 저는 연봉이 4천8백인데 하루에 놀고 자고 비 오고 눈 오는 것과 상관없이 13만 원씩이에요. 물론 세금도 포함된 숫자지요.

군대 개미 같은 세금이 문제지만요 하고 함동우가 덧붙인다.

그새 1백 갑절이 올랐구나 하고 그는 생각한다. 30여 년만에 1백 배란 쉬운 일이 아니니다. 다른 분야에서는 어느 정도 달라졌는지 모르지만 1백 배 규모는 쉽지 않다. 그만큼 경제가 확장되었다는 증거일 것이다.

— 물가 상승률이며 쌀값 오른 것, 버스비 등과 비교하면 예전보다 크게 개선된 것은 없어.

비슷한 나이라서 그가 하는 생각들을 소상히 알고 있는 사람처럼 이 부장이 초를 친다.

— 왜요? 교직이 요새 상종가잖아요.

함동우가 그의 편에서 조언을 한다.

— 불황이어서 그렇지, 다시 살아나 봐. 금세 달라지지.

— 안 그래요. 요새 구조 조정 때문에 교직에 대한 인식이 많이 바뀌었어요. 사오정, 오륙도 하는 세상인데 나와 부장님은 지금 고희를 바라보고 있지 않습니까? 그러면서 당당히 국록을 먹구요.

반골인 이 부장을 그는 사오정과 오륙도로써 꺾는다.

— 하 참. 백면서생과는 얘기를 못하겠네. 낮에 반주 드셨우? 술은 없었는데.

이 부장이 따끔하게 일침한다.

— 한 가지 분명한 것은 1970년대 신문을 보면 교사의 이직 희망률이 50%가 넘었던 것 같아요. 심할 때는 6,70%까지 나왔을 거예요. 저도 안달이 나서 택시를 모느니 어쩌니 하면서 이직 고민을 많이 했어요. 그때는 정말 교사 봉급이 쥐꼬리였어요.

— 전반적으로 못 살 때니까 그렇지. 그때는 국민소득이래야 미처 백 불이나 됐나?

그의 어려운 얘기에 이 부장도 다소곳해진다. 그런 점에서 보면 박민태나 현다영과는 비교가 안 되는 시대를 걸어온 것이다. 이를 참스승(상)이라고 이름 지어도 될지 모르겠다. 가난을 무릅쓰고 오직 2세 교육에만 전념해 왔으니까.

그러나 시대는 냉정하다. 지난 것은 잊어버린다. 닥쳐올 것만 생각하고 눈에 보이는 것만 판단한다.

늙었으니까 나가시오!

그것이 곧 정년단축이었다. 매우 일방적인 게임이었다. 거기에는 교사의 양심이나 정의가 없었다. 그래서 수많은 교사들이 자의적으로 또는 타의에 의해 분필을 던졌다. 그때 나온 말이 교단붕괴였다. 그가 뒤적거린 시구에는 '고성 산불은 30년이면 복원되나 무너진 교단은 요원하다' 고 적었다.

울분에 차서 씹두드린 것이니까 반은 감정의 발로이지 이성적 판단은 아니라 하겠다. 그만큼 절망해서 현실을 지켜봐야 했던 순간이던 것이다.

차라리 이제는 자정에 자정을 거쳐 심정적인 정리와 주변정리까지 다 된 터수라 남은 시간이 부담이 된다 하겠다. 그리고 연일 보도되는 청년 실업자들에게 미안한 생각을 감출 수가 없다. 상생하는 방식이 이래서는 부조화의 극이지 균형이 아니라 싶다. 그렇다고 당시의 결단이 옳고 정의로웠다는 것은 아니다. 현재의 경제 상황에 비추어서 이웃이 돌아 보인다는 뜻일 뿐 추호도 그런 뜻은 아니다.

— 이 공사는 학교에서 업자를 물색해서 청부를 하는 것인가요?

가죽나무 곁에서 박민태가 이빨을 후비면서 묻는다.

— 그렇지. 학교에서 전담으로 공사만 하는 부서가 있는 줄 알았어?

— 글쎄 말이지요. 매일 깨고 부시고 바르는 것 같아서요.

학교에도 쓸 만한 장비가 보이던데요 하고 박민태가 자기 말에 토를 붙인다. 그도 박민태의 생각에 동의한다. 뿐만 아니라 시추기 같은 자원과의 수억짜리 장비만 보더라도 본교의 중장비 확보 수준이 높다는 것을 알 수 있다. 보유한 장비들을 이런 현장에 바로 끌어와서 지출을 최소화 할 수 없다는 것이 절차상의 문제를 떠나 아쉬운 과제라 할 것이다.

학생 화장실 앞에 이르자 가장 먼저 걸음을 멈춘 사람은 함동우다.

— 기氣를 받아서 들어갈까요?

이 부장과 몇이서만 주고받는 날조된 미신을 함동우까지 감염당하고 있는 것이다.

— 가시죠, 부장님.

그가 떠밀다시피 이 부장을 화장실로 앞세운다.

## 4.

한 무더기 아이들이 양호실 옆 계단으로 봇물처럼 터져 나온다. 스무남이나 되는 아이들의 움직임은 일사분란하다. 산발적으로 뛰지만 일제히 교문을 향해서 뛰는 것이다. 마침 정문도 크게 열려 있다.

— 야, 빨리 안 돌아와!

표창을 날리듯이 교실 창문에서 소리치는 사람은 김호웅이다. 그는 분수대 연못에서 얼씬대는 금룡金龍들을 살피다가 문득 놈들을 잡아야겠다는 생각을 한다.

— 어서 와! 안 와?

그러나 벌써 아이들 꽁무니는 정문에서도 감추어졌다. 등나무 밑이나 모과나무 곁에도 남아 있는 그림자는 없다.

무슨 혁명을 하는 거야!

깨진 분위기로 인해 그는 멈칫거리던 발걸음을 돌려 운동장 곁으로 나온다. 가을볕에 타들어가는 은행나무가 이쪽에도 한 그루 노랗게 금빛을 자랑하고 있다.

아마 영양이 부실한 탓이라고 그가 평소 노리끼리한 색감을 두고 염려해 온 나무 중 하나이다. 그러나 가을 앞에 먼저 나서는 이 나무나 창으로 보이는 나무는 일체 그런 염려를 하지 못하게 만든다. 너무 곱다는 말로써 또 잔약한 잎이 아닌 풍성한 색감으로써 하루 다르게 금물을 쭉쭉 뿜어 보는 눈을 황홀하게 만드는 것이다. 노란 수액이 당장이라도 떨어질 듯 잎새마다 금빛이 넘쳐난다.

— ……!

바삐 목례만하고 지나가는 사람은 소재과의 안 선생이다.

'언제 식사나 같이 하시죠.'

그러고 나서 시간을 정해 밥 한 그릇만 먹으면 되는 일을 그는 입때껏 운조차 떼지 못하고 있다. 만나기도 어렵지만 그보다는 그의 마음이 멀어서 일 것이다. 초심에는 그렇지 않았다. 낯선 학교로 노병이 되어 찾아왔을 때 뜻밖에 처음 인사를 왔던 사람이 안 선생이다.

'박 선생님 되세요?'

'네.'

'소재과의 안태문입니다.'

'네. 좀 앉으시죠.'

'괜찮습니다. 진작 찾아뵀어야 하는데 늦었습니다.'

그가 아는 사람 중에 다른 학교에 있는 심이라는 이가 있다. 심을 안 선생이 끌어들이는 것이다.

'아, 그러세요?'

세상이 넓고도 좁다는 말이 실감되었다.

차일피일하다가 늦었다고 한다. 좋은 분이 갔으니 인사나 트고 지내라고 심이 말했다는 것이다.

'와 주셔서 감사합니다. 저하고는 3년간 같이 있었지요.'

'우리는 지금도 가끔씩 만납니다. 심 선생하고는 중학교도 같이 다녔어요.'

'네. 그렇습니까.'

소재과가 어딘가? 1, 2, 3 교무실을 제외하면 전문교과 교사실은 여러 동에 흩어져 있다. 그러니 길을 돌고 돌아서 찾아왔을 것인데 그는 선 채로 돌려보냈다. 그 후로는 좀처럼 만날 수가 없었고 식당에서나 먼빛으로 한 번씩 스칠 뿐이었다. 이렇듯 목례로써 인사를 나눈 것도 손꼽아 몇 차례에 지나지 않았다. 그러니 알아도 모르기나 마찬가지인 셈이었다.

학교장이 화단을 손질하는 뒤쪽을 택해 그는 길을 잡는다. 교장을 피하려 한다면 건물 안으로 들어서면 된다. 그러나 구태여 그럴 이유가 없어 교장 선생님 수고하십니다, 하고 지나간다.

— 네. 오래간만입니다.

학교장이 반가운 척한다. 사실이지 오래간만이기야 하다. 지난 겨울, 중국 자매교를 다녀온 후로는 통 만나지를 못했으니까. 만난다고 해도 지금 같이 수인사 정도로 넘어가지 그 외에 다른 수순은 없다. 그가 서먹해 하는 것이 원인일 수도 있고 상대가 바쁘기 때문이란 이유도 있다. 그러나 서먹함보다는 바쁜 것이 더 큰 이유일 것이다.

그도 평소 학교장에 대해서는 한 마디 하고 싶은 이야기가 있다.

'학교장님, 부디 대교장이 되십시오.'

하지만 지금도 그는 그런 말이 쑥 들어가 버린다. 본인 앞에서는 왠지 조심스러워지는 심리를 스스로 좀팽이라 그렇다고 판단한다. 밖에서는 이런저런 불평에 한 묶음이다가도 안으로 들면 꼼짝 못하는 품세인 것이다.

그래서 그는 여지없이 작아져서 그림자도 서둘러 걷어 건물 속으로, 2교무실로 돌아온다.

— 선생님, 안녕하세요.

— 이게 누구야?

그는 얼굴은 알고 이름을 기억하지 못하는 건장한 청년을 악수로 먼저 인사부터 한다.

— 배영민입니다. 안녕하셨어요?

— 그래. 어쩐 일이야?

새삼 영민의 등장이 낯설다. 영민은 지난번 학교 때 가르친 학생이다. 그러니까 3년도 넘은 일이다.

— 병무청 지정 병원이라고 해서 여기까지 왔다가 선생님 뵙고 가려구요.

영민은 길 건너 있는 대학병원을 팔로 에둘러서 가리킨다.

— 그래 고맙다. 앉아라.

그는 서정국의 자리를 꺼낸다.

— 식사는 했나?

— 네.

— 학교는 어떠세요? 좋으세요?

— 그럼. 좋지.

학교가 좋다는 말은 학생이 좋다는 말일 것이다. 그리고 학교 분위기가 좋다는 말이 된다. 그는 그 두 가지에 모두 동의를 한다.

— 교장 선생님은요?

— 교장 선생님?

저쪽 학교에서는 학교장이 호평을 받았다. 그는 자발적으로 모범을 보이는 교장을 거기에서 목격했다. 과거에도 그런 교장이 있었다고 들었지만 현실로도 그 교장은 모범의 전형이었다.

— 네.

— 그럼, 좋지.

공식은 간단하다. 누워서 침 뱉지 않는다는 것, 그리고 미진도 날빛에서는 그늘이 진다는 것 등.

— 다행이네요. 우리 교장 선생님은 그때 학생들한테도 인기가 대단했어요. 선생님도 아시지요?

— 아무렴. 그랬지.

초빙 교장 자리를 사양한 것부터 교장실을 줄여 특별교실 2개를 만들어 섰던 것, 그리고 가정수호, 학교사수금지라는 독특한 금언을 남긴 일 등 손꼽을 일이야 많다.

— 수업은 안 많으세요?

너희들과는 비교가 안 될 반전이다. 그것을 어느 정도 영민이 이해할까 싶다.

— 적당해.

— 가르치는 것은 어때요?

— 네가 오늘 나를 심문하네?

그것도 예전과는 엄밀히 차이가 크다. 양적으로도 그렇지만 질적으로도 그렇다. 어느 쪽이냐 하면 그는 천동天童인 이들이 좋다고 말할 수 있다.

— 궁금해서요. 선생님이 어떻게 가르치는가 해서요.

— 그래?

— 아이들이 아무래도 그렇잖아요.

— 아, 네 동생이 공고라고 했지?

— 작년에 졸업했어요.

비시시 영민이 웃는다. 그 애 때문에 영민이 그와 몇 차례 상담을 한 적이 있다. 학교를 잘 나가지 않는다는 것이다.

게으를 뿐 다른 문제는 없는데 외부에서는 큰 문제라도 있는 것처럼 백안시한다고 했다.

'네가 가서 상담을 해봐라. 네 얘기는 다를 수 있으니까.'

그 상담이 성공해서 동생은 60일 가까이 결석을 했지만 무난히 진급을 했다. 유급은 없었어도 전학은 보낼 수 있었으니 그 일을 영민이 방어한 것이다.

— 학교는 어떻게 잘 다니나?

— 저요? 동생요?

— 둘 다.

— 동생은 봄에 자원입대했고 저는 이번에 해군에 지원하려구요.

동생은 공군이라고 한다.

— 너는, 학교는?

— 이번 겨울에 가려구요. 시험은 다 치구요.

— 3학년인가?

— 네.

— 적당하네.

그리고 그는 신들린 듯 이야기를 한다.

너를 보니까 생각나는 일이 있다. 그것은 말이다. 내가 왜 이 학교로 도중에 왔느냐 하면 학교 분위기나 체력상의 문제가 있어서 그런 것은 아니었다. 두 가지가 있는데 둘 다 학생과 관련이 있다. 하나는 누누이 하는 이야기지만 가르치기가 매우 힘들었다. 너도 잘 알듯이 문학(국어)시간이 되면 아이들이 전부 엎드려 잤다. 아니면 다른 과목 공부를 했다. 그 외에 남은 5, 6명을 데리고 수업을 하는데 그 시간이 보통 힘들지 않았다. 3학년들이 어떻게 그럴 수 있느냐 말이다. 그래서 물으면 똑같은 대답을 듣는다.

'선생님, 개 오늘 숙제 안 해 가면 과외 선생님한테 맞아 죽어요.'

너도 알지 않니. 너희 반에도 그런 애들이 여럿 있었어. 그것은 반마다 비슷했지. 그래서 문학 시간에 수학이나 영어 숙제를 하도록 내버려두어야 했다. 한편 자는 애들도 결국 과외와 상관이 있었다. 새벽 두 시까지 공부를 하고 아침 일곱 시에 등교를 하는데 어느 장사가 그 잠을 이기겠는가 말이다. 그리고 낮에 자두어야만 밤에 일명 돼지 죽을 먹게 된다.

남은 한 가지는 학부형들의 센 입김 때문이다. 한 번은 화장실에서 담배를 피우고 나서 꽁초를 변기에다 집어던지는 아이를 적발했다. 1학년이었다. 학생부로 데리고 오려니까 아이가 바락바락 떼를 쓰면서 가지 않겠다고 했다. 자기는 절대로 담배를 피우지 않았다는 것이다. 그러면서 바로 엄마한테 핸드폰을 걸었다. 빨리 와 보라고, 어떤 선생이 자기가 담배를 피우지 않았는데 학생부로 가자 한다고, 빨리 와 했다. 이런 아이들과의 싸움은 또 다른 고통인데 그 뒷수습이 여간 힘들지 않았다.

그리고 이것은 별도인데 아직도 가슴에 남아 있는 교사로서의 비애다. 즉 무엇이 곤혹스럽게 나를 들볶았느냐 하면 지금도 끊임없이 논의되는 내신 성적 관련이다. 너희들이 공부를 하지도 않고 절대로 국어(문학)는 애써 공부를 하지 않는 것을 볼 때마다 나는 이놈들 이번 시험 어떻게 치나 보자 별렀다. 혀가 빠지도록 어렵게 출제할 것이라고 이를 앙다물었다. 그러나 현실은 그렇지 못했다. 왜냐하면 너희들 얼굴을 쳐다보면 너희에게는 전혀 죄가 없었던 것이다. 죄는 다른 데 있었다. 그것은 나로서도 꼭 집어 말하기는 어려웠다. 다른 학교와의 경쟁 때문에 아주 쉽게 내주어야 한다는 것이 일반적인 이야기들이었다. 그래서 너희 성적을 높여주어야 한다고 했다. 할 수 없이 시험범위를 정해 주고 나서 최소한이 되도록 다시 조정을 한다. 그러고 나면 너희들로부터 이런 질문을 받는다.

'선생님, 문항 번호도 틀리지 않고 그대로 나옵니까?'

그 말에도 성가시지만 답을 해야 했다.

'아니야. 문항 번호는 좀 바꾸어야 하지.'

'에이, 선생님. 어려워요.'

정말 어이가 없었다. 교재는 문제집이었고 거기서 범위를 좁게 정해, 반이 아니라 대부분을 복사하듯이 출제를 했다. 자네도 그 수혜자의 한 사람이다. 어떠냐? 내 말에 공감이 가나?

— 네, 그래요. 그때는 국어만이 아니라 내신 때문에 전 과목이 다 쉽게 냈잖습니까? 다른 학교에서도 그랬구요.

웃으며 영민이 곁을 단다. 그의 말을 한담쯤으로 들은 모양이다. 실상을 안다면 면전에서 영민은 무릎이라도 꿇어야 할 것이다. 하지만 그것이 어찌 영민이 혼자서 뒤집어 써야 할 잘못인가.

그러니 타는 속은 교사 장본인일 뿐 아무에게도 책임이나 추궁이 없는 일이다. 아닐까?

— 그것도 시험이냐? 그렇게 가르치는 것도 선생이냐? 그 점이 지금껏 후회되는 부분이다. 너에게 다 털어놓을 수는 없지만 내가 있었던 너희 학교 이전 학교에서는….

— 선생님, 누가 오셨는데요.

영민이가 그의 등 뒤를 가리킨다. 김호웅이다. 운동하다가 온 사람처럼 이마에 비지땀이 굵다.

— 선생님, 아까 이놈들 도망치는 거 보셨지요?

여드름인지 아토핀지 얼굴이 많이 상한 남학생이 곁에 서 있다.

— 도망치는 것은 봤는데 이 학생인지는 모르겠는데요.

— 이 자식이 아까 우루루 몰려갈 때 후미에서 같이 뛰어가지 않았습니까?

— 글쎄요. 얼굴은.

끝내 그는 아이 얼굴을 보지 못했으니까 구별할 수가 없다. 있다면 단지 남학생이었고 상의가 쑥색 교복이라는 것뿐이다.

— 이리 와 임마.

등줄기만 보이는 아이를 데리고 김호웅은 자리로 돌아간다. 어떻게 잡혔는지 그는 고개를 갸우뚱한다.

— 선생님, 오늘 얘기 처음 들었고 또 마음도 무겁군요.

— 그래.

나로서는 몇 번씩 같은 얘기를 한다. 지금도 내 수첩에는 그런 기록들이 깔끄럽게 적힌다. 특히 방금 했던 얘기들이 주된 내용이다.

그것은 사실이다. 교육의 위기가 어디서부터인가 할 때 그는 인문고등학교의 일그러진 수업 현실을 기억해 놓지 않을 수 없다. 그것은 분명 무너진, 잘못된, 해체된 교실 분위기였다. 내신 따로 수능 따로인데 아이들은 몇 점밖에 안 되는 내신을 위해 하듯 마듯, 때로는 떼를 쓰면서 학교 수업을 하는 것이다. 거기에 3년이란 시간이 필요한 것이다. 오호, 지랄… 랄! 이럴 때 양반은 북, 한다고 한다. 욕은 못하고서. 북! 북! 북!

— 알겠네요. 그런데 왜 안 좋은 얘기를 하고 하세요?

— 우리 교육의 현실을 알리는 데는 이 이상 정확한 말이 없다.

— …….

— 알겠지? 무슨 말인지. 1, 깨우지 마세요. 돼지 죽 먹으러 가야 해요. 2, 엄마, 빨리 와 봐! 어떤 선생이… 하던 말. 3, 선생님, 문항 번호도 안 바뀌지요? 에이, 어려워요. 이것이 지금 입시 현장에 서 있는 인문고 학생들의 모습이다. 그리고 이 세 마디에도 학생은 있고 교사는 없다. 그렇지? 교사가 보여?

— …….

— 쓸데없이 너를 보고 진물을 냈다.

— 아닙니다. 저라야 그때 환경을 올바로 이해하지요.

그나마 그는 영민의 말에 한숨을 돌린다. 그리고 마른 입술도 축이고, 정리한다.

— 강남에 있는 학교의 모형이야. 그 외에는 안 그래. 같은 서울이라도 강북에 있는 학교는 지금도 선생님께 일임한다고 들었어. 이런 말이 있지. 명마는 과천에서 잘 뛰면 다른 곳에서도 잘 뛴다고. 학원에 맡기나 학교에 맡기나 같다는 거야.

— 그래요?

일어서는 영민에게 그는 사물함에서 꺼낸 시집을 사인해서 내준다.

— 여전하시네요, 선생님은.

고개를 숙이면서 영민은 고맙습니다 하고 말한다.

— 아버지 건강은 어떠시냐?

아버지도 국어 교사이고 아버지는 강남의 유명 학원 강사였다. 그리고 영민의 3학년 때 담임도 국어였다. 그는 문학 수업을 영민의 학급에서 했다.

— 아버지는 여전히 약주를 잘 하세요. 학원에도 나가시구요.

— 건강하시다는 증거야.

— 군에 가면 한참 못 뵐 거예요. 휴가 때나 뵙지요.

교무실을 나오는 동안 그는 ㅅ대를 땅 짚고 헤엄치듯 들어가더니 하는 생각을 한데 반해 영민은 야무진 것으로 보아서 지금 한 말을 꾸렸던 것 같다.

— 그래. 건강해라.

투둑 소리가 나게 그들은 시선을 맞추고 손을 맞잡는다. 영민의 얼굴이 전에 없이 훤하다.

— 선생님도 건강하세요.

— 그래.

— 들어가세요.

두 발자국을 옮기다가 영민은 학교가 참 커네요 한다. 그는 높은 창틀을 가리키면서 건물도 오래 됐어 한다.

## 5.

현관 밖까지 영민을 배웅하고 돌아오니 김호웅은 자리에 없다. 일상 소일하는 바둑알만 화면에 가득하다.

— 여기 어디 갔습니까?

신문을 펼치고 앉은 구관인 신경필에게 묻는다.

— 올 겁니다.

시큰둥하게 대답한다. 태성이 그런 사람인 것을 그는 알고 있다. 저쪽 학교에서 열심히 하던 요로법尿療法이며 요가는 요즘도 계속하는지 묻고 싶지만 그도 관심 없이 돌아선다. 그들이 만나서 할 이야기라면 이른바 전교조 사태에 관한 일일 것이다. 그들은 그때 혈맹이요 동지였다. 역사적 소용돌이 한가운데 서 있었다는 것만으로도 백전을 치른 용사였다.

다른 반대쪽도 그런 점에서는 그들과 다르지 않다. 지나고 나서 사람들 얘기는 반대쪽 산봉우리가 훨씬 높았다고 기억했다. 결국 오늘날 교육은 '어느 산 그늘이 강동 8백 리에 미친다' 는 이치로 반대쪽 공적을 높이 기렸다. 대립과 투쟁으로 이어진 학교는 전쟁이 따로 없는 난리판이었다.

— 여기 오시네.

시큰둥하던 신경필이 신문을 접고 다가오는 김호웅을 알려준다. 일말의 관심은 끊지 않고 있었던 모양이다.

— ……!

그는 인쇄실을 통해서 들어오는 김호웅을 유심히 살핀다. 땀도 닦이고 표정도 가라앉은 말쑥한 모습이다.

— 아까 그 아이들 무슨 일이에요?

홍미롭기도 하지만 가까이서 보았던 일이라 관심이 당기는 것이다.

— 그 자식들이 사보타지를 했어요.

— 수업을 하지 않고서요?

김호웅은 자리를 당겨 앉으면서 마우스를 거머쥔다.

— 담임이 지금 창원에서 열리는 기능대회에 갔다는데 이 자식들이 전부 도망을 치고 수업을 않겠다는 거예요.

— 왜 그랬어요?

사보타지라고 했으나 그것은 수업거부이다. 그리고 동맹휴업이다. 그가 학교에 다닐 때도 그런 의식은 있었다. 데먼스트레이션이니 스트라이크니 하는 거교적인 학생 운동이었다. 그런데 여기서는 한 학급이 도발해 행동을 결집한 모양이다.

— 담임한테 불만이 있는 것 같은데 이 새끼들이 내 시간을 거부한단 말이에요.

끌어당긴 마우스를 흔들어 김호웅은 순식간에 바둑판을 지운다. 그리고 손을 놓고 그를 올려다본다. 이 사람도 지난번 점안이 안 된 모 선생 후보군에 들어있다. 그 말이 사실이라면 집히는 사람은 많지 않다.

— 꼴통 새끼들. 이놈들은 한 놈이 어쩌자 하면 우 일어서니 이건 도대체 말이 안 되지 뭐예요.

— 가기 전에 담임과 사이가 안 좋았나 보지요?

— 담임이 아이들을 잡았다나 봐요. 말로는 심했다는데 그렇다 하더라도 학교를 뛰쳐나가면 어쩌자는 거예요? 학교에는 교장도 교감도 없다는데.

— 학교장은 학교에 있던데요?

조잡하게 열린 낙상홍 열매를 들여다보고 있었다. 감탕나무과인 그 나무는 가을에 와서야 자자부레한 열매를 빨갛게 물들였다.

— 그래요? 기능대회 하는데 안 내려 갔나요?

— 내일 내려 간데요.

창가 쪽 같은 줄에 앉은 강민우가 거든다.

강민우는 조용한 증권파이다. 지나새나 증권만 쑤신다고 희떱게 놀리던 말이 떠오른다.

— 그래서 어떻게 했습니까?

운이 없어 잡혀온 아이가 걱정이 되어 그가 내용을 묻는다.

— 도망친 놈들 이름을 적어놓고 도망간 이유를 몇 자 받았지요. 학생부로 넘기려다가 가지고 있어요. 담임한테 전해 주려구요.

— 네.

가을이 빛나게 교정을 채우고 있는 계절, 거기에도 빈자리는 만들어지고 있다. 그가 본 영롱한 가을색과 달리 검고 누른 반점처럼 생긴 이 사건을 그는 '재미있다' 생각한다.

— 내가 그놈을 말이지 혼을 내주려고 했거던요. 아까는 너무 열이 올랐거던요.

시장 어구에서 얼씬대는 아이를 간신히 붙잡았는데 바로 끌고 오던 순간이라고 한다. 야, 임마! 너 장부성이지? 내가 다 안다, 이리 와, 이리 와. 어서 임마! 하고 소리쳤단다.

— 집단행동이 없었는데 웬일이지요?

못 보던 일이라 그도 발을 들인다.

— 글쎄 말이지요. 나도 이 학교뿐 아니라 다른 학교에서도 보지 못했어요.

힘을 얻은 김호웅의 말이 한결 부드럽고 여유 있다. 다시 김호웅은 꺼진 화면을 일으킨다.

사보타지를 했다!

그는 요즘도 그것이 통하는 시대인가를 혼자 생각한다. 그의 요량으로는 알 수 없는 의문이다. 본교니까 어쩌면 가능하다 싶기도 하다. 그러나 반대로 이런 학교에서도 그런 일이 일어난다는 사실이 이상하다. 가장 평화롭고 가장 자유롭고 가장 공간이 많은 학교인데 무엇이 불만인지 그로서는 모를 일인 것이다. 본교뿐만이 아니라 지금은 시대가 많이 변했기 때문에 그런 물리적인 행동은 좀처럼 하지 않는 것이 한 흐름이다.

과거에는 폐쇄적인 일면이 있어 공사립 없이 학생들이 학교를 뛰쳐나가는 일이 종종 있었다. 그것은 약관의 아이들까지 선동되어야 하는 암울한 시대의 그늘이며 얼룩이었다. 지금도 간혹 그런 학교가 있다고는 한다. 사학 비리 때문에 애매한 학생들이 거리로 몰려나오는 경우인데 어쩌면 시대착오적인 구태가 아닐지 어른들이 먼저 반성해야 할 것이다.

— 그런데 아까 그 학생은 제가 정말 모르는 아이였어요. 미안합니다.

여드름이 숭숭한 아이가 생각나서 그는 돌아서다가 한 마디 곁들인다.

— 괜찮습니다. 그놈은 괜찮아요. 성격도 좋은 아이구요.

눈매도 안 선합디까 한다. 찌푸리고 있어서 그는 아이 얼굴을 제대로 보지 못했다. 그러니 눈매니 성격이니 하는 것은 알 수 없는 일이었다.

— 네.

— 무슨 일 있어요?

그가 자리로 돌아가자 서정국이 어깨부터 돌린다.

— 아니야.

꺼진 화면을 마우스를 잡고 흔들어서 깨운다. 오리알처럼 '오리와 원앙이 부부' 란에 여린 활자들이 뜬다.

— 정보 하나 드릴까요?

— 무슨?

— 조금 전에 김모가 왔어요.

무슨 똥이니 가시나가 아니고 김모라고 순화시켜서 서정국이 말한다. 기온 차이가 내부에서도 있는 모양이다.

— 왜?

— 형님 자리에 앉았다가 갔어요.

— 여기?

앉으려다 말고 그는 반사적으로 자리를 살핀다.

— 그것이 아니구요, 참.

내심 그도 거리감을 두고 있으니까 서정국이 놀리려고 한 마디 한 것이다.

— 택!

그는 괜스레 엉덩이를 툭 턴다. 그리고 다시 자리에 퍼질러 앉는다.

— 문제는요. 이번 중간고사 범위를 자기만 몰랐대요.

— 거기도 안 알려 줬어?

어두운 곳은 가까운 등잔만이 아니던 것이다.

— 그래서 엉뚱한 곳을 다 했나 봐요. 관동별곡이니 기예론技藝論이니 하는 데까지요.

— 거기는 범위에 안 들었잖아.

— 그러게 말입니다. 자기한테는 그것을 안 알려줬다고 부장님한테 한 마디 쫑쫑대는 걸 들었어요

— 그렇겠네.

— 그 얘기는 트집을 잡는 것 같았어요.

새로운 문제를 잡아낸다. 서정국은 그런 데가 있다.

— 무슨 트집을, 이번 시험은 그쪽이라면서?

그 일은 이미 학년 초에 정해졌다. 누구는 문학, 누구는 국어라고. 그리고 학년별로.

— 바로 그것이에요. 그런데도 자기는 안 배운 데라 낼 수 없다는 거지요.

— 그러면 누가 내나. 큰일이네.

왜자했던 요분질이었다. '남녀가 성교할 때…' 라고 적어 놓은 것을 그도 그 무렵에야 사전을 보고 제대로 알았다. 서정국이 물고 온 악풀에는 야동, 외설이란 말도 하더라 했다. 물론 그 춤을 비꼰 말이었다. 그런데 문제는 신신우였다. 웬 남자냐! 했다. 그리고 대저 인적거리는 몇 센티냐 했다. 하지만 누가 남의 일에 도시락 사들고 나서겠는가. 누가 밤 잔 원수로 남겠는가. 내 코가 석 자씩인데.

그렇기는 학교도 다름없었다. 처음에만 화르르 했지 지금은 뽀시락 연기도 없다. 이 부장 말로는 학교로서야 앞으로도 시간은 많다고 한다. 2학기도 그렇고 신학기 이동 때도 가능하다고 했다. 그때까지 가봐야 한다고. 그때 일 없으면 무사하다는 말인 것이다. 다만 활시위를 오래 잡고 있다는 것, 그런 생각도 없지 않다.

— 형님도 1학년이잖아요.

— 그래. 머리가 안 도네.

— 안 되면 모여서 의논을 해봐야지요.

누가 출제하느냐는 것이 논의의 초점이겠다. 그러나 그와 이 부장에게는 말을 할 수가 없다. 왜냐하면 그는 1, 2학년 야간부를 맡고 있고 이 부장은 3학년 야간부를 맡았기 때문이다. 그러니 포청천이 형님이라도 입을 벙긋할 수 없는 것이다.

— 발등까지 밝히게 생겼으니, 이거 원 참.

— 그래 말이다. 난감하네.

— 본인이 진도를 맞추어야지 남은 사람들이 조정하기는 어렵겠어요. 안 그래요?

— …….

그는 떠 있는 화면을 들여다보며 서정국도 마음이 많이 너그러워졌다는 생각을 한다. 하도 여기저기서 무슨 춤, 어떤 춤 해서 마음먹고 김차희를 만났다고 했다. 분위기 전달을 해주려고. 그랬는데 두 마디도 듣지 않고 당신이 선 돼지야? 하고 쏘아 붙이더란다. 누운 돼지 나무라지 말라는 소리였다. 동기는 먼 데 있지 않았다. 연초에 과회식을 하고 나오다가 서정국이 옆에 있던 조은주를 부축한 일이 있었다. 가파른 계단이라 팔을 잡아준 것이다. 그것을 뒤에 오던 황 영감이 보았다.

'너그들 시방 뭐하나? 연애질하나?'

대중없이 내지른 것이다. 술김이 아니라도 영감의 입은 소문 나 있었다. 또 맨입이었다 해도 쉽게 걸러질 말이었다. 그것을 김차희가 오금을 건 것이다. 누가 누구를 탓하느냐는 훤소였다.

그날부터 서정국은 김차희를 밀실에다 가둬버렸다. 있어도 없이 지내겠다고 했다. 그러나 국어과 주임이라 그처럼 쉽지 않았다. 지금도 그런 경우인 것이다.

— 어느 친구는 우리나라가 재밌다고 해요. 대통령도 잡혀가고 대통령 아들들도 줄줄이 엮이는 것부터 뜻하잖은 천재에다 후진국형 인재까지 긴장감이 넘친다는 거지요. 그런 점에서 우리 국어과도 닮았어요. 툭하면 서고 툭하면 끊기고 흡사 고장 잦은 중고차 같잖아요. 어때요? 형님. 내 말 맞지요?

— 그래, 맞다. 구구이 관주다.

시험문제로 깐죽대는 사람은 학교마다 있다. O, X형 출제를 해놓고 왜 안 되느냐고 우기는 어처구니도 있었다.

언제부터 오지선다형인데 벅수가 들어도 웃을 일을 혼자만 눈 감은 것이었다. 문제가 드러났으니 다음은 해법찾기가 순서일 것이다. 따져서 될 일이 아니고.

— 형님, 박수 치러 안 가세요?

— 박수를?

— 봤지요. 누구한테 치는 박수인지 궁금했지요.

담배갑을 집어 들고 서정국이 자리에서 일어난다.

— 요새는 못 쳐. 공사 때문에.

— 그런데 박수는 왜 치는 거예요?

다른 서랍에 있는 라이터도 꺼낸다.

그는 TV에서 봤던 대로 말한다. 어느 날 한 탤런트가 체력 보전으로 몇 가지 운동을 하는데 그 중에 박수는 아무 때나 툭툭 치는 것이라 했다. 그러면 손바닥이 발갛게 달아올라 그 효과는 수지침을 맞는 것과 비슷하다는 것이다. 수지침의 효과. 그래서 시작한 것이 손뼉치기라고.

— …….

서정국은 삐죽이 웃고 그의 자리를 떠밀며 뒤로 돌아나간다. 그가 서정국을 체육관 뒤에서 직접 마주친 적은 없다. 그러나 황 영감이 오면 그들이 한 번씩 그쪽에서 향을 피우는 것은 들어서 알고 있다. 그런데 서정국은 그의 행적을 어떻게 알았을까?

— 잘 연구해 봐.

교무실을 나가고 있는 서정국의 등에다 대고 둘만이 통하는 대사를 남긴다.

6.

타는 볕살 속에서는 아이들 얼굴도 발갛게 익는다. 자라는 곡식들처럼 속까지 차곡차곡 차오르는 계절인 것이다. 그것을 어느 지방에서는 양글다고 한다. 야무지고 단단하다는 뜻으로 쓴다. 그런데 사전에서는 어떻게 쓰는지 모르겠다. 방언이면 안 나올 수도 있을 터였다.

한참 지나면서 보아도 아는 얼굴이 안 보인다. 찌릿하게, 삭신이 흐물흐물하게 한 바탕 뛰고 들어갔으면 좋겠는데 그런 얼굴이 없는 것이다. 그래봤자 한정된 일부 아이들에 속할 것이지만. 이제 보니 전학년에는 그가 좋아하는 우상들이 몇씩 있다. 가치전도라고 할까? 그들이 그를 우상으로 여기지 않고 그가 그들을 우상화하는 세상이 된 것이다. 아무튼 그는 아이들이 너무 귀엽다. 그리고 좋다. 또 만나면 신이 난다.

물론 그렇지 않는 아이들도 있다. 까지고 되바라진 것들이다. 그는 그런 아이들을 싫어한다. 아이는 아이다워야 한다는 것이 그의 일관된 생각이다.

그는 여전히 조금 늦게 교실로 들어간다.

한데 오늘은 이상하게 반 분위기가 차분하다. 너무 정숙한 것이다. 옛날 공공 도서관이나 고3 교실에 들어가면 벽에다가 커다랗게 써 붙인 글씨가 생각날 정도이다.

정숙靜肅.

글자는 한자로도 쓰고 한글로도 썼다. 다만 크기는 다 같이 큼지막했다. 기둥 폭이 좌우로 꽉 찰 정도였다.

— 어쩐 일이야?

그는 조심스럽게 한 마디 한다. 출석부를 점검한다.

— 선생님, 오늘은 읽기를 하시지요.

육경훈이다. 한 때는 이혜신이와 같이 앉았다가 한철규로 교체된 후에는 창가의 영초들과 섞였다. 반장이 아닌 육경훈이가 나서다니. 하긴 반장(신상균)은 이 반에서 가장 말썽 많은 축에 든다. 그래서 꼭 반장의 의미란 없다.

— 무슨 읽기를 한다고.

그는 고개를 들고 육경훈을 건너다본다.

— 여기에 있어요. 이 글요.

혜신이가 앞질러서 팔을 내민다.

— 스테파네트의 계단요.

또 다른 목소리다.

— 뭐?

그는 어리둥절해서 시선을 이리저리 내두른다.

— 그러니까 오늘은 혜신이 언니가 아름다운 목소리로 아주 얌전하게 선생님 글을 낭독하겠다는 겁니다.

가장 어기찬 차병이 나선다. 차병태이면서도 변태라고 놀리는 바람에 제 이름을 바르게 불리지 못하는 개구쟁이다.

— …….

— 해요, 선생님. 읽기 해요.

— 이리 가지고 와 봐. 무슨 글인지 어디 보자.

— 아, 있어요. 우리가 만장일치로 선생님 글을 읽기로 했어요.

— 재밌지요? 아림이가 혜신의 말을 뒷받침한다.

— 내 글이라고?

— 네.

그는 잠시 주춤한다. 그가 아이들에게 보일만한 글이란 별로 많지 않다. 가까운 곳 한두 군데 보내준 글이 있기는 하다. 그렇다고 어느 사보에 실린 수필은 아닐 것이다.

— …….

그러고 보니 그때서야 그는 생각이 떠오른다. 제목을 아이들이 이미 밝힌 것이다.

— 제목이 뭐라고?

— 스파르타의 계단요.

— 아냐 짜샤! 스테파네트의 계단이야.

혜신이 뒤에 앉은 차병이 씩씩하게 나선다.

— 스테파테트의 계단?

— 네.

어이가 없다. 그것은 도데의 '별' 에 관한 내용인데 아이들한테 바로 입수가 된 모양이다.

— 학교 신문에 실렸느냐?

— 네.

벌써 그렇게 된 것 같다.

— 이리 가져와 봐라. 나는 아직 못 봤다.

— 아닙니다. 우리가 전체를 위해서 읽을 것입니다. 선생님이 썼다니 재미있기도 하구요.

제법 끈질기다.

— 그런데 읽을 만큼 큰 글은 아닌데?

— 큰 글요?

읽어라 읽어라 하고 주위에서 여러 아이들이 부추긴다. 혜신이가 슬며시 일어선다.

— 가만히 있어. 그건 말이다. 각자 여가 있을 때 읽기로 하고 지금

은 수업시간이니 공부하자. 대단히 중요한 단원인데 다음 주에는 중간고사도 있지 않니.

— 네, 압니다. 우리는 선생님 글을 선생님과 함께 읽고 싶어요.

그는 한 호흡을 삼키고 나서 결정을 내린다.

— 알았다. 그것은 너희들이 중학교 때 한 번 배운 소설이다. 그런데, …혜신이 앉아라. 그 내용은 이렇다. 소설은 재밌지만 그 글은 할머니 잔소리 같다. 그러니 재미가 없다. 읽는 것보다는 내용을 요약해서 설명해 주겠다. 결국 같은 내용이다.

— 네!

무조건 네 한다. 수업을 안 하니까. 뙤놈들! 사람 보아가면서 수업을 빼먹자는 영리한 엉터리들이다.

— 자, 이런 그림을 보자. 이게 뭔지 알겠어?

5 잠

______________:......

4 이야기

______________:.............

3 냄새

______________:...................

2 강물

______________:.........................

1 심부름

______________:...............................

그는 다섯 칸의 계단을 그린다. 그리고 계단 우측으로는 평행선이 되게 점선을 친다. 올라가면서 계단 번호를 매기고 특기 사항도 간략히 적는다.

— 사랑은 말이다. 이 그림에서 보는 것과 같은 계단타기다. 아래서 위로, 위에서 아래로, 혹은 위아래서 함께 걸어 한 지점이 되게 하는 것이 사랑이란 하트다. 대개  올라가거나 내려가거나 해서 한쪽이 한쪽을 향해 접근해 가는데 이때는 주로 남자 쪽이 많다. 그런데 여기서는 정반대로 여자가 1번 계단에서 5번까지 꾸준히 성실하게 올라간다. 여자가 '대시' 한 것이다.

야, 한다. 차병이와 몇몇이다. 이야기는 듣고 있다는 증거이다.

— 그래. 차병이도 유리창이나 안 깨면 점잖아서 여학생들이 숱하게 다가올 것이다.

이번에는 여학생, 남학생이 섞여서 비쭉거린다. 차병의 얼굴이 붉게 변한다. 너 자신을 알라! 누군가 깨우쳐준 때문이겠다. 본연의 양심이겠지만. 천하에 둘도 없는 번잡한 친구다.

— 그래서 어떻게 됐어요?

혜신이가 눈빛을 반짝이면서 대든다.

— 그 계단은 뭐예요?

수아가 핸드폰에서 눈을 떼고 쳐다본다.

— 그래. 이 계단이 여자가 남자에게 한 고비씩 넘어가며 다가간 계단이야.

1번 계단은 심부름하던 머슴이 아팠어. 그래서 수아야 너 이것 좀 갖다 주고 올래? 하고 어머니가 부탁했어. 그래서 머슴 대신 간 심부름 때문에 한 계단을 다가갔어.

2번 계단은 집으로 돌아오는데 강물이 갑자기 불어 강을 건널 수가 없는 거야. 할 수 없이 심부름 갔던 곳으로 되돌아갔어. 이번에는 강물 때문에 또 한 계단 다가갔어.

3번 계단은 잠자리가 마땅치 않아서 냄새도 나고 시끄럽기도 하고 그래서 밖으로 나왔어. 모닥불을 피워놓고 날밤을 새는 남자 곁으로 갔어. 이번에는 냄새 때문이야.

4번 계단은 이야기를 듣고 이야기를 하면서 같이 밤을 새는 거야. 다정하게 말이지. 이번에는 이야기가 또 한 계단을 다가가게 한 거지.

5번은 남자의 이야기에 심취한 여자가 물었어. 그럼, 별들도 결혼을 하니? 하고 말이야. 그러자 남자가 자기가 아는 별들의 결혼 이야기를 신나게 해줬어. 누가 쓴 거지? 알겠어?

수아요, 하는 경훈이부터 고개를 갸웃대는 영초까지 표정들이 다양하다.

— 아까 중학교 때 배운 소설이라고 했는데?

그는 집중적으로 영초를 쳐다본다.

— 그때 뭐였더라? 숙제를 내줬는데… 인터넷에서 뽑아서 줄거리 요약을 했는데 잘 모르겠어요.

— 인터넷에서 뽑아서? 줄거리를?

— 네. 다 그랬어요.

여러 명의 목소리가 섞인다.

— 알퐁스 도데의 '별' 이야.

아, 네 하고 몇 사람이 고개를 끄덕인다. 좋은 소설이 수록되어도 이처럼 학교에 따라서는 조목조목 가르치지 않고 사정에 빙자해서 건너뛰는 것이다. 그러니 좋은 문학 교육이 되나. 안 되지. 오직 일방통행으로 진학과 진로뿐인 것이다.

— 자, 여기서 중요한 것은 스테파네트가 깊은 산속까지 가서 목동

을 만났는데 하늘과 별밖에 없는 외진 곳에서 목동의 별 이야기를 들으면서 목동의 어깨에 기대어 새록새록 잠이 들었다는 거야. 이 소설의 끝은 이렇게 되어 있어.

우리 주위에는 총총한 별들이 마치 헤아릴 수없이 거대한 양떼처럼 고분고분하게 고요히 그들의 운행을 계속하고 있었습니다. 그리고 이따금 이런 생각이 머리를 스치고 갔습니다.

저 숱한 별들 중에 가장 가냘프고 가장 빛나는 별님 하나가 그만 길을 잃고 내 어깨에 내려앉아 있노라고.

어떠냐? 감동적이지 않니?

— 거기가 어디에요?

— 알프스에 있는 뤼브롱이라는 깊은 산속이야.

— 거기에 왜 갔어요?

차병이 기어코 실수를 한다.

— 야, 엄마 심부름으로 머슴 대신에 갔다고 했잖아.

— 어떠냐? 아름답다는 생각이 안 드나?

그가 하고자 하는 말은 그것이다.

— 그런데 선생님, 거기에 있는 점선은 뭐에요?

다시 수아다. 긴가민가해도 물을 건 다 묻는다.

— 아, 그것은 심부름만 하고 돌아갔거나 양우리에서 깔아준 모피를 깔고 잠이 들었다면 목동의 넓적한 어깨에 기대어 잠이 드는 마지막의 아름다운 장면은 이루어지지 않았다는 것이지. 영원히 주인집 딸과 주인집 목동으로 평행선을 달렸을 것이야. 가령 복도식 아파트를 생각해 봐. 1층과 5층에서 계단을 이용하지 않으면 암만 걸어도

두 사이는 1층과 5층으로 벌어져 있어. 만날 수가 없어. 계단을 이용하지 않으면 말이야. 계단을 이용해야 1층이던 5층이던 갈 수가 있어. 이런 점에서 이 소설은 구성이 아주 잘 된 수작이야. 내용도 좋지만.

그러면 스테파네트의 계단이 뭐냐고 묻는다. 묻고 나서 바로 답해준다.

스테파네트의 사랑이야. 목동에게 다가가는 은하수 같은 다리, 사랑의 계단이지.

— 끝으로 이 소설의 주제는?

아이들의 한 목소리를 오랜만에 교실 가득 꽉 채워서 듣는다. 그래 '순결한 사랑' 이야.

— 뭐해요, 시간 되면 빨리 나오지.

계단 앞에는 이 부장이 꼬챙이로 난간을 치면서 그를 기다리고 있다.

— …….

— 너무 열심히 가르치면 아이들이 싫어해. 몰랐어요?

— ㅅ대 보내야지.

— ㅅ대야 많지. 서울에도 지방에도.

이 부장이 말을 자르며 호흡을 조절한다.

— 아까 쉬는 시간에 등나무 밑에서 신경필을 만났어.

그는 잠자코 듣기만 한다.

— 이 사람이 말이지. 다짜고짜 하는 말이 이래.

코끝에만 걸리는 소리로 '요즘 빨갱이들 놓아먹이는 것 아냐? 해' 한다.

— 뭐?

— 그랬다니까. 국번없이 111… 그게 헛구호래. 전철마다 도안이 깔끔하게 된 그런 광고지가 붙어있고 큰 도로변에도 큼직하게 붙어있는데 멀쩡하게 얄궂은 놈들이 횡행한다는 거야. 안 잡는다는 거지. 일례로 지금 컴퓨터를 열면 온통 친북 사이트래. 친북 사이트, 그게 그놈들 아니냐는 거지. 그리고 북한에서 체제 어떻고 하고 돌아다니던 놈들이 여기 와서는 통일 선봉장 행세래. 무슨 시대의 선구자인 양 거들먹거린다는 거지. 난 무슨 말인지 모르겠어.

— 나도 모르겠네.

어물쩍 그도 어물거린다. 듣고 싶은 말도 어중간하고 어디까지 들어야 할지도 분명치 않은 것이다.

— 막 떠들더라니까. 커다란 소리로 거위 짖듯이 꽥 꽥 꽥.

— 못 말리네.

— 전번 선거에서는 어떤 사람이 대통령의 인척을 뭐다 하고 폭로했는데 그것이 고발되었데. 그래서 재판을 받는데. 좌경화 우경화를 지존에게까지 시비하는 그런 걱정스런 세상이 됐다는 거야.

— 두 사람은 잘 통하네. 사상적인 동지는 아니겠지요? 부장님.

— 나 참.

종례를 하다 보면 늘 고개를 까딱까딱 하는 아이가 있었다. 직책이 부반장이었다. 한 학기가 지나서야 수상한 고개짓을 알게 되었다. 종례가 일상적으로 보충수업비 내라, 언제 낼 거냐로부터 지각 결석 등 잔소리 투성이니까 그 불편한 사유思惟를 처방하는 방법이 고개짓이었던 것이다.

실은 고개짓만이 아니고 그때마다 아이는 노래를 불렀다고 했다. 그러니까 자기 귀를 자기 목소리로 봉했던 것이다.

하다면 차제에 '신고산 타령' 은 어떨까 싶다. 신고산이 우르르르 화물차 떠나는 소리에. 이념은 모두의 짐이요 이 사회의 덫인 것이다.

— 얘기하지 마! 나도 복잡해.

— 벌써 얘기했잖아.

— 다른 데 얘기하지 말라고.

— 알았어.

걱정해서일 거야 하고 그가 이 부장을 안정시킨다.

— 하필 나한테 그런 말을 해 가지고 말이지. 자기하고 잘 통한다고 본 모양이지?

— 그것도 있고 말벗으로 알아본 것이겠지. 연령대도 같으니까.

……

과거 어느 학교 시절은 참으로 유래 없이 암담했던 역사였다. 당시에 그들은 높고 낮고 긴 말보다는 수습하고 치우는 일에만 전력을 다했다.

우선 우두머리들이 정신이 없어서 시종 황황댔기 때문이다. 해서 거의 말을 하지 못했던 지난 세월이어선지 당시에 막혀 버린 말문 탓에 다시 만난 두 사람은 같은 울타리 안에서 현재를 살찌울 수 있는 축적된 과거가 있음에도 소 닭 보듯, 닭 소 보듯이 지낼 뿐이었다. 그것을 그는 서로 성격상 치수가 맞지 않아 그럴 것이라고 지나가는 생각으로 가려두고 있다.

— 있다가 보자꾸.

— 어딜 가?

— 위청수 하나 얻어먹고.

이 부장은 계단 끝에서 양호실 쪽으로 길을 바꾼다. 출장 중일걸?

그는 실없이 그런 농담을 해주고 싶다. 때 없이 출장 중인 양호실도 있다고 했다. 그는 심심한 생각에 혼자 웃는다. 아니나 다를까 교무실에는 방금 그의 생각을 읽기라도 한 듯이 황 영감이 와 있다. 창가로 느긋이 가을을 끌어다 놓고서.

## 7.

— 나도 가야겠어.

손을 씻고 돌아오자 황 영감이 책 꾸러미를 집어 들며 일어난다.

— 차 한 잔 했어?

— 마담이 없어 안 되겠어.

— 아니, 차 한 잔 하지.

— 먹었어.

그는 차를 먹었다는 말에 붙잡지를 않는다. 거리를 두고 앉았어도 서정국이 있었으니 심심하지는 않았을 것이다.

— 얼마 전에 이 근방에 도깨비가 출몰했다고 경찰 지구대가 발칵 뒤집혔다면서! 들었어?

그는 픽하고 웃었다.

— 이기죽거리면 여기 왕뿔 난 도깨비가 또 있다고 신고할 거야.

지갑 잃었던 이야기를 양념 삼을 눈치였다.

— 갈게.

— 좋은 말씀 한 마디 해주고 가지.

— 우리 참 악수나 한 번 하자고.

그는 덥석 내미는 손을 엉겁결에 잡는다. 무슨 새삼스런 짓인가 싶다.

— 여기도.

— 왜 이러십니까?

서정국도 정신없이 손을 빼앗겨 영문을 몰라 한다.

— 큰 말씀은 없고, 나는 요새 말이지. 집안사람보다도 직장 사람들이 더 그리워. 이제 정말 퇴임할 때가 다 돼 가는 모양이야.

— 그런 깊은 뜻이 있는지 몰랐어요.

눈물나네 하고 그도 앞말을 보탠다.

— 직장 사람들이 더 반갑다니까. 일요일도 불필요한 것처럼 느껴지고 말이지. 노는 날엔 괜히 학교에 못 나가서 안달이 나고, 다 그런지 나만 그런지 모르겠어.

— 정말 숙연한 말씀이시네.

— 어때? 했지?

씨익 웃으면서 쳐드는 황 영감 손을 그는 멀거니 쳐다본다. 겸양을 부리면서도 할 말은 다하는 영감에게는 옷자락이라도 들추어봐야 진위를 알 것이다. 그러나 싱겁 떨 소리가 따로 있지 처신과 관련된 말은 그렇지 않을 것이다. 또 몸담은 직장이 소중하다는 것은 누구나 공감하는 보편적인 경험 아니겠는가.

— 영감이 이제 철 드누만.

가고 오고 발걸음 소리라도 들었을 법한 시간에 이 부장이 들어온다. 점심 때 계란말이가 잘못 되었던지 속이 더부룩했다고 한다. 의자를 뒤로 젖히고 잠잘 폼을 잡던 서정국이 이 부장이 오자 자리를 떨치고 일어난다.

— 조금 전에 저기 형님이 오셨거든요?

— 누구, 황 영감?

물잔에 담긴 맹물로 입안을 부그르 헹군 이 부장이 선 채로 서정국을 돌아본다.

— 시험 때문에 얘기를 했더니 해자결진가 결자해진가 선문답만 하고 갔어요.

— …….

그는 이 부장을 바라보면서 황 영감이 앉았던 나무 의자에 도로 앉는다.

이 다방에는 의자라고 해야 한 개밖에 없다. 그리고 창틀 밑에 있는 두 개의 스팀 위에 널빤지를 걸쳐 탁자로 대용한 것이 다방의 전모이다. 온종일 해가 밝아서 양지다방으로 이름붙인 것이 적중했다. 이름보다도 창가에다 마련한 자리여서 전망도 시원하고 분위기가 호젓해서 맛이 괜찮은 것이다.

오던 해 봄, 창가에는 영산홍이 눈물겹게 많이 피었다. 하루 이틀이 아니라서 볼 때마다 저 꽃을 정식으로 구색을 갖추어 지켜봐야겠다 여겼다. 그것이 봄에 완상하는 양지다방 제1경이 되었다. 그밖에 2경은 여름비, 3경은 가을 은행잎, 4경은 뽀시락 대는 세설細雪 정도이다. 역시 압권은 양지다방 제1경인 창가의 영산홍이었다. 난리요 법석이요 불꽃 마당이었다. 그것을 그는 이제 딱 한 차례 영접할 기회가 있는 것이다. 그것이 아니어도 계절의 순환 모습을 이윽히 앉아 완상한다는 것은 누구나 사색하는 사람으로 사색하는 시간으로 탈바꿈시켜주는 요술 같은 체험이 되게 했다. 그것이 양지다방의 아는 사람만 아는 그윽한 훈기였다.

— 어떻게 하면 좋겠습니까? 저는 이번에 3학년 출제를 하기로 했거든요.

— 응, 그 얘기.

이 부장이 자리를 돌려 앉으면서 곱잖은 얼굴을 한다.

— 아끼시는 미모잖아요.

— 두 번 아꼈다가는 맞아죽는다. 그런 소리 하지 마라.

맞아 죽는다! 누구에게? 뼈 있는 말을 한다. 그리고 이 부장은 어렁칙하게 웃는다.

— 그야 우리가 있잖아요. 걱정하지 마세요.

— 안 돼. 맞아 죽으면 마누라가 과부로 살아야 돼. 그리고 어떤 지어미는 지아비가 죽자 닷새만에 따라갔다잖아. 굶어서 죽었데.

그런 기사가 최근에 났었다. 그는 인터넷에서 봤는데 용타 하였다.

— 열녀네요. 그럼 부장님은 누구한테 맡기면 좋겠어요?

단칼에 벨 요량으로 서정국이 서둔다.

— 한 번 더 물어보고 나서 정해. 자기가 범위를 당겨서 하든지 해야지. 낼모래가 출제 마감인데 지금은 어렵지.

— 그러니까 말이지요.

팔을 공중에다 획 뿌리면서 서정국이 자리로 돌아간다.

— 그건 그렇고 이거나 알아 맞춰 봐. 양호실에 갔더니 이런 숙제를 줬어.

— 누가요?

그가 양호실에 또 누가 있었나 해서 이 부장의 말을 받는다.

— 양호 선생이 말이지. 그런데 요새 중국에서 한자를 많이 바꾸었잖아. 간체자라고 해서. 그런데 시대에 따른 말이겠지만 우리도 아이들이 졸라니, 빠샤니 하잖아? 그런데 중국에는 최근에 다세대 주택가 자가 쓰인데. 어떤 글잔지 알아?

— 아이구, 부장님도. 그런 것은 인터넷에 들어가 보면 다 있어요. 그 외에도 기기묘묘한 글자들이 다 나와요.

— 그래! 무슨 잔데?

허망해서 이 부장이 서정국을 쳐다본다. 자신의 설명이 장황했던 것은 순진해서 그랬는지 분위기를 맞추기 위해서였든지를 금방 알게 한다.

— 무슨 자가 어딨어요. 갓머리 밑에다 돼지 시豕자를 복잡하게 한 글자지요. 돼지 시자는 왼쪽으로 삐치는 획이 전부 셋이잖아요. 거기에다 두세 개를 더 삐친단 말입니다. 그러면 획이 대여섯 개가 되지요? 거기에 갓머리를 씌우면 다세대 주택가자가 되는 거예요.

— 그런가?

— 세상에 그런 글자가 어딨겠어요. 그러면 물구나무 서기 입자는 어떤지 아시겠어요?

— 그런 글자도 있어?

— 모두 인터넷에 올린 신종 파자들이라니까요.

— 그래? 그러면 내가 한 방 먹었구먼.

사뭇 이 부장은 딴죽이 걸린 표정이다. 그도 사정은 엇비슷하다. 지식인지 무엇인지 사람을 일깨우는 샘은 핏줄처럼 흐르고 흐르는데 대개 모른 채 지나기가 십상인 것이다.

— 에구! 어리기도 하셔요.

— 나는 그 할매가 하도 진지하게 이마를 숙이고 이야기를 해서 말이지.

— 개미가 가다가 개미귀신 함정에 빠진 셈이지요.

자신이라면 빠져 나왔을 것이라고 한다. 이 부장은 옴팡지게 물어뜯겼고.

— 그렇다니까. 노인네가 감쪽같아서 말이지.

— 아까 그 글자는 말입니다. 설립立자를 거꾸로 쓰면 돼요. 아셨어요?

— 오라!

이 부장의 얼굴이 낭떠러지에 뚝 떨어진 듯 허옇다가 퍼렇다가 한다. 전혀 뜻밖인 모양이다.

— 식자우환이구만. 뼈 빠지게 공부하나 싶더니 한다는 놀음들이, 쯧 쯧.

— 그것과는 다른데 전번에는 또 누가 이런 걸 나한테 물었어. 여기에다 적어놨는데. 나도 모르는 말이고 해서.

열을 가라앉힌 이 부장이 책갈피와 책더미를 뒤진다.

— 누가요? 양호 선생이요?

그가 비늘을 붙인다.

— 아니, 그때는 저 영감이. 황 영감.

— 이래저래 부장님은 호구네요.

서정국이 혀를 쏙 내민다.

— 그게 뭐였지? 자기가 조사한 거라고 했는데. 가만 있어봐.

이 부장은 뒤졌던 자리를 다시 답습한다.

— 여깄네. 이거 한 번 들어봐. 플레티넘, 그랑블, 데시앙, 보라빌, 필유, 상떼빌, 이게 뭐야?

— 글쎄요?

서정국도 이 대목에서는 손을 든다.

— 아리송하지? 아이들 말로 아리까리한 거야.

— 모르겠네요.

— 건설회사의 아파트 이름이래. 하늘채니 뜨란채니 하잖아.

— 들어본 것 같네.

— 이것도 한 번 봐. 티앤샵은 서머룩과 잘 매치되는 다이아몬드 펜던트 시리즈를 출시했다. 커피는 셀프입니다.

— 외래어가 범람한다는 말이군요.

— 한 걱정을 하고 갔어. 와이프, 미션(임무), 업그레이드 이런 말은 이제 보편화가 됐고.

— 하 하, 외래어가 국어를 잠식한다, 이런 우려네요.

흐름을 잘 읽는 듯하더니 서정국이 자리로 돌아가서는 엉뚱한 반응을 한다.

— 하긴 한자어가 대부분인 우리말에서 외래어가 대수겠어요?

— 뭐라고?

— 프리 허그니 밀크 데이니 하는 말들이 벌써 우리말에 올라 있대요. 정식으로요. 국립국어원에서 매주 외래어 심사를 한다고 해요.

프리 허그는 뭐냐? …. 아무나 마구 껴안기랍니다.

그럼 밀크는? …. 우유 회사의 판촉이지요, 매주 어느 요일 우유를 마신다는.

어지럽네. 이러다 외국인 취급당하겠어.

프리 키스도 있는데 안 물어 보세요? ….

그도 자리에서 일어난다.

다방에는 손님들이 많지 않아도 고만고만한 정담이 있다. 그래서 다방은 언제나 향수를 불러일으키는지도 모를 일이다. 지금은 다방이 없다. 전부가 바요 뭐요 해서 다방을 갈아엎고 말았다. 어둠침침한 지하 다방에서 종일 죽치고 앉아 책도 보았지만 가슴 저미는 포크송에 빠져 밤을 잊었던 기억도 헤진 연꼬리처럼 저쪽에서 나풀대고 있다. 그는 명색이 이 다방의 주인이요 마담이기는 해도 그런 유서 깊은 분위기를 연출할 수 없어 우울한 것이 사실이다. 하지만 어떠랴. 창가에서 시간을 만나고 계절을 만나고, 또 시간을 읽고 계절도 읽을 수가 있다면 더 이상 말이 어찌 필요할 것인가.

— 그럼 부장님. 출제 얘기는 나는 일체 모릅니다. 부장님이 알아서 처리하세요.

— 그래. 지켜보지 뭐.

— 역시 감동입니다. 감사합니다.

## 8.

유리면 같은 고요가 반짝하고 깔리는 빈 시간이다. 사람들이 물떼처럼 교실로 빠져들고 없다. 그와 서정국이 가벼이 고요를 어깨에 걸치고 있다. 그런데 천하의 정보통인 서정국이 뒤늦은 화제를 들고 와서 허둥거린다.

현다영이 본교 학생과 사귄다는데 무슨 소리냐는 것이다. 사귀는지 마는지 진실한 것이야 모르겠으나 그 이야기가 입에서 입으로 번져간다는 자체가 걱정스럽다.

— 누가 그래?

— 들었지요.

— 아닐 거야.

그로서는 그렇다고 생각한다.

— 알아보셨어요? 본인한테 무슨 말을 해야 되지 않나요?

서정국도 걱정하는 눈빛이 완연하다.

— 어린 사람인데 함부로 말할 수 없지. 그리고 확실치 않은 이야기라 잘못하면 큰 상처를 줄 수도 있어.

— 그렇습니까?

그는 다시 열린 화면 속으로 들어간다. 꺼내지 않은 시편들이 살아서 말똥말똥 눈을 뜨고 있다. 3년짜리 2년짜리 때로는 몇 달, 몇 주간된 것도 있다. 저장할 때보다는 용태가 훨씬 반듯해 보인다.

— 걱정은 알겠는데 주제넘을 수도 있어. 사생활이잖아. 우리가 이런 말하는 것부터.

— 형님, 지금 무슨 말하는 겁니까? 엄격히 이것은 교육적 차원에서 접근해야 해요.

여기가 민주공화국이지 불법불륜공화국입니까 하고 나서는 것보다는 수위가 낮다. 온건하다.

— 교육적 차원이라고?

그 얘기는 황 영감도 했다. 하지만 기본 잣대로야 맞다 해도 신기루 같은 혐의만 있지 실다운 단서는 없는 것이다. 기간이 동떠서 이미지 합성이 어렵다고 황 영감도 자신 없어 하지 않았는가. 그런 상태인데 결론부터 논한다는 것은 사리가 맞지 않을 수도 있다. 암만 큰불 진화를 위한 조치라 하더라도.

그는 마우스를 놓고 서정국을 쳐다본다.

— 우리 정서상으로도 이건 용납할 수 없는 경우이기도 하구요. 영화가 아니잖습니까. 해외 토픽도 아니구요.

— 말은 맞은데 현실은 또 달라.

— 열중 쉬엇! 졌습니다. 저는 쉬겠습니다.

현실이 다르다는 것은 심증뿐이라는 뜻인데 서정국은 어디선가 단단히 오해를 하는 눈치다.

— 그게 아니라 내가 알아본 바로는 그런 게 아니란 것이지. 그게 아닐 수도 있어.

— 알아보셨어요?

— 얘기했지. 우회적이지만.

또박또박 응대하던 현은 거짓말을 하는 것은 아니었다. 만약 감추어야 할 비밀이나 무엇이 있다면 그런 꼿꼿함과 자연스러움은 있을 수 없었다. 어딘가 불안해 하고 안절부절하는 눈빛이 보이고, 그것이 통상적인 모습이었다. 현은 그렇지 않았다. 본 수사관이 미숙해서일까?

— 아휴, 난 또, 저는 오늘 들었거든요. 그래서 머릿속에 먹구름 같은 것이 막 몰려오는데 그만 아찔했어요.

— 입조심하자고. 아직은 오해의 소지가 많은 것 같아. 지금까지 그런 혐의 즉, 큰 키 짧은 머리 한 남학생은 한둘 아니게 들락거렸으나 내가 보기에는 다 순진한 놈들이었어. 교지 때문에 오고 과제물 때문에 오는 모양이야. 아이들 얼굴 보면 알잖아?

서정국의 얼굴빛이 가라앉는 것은 오해가 어느 정도 풀린다는 반증일 거였다. 그는 상대방을 다독다독하면서 감찰한 소견을 일부 사실대로 밝힌 것이 다행스럽다 생각한다.

— 그 얘기를 듣고 저도 처음에는 설마 했어요. 어디까지 사실인지 가늠도 안 되고 말입니다.

— 문제는 발설한 사람이 가까이 있는 사람이라는 거야. 평소 재미있는 말은 곧잘 하지만 그렇다고 그런 것까지 신파로 꾸며댈 사람은 아니잖아. 그러니 좀 더 지나서 예를 들면 자연스러운 자리에서 조용히 캐보면 될 거야. 조용히도 안 꺼내면 더 좋고.

— 일리 있습니다. 충성!

서정국은 절도 있게 이마에다 손날을 세운다.

— 저도 상식이 있지, 어디서 그런 발칙한 불장난을 꿈꾸겠어.

그는 남은 말을 흐리며 다시 컴퓨터로 돌아온다. 아무리 자유로운 세상이 됐다고 해도 말이야 하는 말을 거둬들인 것이다.

발칙한 불장난은 학교도 예외일 수는 없었다. 그날 들은 황 영감의 얘기였다. 양호실이 수시로 출장 중 또는 외출 중이라고 했다. 하얀 패찰이 걸핏하면 내걸린다는 것이다. 그러던 하루, 양호실에서 어떤 남 선생이 패찰을 흔들면서 나왔다 했다.

그 소문이 삽시에 번졌다. 그런가 하면 양호 선생 아이를 안은 남 선생을 시내에서 보았다는 말도 들렸다. 가슴에 젓국을 끓이던 어느 여 선생이 전화로 시댁에다 알렸다.

외국에서 공부 중이던 아들이 학위를 포기하고 돌아왔고 결심을 단호히 말했다 한다.

'다시 장가를 가도 헌 각시잖겠습니까? 아이들도 제 엄마가 필요하구요.'

얼간 새끼!

그 일로 두 사람은 학교를 떠났다. 남자는 지방에서 사업을 한다는 소문이 몇 차례 들렸다 한다.

직장 불륜, 그것은 이 사회가 지탄하는 그들 시대의 풍속도이다. 그런 풍속사는 학교라도 성역이 될 수 없었던 것이다. 서정국이 염려하는 것도 그런 차원에설 것이다. 놀랍다기보다 여느 스캔들보다 이것은 강한 후폭풍을 몰고 올지 모르는, 전대미문의 발칙한 남녀상열지사로 치부될 수도 있는 것이니까.

— 가시죠, 형님. 벌꿀 파티가 있다는데.

— 오늘인가?

이틀 전에 자원과에서 벌꿀 시식회를 한다는 전단지가 나돌았다. 과장이 양봉반을 만들어서 꿀벌 몇 통을 쳤다는 것이다.

— 가시죠, 부장님. 꿀 먹은 벙어리가 돼 봅시다.

— 오늘 거기, 많이 먹어야겠어. 무슨 얘기가 그처럼 많은가?

이 부장이 그보다 먼저 자리에서 일어서며 그들 쪽으로 고개를 돌린다.

— 떡도 있나 봐요. 오토바이도 왔다 가던데.

어디선가 나타난 함동우도 거든다. 훱쓸리는 것이 마뜩치는 않지만 역시 꿀은 꿀인 것이다. 그도 컴퓨터를 지우고 꿀꺽 군침을 삼킨다.

## 9.

꿀 한 모금이 며칠에 걸쳐 장소 불문하고 화제가 만발한다.

'인삼하고 벌꿀이 많으면 나라가 망한다니, 그건 재 뿌리는 소리 아닌가? 정감록에 나온다고 했나?'

하는 신경필이 어제 한 말씀한 것을 누군가 꼬집는 일부터,

'주 과장 그 사람 너무 재미있어. 종이가 없어서 그랬나… 글씨도 그렇지. 큼직하게 쓰면 되지 A4에다 10P짜리로 쬐그맣게 써서 이 방 저 방에다 붙이고 말이지.'

하는 산특産業體特別學級 교감에 이르기까지. 거기에 아침에는 함동우도 가만히 있지 않는다.

— 성의는 물리치겠습니다. 입만 가지고 오십시오라는 것은 또 뭐야?

— 그건 상부에다 암시를 주는 거지. 떡이며 준비한 게 제법 많았잖아. 꿀 몇 병 팔아서는 안 되거든.

— 그래서 쓴 거야? 그런 속셈도 모르고서, 나는.

함동우가 커피잔을 들고 평화롭게 웃는 동안 그는 서둘러 커피를 끝낸다. 오늘은 무슨 일이 있어도 정문을 서야 한다. 그 사이 네 차례나 빠졌다. 얼쩡얼쩡하다 보면 잊어먹고 마는 것이다. 고의가 아니라

도 그랬다.

— 아니, 시선詩先님. 어디 가세요?

그를 먼저 본 것은 등 뒤에 있던 함동우다.

— …….

대답 대신에 그는 손으로 창밖을 가리킨다.

— 저 노인은 학생부야.

교문에는 그와 한 조인 박종문이 먼저 나와 있다. 금년에 와서 그리고 여기가 끝내기 학교라서 박종문은 상당히 조심스런 눈치였다. 듣기에는 지난번 학교에서 1년 반을 남기고 전출되었다고 한다. 여북하면 내쫓았겠느냐는 말부터 그 교장 인품이 돼지라는 말까지 나왔다. 대개 그 정도가 되면 유임되기 십상인데 새 학교에서 얼굴을 익히다가 퇴직을 하게 된 것이다. 그것도 그렇지만 본인이 감수해야 할 자존심의 상처는 크기가 이루 표현할 수 없을 것이라 했다. 그만 두자니 개인적인 사정도 있을 것이고 그러니까 어쩔 수 없이 짐을 싸서 굽은 허리를 휘청거리면서 찾아왔을 것이라는 동정들이었다. 낯선 환경에 낯선 사람들이 전부인 새 학교로 말이다.

— 차 한 잔 하셨어요?

박종문이 그에게 인사말을 건넨다.

— 네. 방금 마시고 나옵니다.

— 날씨가 너무 좋아요. 요새 같으면 가을 맛이 나요.

가을 하늘 공활한데를 떠올리는지 하늘을 올려다보는 박종문의 낯빛이 밝다.

— 이럴 때 옛날 시골 학교에서는 가정 실습을 해서 일주일씩 놀았는데 말이지요.

그가 아득한 추억에 잠겨 더듬거린다.

— 그때가 역시 제일 좋았던 것 같아요.

노는 것이 좋았다는 말로도 들리고 제도가 좋았다는 말로도 들리고 가을 하늘이 좋았다는 말로도 들린다. 그러나 박종문은, 아직도 교사들은 노는 것을 더 좋아한다는 점에서 노는 쪽일 것이다. 먹는 자가 더 먹고 노는 자가 더 놀고 싶어 하는 심리를 다다익선이라 하나 뭐라나.

— 가정 실습도 얼마 뒤에 없어졌지요?

— 모르겠어요. 나는 80년대에는 대도시로 와 버려서.

— 저는 80년대에도 중소도시에서 근무를 했는데 고3들 하고 격전을 치르다 보니까 그게 언제 없어졌는지 기억도 안 나요.

— 중3이 아니구요? 중3이 고입을 위해서 그때는 보충이다 뭐다 해서 엄청나게 공부를 시켰는데.

— 절정이 70년대 초반이었는데 그때는 전국이 중3들 용광로였지요. 그러다가 서울 부산서부터 평준화가 됐고 입시 경쟁을 고등학교에서만 치르게 됐지요. 지금도 고교 평준화가 안 된 지역에서는 중3들이 이중고를 겪지만요.

— 벌써 30년이니, 기억으로는 엊그제 일 같은데 말입니다.

— 그래요.

다시 박종문의 눈이 가을 속으로 빨려 들어간다.

— 좋겠네. 이때쯤 설악산으로 단풍여행이나 갔으면.

— 그렇지요?

그도 따라서 응수한다. 설악산 단풍이 절정이고 어제는 중간에 있다가 오늘은 조금 밑으로 내려왔다고 시류에 민감한 누리꾼들이 인터넷에서 말했다.

— 그런데 학교를 옮긴다는 말이 있던데 사실입니까?

어쿠 하고 그는 속으로 놀란다. 누구나 부임하면 학교 이전 정보를 듣고 깜짝한다. 몇 년인지 몇 달인지 흘러온 그 소문의 근원은 아무도 모른다. 동창회와 교육청이 힘겨루기를 한다는 구체적인 상대까지 드러났지만 실은 동창회에서조차도 모르는 일이라고 했다. 옮기는 근거로는 학교가 한강 곁에 부지를 깔고 있으니까 금값일 때 팔아서 시외곽으로 옮기면 실업학교의 설비를 최신식으로 갖추어도 비슷한 규모의 실업학교를 또 하나 세운다는 것이었다. 땅장사에게 부추김을 받아선지 실제로 상부의 구상이 그런지는 알 수가 없다.

— 그 얘기는 저도 선생님처럼 꼭 같이 물었어요. 그때 들은 대답을 그대로 하겠습니다. 퇴임 때까지는 안 옮길 것이니까 걱정하지 마세요.

너무 성의 없는 대답 같아서 그는 허 허 웃고 나서 다시 덧붙인다.

— 그런 뒤로 3년차인데 보다시피 굳건해요. 그러니 신경 안 써도 됩니다.

출퇴근과 관련이 있으니까 그는 말이 나서 집이 어디냐고 묻는다.

— 저는 집이 일산이에요.

그래서 끔짝 마! 하는구나 싶다. 그나마 동쪽 끝으로 밀려난다면 중따라서 절 옮기는 형국으로 집을 학교 곁으로 옮겨야 할 판이었다. 그러나 그런 운명적인 대지진은 없을 것이다. 그가 겪어 왔고 징후조차도 없으니까.

— 학교가 워낙 좋은 위치에요. 천금 같은 한강이 눈에 보여서요.

— 그렇지요?

그래서 땅 장사들이 탐을 냈을 것이란 생각이 지배적인 듯하다. 스카이라인이 없는 마천루를 짓고 나면 주변 상권과 환경은 급격한 탈바꿈을 할 것이다. 신흥 부자촌이니 교육특구니 해서 앞서 형성된 강남권을 저 아래로 밀어낼 것이다. 몇 층이 아니어도 한강이 창가에 넘실넘실할 것이다. 그것을 투기꾼들이 군침 흘리는 것이 아닐지도 모르겠다. 그로서야 문외한이니까 어둡지마는.

— 저는 처음에 이런 노른자위 땅에 학교가 어찌 들어섰나 싶었어요. 물론 예전에는 헐값이었겠지만요.

— …….

한 패거리의 학생들이 후두두 교문으로 뛰어든다. 수위장이 LG 마트 앞에 모여 있는 아이들을 들여보낸 것이다. 늦게 온 학생들은 정문에 사람이 서 있는 것을 보면 지형지물에 기대서 기다린다. 교사들이 들어가기를 손꼽는 것이다.

그들 중에는 상습적인 지각생도 섞여 있다. 지난 주에 본 얼굴을 다음 주에 또 보는 일이 연중 지속되는 것이다.

— 교장은 얼굴을 알지만 선생님들 얼굴은 아직 몰라요. 교감도 둘이라는데 야간 교감은 본 적도 없어요.

— 저도 그 수준을 벗어난 정도예요. 그러나 교사들은 대부분 몰라요. 이러다가는 통성명도 못하고 그만 두게 생겼어요.

— 그렇겠지요.

통성명만이 아니다. 낯가림을 하고 수인사라도 나눌 수 있다면 행운이겠다. 가능성은 없다가 정답이다. 날줄 씨줄 방향으로 섞이면서 몇 차례 포개질 기회를 놓치고 나면 같은 지평에 서 있더라도 서로는 땅끝이 되고 만다.

그게 큰 학교의 단점, 장점이다. 오사바사한 소규모 학교의 정나미가 전혀 없다는 것이 단점이라면 너무 오사바사해서 미주알고주알 들여다보는 일 없는 것은 장점이다.

— 그런데 학생부에서 하는 교문지도를 나이 많은 사람들이 왜 해요? 이 학교에서만 볼 수 있는 일 같아요.

이것도 한 번씩 하고 넘어가는 질문이다. 특색 사업이 아니라 전근대적인 발상인 것이다. 여론이 시끄러우면 하늘도 감응한다는데.

— 학교의 전통이지요. 긍정적으로 말하면 그런데 부정적으로 말할 수도 있어요. 교감을 승진시키기 위한 특색 사업이라고 말입니다.

— 아직도 승진을 안 했나요? 내가 올 때 금년 봄에 교장으로 승진이 됐다고 했는데요.

초점이 틀어졌다. 그는 특색 사업에다 박은 승진에다 시선을 맞춘 것이다.

— 됐으니까 또 승진을 해야겠지요.

박종문이 한참 동안 커진 동공을 좁히지 못한다. 그리고 자리를 옆으로 물린다.

— 공장이군요.

— 그렇지요?

— 네.

— 있어 보면 일들이 많습니다. 그것을 꼬집어서 작전이라고 말합니다. 인문교과에서는 상상도 못해요.

그의 말을 알아들었는지 말았는지 박종문은 가만히 있다.

오늘은 기합 안 받고 통과하네 하고 수위장이 꼬챙이를 흔들면서 지나가는 여학생을 바라보고 말한다.

상습 지각생인데 학생부장이 있었다면 무사하지 못했을 것이라는 말이다. 팔굽혀펴기 스무 개나 토끼뜀이 기본이고 남학생일 경우에는 두발도 단속되는 것이다. 그러면 지나가던 사람들이 멀거니 교문 안의 진풍경을 바라본다. 저런 진귀한 일도 있구나 하는 표정들이다.

— 처음에 와서 저는 높은 시멘트 담장을 보고 깜짝 놀랐어요. 무슨 성 같기도 하고 말이지요. 어찌 보면 영화 세트장 같잖아요. 철조망까지 올려놓았잖아요.

영화 세트장이란 말이 흥미롭다. 재미있는 사람이란 소리가 박종문을 따라다닐 것도 같다.

어퍼컷 어퍼컷 하면서 신바람을 내던 모습이 잠시 머리에 떠오른다. 무엇보다 그 장면에서 엉뚱했던 것은 손새잎을 보고 '저 여자' 라던 표현이다. 여자와 여학생은 어감이 다른 데도 분간없이 그렇게 말한 것이다. 순진해선지 어때선지.

— 차는 어디서 내립니까?

그가 화제를 바꾼다.

— 저기 대학병원 앞에서요.

— 그쪽에서 오려면 담장을 끼고 한참이나 돌아야 되지요?

— 교문도 하나 있는 것 같던데 늘 잠겨 있데요.

인력감축 때문이라는 말이 있는데 모르지요 하고 그는 말을 돌린다. 그리고 안 생겼어야 할 교문이 생긴 것이라고 말해 준다.

수위장이 장대처럼 서 있는 두 사람에게 끼어든다.

— 들어가세요. 아이들이 거의 들어온 것 같아요.

어느 봄날에 우는 멧새의 울음이 이처럼 부드러울까?

— 네!

수위실 창을 뚫고 바라보이는 벽시계는 9시에 올라섰다. 그들의 근무 시간은 10분이 더 남았다.

2분 뒤에 그는 봄날에 우는 어느 멧새의 울음에 화답한다.

— 수고하세요.

— 네.

## 10.

정문 지도를 마치고 돌아오니 김차희가 와 있다. 이 부장과 앉고 서고 상태인 것이다. 서정국이 손 땐다고 확정한 시험 때문일 것이다. 그가 손을 닦고 화면을 일으켜 파묻힌 시편들을 꺼낼 때까지 두 사람의 호흡은 긴장감 없이 편안하게 나고 든다. 이윽고 한 소리가 들린다. 김차희의 똑또그르 구르는 낮은 음성이다.

— 나중에 부장님 한 잔해요. 제가 살게요.

— 또 도망치려고?

곧장 이 부장도 그물을 던진다.

— 도망을요? 언제요?

되받는 김의 목소리가 여전히 똑또그르 구른다.

— 아니었나?

주춤 벼리를 놓는다.

— 어느 각시와 술을 드시고서, 참.

동글동글한 웃음도 보인다.

— 그런가?

아주 벼리를 놓고 만다.

— 네.

그러나 그는 이 부장 말에 상당한 암시가 있다는 것을 안다. '두 사람이 먹다가 도망갔지 않느냐' 가 유실된 부분을 복원한 말일 것이다. 그것을 상대는 알지 못한다. 등신, 한 쪽만 눈이 밝아가지고.

— 그러면 부장님. 복사부터 해서 한 부씩 나누고 결재를 해도 되지요?

김차희가 사무적으로 질문한다. 질문이라기보다는 어리광스럽게 말한다고 해야 맞는 말일지 모르겠다.

— 그렇게 해. 눈 빠지게 기다려.

눈 빠지게, 무엇 빠지게… 모두가 말이다.

예상한 대로 시험문제는 이 부장에 의해서 만들어졌다. 대신 시험공부를 학급마다 새로 시켜야 하는 국면에 처했다. 인쇄물에 있는 예상문제를 기본으로 출제하지 않았던 것이다. 그러나 남의 출제를 떠안은 사람에게 이렇다 저렇다 핀잔할 수는 없다. 그것도 다른 사람 아닌 이 부장이라면. 이 부장은 '옮겨 다니는 문제 은행' 아닌가. 누구에게 쓰다달다 말하겠는가. 어떤 경우이건 여러 입들이 쓰게 달게 맞추어야지.

……

그는 문제지를 받아놓고 요모조모를 궁리한다. 다 가르쳐줄 수도 없지만 안 가르쳐 주면 시험이 엉망이 될 것이 뻔해 이번에도 일부는 손을 써야 한다. 그것은 이 학교에 와서 쌓은 이력이다. 다른 학교와는 방법상의 차이가 있을 따름이다. 저쪽에서는 범위만 정해 준다. 그러면 범위 안에서 제 점수를 찾아간다. 이럴 때 범위가 여기서는 곧 예상문제가 된다. 대동소이한 셈이다.

몇 해 전, 이 학교가 아닌 다른 실고에 있는 아무씨로부터 두 가지 얘기를 듣고 웃었던 적이 있다. 하나는 운동장에서 축구하는 남학생들이 가방을 매고 딸랑거리며 뛰어다닌다고 했다. 옆에 중고품 시장이 있기 때문이라는 것이다. 두 번째는 예상문제를 미리 30 문제쯤 내주고 그중에서 20 문제를 출제해도 아이들이 공부를 안 한다고 했다.

첫 번째는 본교에서는 볼 수가 없다. 그러나 두 번째는 본교에서도 그대로 전수되고 있어 스스로 웃음바다에 빠져 또 다른 이로부터 웃음거리가 되는 것이다.

— 자, 교과서 펴라. 오늘은 시험을 대비해 총정리를 하겠다.

그는 작심하고 말한다. 이 말은 지금부터 정답을 가르쳐준다는 암시다. 그러나 아이들은 그 말의 의미를 모른다. 익숙지가 않아 설마 하는 것이다. 그러나 그로서는 지금부터 정답을 찍어준다라고는 말하기 어렵다. 왜냐하면 그런 시험은 천하에 없기 때문이다. 아니, 있기도 하다. 그건 야간부가 그렇다. 그렇더라도 완전한 문제를 다 가르쳐주는 것은 아니다. 거기도 일부만 암시하는데 좀 더 가르쳐줄 뿐이다.

— 먼저 18쪽이다.

그는 가슴이 뛴다. 이것이 문제인데 문제라고 노출시키지 않는 데서 오는 비밀스러움 때문이다. 비밀은 끝까지 감추어져야 하니까.

— '소나素那 또는 금천金川이라고 한다' 에서 소나와 금천은 같은 사람이다. 그러면 당시에 읽을 때는 어떻게 읽었을까? 소나와 금천을 같이 읽었을까 다르게 읽었을까?

— …….

아이들의 입이 꾹 닫혀 있다. 그나마도 몇 사람에 국한해서 그렇다. 대부분은 시험이고 공부고 도통 관심이 없다. 오직 노는 일밖에 없다. 그는 항상 그렇듯이 이런 악동들을 뚫고 수업한다. 그것이 그의 수업기능이다. 그 기능 중에는 밖으로 내쫓는 방법도 있으나 오늘은 시험 대비 총정리여서 앉혀둔다.

— 글자는 다르지? 그러나 당시에는 소나와 금천을 같이 읽었다. 알았지?

문제는 이렇게 되어 있다.

[글 "가"에 대한 당시 사람들의 언어생활을 추측한 것이다. 다음 중, 적절하지 않은 것은?]

답, (3). 소나와 금천을 각기 다르게 읽었다.

한 문제를 보고 나서 다음 장으로 넘어간다.

— 20쪽에.

그는 아이들이 책장을 넘길 때까지 두 호흡을 기다린다.

— 거기에 보면 우리말을 'soraya! annyong.' 하고 영어로 쓴 것이 있는데 이것은 어떤 방식으로 표기한 것일까?

— …….

이 또 아이들의 입은 꾹 닫혀 있다. 선불리 답했다가 틀리면 망신당한다는 뜻도 담겨 있을 것이다.

— 이것은 알파벳의 음만 빌려 쓴 것이다. 알았나?

— 네.

문제는 이렇게 되어 있다.

["보기"는 어떤 방식으로 표기한 것인가? 맞는 답을 골라라.]

답, (1). 다른 문자의 음만 빌려 쓴 것이다.

다시 책장을 넘긴다.

— 24쪽이다.

그는 다시 두 호흡을 기다린다. 중간 중간 띄어서 가는 의도를 알고자 한다면 알 수도 있을 것이다. 그러나 정답을 얼마나 바르게 알아들을지 거기 대해서는 확신할 수가 없다.

— '선화공주님은善化公主主隱'에서 음音 즉, 소리를 좇아 읽은 글자

는 '은' 이고 훈訓 즉, 뜻을 좇아서 읽은 글자는 '님' 이다. '주은主隱' 이 '님은' 으로 읽혔으니까 '은隱' 이 소리대로 읽은 글자이다. 들었나?

문제는 이렇게 되어 있다.

[다음에서 한자를 소리대로 적은 신라식 표기에 해당하는 글자는?]

답, (5). 은隱.

……

20문제 중에서 11문제만 점찍는다. 이 정도면 아이들이 어지간히 따라올 것이다. 그리고 문제도 간추려졌지 싶다.

작업은 치밀하고 공정하게 진행된다. 창재創裁는 시험이 없고 1,3학년이 2개 반씩인데 똑 같은 경로를 밟는 것이다.

어느 쪽인가 하면 3학년들은 눈에 불을 켜고 설칠 것 같지만 실상은 그렇지 않다. 그것은 뜻밖이었다. 문제 훑기를 마치고 앞자리에서 아등바등하는 형렬에게 물은 적이 있다.

'왜, 아이들이 이처럼 시험에 관심이 없지?'

인문학교에서는 다음과 같은 불문율이 돌았다. 그것은 지금도 변함없는 진리일 것이다.

『내신內申은 불변한다. 고로 내신 점수를 잘 따야 한다.』

그 말은 수능은 언제라도 바꿀 수 있는 점수인데 비해 내신은 고정불변이라는 것이다. 그래서 일회성의 내신을 확보해 두고 가변적인 수능은 재수나 삼수로써 바꾸면 된다고 했다. 여기서는 그 분위기가 아닌 것이었다.

'모르겠어요. 수능을 앞두고 있어서 안 그럴까요?'

'수능도 중요하지만 먼저 내신을 잘 따야지. 만약 재수를 하더라도 그렇지.'

'모르겠어요. 아이들이 요새 의욕이 없어요.'

'수능 때문에?'

'그런가 봐요. 모르겠어요, 저도.'

이로 보면 100점 중에서 40점이란 점수를 수행평가로 배정한 것은 과한 듯해도 잘한 일이었다.

그는 커다란 바위덩이를 가슴에 달고 스스로 시험을 치는 느낌에 이른다. 한 짐 벗었다거나 의무를 다했다는 완성감보다는 마음이 적지 않게 무거워지는 느낌을 떨칠 수 없는 것이다. 1학년은 아무래도 시험이 어려워서 3학년은 관심들이 무너져 걱정인 것이다.

그렇게 해서 맞닥뜨린 시험은 1일에 1,2과목씩 나누어 치러졌다. 앞 시간은 3학년이 뒷 시간은 1,2학년이 2명씩의 감독 아래서 역량껏 시험에 임했다.

# 3부 축제

1.

(대개 교사에게는 수업만 열심히 하면 되지 중요한 회의란 없거나 무의미하다. — 어느 날 모씨의 발언 중에서.

그래서 일부 학교에서는 전달사항으로 직원회의를 대신하는 선진 경영을 한다고 한다. 이는 본교도 생각해 볼 여지가 있지 않은가 한다.)

늦었나 보다.

그럴 이유라기보다 타성 때문이랄까 늑장을 부리다가 직원회 참석이 늦었다. 마이크는 이미 뒷자리로 넘어와 있다.

……

일어서는 사람은 그가 우습다고 생각하는 공동실습소 과장이다. 오늘은 어떤 새로운 변신이 있을지 기대하며 빈자리에 놓인 전달사항을 집어 든다.

그리고 두 사람 사이에 자리를 비집는다.

— 안녕하십니까? 공동실습소에서 말씀드리겠습니다.

역시 대사는 같다. 저것이 저 사람의 특징이라면 특징이다. 그래서 그는 늘 웃는 것이다.

— 제9기 신영공고 입소교육이 예정대로 끝났습니다. 이상입니다.

정말 뻥하고 넘어질 일이다. 왜 마이크를 잡았나 싶다. 여태 과장자리를 유지하고 있다는 것을 알리려 매양 같은 소리를 반복하는지도 모르겠다.

'입소했다, 이상이다' 나 '퇴소했다, 이상이다' 를 길들여진 앵무새처럼 내뱉고 주워 담기를 몇 년 동안 판에 박은 듯이 되풀이하다니. 그런데 더 웃기는 것은 그런 앵무새 노릇을 아무도 우스워하지 않는다는 점이다.

정말 모두는 꾸려둔 짚단처럼 가만히 앉아 있다. 그러니 공동실습소의 과장 얘기를 그나마도 듣고 있는 사람은 그밖에 없다는 사실이 놀라울 따름이다.

— 이상으로.

마이크를 입술에 붙였다가 교무부장이 말을 끊는다. 앞줄에 앉았던 교감이 자리에서 일어나 중앙으로 나오고 있다. 굵은 목덜미가 씨름 선수 같다.

교감은 지난 3월에 부임했다. 관련 이야기라면 교무 사안이나 유사한 일일 것이다.

— 시간이 많이 지났는데 한 말씀만 드리겠습니다. 선생님들께서 간혹 바깥에서 식사를 시켜 드시곤 하는데 그럴 때 배달원들이 오토바이를 타고 들어옵니다. 그 속도가 여간 아닙니다. 사고 날 위험이 많으니까 드시면서 천천히 몰아달라고 말씀해 주시기 바랍니다. 자칫하면 학생이 다칠 수도 있고 대단히 위험합니다.

— …….

어처구니없다. 교사들이 식사를 시켜먹는데 배달원들 오토바이 속도까지 단속하다니. 이럴 때 수위실이 필요하고 정히 위험하다면 교문을 닫으면 될 것이다. 기껏 일어나서 하는 말이라니, 마이크가 공해인지 사람이 공해인지 모를 일이다.

— 이상으로 직원회를 마치겠습니다.

비닐주머니에 물 새듯이 사람들이 찔찔대며 뒷문으로 빠져 나간다. 그는 세 번째에서 다섯 번째로 다시 일곱 번째로 밀린다.

— 왜 아무런 보고가 없는 거야?

열세 번째야 가까스로 출입문을 빠져나온 송 영감이 그를 보자 따지듯이 말한다.

— 무슨 보고?

— 실과부장 말이지. 지난번 창원 대회에 무슨 결과가 나왔을 것 아닌가.

일주일간 열린 기능경기대회에 학교가 반은 비었다고 했다. 중간자리까지 모두 응원을 갔다는 것이다.

— 결과가 안 나왔어?

— 아무 얘기도 없었잖아.

— …….

그러고 보니 아무런 얘기가 나오지 않았다. 공동실습소에서 일어설 것이 아닌 실과부장이 경과보고를 해야 할 것이다. 그럼에도 불구하고 식상한 얘기만 찔끔 듣고 말았다. 이어서 배달원 오토바이가 어떻고 하는 너절한 소리까지.

— 성적이 안 좋았나 보지? 그렇지?

그는 실과부만큼 열망이 없다. 그리고 빈손이라 하더라도 그들 인문교과와는 연관이 없는 사항이라 담 너머 얘기일 뿐인 것이다. 싫든 좋든.

— 우울해 하지 마. 작년도에는 많이 따왔잖아.

— 어디 우울해서 하는 말인가?

씩씩대는 송 영감을 이끌고 교무실로 들어온다. 다방에는 일찍이 황 영감이 자리잡고 있다.

— 오늘 직원회의 참석하지 않은 사람들 빨리 정렬해서 교장실로 집합하래.

— 그래? 그럼 그러지 뭐.

실전도 가상전도 다 치른 용사라 꿈쩍도 않는다.

— 앉아!

그는 입이 부르튼 송 영감을 반 명령조로 나와 있는 자리에 앉힌다. 누가 꺼내 놓은 것인지 접는 의자가 하나 나와 있다.

아침에 서정국이 전교조 분회장과 담화를 하더니 그때 집어다 놓은 모양이다.

— 다른 학교에서는 퇴임 석 달 전서부터 그 뭐냐? 기간제 교사를 쓴다는데 우리 학교는 왜 이래? 여기는 천국인가 동토인가. 젠장맞을.

— 어디서 그래?

송 영감이 황 영감을 다그쳐 묻는다.

— 연초에 벌써 학교마다 그런 공문이 내려온대. 신청하라고 말이지.

— 그래?

— 그러면 우리 학교는 공문을 못 받은 거야?

그의 띵한 말에 두 노인이 기를 모아서 눈총을 쏴댄다. 그때 이 부장이 들어온다.

— 웬일로 오늘은 노룡들이 여기 다 모였네!

그래 놓고는 또 안주 모두 합쳐 6만5천 원 하는 집에 가야 되는 것 아냐? 하고 말한다. 도깨비 언질에 찔끔했던지라 그는 꾹 입을 닫는다.

— 그럼 교장이 마음대로 처리했다는 것이네.

— …….

대답 대신 황 영감은 바깥으로 고개를 돌린다. 뽀얀 비행운이 한 줄 어느 영혼처럼 아스라이 하늘가로 사라지고 있다.

— 그러면 안 되지. 그러면 되나.

— 학교장의 재량이 포함된 사안이래나 뭐래나.

— 그래도 그렇지. 다른 학교에서는 퇴임 휴가를 주는데 우리만 안 주면 되나. 자기도 금방 퇴직할 것이면서.

— 그대가 가서 건의해 봐. 다음 해라도 다시는 그런 실수를 저지르지 않게.

타 놓은 커피가 식었는지 황 영감은 입술 끝에 커피잔을 붙이다가 만다.

— 앉아! 쓸데없는 소리들 그만 하고.

1교시를 마치고 나온다.

비슷한 시간에 교실을 나와서 복도와 계단을 거치는 동안 그는 두 사람과 목례하고 두 사람은 그냥 지나간다. 몰라서 그렇고 인사가 상대를 불편하게 만들기 때문에 그냥 지난다. 그것을 그는 직장 문화의 한 경향임을 뒤늦게 깨달았다.

먼저 인사해서 상대에게 실없는 사람으로 낙인되면 그때는 나이값도 인사값도 망가짐을 배운 것이다. 그래서 인사는 남이 할 때만 간단히 하는 것이라고 몸에 익혔다. 물론 동년배나 상사이면 그가 먼저 하는 풍습도 잊지는 않고 있다. 왜냐하면 향당엔 치齒요 조정엔 작爵이기 때문이다.

— 형님, 축하합니다.

— 무슨 축하를?

그는 교과서를 책상에다 놓고 꼬챙이를 구석으로 붙인다.

— 여기 보세요.

서정국은 아침에 받은 여러 장의 인쇄물 중에 주간전달사항과 똑같은 크기의 다른 인쇄물을 꺼낸다.

— 이번 축제 때 동아리 활동 중에서 '행운 숫자 고르기'에 지도교사로 임명됐지 않습니까요.

— 뭐라! 내가?

그는 과연 그의 이름이 지도교사란에 또렷이 인쇄돼 있음을 본다.

— 2학년 중에 우봉석은 있지만 형님 함자는 학교에 없거든요?

— 알겠네. 수당을 많이 주니까 노련한 나를 특채한 것이겠지.

— 그런데 이 계획표를 짠 사람이 누굴까? 정말 인재 발탁에 혜안이 있어.

서정국이 통쾌해서 어쩔 줄을 모른다.

— 남이 배 아프면 물 내리겠다?

— 왜요?

— 너무 좋아해서.

그때 그는 아침에 화제에 올랐던 성적 얘기를 떠올린다. 서정국을 심심하게 하지 않으려면 대안이 있어야 한다.

— 오늘 아침에 실과부장이 성적 발표를 안 했지?

— 성적을요?
— 창원에서 일주일간 대회를 치렀잖아, 시험 전에. 그 결과 말이야. 그것도 저희끼리 쑥덕쑥덕 알고 말고 하는 거야?
고스란히 송 영감의 궁금증을 물려받은 셈이다.
— 아니지요. 이번에는 노 골드랍니다. 동메달이 두 개이고 장려상이 다섯이란가 그렇대요.
— ……!
그것은 충격이다. 어찌 그런 결과를 가져 왔을까 싶다. 해서 발표를 못한 것이라는 생각이 든다. 그가 새삼 놀라마지 않는 것은 지난 5월 지역대회와는 결과가 대조적이라는 것이다. 헤아릴 수없이 많던 금메달, 은메달 수상자 이름들이 내건 현수막에서 뚝뚝 떨어질 지경이었다. 그것이 얼마 전까지 교문에 붙어 있었는데 모두 헛것이었단 말일까.
— 왜요? 놀라셨어요?
— 아니, 그렇네.
그는 감정을 추스른다. 남의 학교라서 관심 밖으로 물리칠 수만 있다면 이렇지 않을 것이다.
정작 듣고 보니 기분이 언짢다. 기능반 아이들을 앞세워 장감長監은 물론 학교가 전력투구한 행사에 빈손이나 다름없이 오시다니. 이것은 허무한 노릇 아닌가 싶다.
— 작년에는 우리 학교가 전국 대회를 석권해 왔잖아요?
— 그랬지.
— 2년마다 금메달 수상자끼리 겨루어서 격년제로 열리는 세계대회에 파견한답니다. 그러니까 이번에는 당연히 딴 학교에서 받아야겠지요. 최종 출전자를 다시 뽑게, 그런 배려인 것 같아요.

— 그런가?

그는 그 부분까지는 모르고 있다. 재차 듣고 보니 이해는 조금 되는 것이다.

하지만 그런 대회임에도 관련 교사들과 학생들까지 대거 출동시켰다면 그 자체에도 문제가 없지는 않다. 짜여 진 각본을 읽지 않았거나 아니면 연습 삼아 참가했다는 결론인 것이다.

— 아셨죠?

— 허무하네.

— 네?

— 그래도 허무한 느낌이라고.

— 그래요?

서정국이 펼쳐둔 계획표 용지를 다시 걷어간다.

— …….

그는 물잔을 들고 자리에서 일어난다. 괜히 신경을 곤두세워 목이 탄다. 정수기에서 파란 꼭지의 물을 한 잔 가득 담는다. 그는 단숨에 찬물을 들이켠다. 일곱, 여덟 호흡만에 잔이 바닥난다.

어쩌면 이 학교에서는 그런 기능반 아이들을 내세워 교사들을 부추기고 전교생을 미망에 빠지게 하는 것이 아닐까 싶다. 그들이 메달을 따면 학교 명예란 이름으로 포장이 되나 이번처럼 성과가 없을 때는 바람 빠진 애드벌룬이 되고 만다. 학교의 명예고 팡파르고 날아가 버리는 것이다. 그것은 또 그렇다치고 나머지 아이들은 무엇인가 싶은 것이다.

이런 의문에 대해서 공허한 말이지만 그럴싸한 지적이 있다. 그것은 원론적 얘기일지 몰라도 실고의 본령이 희석되고 뒤틀렸기 까닭이라는 분석이다. 한 마디로 현행 제도를 대폭 개선해야 실고의 본령도 회복되고 공동선을 목표로 최선의 가치를 추구할 수 있다는 진단인 것이다.

학과별 특성대로 2급 기능사 자격증을 이수하는 것으로써 3년간의 학습 목표를 이루었다고 말할 수는 없다. 그것으로는 나머지 다수 학생들에게는 형평성에도 실질면에서도 미흡한 것이다. 이런 불완전한 실정은 위에서도 알고 밑에서도 알며 학생들도 안다고 말할 수 있다. 그럼에도 고착된 제도는 고쳐지기도 뒤집기도 어렵다. 현시점에서는 도도한 흐름 한 가운데서 우두커니 관망이나 할 따름이지 저항할 만한 노도 닻도 없는 상태이다.

이를 대변할 비유가 미숙아의 보육기론論이다. 실고에서는 이런 문제로 격론을 벌일 때가 한 번씩 있다. 그때마다 나오는 대안도 각각이다. 그 중 다수가 공감하는 얘기가 지금의 대입특례제도를 바꾸어야 한다는 것이다.

특별전형을 없애고 전문대학을 육성해서 그쪽으로 실고생들을 유도해야 한다는 말이다. 지금은 실고에서도 4년제의 유수한 대학, 유수한 학과를 진학할 수 있는 절묘한 길을 열어놓았다. 장점도 있지만 '실고의 인문고화' 로 본래의 특성이 없어지는 제도라는 약점도 있다. 때문에 그쪽을 막고 전문대학 쪽에서 맞춤형 기능인을 육성해 사회의 실질 자원으로 내보내야 한다는 주장인데 박수까지 받았던 이야기다.

그런데 결론은 직언이건 뒷담화건 그들이 암만 찧고 까불어도 그것은 미숙아의 몸부림에 지나지 않는다는 것이다. 어떤 날카로운 이빨이라 해도 제도의 현재성은 물어뜯을 수 없는 보육기였던 것이다. 그래서 토론자들은 허우적거리는 발놀림과 손놀림까지 바깥 사람들의 웃음거리가 되고 마는 한계를 절감하지 않을 수 없는 것이다.

제도를 바꾸기 이전에 누가 현행의 틀을 깨야 한다는 명분이라도 적확하게 짚어낼 것인지 지금으로써는 그것조차 전망하기 어려운 실정이다. 전문가가 없거나 너무 많고 있는 전문가마저 신뢰하는 바탕이 안 돼 있기 때문이다.

— 여기서 뭐 하세요?

1교무실에서 나오다가 함동우가 그와 어깨를 부딪친다.

— 더워서.

그는 들고 있던 물잔을 들어 보인다.

— 여름에 먹은 더위가 상기 안 가셨나 봅니다.

함동우가 평화로운 소 웃음을 흘린다. 언제 봐도 뿌연 웃음이 푸근하다.

— 나뭇잎이 참 순하게 타고 있네.

억지로 말막음을 하고 그도 함동우를 따라서 자리로 돌아온다.

## 2.

길을 잊어버릴 만큼 그는 달이 차서야 체육관 쪽 걸음을 한다. 며칠 전부터 금줄이 치워지고 차량 주차가 허용되었다. 지저분하던 현장이 말쑥하게 양생되어 뽀얀 시멘트 바닥을 드러내고 있다. 아직 준비가 덜 되었는지 식당 쪽으로 올라가는 계단은 옹벽만 만들어 놓고 출입을 막고 있다.

체육관을 꺾어서 쓰레기장 앞으로 나서며 그는 손뼉을 힘 있게 친다.

빡 빡 빡.

금방 손바닥이 얼얼하다.

어!

그는 손뼉치기를 멈춘다. 이미 쓰레기장 앞에는 두 사람의 흡연자가 나와 한담에 빠져 있다.

— 선생님, 안녕하세요.

한 사람은 이민재이고 또 한 사람은 얼굴만 안다.

— 국민건강증진법 시행규칙 제7조와 경범죄 처벌법 제1조 규정에 따라 두 분은 범칙금 처분을 하겠습니다.

그는 빠르게 법조문을 댄다. 몇 군데 요처에는 그런 글귀를 담은 경고문이 걸려 있다.

— 웬 박수를 치세요? 선생님. 저희는 박수 받을 일을 하지 않았습니다.

이민재는 두 차례에 걸쳐 전교조 분회지에 쓸 원고를 받아갔다. 하나는 수필이고 하나는 시였다. 그 두 편 값이 술인데 자리가 마땅치 않아 지금도 무료 등재를 하고 있는 것이다.

그는 두 사람의 대화가 낮게 이루어짐을 보았음으로 눈치껏 등을 돌린다.

빡 빡 빡.

그 사람이 전운혁라는 사실이 이제야 기억된다. 전운혁은 무도武道도 깊지만 탤런트로서도 이름이 알려진 사람이다. 그런 사람이 평범한 손뼉치기로 일상의 리듬도 유지하고 건강도 챙긴다는 지혜는 놀랍다.

건강도 행복처럼 멀리 있지 않고 코앞에 있다는 사실을 가까이서 체득한 느낌이 들어 그는 문하생으로서도 수행하기를 게을리 하지 않을 작정이다.

— 이런 자식들이 다짜고짜로 붙여놓고는 도망을 갔지 뭡니까?

체육관 앞에는 몇 사람이 둘러서서 종잇장을 놓고 시비가 높다.

— 동네에서도 그러던데 뭐. 나는 집에서도 붙여졌어. 요일이 하루는 금요일이고 하루는 수요일이야. 미친 자식들이지.

그는 등 뒤로 돌면서 내막을 경청한다.

— 환경부에 가서 결재를 맡고 나오는데 파란 모자 쓴 두 놈이 빠르게 지나가는 거야. 차를 보니까 전부 이렇게 돼 있어. 구청 주민자치과라면서 말이지.

— 무개차에도 붙였나?

그는 여태껏 학교에서 한 인물을 못 찾아내고 있다. 그날 무도장을 처음 발의한 사람이 체육과의 이 아무라 했다. 그러면 지금의 짧은 머리일 수가 있다. 그러나 짧은 머리가 반드시 그렇다는 단서는 없다. 이태삼, 그가 누군가? 그를 알면 지난 5월의 학년단합대회 전말을 다 아는 것이다.

하지만 그 뿐, 오래 전에 컨베이어 벨트는 돌아갔고 그 끝은 아무도 알 수 없으니 말이다.

— 보이는 차량에는 다 붙였어. 외제고 국산이고 구별이 없어.

— 이런 자식들이.

— 항의를 하던지 해야지. 강제로 차량 휴무제를 지정하는 게 어딨어.

— 저희들 실적 올릴 생각만 하는 거야.

그는 조정부 합숙실 곁으로 까치발을 해서 내려간다. 하늘이 성큼 가까워진 것도 같다.

운동장 의자, 합숙소 앞, 어디에도 골퍼는 없다. 자는지 쉬러 들어갔는지 수업이 없는 모양이다. 천천히 들어 올려보라는 조언대로 그는 한 개씩 천천히 당겨본다. 예사롭지 않다. 근육이 금시 땡땡해지는 느낌이다.

…세엣, 네엣, 다아섯….

3교시다. 반은 도깨비고 반은 원숭이들이다. 그런데도 사람과 너무 닮았다.

— 선생님, 답안지 펴놓고 답을 가르쳐 주면 안 되지요?

홍두깨다.

— 누가?

— 다른 학급에서 그랬대요.

— 무엇을?

그는 상대가 하도 촉새 같은 아이라서 대꾸를 않을까 하다가 건성으로 받는다.

— 불어 시간에요. 저쪽 반에서 그랬대요.

— 무슨 말인지 모르겠네. 책이나 펴라.

오늘은 관동별곡이다.

가장 재미있지만 아이들에게는 재미없는 과목이다. 이런 과목은 접근부터 쉽지 않다.

— 저쪽 반에서 불어 시험을 그렇게 봤대요. 그래서 성적이 우리보다도 배나 좋대요.

같은 정나희다. 이 애는 사사건건이 짜증이 난다.

'선생님, 수행평가 기준이 뭔데요?'

'왜?'

'알고 싶어서요.'

'너희들이 지금까지 해온 수업 태도지.'

'수업 태도만요?'

'그럼 샅샅이 깎아버릴까? 다른 항목을 많이 정해서?'

'아니요.'

그뿐 아니다. 1학기 때는 몹시 혼난 적이 있다. 가벼운 입이 화를 불렀던 것이다.

— 이태돈, 책 폈나? 조용필이 아닌 놈도!

학생 이름도 조용필이다. 얌전하게 지낸다 싶었는데 2학기에 들어와서 부쩍 말이 많아졌다. 뒷자리의 자잘한 놈들이 모두 같은 함량이다.

— …….

쫑알대던 나희가 그새 조용하다.

— 진선우는? 김국영!

일일이 지적하기란 불가능하다. 그러나 한두 사람을 집적여주면 변죽이 울리는 것이다.

— 228쪽이다. 저 뒤에! 아직도 책을 안 폈네!

딱 두 쪽을 하는 데도 힘이 든다.

강호江湖애, 자연을.

병病이 기퍼, 사랑하는 마음이 커서, 절실해서.

듁림竹林에, 시골에, 담양에.

누엇더니, 지내고 있었는데.

……

인문학교 같으면 이렇게 가르쳐서는 안 된다.

강호애는 강과 호수인데 자연自然이란 뜻이다. 이런 뜻으로 쓰는 말을 융합합성어融合合成語라 한다. 말과 말이 어울려서 전혀 다른 뜻을 나타내는 경우이다.

광음光陰을 시간이나 세월, 춘추春秋를 나이로 쓰는 예가 대표적이다. '애' 는 장소 곧 처소處所를 나타내는 부사격조사이다.

병이 기퍼, 사랑하는 마음이 심해서, 즉 자연을 사랑하는 마음이 깊어서. 이와 같은 뜻으로 쓰이는 한자숙어에는 천석고황泉石膏肓, 연하고질煙霞痼疾이 있다.

천석이나 연하도 자연이란 뜻의 융합합성어이다. 고황, 고질은 고칠 수 없는 몹쓸 병이란 뜻이다.

'기퍼' 는 깊다 어간에서 받침 ㅍ이 어미의 첫소리初聲로 넘어갔다. 이런 표기가 연철連綴이다. 지금 표기법으로는 '깊어' 가 된다. 분철 즉 나눠적기다. 지금은 전부 분철分綴이다.

……

바꾸어 생각하면 인문학교에서 가르치는 방식이 실고에서 적용되어야 할 것 같지만 그런 수업을 아이들이 수용하지 못하는 것이다. 그것이 한계이다. 조금씩 짚어가면서 수업이 싫증나지 않도록 하는 것이 최선이다.

그러니까 알뜰살뜰 쓸어가다가 이해가 되고 흡수가 되면 상관이 없겠으나 그렇지 않기 때문에 교사도 지치게 되고 아이들도 과부하가 걸린다. 그에 대한 방편도 여럿 있으나 현재로서는 여건이 미흡한 상태이다. 교사도 그렇고 자료로도 그렇고.

— 오늘은 여기까지 한다. 지금 보니까 교과서 없이 앉아 있는 사람도 많다. 오늘만 용서한다. 다음 시간부터는 밖으로 내쫓고 점수를 또 깎는다. 명심해!

— 네.

힘이 없다. 대답에 대한 보장이 없기 때문이다. 영문도 모르게 책을 잃어버린 아이들이 적지 않다. 빌려서라도 오면 되지만 그것조차 하지 않아 이 반이 아림이네 반보다 점수 깎인 아이들이 숫자로도 월등히 더 된다.

그 결과 수행평가 점수를 조정해서 다시 1점씩 환원시켜 주는 번거로움도 겪었지만.

— 선생님. 우리는 너무 억울해요.

— 뭐가 억울해!

이번에는 기진이가 나선다. 이놈은 나희보다 말이 더 많은 아이다. 언제 시험이냐, 시험 범위에 들어가는 단원이냐 아니냐 시시콜콜 질문이다.

— 우리는 안 가르쳐주고 다른 반에서는 아예 시험지랑 답지를 펴놓고 선생님이 어디로 가버렸대요.

— 뭐가 어찌 되었다는 얘기야?

꼬장만이 아닌 듯하다. 그는 흥미 없는 일이지만 남은 시간 동안 사실을 경청한다.

그리고 말한다.

— 그래?

그것은 놀라운 일이다. 아이들 말이 언구럭이 아니고 사실이라 한다면 말이다.

혼미한 것이 솜방망이로 한 대 얻어맞은 기분이다. 그래서 그는 수세미처럼 엉킨 기분을 조심스레 거두어 계단을 내려온다. 계단을 돌아서는데 계단 밑에 예닐곱 아이들이 모여 있다.

그 가운데는 여학생도 하나 있다, 하는 순간에 철컥 하고 둘이 붙는다. 입술이 입술을 향해 돌진한 것이다.

— 우 하 하 하.

— 우 하 하 하.

— 우 우.

그러나 다음 순간 사태는 심각해진다.

그의 등 뒤에서 수업을 마치고 내려오던 학생부장이 그가 본 장면을 그대로 확인한 것이다.

— 잠깐!

학생부장이 괴성을 지른다. 명아주 지팡이로 언걸먹게 아이들을 겁주곤 하더니 오늘은 맨손이다. 학생부장의 과목은 토목인지 건축인지 그쪽이라 했다.

— 떴다!

신호와 동시에 아이들이 튀밥같이 흩어진다.

— 야, 강문호! 이명성!

그 소리에 아이들은 단박 무릎이 꺾인다. 걷지를 못한다. 그러니 뛸 수 없는 것이다.

— 너희들 뭐야?

남아 있는 남녀 학생을 보고 학생부장이 빠른 걸음으로 계단을 내려간다. 남학생의 손에는 사탕 묶음이 들려 있다. 그것을 슬쩍 여학생에게 넘겨준다.

— 요것들 봐라. 요것들이 몽땅 2학년 아닌가?

둘을 지목해 놓은 후 학생부장은 이러지도 저러지도 못하는 나머지 서너 놈을 부실한 튀밥 모으듯이 손짓으로 불러 모은다.

— 이리 와 서 있어!

여학생의 고개는 이미 뚝 떨어져 있다. 옆에 붙어선 남학생과 거리를 잘 맞춘다면 어느 명화의 구도가 나올 법하다. 특히 여학생의 고개가 더 얌전하게 떨어져 있다.

— 이송준, 넌 무슨 과야?

— 재료요.

— 무슨 과? 재료정보야?

— 네.

이름표에는 01, 02… 식으로 학과기호가 나와 있다. 08은 재료정보과이다.

— 너희들 한 일을 지금 다 봤다. 그리고 여기 이놈들도 다 봤다.

둘의 고개는 사뭇 내려앉고 있다. 땅을 찾지 못해서 안타까운 모습이다. 땅에 얼굴이라도 숨기고픈 지경인 것이다. 그처럼 열렬하게 벼락같이 했던 행위가 왜 갑자기 부끄러운 동작으로 급변했는지 모를 일이다.

— 따라 와. 특별한 방법은 없고 너희들 했던 자세대로 용접봉으로 때워놓을 거야. 평생 떨어지지 않게.

엉거주춤 서 있던 세 아이가 킥킥대며 웃는다. 그래도 두 아이의 고개는 땅속으로 가라앉는 모습이다.

— 너희들도 따라와. 도망간 놈들이 누군지 알지?

종적을 감추었어도 학생부장의 손안에 명단이 들어와 있다는 뜻이다. 어디서 한숨을 돌릴지 모르지만 다음 시간이면 바로 해당 교실 또는 실습장으로 전령이 뜬다.

'누구, 지금 학생부로 오라던데요.'

꼼짝없이 제 발로 학생부장에게 대령해야 한다.

— 쟤들이 왜 저래요?

뒤에는 한혜진과 박정임, 또 한 사람이 서 있다.

— 모르겠어요, 저도.

그러나 그는 다 안다. 그리고 다 보았다. 하지만 그것을 아무렇게나 말할 수는 없다.

말이 얼른 안 나온다.

— 송준이 재는 착한 아인데.

한혜진은 이모처럼 말한다. 비하여 그는 일났네 하는 소리가 금방이라도 튀어 나올 것 같다.

— 이틀 전에 백일이라고 아이들이 놀리던데 아이는 천진하게 웃고 있었어요. 그래서 알았지요. 까불지도 않고 참 얌전한 아인데.

— 엊그제요?

계단을 내려와서 그가 묻는다.

— 네. 지난 화요일이네요.

그는 사건이 있었던 주위를 눈여겨본다. 그러나 지금으로서는 아무런 흔적이 없다. 현물들이 수거됐기 때문이다. 삼면이 터진 지점인데 직진하면 본관동으로 내려가는 계단이 있고 좌측으로는 일자一字로 터진 긴 복도가 있으며 중간에 학생부(3교무실)가 있다. 복도 오른쪽으로는 교실들이 나란히 붙어 있다. 현장 앞 가까운 교실에는 열린 유리창으로 빈 책상들이 보인다. 실습 나간 것이다. 계단에 붙어서 벽이 막혀 있고, 그게 전부다.

— 싸웠어요?

박정임이 전혀 다른 방향으로 추단한다.

— 아니야. 여학생이 사탕 묶음을 들었잖아.

오라, 하고 한혜진이 부화孵化한다. 걔들이 여기서 키스나 포옹을 했지요? 한다.

— 키스라니?

여자들이 이럴 때는 더 예리한 것 같다. 그리고 한의 빠른 예감에 당신은 연구부장이 아닌 다음에는 학생부장감이야 한다.

— 비슷한 상황이 벌어졌어요.

그들은 바깥 계단으로 내려온다.

— 그렇다니까. 내 말이 맞잖아.

한의 생각에는 포옹하고 입맞춤을 했다는 데까지 상황을 이어간다. 그러나 진실은 거기까지 나가지 않았다.

그러고 보면 키스는 포옹을 하지 않아도 성사가 된다는 사실을 알 수 있다. 포옹을 해야 제대로 되는 것 아닌가라고 주장한다면 그 말에도 (O)표를 할 수가 있다. 다만 제대로가 아닌 입맞춤일 때는 포옹 없이도 가능한 것이다.

그 굉렬한 눈들이 지켜보고 환호하는 가운데서는 제대로 된 입맞춤이 어려웠을 것이다. 굉렬한 눈들이 지켜보는 데서라도 완전할 수도 있다.

그리고 아름다울 수도 있다. 그래도 저 나이는 아니다. 다른 나이라도 상황나름 하기나름이지만.

— 걔들이 정말 대단하네. 쟤들을 어떻게 처벌해야 돼?

— 화장실 청소나 한 달쯤 시키지 뭐.

— 그런데 마땅한 처벌 규칙도 없네. 담 뛰어넘고 싸움질하고 담배 피우는 것은 청소라도 시키면 되는데 풍기문란이란 죄목으로는 어떻게 처벌해야 돼? 금연학교 같은 것이 있으면 그런 데라도 보내지만.

한혜진은 생각이 많다.

또 이론상으로도 한의 염려가 염려만이 아닌 현실적인 문제일 것 같다. 때문에 애매해서 학생부장은 응급조치로 땜질 얘기를 했던 것이다. 불가능한 처벌을 운위한다는 것 자체가 흐지부지 될 가능성이 많다는 것을 알게 한다.

가령 여기서도 저기서도 남녀 학생들이 모여앉아 쪽쪽거리고 있다면 그때는 범교육부 차원에서 규정이나 학칙을 새로 만들어야 할 것이다. 그러면 또 인권단체나 사생활보호센터(가칭)라는 잡탕들이 나서서 온갖 자유를 거론하면서 야단 북새를 떨 것이다.

그래서 법은 교내에서 남녀 학생들의 애정 표시(입맞춤에 국한)는 수업 시간이 아닌 시간에 교실 밖에서만 할 수가 있다. 단 시간은 쉬는 시간, 점심시간, 등하교시를 말하며 장소는 교실, 체육관, 특별 교실, 실습장을 제외한 장소를 말한다고 명시할 것이다. 거기까지 인권이 승리해 왔고 소위 교권은 후퇴를 한 셈이다… 장차는 이렇게 되지 않을까? 근심이 안개요 는개인 것은 그 때문이다.

— 학생부장님 또 머리 아프게 생겼네.

박정임이 애정어린 어투로 걱정한다.

그의 앞에서 교무실문을 열고 들어가는 한혜진은 일체 말이 없다. 도대체 한의 머리에는 어떤 구상이 맴돌까 싶다.

그는 자리에 앉았을 때야 몇 초 남짓한 짧았던 시간이 42.195km라도 달리고 온 듯 멍멍해진다.

앞서 아이들이 좋알대던 소리도 흔적이 보이지 않는다. 정말 개들이 뭘 했지? 왜 그랬지? 하는 생각이 꼬리를 문다. 한의 얘기를 근거로 한다면 저희들만의 기념일에 한쪽이 선물을 했고 둘이 합쳐 기념행사를 한 것이 아닌가 싶다. 세상에, 참.

그는 세운 팔굽에다 턱을 괴고 눈을 감는다. 머리가 벅차서 머리를 매달아 놓고 싶은 것이다.

그때 서정국이 그의 등 뒤로 돌아온다. 혼자이고 싶은 사람을 건드리지 않고 서는 조용히 자기 자리에 가서 앉는다.

3.

다시 격전을 치르고 나오는 계단 아래는 학생과 교사가 뻣뻣하게 대치중이다. 교사는 2교무실에서도 손규희와 동과라서 드물게 얼굴을 비쳤다. 그러나 신상에 대해서는 별반 아는 것이 없다. 홍 선생이라는 것 말고는.

— 그럼, 네가 가서 직접 알아봐!

— 네.

곧장 두 사람의 대치는 풀린다. 그는 인사가 없기 때문에 평소대로 옆으로 빠진다.

— 저 애가 말이지요.

등을 돌려 허적허적 걷고 있는 남학생을 가리켜 홍 선생이 말한다.

— 귓밥이 이만큼 밤톨만해요.

— …….

그는 걸음을 멈추고 낯익은 홍 선생을 돌아본다. 말문은 이렇게 트는 것이라는 점을 보여준 것인데 그는 미처 그 점을 깨닫지 못한다.

— 콜루로이드라는 병인데 귀를 잘못 뚫으면 저처럼 염증이 생겨 붓는대요.

그는 복도 끝으로 사라지고 있는 남학생을 바라본다. 복도 끝이 파란이 일었던 장소이다. 수습이 잘 되어 뒤처리가 깨끗하다. 흔적이 전혀 없다. 누가 푯말을 세우지 않는 한 그곳이 그런 장소였다는 것을 알지 못할 만큼 깨끗하다. 정말 감쪽같다.

— 요새는 웬일로 남학생들이 귀걸이를 많이 해요.

그 말은 그도 동의하는 풍조이다. 온통 거리가 귀걸이 치레가 돼 있다. 예쁜 귀를 뚫고 나면 상처인데도 달랑거리는 방울이 좋아 무조건 푹푹 뚫는 것이다. 그러고 나면 그 자리는 오래 지워지지 않는 흉터가 생긴다.

여학생들도 마찬가지다. 그가 보기에는 없는 귓밥이 있는 귓밥보다 천연의 아름다움이 갑절 돋보이는 것이다. 그래서 여학생들도 머리가 제대로 뚫린 경우, 천연대로 고스란히 귀를 유지하고 있는 것이다. 유행이란 돌림병과 같다고 하겠다. 그래서 흉측하게 입술까지 뚫었던 신. 끈질긴 놈, 끔직한 놈.

— 저 놈이 1학기 때 여학생끼리 치고받고 했잖습니까. 양다리 때문에. 지금은 독신이래요, 제 말로.

연신 표정을 편하게 풀고서 홍 선생은 말끝을 잇는다. 저런 표정이 한 번씩 손규희에게 왔을 때도 보였다.

— 제가 들어간 어느 반에도 귀를 뚫은 애가 있는데 동전만큼 구멍이 커다랗게 나있어요.

담임의 지도에다 그도 가담해서 귀걸이를 뺀 것이다. 동전은 아니지만 젓가락은 술술 빠질 만큼 퀭하게 귀가 뚫렸다. 이름이 김동현, 이태돈과 비슷하게 체격이 푼푼한 놈이다.

양다리와 관계없이 그가 귀걸이에 초점을 두고 말한다.

— 시가 참 어렵지요? 대단히 좋은 장르인데.

이번에는 상대가 일방으로 말한다. 그를 알아본다는 인사치레 같기도 하다.

바깥 계단을 내려오자 따끔한 가을볕이 살갗에 달라붙는다. 하오의 달구어진 볕살이어서 그럴까? 어디서 결심이 섰는지 홍 선생은 홀연 가을볕 속으로 들어선다. 붙었다 떨어졌다 하는 스위치가 자연스런 모습이다.

이런 조금의 쓸쓸함으로 교무실에 돌아왔을 때 그가 전에 없이 기다리는 서정국은 자리에 없다. 수업에서 아직 나오지 않은 것이다.

서정국이 있다면 묻어놓을 것은 묻어놓고 드러낼 것은 드러내어 조심스런 의견을 들어볼 참이다. 이 작자가 얼른 나타나지 않으면 그는 딱따구리들에게 캐낸 특종을 놓치고 말지도 몰랐다.

교무실은 텅 비고 잠깐 무료한 사이, 그는 고개를 창밖으로 돌린다. 쭉쭉 빨려드는 가을이 창문 앞에 연일 가득하다. 저런 경우 가을의 전이轉移 또는 가을의 행보라고 할지도 모르겠다. 한 은행나무에서 다른 은행나무로 색깔이 노랗게 노랗게 물들어 가는 것이다. 처음에는 부실한 1번 나무가 드디어 병색을 먼저 드러내는 거라고 생각했다. 가을이 깊어지는 동안 그것이 옆에 있는 2번 나무로 옷을 갈아입힌 것이다.

가을이 저렇게 큰 걸음으로 건너가네 하고 그는 혼자 상념한다. 그런가 하면 뒤쪽에 있는 영양이 좋은 나무는 아직도 청춘이다. 누가 자신의 회갑연에서 불렀다는, 불러서 크게 감명을 주었다는 '청춘을 돌리도' 라는 노래가 들릴 만하다. 1, 2번 나무가 청년 나무를 보면서 그렇게 노래함직도 해 보이는 것이다.

— 손님이 없네.

황 영감이 책을 들고 휴게실을 통해 들어온다. 중간고사 때부터 책상 정리를 한다더니 요새는 컴퓨터 정리하노라 정신이 없다고 했다. 그러면서도 나들자리는 빼놓지 않고 나든다.

— 수업했어요?

그도 자리를 떠나서 황 영감 곁으로 간다.

— 이래 가지고 다방 운영이 되겠나?

어설프게 잔소리를 하는데 수업을 마친 교사들이 속속 앞문으로 출현한다. 현다영 뒤에 이 부장, 그리고 함동우와 이미례, 조은주가 줄을 잇는다. 뒤를 이어서 건너 쪽 사람들도 한 사람씩 차례로 몰려온다. 사람이 없어, 라는 선언은 기우가 된 셈이다.

— 여기 이 쪽지 한 번 보서.

이 부장이 분필가루가 남아 있는 손으로 쪽지를 내민다. 손바닥 크기의 신문지다.

— 북한 말에도 재미있는 말이 많아.

한 발 앞선 만큼 아는 소리를 한다. 이 부장은 통일 교육 자료로써 가끔가다 직원회의 때 연수라는 이름으로 인쇄물을 돌린다. 몇 가지가 있는데 북한 언어 자료는 이 부장이, 관련 사회 · 경제 문제는 박민태가 만든다.

그밖에 국내 경제 · 교육은 함동우가 명상은 이미례가 담당한다. 기타로는 교지(현다영), 백일장과 논술(박본석 서정국 조은주) 등이 인사부의 분장된 업무들이다.

— 샹들리에가 떼불알이라? 독특하네.

황 영감이 좁힌 눈을 깜빡거리며 말한다.

— 재밌지?

자리를 끌고 이 부장이 그들 곁으로 다가앉는다.

— 형광등은 긴불알이고 초크는 씨불알? 하 하, 좋네. 좋아.

객쩍은 소리를 해놓고 혼자 홍겹다.

— 순우리말만 고집하다 보니 무리한 면도 없지 않아. 안 그래?

그가 처음 들은 북한 말 중에는 모서리 차기, 젖가리개 같은 말이 있었다. 지금은 덜하지만 처음에는 낯설기 그지없었다. 그 부분, 영감도 걱정을 했다지마는 남한 말이 급속히 혼탁해지는 현재로는 북한 말이 청정어라는 생각도 든다. 남한 말이 사라질 위기에 처했기 때문일 것이다.

— 삿대질을 손가락총질, 개고기는 단고기, 이런 말도 재밌네. 살빼다를 몸까다… 하 하. 얘들 참말 진국이네.

— 재밌지?

— 옆에 있는 이건 또 뭐야?

황 영감이 눈을 껌벅대며 쪽지를 들이댄다.

— 그놈들이 말이지. 나는 북한 말을 보는 줄 알았더니 그걸 보고 웃고 야단이야.

— 뭔데?

— 가물가물해서 안 보여. 읽어봐.

그가 황 영감의 손에 있는 쪽지를 받아든다. 더 우스운 유머란이 다음 칸에 나와 있다.

황소가 말하기를.

제목이 그렇다.

황소1, 나는 지난 해 50회를 했다.

그는 상체를 낮추고 소리도 줄인다.

황소2. 나는 지난 해 65회를 했다.

황소3, 나는 지난 해 365회를 했다.

— 안 들려. 더 크게 읽어.

황 영감이 넉살을 부린다. 아는 체 마는 체 이미례가 책장을 넘기고 있다. 조은주는 그새 전화기에 붙었다. 그는 같은 어조로 조용히 더 듬는다.

이것을 들은 어느 부인이 남편에게 이렇게 일렀다.

'이것 봐요. 이 소는 한 해 동안 쉰 번을 했고, 이 소는 한 달에 다섯 번도 더 했고, 이 소는 하루에 한 번씩 꼬박꼬박 했네. 당신도 얼렁 배워야겠어.'

그러자 듣고 있던 남편이 아내에게 이렇게 답했다.

'여보, 그 소가 말이지 늘 같은 암소였는지 한 번 물어봐.'

— 으카카.

웃는 사람은 황 영감이었다. 멀쩡한 귀를 가지고 엄살을 떤 것이다.

— 이걸 보고 낄낄대니까 도무지 수업이 되나 말이지.

이 부장이 자기 머리를 툭툭 주먹으로 친다. 그러자 잠시 분위기가 껄끄러워진다. 헐렁하게 체통 없이 굴었다 싶다. 안 들어도 다 듣고 못 들은 체할 뿐인 것이다. 직장 문화의 애로가 이런 것이라고 여 교사들은 한편 적잖이 불편해 할지 몰랐다. 이런 무게를 일부 걷어내는 사람이 황 영감이다.

— 이 다방에는 우아하게 트레머리한 40줄의 언니는 없나?

— 언니가 있는데 잠깐 수금을 나갔지요.

수습되긴 했으나 다음 분위기도 마찬가지로 느끼하다. 또 황 영감이 나선다.

— 서정국은 어디 갔어?

— 나도 기다리고 있어.

기다림인지 아닌지 몰라도 말은 그렇게 해둔다.

— 나는 말이지. 학교를 나가면 무얼 할까 하고 생각해 봤는데 지난 여름에 우즈베키스탄에서 한국어과 교사를 필요로 한다는 기사가 있었어. 거길 자원할까 해.

느닷없이 황 영감이 보자기를 푼다. 비단보자기인지 뭔지 몰라도 크기는 크다 싶다.

— 물론 순수 봉사야. 그래서 교육부로 연락을 해서 연결이 됐어. 우즈베키스탄에는 한국학교 지원 기관이 있어. 그 나라는 카자흐스탄하고 고려인들이 가장 많이 이주한 나라잖아. 지금은 우리말을 잊

은 1세대도 많지만.

혼자 신문 기사 읽듯이 자기 이야기를 술술 실토한다.

— 거기로 봉사를 나간다고? 뭐로? 한국어를 가르치는 교사로?

그가 묻는다.

— 어디? 우즈스탄?

이 부장이 똘똘함과 다르게 어눌하게 지명을 댄다.

— 응. 우즈베키스탄.

황 영감이 지명을 새로 또박또박 이른다. 생소한 이름이다. 소련 연방이 해체될 때 스탄, 스탄 하는 나라들이 많이 출현했었다.

— 집에서 가라고 해요?

— 들어봐. 그래서 원장이란 사람과 직접 통화를 했는데 신청자가 꽤 많데. 교수 추천서를 받은 대학생들이 말이지. 경험삼아 오겠다는 거지. 그래서 나도 신분을 대강 밝혔지. 그랬더니 좋다는 거야. 그러면서 시간이 있으니까 그 동안 더 생각해 보고 나서 결심이 서거든 다시 연락하라고 해. 전화로 일차 접수는 된 거야.

상당히 이야기가 구체화된 것 같다. 이렇게 노룡 한 마리는 승천을 준비하는구나 싶다.

— 비행기값도 장난이 아닐 텐데.

— 그것은 어쩔 수 없고 그쪽에서 집은 내주겠다는 거지. 대신 생활비는 내가 직접 감당해야 된데. 생활비가 얼마나 드는가 하면 말이지.

— 쌀 거야. 물가가 우리보다는 아무래도 싸지 않겠어?

— 한 달에 우리 돈으로 30만 원이면 된데. 잘 먹고 잘 사는 편이면 50만 원이면 되고. 그러니까 비싼 편은 아닌 셈이지.

— 그러면 1년에 몇 백만 원이 들겠네.

— 그야 한국에서 생활해도 그 정도 쓰지 않겠어? 일할 기간은 2, 3년으로 잡고 배운 재주가 그것뿐이니까 봉사를 해볼까 하는데.

두서없는 두 사람의 질문에도 황 영감은 자기 의견을 놓치지 않고 말한다.

— 쉽지 않을 것인데? 결심까지는 훌륭했으나.

그가 먼저 느낌을 말한다.

이 부장도 고개를 끄덕인다.

— 장벽이 어디 있는가 하면 우리 마누라야. 인생 막판에 무슨 이별가냐는 거야. 살 날도 많지 않으면서 행망쩍은 생각을 한다고 만용을 부린다나 어쩐다나. 어처구니없어서.

— 그렇게 생각되겠구마는.

이 부장도 부인의 걱정에 합류한다.

— 생각해봐. 아무리 힘들게 살았다고 해도 우리가 사회로부터 받은 혜택이 수월찮았잖아? 지금까지 건강한 일도 감사하고. 그래서 따사무레하게 불땀을, 불꽃은 못되지만 일으켜 볼 참인데 제동이 걸리지 뭐야.

— 혹시 딴 맘 먹고 내빼려다 덜미 잡힌 것 아닌가?

옳거니! 이 부장이 눈치를 잡고 황 영감을 닦달한다. 그도 이 부장에게 끼어든다.

— 그럴 것 같애. 아무래도 꿍꿍이속이 있는 거야.

— 에이! 빌어먹을. 너희끼리 통장 반장 다 해쳐먹어라.

황 영감이 특유의 괴성을 지르며 자리에서 일어선다. 저 신선한 욕설을 보라! 너희는 욕을 먹어도 싸다 싸!

— 더 기다려 봐요. 곧 우아한 마담이 올 것인데.

서정국을 생각하면서 그가 살가운 소리를 한다.

— 이 친구는 어디 갔어? 아예 굴뚝 속에 들어앉았나?

황 영감도 이내 정상 표정으로 돌아온다. 신선한 욕설은 욕이 아닌 애정인 것이다.

— 내일 봅시다.

— 혹시 못 나오더라도 교장실에는 가지 마. 그냥 가만히 있어라.

해사하게 황 영감이 웃는다. 그 웃음이 햇살이다.

— 알았어요.

그도 자리를 정리하고 제 위치로 돌아온다. 그때 이 부장이 등을 돌린 채 중얼거린다.

— 송군남포동비가라.

그대를 남포南浦로 보내느니 슬픈 노래가 들려온다.

— …….

잘 맞는 시구라서 그도 가만히 있다.

## 4.

암만 엉덩이를 붙이고 앉아 있으려도 계절이 그냥 놓아두지 않는다. 그는 빈 시간을 업고 교정으로 나간다.

— 국어 선생님!

목소리와 동시에 딱 걸렸다는 생각이 든다. 며칠 전 수업을 하고 나서 교실에 들어가지 않은 아림이들이다.

— 벌써 가니?

— 선생님! 왜 안 오세요?

아림이가 양팔을 벌리고 다가온다. 뒤이어 혜신이 무리들도 같이 딸려온다.

— 내가 안 들어갔나? 수업이 없어서지.

그는 그 자리에 붙박아 선다.

가을 속에는 고운 탄성도 있구나 싶다.

— 그래도요.

— 그러면 너희가 오면 되지.

— 아무튼요.

아림이가 팔을 잡고 늘어진다. 동시에 혜신이도 그의 남은 팔을 끌어간다.

— 선생님, 우리가 지나갈 줄 알고 기다린 거죠? 그쵸?

— 잘 아네.

— 야, 선생님 최고다.

핸드폰을 펼친 채 수아가 두 팔을 번쩍 든다.

— 선생님, 우리 언제 뵈어요? 내일인가요?

— 내일은 수업 없잖니. 모레다야.

— 싫어요.

— 싫어요, 선생님.

— 그래, 나도 싫다. 그래서 너희들을 중간에 나와서 만난 거잖아.

말은 너끈히 수습된다.

— 선생님, 우리 저거 뭐냐, 축제할 때 우리한테 오실 거죠? 우리는 그 뭐냐, 풍선 터뜨리는 것이거든요? 미워하는 아림이랑 쩌기 아, 여깄네. 수아 얼굴을 공격해 보세요. 참 재미있어요.

혜신이가 일일이 손짓을 해가며 설명한다. 풍선은 그냥 풍선이 아니다. 물을 잔뜩 채운 풍선이었다. 그것을 얼굴에다 직통으로 던져서 터뜨린다는 것이다.

— 그러지.

— 저는 너무 얼굴이 커서 안 돼요.

혜신이는 얼굴이 달덩이다.

그래서 스스로도 얼큰이라 부른다.

— 에이, 언니가 서야 잘 맞지. 잘 맞아야 돈을 벌지. 재미가 있어서 남학생들이 자꾸 신청할 것 아닌가?

아림이가 고시랑댄다. 그 말도 너끈히 합리적이다.

— 아니다. 너희 같은 미모들이 서야만 남자들이 복수심에 칼을 뺀다. 알았냐?

혜신이도 지지 않는다.

칼을 뺀다, 복수심이라는 말에 의미가 담겼다.

— 무슨 복수심?

— 니들한테 복수지. 니들이 남학생을 겁주고 야지 올리니까 독이 올라서 한 방 터뜨린단 말이야. 그리고 차인 앙갚음도 하고 말이지.

혜신이는 남자들의 상담역을 많이 해본 사람처럼 설명이 곧다.

— 잘 아네.

— 그렇지요, 선생님?

— 내일, 아니, 모레는 꼭 오셔야 해요. 우리한테요.

— 오냐.

뜻밖의 납치극은 잠시만에 끝난다.

누군가 말했다. 오후 4시가 넘으면 교문 곁으로 나서지 말라고. 그 무렵에는 퇴근도 삼가라고. 그 사람 말은 아이들이 인사를 너무 안 해서 선생이란 존재가 혼란스러워서 그렇다는 것이었다.

그런데 지금 같은 소란도 만만치는 않다. 이런 벌떼처럼 달려드는 아가씨들에게 그는 위신이 위협당하는 느낌도 지울 순 없다. 그러나 그는 낮은 목소리로 세정이와 아림이에게는 이상한 주문도 했다. 나

하고 사귈래? 라고. 그것은 도대체 무슨 신호였던가? 일단 정지나 아니면 사제간의 대화 정도일 것이다. 아닐까? 그렇다는 대답은 지금도 변함없다.

— 어서 가.

걸음을 물리며 그가 아이들을 밀어낸다.

— 선생님은 안 가세요?

— 아직.

— 안녕히 계세요.

넙죽하게 웃으면서 혜신이가 팔을 내젓는다.

— 그래. 어서 가.

그렇게 한 꾸러미 가을을 머리에 통풍시켜 들어온즉 책상에는 사인펜으로 '이철상님 래전' 이라 적은 쪽지가 놓여 있다. 글씨도 낯설뿐더러 자판에 익숙한 사람들이라 필체가 말이 아니다. 그냥 괴발개발인 것이다.

이철상?

제자들 중에도 떠오르는 이름이 없고 아파트 관리인도 그런 이름은 아니다. 물론 관리실에서까지 좇아올 전화야 없겠지만.

— ……!

둘러보니 물어볼 사람도 없다. 이 부장은 자리를 비우고 없다. 나갈 때 턱을 젖히고 자는 것 같았는데.

오오라! 이제 보니 그 사람이었다. 소속이 동창회인, 중국에서 오달지게 허풍을 잘 떨던 어른이다. 그것으로 끝났으면 그뿐이었을 것이다. 돌아와서 그는 청과물 도매를 한다는 이 사장의 도움까지 받았다. 주머니를 더듬고 있을 때 곁에 있던 이 사장이 공항버스를 태워

준 것이다.

'나중에 전화 드리겠습니다. 그동안 즐거웠습니다.'

'감사합니다. 안녕히 가십시오.'

'여독이 풀리면 소주 한 잔 하십시다. 괜찮겠습니까?'

'네.'

학교 쪽보다 동창회와 더 잘 어울렸던 여행을 그는 차근차근 생각해야 실마리가 풀린다. 자신이 왜 그처럼 질정을 못하고 비틀거렸던가를, 그리고 돌아온 후 지금까지 한 마디 변명이나 주장마저 내놓지 못했던가를, 아직 그 점을 더 생각해야 하는 것이다. 어쩌면 발아 못한 씨앗처럼 땅속 깊드리 묻혀 그대로 썩어 버릴지도 모르지만. 그것은 다름 아닌 그의 씻을 수 없는 범죄성 주취 때문이었다. 굳이 들추자면 그렇다. 술은 이미 저녁 식탁에서부터 기울어졌다.

'칸페이!'

그것은 술잔을 정수리에다 거꾸로 엎어 보이는 의식이었다. 건배 후에 나누어 마셔도 되는 이쪽 주법과는 많이 달랐다. 얼얼한 기분에 그는 어느 여 교사 집을 방문했다. 거기에서 일이 벌어졌다. 아롱아롱한 눈에 보이는 것은 젊은 여 교사의 미간뿐이었다. 그는 다짜고짜 여 교사를 어깨동무했다. (껴안았다는 말과는 어폐가 있다. 그런 것은 아니었다. 앞쪽으로 얼굴이 향했던 것이며 머리와 머리는 일정한 간격으로 열려 있었던 것이다. 그것이 나중에 모씨의 카메라에 잡혀 증거물?로 제공되었는데 그가 받은 사진에도 그렇게 나온 것이다) 어쨌든 그 순간이 그로서는 변명도 주장도 할 수 없는 궁지 중의 궁지였다.

아름답습니다!

그런 마음이야 있을 수도 있고 그렇지 않았다고 할 수도 있다. 이

방에서 느끼는 외국인에 대한 호기심이 그런 수위로까지 이끌었던 것도 사실이니 말이다.

똥태망태가 되어버린 중국여행을 그는 아무에게도 진술하지 않은 종양으로 간수하는 중이다.

이제금 그 일을 떠올리게 하는 사람이 이 사장이다. 이 사장이 곁에 있었던 것은 아니다. 오히려 사진기를 들고 있었던 모씨나 (지금도 가까이서 자주 얼굴을 대한다. 감쪽같이 서로 표정을 다듬고 바꾸어서 말이다) 한방지기인 윤 부장이 그에 대한 목격담을 더 많이 간직하고 있을지도 몰랐다. 그는 깜빡깜빡 취했으니까.

하지만 어쩌랴. 자신이 한 사람의 체취에 끌렸다고 해서 국가간이나 자매교간에 금이 가는 중대 사안은 되지 않을 것이다. 오히려 한 개인의 자유와 정신으로 본다면 충분히 그럴 수 있는, '정장은 못 되어도 평상복쯤은 되는' 일이라 치부한다. 그렇다고 그는 스스로를 두호하고 있다.

나변에서 얻은 한 편의 시는 그가 낯선 땅에서 생산한 아주 값진, 유일한 자산이었다.

배경은 이렇다.

시후西湖에 갔을 때였다. 안개가 너무 짙어 전망이 전혀 안 보였다. 찰싹대는 물소리만 뱃전에서 요란을 떨었다. 그래서 그는 많은 생각을 얻을 수 있었다. 아니었다면 풍광에 빠져 아무런 상상도 축적하지 못했을지도 몰랐다.

너 뭐 할래
나 뭐 할꼬
물가에 서면

우리가 이윽고 뱃전에 서면

우리는 이렇듯이
나뭇잎 되어 함께 흐를래
시후에서 흐를래 안개 속에서 흐를래
나는 너와 함께 흐를래 너는 나와 함께 흐를래

구름이 청청한 시후 한복판에서
우리는 히히대며 그렇게 나뭇잎을 던진다 사랑을 던진다
너도 아닌 나도 아닌 우리 사랑을 던진다 곱다란 나뭇잎을 둘이 함께 던진다
시후에는 오늘도 임포가 심어둔 매화 곁에서
동파가 애써 놓은 다리 위에서
우리가 함께 던진 나뭇잎 속에서
찾아오는 사람이 더 많은 사랑 안에서

너는 나로 흐르고
나는 너로 흐르고
우리는 함께 사랑으로 흐르고
나뭇잎에 실려 겨우겨우 흐르고

노래는 그렇게 읊조려졌다.

시후에는 송宋나라 사람인 임포林逋가 자연을 너무 사랑한 나머지 물가에다 띠집을 짓고 살았다는 고사가 나온다. 그 고사에는 아들을 날아오는 학으로 삼고 아내를 집 앞에 핀 매화로 정해 살았다고 했

다.

그런 시후를 볼 수 없어 물소리만 듣는 입장에서는 안타까움이 적지 않았다. 이윽고 뱃전을 벗어난 지점에 걸린 제방이 소동파蘇東坡가 와서 만든 것이라고 했다. 그래서 이름도 소제蘇提라는 것이다.

그는 거기에서 한 여인을 떠올렸다. 누구라기보다 몸으로건 마음으로건 가장 가까이 있는 사람이면 좋겠다 여겼다. 그러면 동파가 제방을 쌓고 임포가 집을 지어서 시후를 기렸듯이 그도 한 가지를 기릴 수 있겠다 싶었다.

그가 그때 하고팠던 일은 길가에 무수히 나뒹구는 버들잎을 주워 소제의 무지개다리 아래로 함께 던져보는 일이었다. 그러면 바람에 실린 나뭇잎이 하염없이 멀리 곱게 곱게 흘러 갈 것이라 하였다. 그리운 꿈처럼, 두 사람의 사랑처럼.

그런 내용이었다.

그 시를 지은 밤에 그는 한참을 히히대며 웃었다. 너무 기뻤던 것이다. 누군가를 대상으로 지어서라기보다 의미가 깃든 곳에서 스스로 의미를 남겼다는 이유로 감사했던 것이다.

남이야 뭐라고 하든 간에 그것은 그에게는 소중한 그리움이며 추억인 것이다. 만일 그때 자신이 어깨동무했던 사람과 같이 그 버들잎을 실제로 띄울 수 있었다면 그리움은 어떻게 승화되었을까. 그것은 산문으로 승화되었을 수는 있지만 남긴 운문(동파의 사랑)으로는 이름짓지 못했을지도 모른다. 그래서 그는 많은 아쉬움도 있지만 그렇지 못했던 당시도 아름답다고 여기는 것이다.

— …….

— 부장님이 쪽지 써두었어요?

그는 방금 문을 열고 들어오는 이 부장을 주목한다.

— 남자던데 그렇게 적어두래, 안다고. 나중에 또 전화할 모양이야.

— 술 먹자는 소리에요.

그는 가벼이 해명하고 만다. 그 역사와 일기를 한두 마디 말로써는 감당하기 어려운 것이니까.

— 벌써 다 갔네. 나도 가야지.

교무실을 둘러보며 이 부장이 서둔다. 그는 오늘이 2부 수업이다. 철걱철걱 잘 돌아가던 톱니가 떠그덕 꺽꺽 하면서 멈추어 버린 시간이다.

— 어서 가세요. 불타는 가을이 기다려요.

— 가을도 좋고 퇴근도 좋고.

책상까지 드륵 잠그고 나서 이 부장이 손을 든다. 그러면서 한 말씀을 빠뜨리지 않고 걸친다.

— 자고로 게으른 자가 황혼에 바쁜 거야.

— ……!

휙 넘어온 스트로크에 예각이 찔린 기분이다. 그는 희붐히 웃으면서 인사한다.

— 잘 다녀오세요.

— 네.

5.

아침이면 눈을 뜬다는 보편적 일상을 떠나 이 사무실은 저녁이어야 눈을 뜬다. 닫힌 창문을 뚫고 젖빛 형광등이 화사하게 내비치는 것이다.

— 안녕하세요.

일주일에 두 번인 그 첫째 날의 대면은 대체로 생생하다. 조금 늘어져 있다가도 사람을 보면 떨치고 일어나는 기분 때문인 것이다.

— 어서 오세요. 저녁은 드셨어요?

산특 교감이 신문을 보다가 반갑게 눈을 맞춘다.

— 네.

문 앞인 김상호는 화투놀이에 빠져 미동이 없고 책꽂이 너머 변웅섭이 먼저 몽구스처럼 목을 세운다.

— 안녕하세요.

고개를 끄떡하고 그는 빈자리에다 가방을 던진다.

— 안녕하세요? 식사는 드셨어요?

역시 컴퓨터에 빠져 있던 양호 선생이 그를 보고 말한다.

— 네.

이 맑은 소리를 입이 닫힌 벙어리들에게 고스란히 갖다 먹일 수는 없을까? 하고 그는 생각한다. 비닐봉지에라도 담아서 교육이 안 된 사람들에게 한 개씩 꺼내 줬으면 싶다.

— 커피 드실래요?

— 저녁에는 삼갑니다.

일곱 번도 더 했던 얘기다.

— 왜요?

— 잠이 안 와서요.

— 아, 참.

김상호의 맞은편이 그의 자리요 지원 강사들의 자리다. 다섯 사람 외에는 모두가 외부 강사들이다. 외부라고 해야 전부 주간부 교사들이지만.

— 그런데 불어과에 전윤범이라는 사람은 누구야?

— 왜요?

교감이 신문을 놓고 그와 눈을 맞춘다.

— 그 사람이 이번 유럽 연수를 간다면서?

— 그래요?

그는 끌어당긴 의자에 몸을 붙이다가 깜짝 놀란 눈으로 교감을 쳐다본다. 일은 종내 그렇게 결정됐고 지구는 질서를 잃고 돌아가는 것이다.

— 아세요? 잘 아는 사람이야?

— 그 사람이 가면 안 될 것 같던데.

그는 들은 만큼 느낌을 말한다. 안다 만다는 말할 수 없는 처지다.

— 그렇지? 문제가 있는 모양이야. 그러나 교장은 어쩔 수 없데.

방사하게 교감도 그의 여론에 열쇠를 맞춘다.

— 주간부에서도 안 좋게 얘기를 하는가 보지?

— 안 좋게 말하는 사람도 없어요. 그냥 조용해요. 상부의 눈치만 보는 거죠. 학교가 그렇잖아요.

이것도 들은 대로 본 대로의 소견이다. 그의 개인적 판단은 없다.

— 맞아. 아무 일 있어도 아무 일 없는 데가 학교지.

— 왜 누가 또 사고를 친 거인가?

김상호가 컴퓨터에서 눈을 떼지 않고 말을 건다. 비쭉한 수신기는 이 방향 저 방향 내밀린 것이다.

— 아냐. 사람이 하는 일에는 조금씩 소리가 나잖아.

— 아니에요. 그 사람은 나도 외국어과 수업 때문에 몇 차례 접촉을 했는데 일단 돈부터 챙기던데요. 사람이 안 그래 보이던데 돈에는 밝은 사람인가 봐요.

변웅섭이 교감의 말을 밀어낸다. 몇 단계로 등급이 나누어지겠는데 지금으로서는 변웅섭이 호감도가 가장 낮은 셈이다.

— 차나 한 잔 하서. 또 수업하려면 힘들 것인데.

교감이 신문을 부스럭거리면서 넘긴다. 교감은 그보다 나이가 적다. 적기로 말한다면 세 장감이 다 그와 두세 살 밑이다. 손바닥이 닳도록 부벼서 장이나 감이 된 것이라고 입만 모이면 사람들은 그렇게 말한다. 질투심이나 시기심 때문일 것이다. 재주와 노력은 뒷전이고 인화人和에만 치중했다고 보기 까닭에 그런 오해들이 생기는 것이다. 하긴 인격적으로 모자라는 사람들이 수장이 된 예도 너무 많으니까 한 값으로 매겨져 그런 소리들이 나올 것이다. 그러나 나이, 나이가 최선은 아니다. 나이가 최악이라는 점도 그를 포함해서 모두는 알아야 하리라.

— 실업계 쪽에서는 어떻게 해서 교감이 되어요?

궁금했던 생각을 꺼내놓는다. 기계 공장 같은 이 학교에 와 보니까 인문계와는 밟는 순서가 많이 달라 보이는 것이다.

— 누구, 나?

— 아닙니다. 예를 들면 말입니다.

— 아, 실과 부장? 그 사람은 영재지. 영재야. 교감 강습도 받아놓았지?

말귀를 아는 교감이 침을 묻혀서 다시 신문을 넘긴다.

— 교감 강습도 받았어요?

김상호가 말씀만 휙 날린다. 김의 수신기는 고감도인 듯싶다.

— 영재는 무슨 영재요. 기능인이지. 말하자면 엔지니어 정도이지.

푸시시 하고 변웅섭이 교감의 말을 가로 막는다. 야간부에는 구성원이 모두 실과 쪽이다. 김상호는 토목이고 지금 보이지 않는 오장봉과 교무인 변웅섭은 전자과이다. 이 세 사람이 전체 학년을 여남 명씩 데리고 운영을 하는 것이다. 그 위에 앉은 교감은 건축과이고.

— 그래도 그만한 자격까지 갖추려면 재주가 남보다 뛰어나야 해.

— 재주야 뛰어나지요. 제 말은 재주만 가지고서는 안 된다는 말이지요.

— 그 사람은 행운아지. 저쪽 학교에서는 말이지 눈만 동그란 학생이었거든? 그런데 얘가 아니, 이 분이 메카트로닉스라고 전자 분야가 있어. 거기서 금메달을 땄어. 전국대회를 휩쓸더니 그 다음 해에 뉴욕대회였나 호주대회였나. 거기서 또 세계대회를 제패했어. 그랬더니 학교에서 난리가 났지. 졸업과 동시에 조교로 채용했어. 금메달 후계자를 양성시키려고 말이야. 그리고 야간 대학을 나오고 점 점 점 해서 교감 강습까지 받았잖아. 받던 그 해 우리 학교로 왔어. 대단한 젊은이야. 젊다고 해야 변 부장 나이지만.

교감이 손바닥을 놓고 손금 이야기하듯 한다. 그러니까 사제지간이었던 것이다.

— 그렇게 됐군요.

점 점 점이라고 할 때 손가락을 꼽아 보인 것이 점수를 쌓아올린 과정인 점으로 보면 보통교과 쪽과는 밟아가는 경로가 다른 것이다.

— 그러면 그 사람이 와서 우리 학교에도 성과가 많았어요?

— 그렇지. 전국대회도 지난 해 석권했잖아. 그리고 내년에는 한둘 정도 세계대회에도 나갈 거야. 메카트로닉스 분야일지 어딜지는 모르지만.

너무 알려고 하지 마, 파파라치처럼 뭘 남의 창시까지 알려고 해, 하고 변웅섭을 김상호가 나무란다.

— 아, 그랬구나.

대충 그는 교감 과정과 모 부장에 대한 신상을 파악한다.

— 그런데 이번 지방대회에서는 왜 성적이 형편없었지?

— 그것은 그럴 수도 있어.

서정국에게서 들은 이야기가 김상호와 교감간에 나누어진다. 그 중에는 지도 교사에게 서울 전출의 특전도 준다는 얘기도 섞인다. 그것은 서정국이 말하지 않은 부분이다. 이어서 교감은 다른 이야기도 꺼낸다.

성적에 따른 가산점이다. 지도 교사에게는 0.25점을 주는데 교감도 교장도 수혜자가 된다는 것이다.

— 0.25점을요?

— 그렇지. 서울대회도 그렇고 전국대회도 그래. 며칠 있으면 하는 시범학교 보고회, 그리고 연달아 열리는 직업학교 박람회, 이게 다 0.25씩이야. 연속이지. 여러 사람들이 엮어져 그때마다 득점하지. 그러니까 기능반 아이들이 상전 대접받잖아.

— 그러세요!

추임새가 아니라 몰랐던 부분에 대한 새로움으로 그가 받는다.

— 이번에 하는 시범학교 보고회에도 여러 개 학과가 연관돼 있어. 이런 연구과제는 힘없는 교장은 못 따와. 우리 교장 같은 분이니까 운 좋게 몇 개씩 한꺼번에 따오지. 그리고 작년부터 2년 동안 연속 사업이니까 한 건당 0.5점씩이야. 그러면 대단한 점수지. 대학원을 기천만 원 들여서 졸업해 봐. 그게 겨우 1점이야. 그러니 누가 안 하려고 하겠어. 나 같은 사람이야 직접 관련이 없으나 주간부에는 교장까지 상당한 덤이 있어. 교육장도 꿈꿀 수가 있지. 그게 다 참고가 되거든.

오호, 놀란다. 대단한 미로요 광케이블이란 생각이 든다. 어쩔 수 없지만 그는 우주 미아 같은 느낌도 없지 않다.

— 그렇군요.

그는 다시 추임새라기보다 놀라움을 감정 섞이지 않게 표현한다.

— 몰랐어? 그것을! 길을 똑 바로 알아야 출세를 하지.

— 아이구, 교감 선생님. 그렇게 난리쳐서 얻는 것이 무슨 명옌가요? 우리 아는 이는 보니까 교감이 되고 6개월 만에 죽었어요. 워낙 스트레스를 많이 받아서요.

변웅섭이 이상한 사례를 제시한다. 죽을 수도 있고 영화를 누릴 수도 있다. 그것이 어떻게 교감 되고 나서 받은 응보란 말인지.

— 저는 수업입니다.

그는 자리를 떨치고 일어선다. 적당히 시작 시간 20분이 지났다. 이때쯤에야 얼굴을 내보이기 시작하는 1학년들이다.

— 귀가 좀 뚫렸어?

교감이 익살스럽게 말한다.

— 네.

— 목 좀 축이고 들어가세요. 어제 내가 갖다 놓은 잡화꿀이 있는데.

— 감사합니다.

그는 고개부터 숙이면서 교무실을 나온다. 훌륭한 제자들이 몇이나 왔나 싶다.

## 6.

— 수고했습니다. 안녕히 가세요.

— …….

그는 등으로 인사를 받으며 2학년 교실을 나온다. 오늘 출석한 학생은 도합 7명, 어제보다 숫자로는 3명이 적다. 그러나 16명인 1학년과 11명인 2학년 정원으로 본다면 비율로는 적지 않다. 또 알찬 수업 성과로도 전학년에서 가장 낫다. 왜 그러냐 하면 어른이 4명 있어 그들이 분위기를 잡고 있기 때문이다.

— 고생했어요. 차 한 잔 드시고 가세요.

그를 보자 교감이 자리를 벗어나 중앙 탁자로 와서 앉는다.

— 뭐 드실래요? 위티 한 잔 타 드려요?

양호 선생이 정감 있게 말한다.

— 아닙니다. 괜찮습니다.

— 선생님도 이제 얼마 안 남았지요?

눈이 노란 사람을 보면 어느 나라에서 왔느냐고 묻듯이 교감도 빼놓지 않고 관심한다.

— 오늘 어떤 사람이 나와 같이 퇴임을 하는데 손을 꼽아보더니 열번이라고 가르쳐 주더군요.

— 열 번?

자기 일인 양 교감도 양손을 들어 손가락을 하나씩 접는다.

— 이 달에는 받았기 때문에 남은 봉급 회수가 그렇다는 것이지요.

— 그렇네. 선생님도 지난 세월이 주마등처럼 펼쳐지겠군요.

요새는 잠도 안 오겠어요 한다.

— 아이구, 툭 털고 나가시면 편하지요. 뭐가 아쉬워서 잠이 안 오겠어요. 안 그래요? 선생님.

양호 선생이 그의 의사를 타진한다.

생각해 보지 않았으나 재임이냐 퇴임이냐 하는 문제에는 차등이 있을 수 없을 것이다. 어느 것이나 같은 궤도 위를 달리는 시간이란 열차요 활주인 때문이다.

— 그렇지 않아. 우리 나이가 돼봐. 지금도 나는 그 생각을 하면 후우 한숨부터 나오는데. 우리는 그럴 나이야. 모든 것이 끝나면 이때까지 좋은 줄로만 알았거든? 이제는 두려워. 안 그래요? 선생님도 그렇지요?

이번에는 교감이 그의 뜻을 살핀다.

— 예비군 훈련을 마칠 때부터 차차 그런 생각이 들더군요. 그러다가 민방위가 끝이 났어요. 단잠 깨우는 소집이 없어서 홀가분했으나 향후에는 이런 짓도 못한다 싶으니까 내가 어느 지점에 서 있는가 싶더군요.

그의 말에 이어지는 교감의 증언은 더 구체적이다. 옷을 입고 있다가 한 가지씩 다 벗고 끝에는 마지막 껍데기 한 장을 사타구니에 붙이고 있는 꼴이란다.

— 이것마저 홀라당 벗기면 그때는 뭘 입는지 알아? 누가 말했지? 요새도 그런 시가 나오나? 보공補空되고 말아라 하는 시 말이야. 그렇게 된다구.

— 그 시를 아세요?

그가 눈이 번쩍 뜨여 교감을 덮치듯 쳐다본다.

— 아이구, 우리 교감 선생님 아이큐가 얼만데. 멘사클럽인가 거기에 참가할 만한 정도야. 얼마랬지요? 160이랬지요?

— 옛날에 검사한 것이라서 믿을 수가 없어.

반쯤 뭉갰지만 변웅섭의 말이 근거가 있는 모양이다.

— 그런데 보공되고 말아라는 시를 아직도 왼단 말씀이세요?

그가 장인匠人인데 장인 자리를 넘보는 것 같아 다시 확인한다.

— 예전에는 잘 외웠지. 그래서 문과를 갈까 했는데 우리 형이 문과를 갔잖아. 저기 광주에서 변호사를 하고 있는데.

— 그렇군요.

솜치마 좋다시더니 보공되고 말아라.

정인보의 자모사慈母思에 나오는 구절이다. 어머니의 절약정신이 엿보이는 대목이나 초장, 중장을 보면 어머니의 희생적인 사랑이 노래돼 있다. 옛 어머니의 모습이 명화처럼 그려진 사실적寫實的인 명작이다.

여기서 보공은 아끼시던 솜치마를 끝내 아끼시기만 하다가 자신이 가져가는 나무관 속 빈 자리를 채운다는 뜻이다. 저승에 가서 입으시라고. 그런 어머니의 절제와 사랑을 담담히, 낭랑하게 들려주는 명편이 지금도 교과서에 올라오는 것이다.

— 때문에 나는 의예과를 가야 하는데 그때 몸이 아파 3년간이나 쉬었지. 그리고 낙마했어. 요새 와서 생각하니 그게 잘 된 일이야. 이렇게 편안하게 교감으로 지내는 사람이 어딨어? 우리 마누라가 더 좋아해. 낮에는 줄창 집에 있고 오후에 잠깐 나갔다가 돈 벌어 오니까 말이지. 안 그래? 내 말 맞지?

교감은 가식이 없다. 그래서 진실해 보인다.

— 아, 네.

그가 꾸밈없이 감탄한다.

— 어제 먹던 것은 다 먹었나? 차도 안 드시고, 이렇게 불철주야 애쓰시는 백전 노장님을 잘 모셔야지.

— ……!

처지가 달라도 홀아비 마음, 홀어미가 알듯이 그의 입장을 아는구나 싶다. 불철주야라는 말이 가슴에 안긴다.

— 저희야 소인들 아닙니까. 교장, 교감 같으신 분들이 불철주야 애쓰시는 백전 노장이시지요.

— 그렇다고 생각해? 그게 정말이야?

교감이 반쯤 흥분해서, 그러나 절반은 부풀려서 하는 말임을 알고서 웃는다.

— 그럼요. 그렇고말고요.

— 여기 홍삼 500 있네. 이거 드세요.

양호 선생이 몸 가볍게 냉장고에서 음료수를 꺼내온다.

— 그거 좋다. 여기다 내놓아요. 이것은 누가 사온 것인가?

— 전번에 오 선생님이 낮에 시험 감독 나갔다가 사온 것인가 봐요.

— 그걸 여직 안 먹었어?

— 아무도 안 먹었지요.

— 이 좋은 걸 두다니. 어서 드세요.

두 병을 꺼내 그에게도 한 병 넘긴다.

— …….

입맛을 다시고 나서 빈 병을 쓰레기통에 던진다. 그때서야 김상호가 그를 보고 말을 붙인다.

— 전에 선생님 있었던 학교가 데모 많이 한 학교지요? 그놈, 학생 뛰어내린 학교.

— 네.

그때 교감이 외사촌이라고 한다. 이름이 곽현목이었다. 나이를 내려놓고 산다는 동안의 50대였다.

— 그러세요?

— 그놈은 괜찮지? 어쩔 뻔했어. 학생회장이었나?

이번에는 교감이 나선다.

— 네. 졸업했어요. 목에 깁스를 하고요.

— 역시 백전 용사야. 전력이 묻어나.

— 진통도 컸으나 그때 전교조가 많이 바꾸어 놓았지. 그 점은 인정해야 해.

— 네.

투박해도 모처럼 곧은 소리하는 김상호를 향해 그가 고개를 끄덕인다.

지하 단칸방에서 해직된 교사들이 부모님까지 모시고 여섯 식구가 옴치고 뛰지도 못한 채 꼬불쳐 살더라 했다. 굴곡진 한국 교육사의 한 단면이 상흔도 크게 그 시기에 만들어졌다.

— 수고 많으셨어. 이런 분들을 잘 대접해 드려야 하는데 말이지.

— 감사합니다.

그는 날렵하게 교무실문을 밀고 나온다. 앉아 있으면 날밤을 새도 모자란다.

— 선생님, 안녕히 가세요.

음료수 상자를 냉장고에다 도로 넣던 양호 선생의 목소리가 바쁘게 유리창을 타 넘는다.

— …….

그는 환한 분수대 주변을 일별한 후 천천히 계단을 내려온다. 용솟음치던 물기둥이 밤이라서 숨을 고르고 있다. 청신하게 솟구쳐서 아이들 기상을 잘 대변해 주더니 아이들이 나타나면 풀썩 기를 모아 다시 뿜을 내력이다.

## 7.

— …….

아침의 일을 그는 창 앞에 늘려있는 햇볕과 더불어 이야기한다. 그것이 질투가 아니었던가를. 닭살을, 그들만 보면 이쪽에서 방울토마토처럼 돋게 하는 그것은 결벽해서가 아닌 질투심 때문이었던가를.

잦지는 않았으나 최근에 와서 ㄱ과 ㄴ은 그의 눈에 몇 번 띄었다. 한 번은 교문 밖이었고 또 한 번은 정류장 근처에서였다. 언제나 둘은 함께 있었다. 둘이 사랑에 빠졌다는 것은 주위가 다 아는 일이었다. 그들의 사랑은 작년 봄부터 시작되었다.

기이한 것은 ㄴ녀가 계속 ㄱ남에게로 접근했다는 일이었다. 그는 ㄴ이 얌전해 보이고 공부도 성실히 해서 좋은 규수감이 될 것이라고 예단했다. 그런데 실상은 새침때기 먼저 골로 빠지고 말았다.

언제부턴가 수업에 들어가면 ㄴ이 ㄱ옆에 가 앉아 있었다. ㄱ은 뒷자리고 ㄴ은 앞자린데 자리를 마음대로 바꾼 것이다. 그래서는 안 되었기 때문에 그는 둘을 가차 없이 떼어놓았다. 그럴수록 둘의 관계는 찰떡이었다.

그 해 여름을 지냈다. 가을이 되었다. 낙엽처럼 노래지는 ㄴ의 얼굴이 무척 힘들어 보였다. 그 해 겨울도 넘겼다. 올 봄이 되었다. ㄴ의 얼굴은 새하얗고 연지볼도 홀쭉했다. 그때도 ㄴ과 ㄱ은 함께 다녔다. 아주 굳세졌구나 싶었다.

친구인 ㄷ의 말을 들어보면 2학년 공식 커플이에요 했다. 깨어지기를 바라지도 더 깊어지기를 원하지도 않는 그로서는 이들의 교유가 일찍이 친구 아닌 이성 관계로서 밀접해지는 데 걱정이 컸다.

한 번씩은 ㄴ이 토라져 외로 걷기도 하고 한 번은 ㄴ이 무작정 기다리는 초조한 표정도 보였다. 이제 남은 기간이 1년 반, 무사히 손을 잡고 졸업을 하게 될지 너 따로 나 따로 졸업할지 인생을 학업보다 먼저 배우는 둘이 잔밉고 얄밉지 않을 수 없는 것이다.

오늘 아침에는 ㄱ이 친구인 ㄹ과 같이 그의 곁으로 다가오고 있었다. 그는 ㄴ을 수렁으로 빠뜨린(이라고 생각한다) ㄱ을 안아 줄 수도 품어 줄 수도 없었다. 그런 심정이었다. 해서 소리쳐 아무야! 하고 작년 1년 동안의 쓰고 단 정분을 어떤 식으로든 건강하게 표현할 마음이 아니었다.

딴전을 피우며 얼마든지 반가워했을 두 남학생을 외면한 것이었다. 질투라기보다는 정히 밝힌다면 일정 테두리로부터 그들을 밀어내는 경계심 같은 것이 아닐까 싶다. 과욕해 버린 둘의 마법이 은연중에 주위를 취하게 만든다고 보기 때문이다. 그런 요술의 힘이 어느 사이 알게 모르게 아이들 곁으로 미만해 있음도 사실이지만. 그래서 선뜻 자신이 귀공자 복색을 하고 차단막 역할을 차처하고 나선 것도 사실이지만. 어처구니없게도, 터무니없게도 말이다.

— 가을이 교정에 꽉 찼지요?

— 아, 그래요.

자주 덜미를 잡히는 것 같아 이번에는 아예 두 손을 든다.

— 분수대 앞에 부장님이 계시던데 가 보실래요?

— 그러지요.

생각들을 접고 그도 함동우 의사에 묻혀든다.

— 무슨 안 좋은 일이라도 있어요?

함동우가 그를 돌아본다.

— 아닙니다. 그냥 멍해지고 싶어서.

그는 좁은 숨구멍에다 코를 내놓는다.

— 사람마다 가을을 타는가 봅니다.

— 함 선생도 그런가요?

— 아무렴 저도 추남이지요. 사나이 반평생에 해놓은 일도 없고 말입니다.

덜컹한다. 어디서 그런 좋은 말을 들었나 싶다.

— 1년 반성이 아닌 생애의 반성을 하나 보지요?

가까스로 틈새를 벌인다.

— 추남이란 뜻을 알 것 같아요. 요즘 와서 그런 생각이 많이 들어요.

쭉정이로만 남으면 화나겠지요, 한다.

— 맞아요.

너무 알이 차도 목이 부러지지만 그것은 특수한 경우일 것이고 가을 농사에서 빈 껍질은 누구나 곤란하다 싶다.

— 어서 와 봐요. 저기 저 놈은 내 장딴지 크기네.

이 부장이 보고 있는 것은 분수 주변을 유영하는 일군의 비단잉어다. 그 중에 대여섯 놈은 장딴지란 표현이 그럴싸하게 뛰어나다.

— 정말로 크네!

별 하나, 별 둘, 별 셋이 지나가는 것 같네 한다. 눈부시다는 말인데 크기에다 찬란한 빛깔이 덩어리를 이루었기 때문일 것이다.

— 저런 놈들이 여기에 산다고는 사람들이 잘 몰라요.

관심 없이 지나가서 그렇다.

— 지금 저 놈들은 정말 커요. 혹시 청광지의 용왕이 아닌가?

— 용왕?

열광하던 함동우가 이 부장 옆에 자리를 쓸고 앉는다.

— 앉아서 보시지요. 가을도 느끼시구요.

다시 가을 노래다. 계절은 어쩔 수 없나 보다. 그도 함동우 옆으로 자리를 비집는다.

— 그런데 어제 얘기를 들었는데 그 문제는 어떻게 됩니까? 유럽인가 연수 간다는 얘기 말입니다.

요점이 드러난다. 그것은 그들에게는 생활 담화이다. 가볍지도 무겁지도 않은. 하지만 무거울 수도 있다. 답답한 화두니까.

— 그거 말이지. 나도 들었는데 보낼 모양이야.

— 그럼 위조된 공문서도 효력이 있다는 말이네요?

— 어쩔 수 없는 것 같아. 교장으로서도.

진입을 하는가 싶더니 금방 속도가 붙는다. 그는 이미 일차 걸렀기 때문에 두 사람이 권커니 잣거니 하는 것을 경청만 한다.

— 이런 문제는 잘 논의가 되어야 할 것 같아요. 대부분 사람들이 궁금해 하는 일인 데요. 안 그런가요?

— 말한들 소용 있나? 외국어과에서 주장하고 나서야 하는데 거기서도 입을 닫고 있지. 왜 그처럼 왜소한지 모르겠어. 꿀 먹은 벙어리도 아니고.

이 부장이 팔을 흔들어 얼굴을 내민 금붕어를 쫓는 시늉을 한다. 비단잉어나 금붕어만이 아닌 얼룩빼기도 잔챙이도 여러 마리 보인다. 색깔이 검은 것도 있다. 검은 것은 틀림없이 떡붕어인 모양이다.

— 외국어과에서는 왜 그냥 있습니까? 자기 과의 일이기도 하지만 그것은 학교의 관심사이기도 한데 말입니다.

작정했던 것처럼 함동우는 집요하다. 그래서 일부러 한적한 장소를 택한 모양이다.

— 절차를 떠나 한 달이나 먹고 잔다면 그 비용도 만만치는 않지.

— 그것을 공짜로 나라에서 부담해 준다는 것 아닙니까. 자기 발전이니 자기 연수니 하는 목표는 차치하더라도 말입니다.

— 더도 말고 일주일만 보내줬으면 좋겠어. 파리든 그리스든.

— 유식한 말로 몽트 블랑크Mont Brank도 끝내준대요.

— 파리는 인공으로 꾸민 세계적인 명품 도시 아닌가.

— 교장이 너무 친애해서 그런 게 아닌가요? 모래밭에 오물 덮듯 왜 슬쩍슬쩍 그러지요?

긴박하게, 느슨하게, 다시 긴박하게 이야기는 전개된다.

— 지금 셋이서 교장실에 같이 들어가 볼까?

— 하, 참!

움찔하며 함동우가 한 발 물러선다. 그러고는 입을 쩍 벌리고 특유의 소웃음을 보여준다. 고개까지 쳐드는 습관이 자연스럽게 몸에 밴 태도 같다.

— 저는 의심스러운 것이 말이지요.

준비한 이야기가 많은 듯 함동우가 다시 이야기를 시작한다.

— 전에 부장님하고 부딪쳤을 때 말입니다. 사실은 부딪친 게 아니고 도발한 거지요. 아무튼 그때 상황이 어째서 그렇게 되었는가 싶어요. 전날까지 일관되게 제게 한 이야기가 있었거든요. 왜 부장을 하지 않느냐, 해보지 그러냐, 하면 어떤 이점이 있지 않느냐, 하더니 돌발적으로 자기가 하겠다고 나서지 않았습니까? 그 배경에 무슨 꿍꿍이가 있었던 것 아닌가 싶어요.

말을 끊고 함동우는 주위를 살핀다. 막아선 건물이 있고 그 앞에 한두 걸음 내딛은 나무들이 있다.

꺼림하다면 하지 않는 것도 지혜지만 하지 않고는 배길 수 없는, 치우고 갈 수밖에 없는 이야기도 있기 마련이다. 지금 함동우가 그런 눈치다.

— 제 짐작이랄까 판단으로는 이런 것 같아요. 그때부터 장이나 감이 부장을 해 보겠습니다 하고 운을 띄우니까 그러면 해봐라 하는 언질 같은 것을 주지 않았나 싶어요. 보기는 어수룩해도 저런 사람이 간살 잘 떨고 욕심 많고 그렇잖아요. 의뭉스럽게 말이지요. 그래서

기선 제압을 했던 것이지요. 부장님한테요. 하지만 정의는 다중의 편이었지 그쪽이 아니었지요.

— …….

— 제가 하려는 말은 유럽 연수도 그런 맥락에서 연계된 것이 아닌가 하는 거지요. 안 그러면 불법인데 어찌 묵인하겠습니까. 이번에는 뜻대로 밀고 나가 봐라 하는 식으로 말입니다.

— 설마!

이 부장이 고개를 내두른다. 듣고 들어도 단서가 모호한 소리 같다. 혼자서는 논리적으로 이야기를 간추린다고 애를 쓰는 것 같은데 그 노력은 알겠지만 몇 가지 이야기가 겹쳐진 데다 후반의 끝매듭은 비약된 것이 아닐까도 싶다.

— 어떻습니까? 제 얘기가 맞습니까?

— 예리했어.

그는 입을 활짝 열고 호평한다. 열의에 점수를 준 것이다. 또 하나 화두가 입력됐을 거란 생각도 함께 한다.

— 저도 생각해 보니까 이해가 안 가는데 다른 사람들은 어떻겠어요? 이제 알 만한 사람들은 다 알잖겠어요?

— 가시죠!

먼저 끝난 반에서 아이들이 와글대기 시작한다. 그것을 신호로 이 부장이 분수대 정담을 서둘러 걷는다. 곧 봇물 터지듯이 아이들이 쏟아져 나올 것이다.

그들은 엉덩이를 털고 자리에서 일어선다. 벌려선 세 사람 어깨가 교정에 가득 찬다.

— 전에 여기 탐스런 앵두가 열렸는데 그 나무가 지금은 어딨는지 모르겠어.

머리를 비운 함동우가 고개를 내두르며 주위를 살핀다.

— 저기 있잖아. 석류나무 옆에.

가지가 잘린 나무는 잎이 언제부터 탈색되었는지 부종 든 표정같이 누렇다.

— 누구 밥줄 자르듯이 저렇게 잘라서 옮겼잖아.

— 누구, 밥줄 잘린 사람이 있나?

이 부장의 말을 받아서 그가 물음표를 친다.

— 있지. 애니메이션과 이모씨는 진작 미운살이 박혔거든. 전격적으로 그 과를 폐기했잖아. 43학급 이상이 되면 주간에도 교감이 2명이어야 하는데 그런 명분도 있기야 했지만 그래도 이상한 학과는 살려두었잖아.

이상한 학과는 김호웅이 사보타지를 했다고 열을 올리던 그 학급이다. 그 학과가 근자에 출세한 이모씨와 출세할 가제트 부장의 전공학과이다. 학교에서는 그들을 묶어서 '이그저' 로 부른다. 김지이지를 낮추어 부른 말이다.

— 그랬군요.

— 드라마지.

실탄도 없는 총잡이들은 어디라 없이 대고 난사를 해댄다. 몇 사람이 상해야 하지만 맞는 사람이 없으니 죽는 사람도 없다.

— 언제 우리가 내 나라 내 직장을 욕하지 않고 살아볼까요. 평생입이 험해져서 극락가기는 텄을 것 같아. 엘리엘리 라마사박다니.

참선과 수마조水磨調로 여름을 넘긴다는 속가의 보리달마가 재치까지 부린다.

— 거사님이 왜 이러시나? 개종을 하셨나?

— 아뇨.

그들은 중앙 현관을 뚫고 복도로 접어든다. 일순간 터널 속 박쥐가 된다. 두 사람은 다음 시간이 있고 함동우는 다시 한 시간을 기다려야 하는 나 홀로 섬에 갇힌다.

## 8.

수업은 없고 시간만 있는 3학년이다. 그는 보던 화면을 열어 두고 꼬챙이만 들고 교실에 들어간다. 3학년은 중간고사 이후부터 수업이 없다.

그러니 수업은 아니고 놀아준다는 말이 적당할 것이다. 그러나 놀아준다는 말도 모순이 있다. 함께 놀 아이들이 없는 것이다. 항상 자고, 저희끼리 떠들고, 간혹 상신이처럼 시험공부를 하고, 아니면 나제왕처럼 판타지 소설이나 보기 때문이다. 하니까 외톨이가 되어 여기 기웃 저기 기웃 하는 것이다.

그 기웃거리는 이야기 새로 하나.

교실을 돌다가 그는 학급 게시판에 덕지덕지 붙어 있는 구인 광고물을 발견한다. 작년과 다른 것은 전자우편으로 보내온 출력물이 광고지 역할을 한다는 점이다.

작년까지는 공문 형식이었다. 사장 부장 계원의 결재란이 윗자리에 길게 나와 있는 그런 공문이었다. 달라진 출력물에는 다음과 같은 내용이 적혀 있다.

인재를 찾습니다.
연봉, 9백만 원.
근무 시간, 09:00~18:00.

모집 인원, 1명.
실습기간, 3개월.

인재를 찾습니다.
회사명, 카드콤(무인 경비업체).
급여, 면접 후 결정.
수습기간, 3개월.
근무, 09:00~19:00.

인재를 찾습니다.
당사는 (주)우리기술(코스닥 기업)의 자회사이며 톰슨 멀티미디어의 협력사로서 홈시어터 부문의 디지털 리시버 세톱박스를 연구개발 및 제조, 수출하는 디지털 가전 회사입니다.
세계 최고의 AV/ 통신기기 브랜드인 Harman Koden/ Motorola 비즈니스에 참여하실 연구소 연구개발 인력을 모십니다.
근무조건, 토요 격주 휴무. 국민연금, 건강보험, 산재/고용보험 혜택을 받음. 기타 사항은 당사 홈 페이지www//http… .com를 참조하기 바람.
회사명, 이데크.

……

과연 구인을 위한 광고인지 무엇인지 알 수가 없다. 또 급여액수도 만족한 느낌은 아니다. 그래도 혹할 사람이야 있겠지만. 또 어떤 경우는 고졸 예정자에게는 맞지 않는 일로도 보인다. 연구개발이니 전문용어로써 잔뜩 시위를 부리는 격이 그렇다.

— 선생님, 저 내일부터 취업 나가요.
그가 지나가는데 판타지에 빠져 있던 나제왕이 정보를 내준다.
— 그래! 어디냐?
— 세운상가에 있는 공구점에요.
— 잘했네. 축하해.
일자리를 찾았다는 것이 대견스럽다.
— 네.
— 얼마나 받나?
— 돈요?
— 그래.
— 70만 원 조금 넘어요.
약하다 싶다. 그러나 전체적인 경제사정 때문이지 한 회사의 능력 때문은 아닐 것이다.
— 그렇구나. 그런데 면접은 언제 보았어?
— 며칠 전에요.
— 너 말고 또 누가 나가나?
— 보진이랑 이민철이요.
보진이는 옆줄이고 이민철은 뒷문 쪽이다.
— 이민철이?
— 아직 안 왔네요.
— 잘 했다.
그는 보진에게도 같은 축하를 악수로 행사한다.
— 돈 많이 벌어서 큰 부자 되어야 한다!
— 네.
— 그리고 말이다.

그는 최근에 재미삼아 아이들로부터 손가락을 건 일이 있다. 윤창수로부터는 승용차를, 백종묵은 캠핑카를 사준다는 약속을 받은 것이다. 그 얘기를 지금 할까 어쩔까 망설인다.

— 우린 언제 나와?

보진이가 동료가 된 제왕에게 묻는다.

— 우리는 수능 때 나오지 않나? 아니, 예비소집 때 나와야 하는 것인가?

— 맞아. 그때 나와야 해.

저희끼리 나누는 대화에 그가 끼어든다. 그러고 보니 이제 아이들을 다시 보지 못한다는 생각이 든다. 그래서 그는 불현듯 제왕의 어깨를 덮친다.

— 고추나 한 번 만져보자.

— 안 돼요.

— 뭘 안 되나!

— 안 돼요!

— 괜찮다니까, 임마.

— 안 돼요!

— 얘가 참.

엄마와 대화를 많이 한다는 제왕은 그 때문인지 성격이 여성스럽다. 인상도 좋고 해서 어느 회사에서든지 사랑받을 아이다. 비하여 보진이는 조금 다르다. 성격은 조용한데 의외로 핸드폰에다 여자 입술 도장을 빨갛게 찍어 가지고 다니는 괴짜였다. 지우라니까 결코 안 된다면서 우겼다. 왜냐니까 돈을 1천5백 원이나 들였기 때문이라 했다. 그래도 임마 그게 뭐냐, 촌스럽지 않느냐 했더니 그렇지 않다고 끝내 우기는 것이다. 그래도 아이는 재미가 있다.

방보진. 이름도 특이하다.

— 잘해라!

그는 제왕의 어깨를 툭 쳐서 감정을 전달한다.

— 네.

— 감자탕이나 한 그릇 먹자.

그는 아까 하지 못했던 말을 꺼낸다.

— 언제요?

— 네 첫 월급 받는 날.

— 아직도 한 달 넘게 남았는데요.

— 기다리면 되지.

— 네.

꼭 오세요 하고 보진이가 훈수한다.

— 그래. 시간이 나면 너희들이 잘 하는지 어쩌는지 방문도 할 것이다.

— 네엣!

그 교실 앞에 그 사람이 기다리고 있다면 누구일까? 가령 세 번째라면 몰라도 두 번째라면 알 수가 없다. 그러나 송 영감이다.

— 수업했어?

그가 말한다.

— 꼬챙이나 휘두르고, 수업 좀 잘 해!

이번에는 송 영감이 타박이다.

— 알았어.

그가 커피 마시자는 생각으로 중간 계단으로 방향을 틀자 이리 가, 하고 또 먼 길을 택한다. 분수대 쪽으로 가야 영감 사무실인 것이다.

— 왜?
— 아까 시간에 황 영감을 만났어.
— 어디서?
— 2교무실에서.
— 2교무실에서?
— 나중에 영감한테 알아봐. 무슨 일이었는지.
— 일?
— 그래. 한참 동안 현 선생 곁에서 중얼중얼하더라고. 나는 그때 차 마신다고 양지다방에서 지켜보았지. 그런데 영감이 현 선생 곁에 붙어 서서 말이 많아. 그래서 내가 소리쳤어. 와서 차나 한 잔하라고. 그 말 떨어지기 무섭게 은행에 간다면서 통장을 내보여. 돈 많이 쓰나봐 했더니 문제가 생겼대. 그러고는 나가는 거야. 즉시 현 선생한테 갔지. 왜, 또 막내딸 얘기했어? 속지 마하고 넘겨짚었지. 쓸데없는 소리했는가 해서 말이지. 그랬더니 무슨 말씀이세요? 하기에 국어과가 다 아는 얘긴데 혼자만 몰랐네. 여기 박 시인도 잘 아니까 물어봐 했더니 네, 하면서 아침의 얘기를 해. 오다가 전철에서 황 영감을 만났다고. 내려서는 바쁜지 먼저 가더래. 그 얘기였대. 자기가 사람을 잊어버렸다고, 몰랐다는 거지.
— 그랬어?
— 나는 폭탄이 터지는가 했지.
— 불발탄이겠지.
— 아슬아슬해, 그지?

그 황 영감이 나타난 것은 다음 날 아침이다.
— 엇수! 왔소?

그는 다방에 먼저 와 있는 황 영감에게 반갑게 말한다.

— 이 부장은 방금 회의 들어갔어.

— 먹을 것도 없는 놈의 회의.

그는 짧게 애를 끓인다.

— 축제 때문에 부장회의가 있나 봐.

— 기다리슈. 퍼뜩 양지마담이 커피 탈게.

그는 단시간에 뜨거운 물로 커피물을 끓인다. 커피는 따끈따끈해야 제 맛인 것이다.

— 휴게실로 좀 가자.

커피잔을 받아들자 황 영감이 자리를 옮긴다.

— 왜, 무슨 일 있어?

— 어제 내가 은행에 갔거든.

그랬다고 했다. 무슨 일인지 그걸 물어보라고 했던 것이다.

— 그런데 무슨 일 있는 거야?

사실은 지난주에 나온 성과급을 비밀계좌로 돌렸다고 했다. 그런데 거기에 문제가 생겼단다.

— 무슨 일이 생긴 거야?

— 내 구좌에다 황병순이 돈을 넣고 저쪽 구좌에는 내 돈을 넣었지 뭐야. 그래서 병순씨가 놀라서 집으로 전화를 했어. 돈이 다르다고 말이지.

영감 호봉이 높으니까.

— 그랬어?

— 마누라가 받았어. 이걸 어떻게 하나? 나는 이미 술값 갚느라 이 집 저 집 뛰어다녔는데.

— 그랬어? 몰래 꼬불쳤구먼.

— 꼬불친 게 아니고 내 돈을 혼자 쓴 거지.

— 그 말이나 그 말이나.

그래서 은행에 나갔구나 싶다.

— 방법은 하날세. 새끼줄 가지고, 동아줄 말고 썩은 놈으로 하되 되도록 굵은 놈으로 해서 북한산으로 가. 가서 시위하라고.

— 그러다 정말 죽으면 어쩌려고.

돈 좀 없어? 한다.

— 왜 없어. 있지. 결재 받으려면 한 달은 걸린 것인데.

가제트 부장과 이 부장이 1교무실을 통해서 들어온다.

— 무슨 역적모의야?

이 부장이 부룩 소리친다.

— 가지, 저 방으로.

— 나중에 올게.

정말 이 부장에게는 역적모의라도 한 양 황 영감이 자리를 치우고 돌아선다.

— 나중에 온다고?

— 그래.

황 영감이 돌아가자 이 부장이 물잔을 들고 정수기 앞으로 온다.

— 축젠데 축제 얘기는 없고 시범학교 운영보고회 얘기뿐이야. 축제도 수업하고 3시부터 한데.

— 3시부터?

— 손님 온다고 아이들 단속 잘 하라는 얘기, 지루한 잔소리뿐이야.

— 왜 축제를 같이 해? 따로 하지.

— 그러게 말이지.

물잔을 들고 정수기 앞으로 가면서 이 부장이 메아리 없이 말한다.

드디어 3시다. 학교가 지정한 시간이다. 그러나 사무가 바쁜 여교사들은 눈치껏 그 시간에 순회를 마치고 교무실로 돌아온다. 끝내 줘요, 파전에 동동주가요 하면서. 그 말에 일순 입안에서 군침이 돌자 그들도 서둘러 일행을 갖춘다. 그리고 슬슬 교정을 향해 움직이기 시작한다.

## 9.

그들도 파전에 동동주가 1순위였으나 장소를 바꾼다. 어른들이 자리를 잡고 있었기 때문이다. 그 중에는 지난 해 몽구스란 별명으로 적잖이 밉짜 노릇을 했던 사람도 보였다. 그들은 눈을 피해 전기동 앞으로 나온다.

그때 그의 눈에 하진이가 들어온다. 동시에 하진이도 그를 본 모양이다.

— 선생님!

풍뎅이처럼 날아온 하진이 그의 목을 안고 덥석 매달린다.

— 오, 그래.

그는 불을 훔친, 훔쳐서 가슴에 안은 프로메테우스처럼 어쩔 줄을 몰라 홀홀 한다.

— 가세요. 우리 사진반으로 가시죠.

— 사진반에를 왜 가나?

하진이가 목에서 떨어진다.

— 거기는요 드실 것도 있구요, 또 사진도 찍어요. 네! 속히 가세요.

— 그래, 좀 둘러보고 갈게.

— 안 돼요. 지금 가요. 야, 준환아! 선생님 모시고 어서 가.

그러니까 하진은 도우미였던 것이다. 얌전이로 소문 난 민교도 하진과 같이 사람을 잡고 있다.

— 선생님, 가세요.

하진을 도와 민교도 곱상하게 웃는다.

— 그래, 가마. 갈게.

사진을 찍고 나서 먹을거리도 있었지만 그들은 자리를 오래하지 않는다.

— 얼마냐? 사진값이.

— 천 원입니다.

사진은 강주가 언니라면서 소개한 노랑머리가 찍었다. 제법 사진사처럼 폼을 잔뜩 잡고서. 나오면서 그는 사진값과 달리 약간의 돈을 강주에게 준다.

그들은 돈을 벌자고 장을 연 것이기보다는 경험을 쌓기 위해 판을 벌인 것이었다. 그래도 판이 끝나면 수고한 만큼 재미도 있어야지 그렇지 못하면 심심할 것이다. 재미란 또한 먹는 것이겠지만.

— 선생님 안녕히 가세요. 고맙습니다.

나오면서 그는 아침의 황 영감을 떠올린다. 지금쯤 집으로 줄행랑을 쳤을 것이다. 재미가 없다고. 재미가 아니라 영감도 축제로서는 이번이 종지부를 찍는 행사이다. 그러니 딴 생각 말고 참여할 필요가 있었다.

지금까지는 본숭만숭 지냈더라도 이번만은 그렇지 않다. 그는 아침에 더 자세한 이야기를 할 수 없어서, 특히 오늘 축제를 함께 둘러보자는 말을 하지 않았던 것이 아쉬움으로 남는다.

— 탱탱 우동을 먹고 갈래요?

옆에서 걷던 서정국이 말한다.

— 그러지.

며칠 전에 지하도에서 만났던 규목이랑 철홍이가 벌인 장터이다.

— 얘들이 장판을 마구 열었네. 과장이 불호령을 맞을지 모르는데.

— 왜요?

이 부장에게 서정국이 묻는다. 학교에서 절대로 하지 못하게 했다는 말을 들려준다.

— 상대가 박 과장님이에요.

무슨 뜻인지 그는 이해가 쉽지 않다. 박 과장이 미인이라는 것은 알지만 그것이 무기라는 뜻인지 무엇인지.

— 자, 얘들아. 여기 선생님께 탱탱 우동을 대령해라.

— 네.

거기에 형선이가 보인다. 그는 지금 여기 있을 시간이 아닌데 싶어 형선을 부른다.

— 네.

— 여기 왜 있어?

— 여기가 바쁜 것 같아서요.

— 그럼, 행운의 숫자는 어떻게 하나?

그와 형선이가 행운의 숫자 맞히기 부서였던 것이다. 요령도 본 적도 없어 내일쯤 가볼 생각이었는데 일찌감치 파장을 한 것이다.

— 장사가 안 돼요.

장사가 안 된다는 것은 무슨 뜻인가? 그는 뒤미처 말을 바꾼다. 여기는 누가 주방장인가고.

— 저기 철홍이가요.

— 양철홍이가?

탱탱 우동은 길거리에서 사먹는 새벽 우동보다 맛있다. 정직함이

베어 그럴 것이다. 먹어주는 것으로 행사 참여를 하는 그들은 다음으로 다시 막걸리 집을 들여다본다. 판은 여전히 몽구스 판이었다. 축제에 몽구스가 올 까닭이 없다. 축제보다는 오늘 하는 시범학교 운영 보고회를 성황으로 몰아가자고 지원 나온 것일 터였다.

한 바퀴를 돌고 다시 막걸리 집을 찾았을 때는 해도 거물거물한다. 일행도 4명이 2명으로 준다. 비질이 된 장터에는 몽구스들이 가고 없다.

몽구스는 그가 해학적으로 붙인 이름이다. 교감일 때, 지금은 교장이 되었지만 감독짓을 할 때마다 고개를 쭉 빼고 교무실을 살폈다. 그 모습이 영락없는 아프리카 초원의 몽구스였다. 뒷다리는 세우고 앞다리는 번쩍 들어 멀리 적군을 살피는 그 짐승은 눈치가 빠르고 대단히 민첩했다. 몽구스와 비슷한 동물로는 미어캣도 있었다. 같은 사향 고양이과인데 생김새나 하는 짓은 똑 같았다. 그래서 황 영감은 미어캣이라 부르기도 했다.

……

해가 져서도 그렇지만 날씨가 쌀쌀해져 그새 앉은 자리가 시리다. 이 부장은 감기 기운까지 있어 차가운 막걸리가 별로 내키지 않는 것 같다.

— 제가 며칠 전에 지은 짧은 글이 있는데 한 번 들어 보실래요.

— 그러지.

— 잘 들어야 해요. 금방 지나가요!

'잘 봐야 돼! 금방 지나가?'

소녀 릴라가 하는 말이다. 망측한 계집애가 미끄럼틀에서 맨 가랑이를 V자로 들고 쏜살같이 내려오는 장면을 연기한다. 그러면 소년은 소녀를 집중해서 쳐다본다. 금방 지나가니까. 어떤 글에서 본 당혹스런 이야기다.

— 야, 괜찮네. 절창이야.

— 절창은 무슨.

그런데 그는 오늘 또 한 편의 난필을 휘갈겨야 할 것 같다.

— 낙조와 화자의 연결이 멋져. 화자는 지는 해를 보고 있고 제자는 옛날의 은사를 보고 있고. 우리 인생도 참 짧은 거야. 하루 해만큼이나 말이야.

— 오늘 또 한 편의 쓸거리가 생겼어요.

— 그렇지? 가을이 좋지?

그들은 잠시 전에 교정에 늘린 가을을 둘러보고 왔다. 가을은 온 교정을 맘껏 수놓고 있었던 것이다. 은행나무를 주축으로 별스럽지도 않던 괴목과 향나무와 홍단풍이 섞여서 난리를 치던 것이었다. 아, 여기가 가을산이야 했다.

— 그것도 있지만.

그는 아무리 생각해도 좀 전의 일을 잊지 못한다. 사람이 아닌 사람의 허울을 쓴 이상한 도시의 실루엣이던 것이다.

— …….

해지듯이 그들도 진다는 사실을 누가 절실하게 느끼는가 하면 그것은 아무래도 두어 살 위인 그가 더할 터였다. 마지막이란 의미로 이 자리를 받아들인다면 더욱 그 감정은 미묘, 산란해질 수밖에 없다.

— 황 영감이 여기 있어야 하는데 또 일찍 내뺐지 싶다. 궁둥이에 팔랑개비를 달았는지 연지곤지 바르고 어부인이 기다려선지 알 수가 없어.

— 산신령이 부르는 것 아닌가?

아침의 일이 있었는데도 딴말을 한다. 지금쯤 무릎을 꿇고서 특유의 화술로 변상할 돈에 대한 대책을 마련 중일지 몰랐다. 그는 자신이 그 문제를 발설할 생각은 없다. 하고자 한다면 3학년들이 속속 취업을 나가는 것 같더라는 이야기를 해주는 것뿐이다. 3학년 발 뉴스라는 측면에서.

— 오늘 막걸리가 끝내 주는데 말이지 이 파전이 또한 일품이야. 별것이 안 들었는데도 맛있어.

드르르 하고 이 부장이 어깨를 추스른다.

— 추우세요?

— 아니야. 이게 낭만이야.

— 해가 지금 쏘옥 내려갔어요.

— 등나무 밑이라 더 어둡네.

파전 장사도 어지간히 끝난 모양이다. 네, 어묵하고 떡볶이밖에 없어요 하는 아주머니의 목소리가 희미하다. 그들은 막걸리 한 통과 파전 하나를 치우고 자리를 일어선다. 그의 뇌리에는 알 수 없는 한 여자의 행동이 자꾸 걸린다.

송 영감이 복병이야 하던 말이 영판 맞다. 줄을 섰는데 앞이고 뒤인데 앞에 선 사람이 복병인 터였다. 그것도 밉잖았던 수수한 차림의 그 여 선생이.

# 4부 가을

1.

먼저 벗은 자가 먼저 익은 것이라는 이치를 자연으로 가르쳐주는 것이 은행나무이다. 일찍 때깔을 낸다 싶더니 간밤에 결국 잎을 다 내린 것이다. 옆에서 푸르게만 서 있던 제3의 은행나무는 지금도 대비적인 모습을 보이는 것은 예와 다르지 않다. 잎도 풍성하고 빛깔조차 곱다.

벌써 겨울 속으로 발을 내딛은 나무와 사람과는 칩거라는 점에서 닮은 점이 있다.

그러나 사람들의 칩거는 이제 옛말이 되었다. 주야 불을 켜놓고 산란을 시키는 양계장의 닭들처럼 사람도 지금은 주야도 없지만 동면도 없는 것이다.

그래서 나무는 4백 년을 살고 나무는 8백 년도 사는 대신에 사람은 상한선이 80년이다. 그렇게 주야 불을 밝혀서 하루에 2개씩도 알을 낳는 양계는 1년이면 육계로 퇴출되었다.

어쩌면 사람의 마지막 변신과도 닮은 모습이지 않을까? 사람이 나무처럼 살 수가 없는 것은 나무처럼 살지 않기 까닭이다. 아닐까? 아마 그럴 것이다. 틀림없이.

— 여름을 소복이 내려두고 있네.

교무실을 들어서며 함동우가 한 마디 던진다.

— 뭐가요?

현다영이 인사 대신에 새초롬하게 묻는다.

— 뒤에 있는 후박나무가 말이지.

본관동과 후관동 사이에는 살구나무며 몇 그루의 낙엽교목이 서 있다.

후박나무도 그 중 한 그루이다.

— 무슨 나무가요?

— 잎사귀가 앞치마 같은 나무 있잖아. 후관동 앞에.

— 아, 그게 후박나무예요?

이름도 특이하네 하면서 현은 다시 컴퓨터 속으로 숨어든다.

— 배를 띄워도 탈 것 같애. 잎사귀가 어찌나 큰지.

허풍스레 말하며 함동우는 들고 온 가방을 책상에다 던지다시피 내려놓는다.

함동우가 들고 다니는 가방은 항상 두툼하다. 불교 관련 서적들이 잔뜩 들어 있어 그렇다. 그 가방을 한 번은 감쪽같이 잃어버렸다. 수마조 한 곡조를 청아하게 뽑고 집에 간다고 정자에 앉았는데 조금 뒤에 보니까 가방이 사라졌더라는 것이다. 공원을 구석구석 뒤진 끝에 쓰레기 적재함 옆에서 찾았다고 했다.

있던 대로 남은 것은 부처님 말씀이고 깨끗이 비운 것은 현금이더라 했다.

'눈 밝은 사람이 빼갔나 봐요. 돈만 몽땅 가져간 것을 보면.'

새끼 부처는 웃었다. 그날도 부처 새끼는 송아지 웃음을 날렸다. 겉으로는 너그럽게 웃어도 내심까지 다리미질한 것은 아닐 것이다.

— 부장님은 아직 안 나오셨어요?

양지다방에 물을 준비하는 그에게 함동우가 말을 건넨다.

— 좀 늦나 보지요.

그러다가 그는 달력을 읽는다.

오늘이 마지막 화요일이다. 이 부장이 정기검진을 나가는 날이다. 매달 한 번씩 혈압, 혈당해서 대학병원에서 검사를 받았다. 해오던 일이라 한다고 했다.

나이가 들면 병원과도 친숙해야 된다고 했다. 병원을 거부감 없이 나들어야 건강이 보전된다는 주장인 것이다.

그것은 그와 아주 다른 점이었다. 그는 일단 병원을 싫어했다. 경찰서만큼이나.

— 정기검진인 모양이네.

— 그럼 오늘은 제가 결재를 해야겠네.

싱거워도 밉지 않은 농담이다.

— 좋겠어.

그는 솰솰 끓는 커피 물을 함동우에게 넘긴다. 그리고 그도 함동우에 이어서 종이잔을 챙겨 든다.

— 바람이 왔다리 갔다리 하는 것을 보니까 가을하고 겨울이 다투는 것 같지요?

— 무엇이?

— 오늘 함 선생님은 말씀이 무척 잘 되시네요.

부풀린 풍선껌처럼 현다영이 커다란 웃음을 입술에 문다.

— 저기 보세요. 은행잎이 이리 쓸리고 저리 쓸리고 하잖아요.

바람이 쓸리게 하는 것은 사람도 마찬가지다. 교무수첩을 옆구리에 낀 이 부장이 어깨를 움츠리고 들어선 것이다.

— 부장님 오셨네!

둘은 놀라서 돌아본다.

— 날씨가 춥다야.

이 부장의 어깨가 한 차례 부르르 흔들린다.

— 병원에는 안 갔어요?

— 어제 술 먹어서 못 갔어. 내일이나 가 보던지.

커피를 잰 그에게 함동우가 숟가락을 빼서 넘긴다.

— 아이구, 참. 그런 일이 있었네.

그럴 목이야 없지만 목을 한 발이나 빼서 이 부장이 구석자리를 더듬는다.

— 왜요?

— 우리는 몰랐는데 말이지 지난 번 중간고사에서 불어가 잘못 된 것이야.

— 불어가요? 어떻게요?

함동우가 한 대 맞은 표정이다.

— 김호웅이 아이들한테 시험지를 돌린 거래.

— 돌렸어요?

— 말은 그렇게 나왔어.

뒤늦게 그는 그때 말썽을 부린다고 생각했던, 미심쩍어서 서정국에게 물어보려 했던 그 일을 떠올린다.

하도 입이 촉새 같아 관심 밖으로 밀어냈던 정나희, 엄기진의 시따부따였다.

— 시험지를 돌려요?

그가 들은 말과는 다르다.

— 아직 정확한 것은 모르지만 저 사람이 말이지. 시험지와 답안지를 교탁에다 펼쳐놓고는 화장실을 갔대. 가면서 여기 있는 시험 문제 들춰보면 안 돼 하고 나갔다는 거야. 그게 얼마나 웃겨?

— 가관이네.

나희는 그렇게 말 하지는 않은 것 같았다. 구체적으로 뭐라고 하지는 않고 답이 어쩌고 하는 정도로만 들은 것 같다. 거기에는 다소의 차이가 있는 듯하다.

아 다르고 어 다르게.

— 그러게 말이지. 그렇게 시험을 가르쳐주면 되나?

그것을 몇 개 반에서 돌아가며 응용했다고 이 부장이 덧붙인다.

— 몇 개 반이나?

그가 이 부장을 쳐다보고 묻는다.

— 여덟 개 반이 평균이 90점씩이야.

— 100점은 아니네.

어이가 없다. 무법이 난무하는 세상이다.

— 우리 애들한테는 합숙을 해도 100점이 안 나오지.

— 그럴까요?

그래서요? 하고 함동우가 연이어 말꼬리를 붙든다.

— 시험을 새로 치려나 봐. 학부모들이 야단인 거야. 혜택을 받지 못한 학급의 학부모들인 셈이지.

— 가만 안 있겠지요.

그는 다시 지난 번 아이들의 학급을 떠올리며 그들의 중언부언이 사실이었다는 점에 말을 잃는다. 우연히 특종을 거머쥔 셈인데 어물어물하다가 낙종하고 만 것이다. 보다 일찍 따끈따끈한 소식을 심심한 참새밭에 던져놓을 수도 있었는데.

— 무지하고 예의도 없어. 할아비 쌈짓돈을 손대도 양심이 작동하는 것인데.

이 부장이 안타까운 듯 말한다.

— 저쪽에 있을 때 교장은 직원회의에서 공공연하게 시험 쉽게 내라고 말했어요. 인문학교에서는 다 그랬을 거예요.

— 타교와 비교가 되니까, 내신 성적이.

— 그것과는 달라도 너무 했네. 통째로 펴놓았다니까요.

— 심정이야 왜 모르겠어. 그래도 그건 아니지. 노골적으로 시험지를 보여주다니 아이들이 어떻게 생각하겠어.

— 잘 가르치는 게 왕도야.

— 암요. 잘 가르쳐야지요. 무조건.

좋은 말은 다 나온다. 그러다가 그들은 이야기를 자제한다.

일군의 사람들이 줄을 서서 교무실로 들어온 것이다. 거기에 김호웅은 없다.

……

들어온 사람은 조은주고 그 뒤를 한혜진, 이미례, 박정임이다. 조금 지나서 김호웅이 고개를 빼서 들어온다. 모르면 모를까 세상이 파다하게 알게 되었으니 체면이 말이 아니게 생겼다. 그럴 수 있다면 경위라도 듣고 싶지만 잘못 말을 꺼냈다가는 도리어 볼기맞을 일이 될지도 모르리라.

— 가을이 그새 하늘로 다 올라붙었네. 저 바람이 동장군의 전령이야.

함동우가 오늘은 음유시인이다. 시인의 말에는 새겨들을 잠언도 있다.

— 커피 냄새가 유난히 좋습니다.

뒤이어 들어온 사람은 서정국이다. 대박을 건사하지 못하고 오늘도 어디를 헤매는가 싶다.

서정국이 점퍼를 벗는다. 서정국은 커피를 전혀 마시지 않는다. 떡도 잘 안 먹지만. 그러나 담배와 술은 호사가다. 컴퓨터를 켜놓고 서정국은 곧바로 부장 곁으로 간다.

— 오늘 좀 황당한 일을 당했어요.

— 뭘?

이 부장은 전자우편을 열고 보다가 서정국을 돌아본다.

— 주차를 하는데 말입니다.

서가 앞에 들어왔다고 한다.

— 후사경을 보니까 뒤에 다른 차가 한 대 들어와요. 그러더니 차 한 대 세울 만한 공간을 남겨놓고 먼저 주차를 하는 거예요. 할 수 없이 틈새 주차를 하게 됐는데 너무 붙여 세우는 바람에 제가 들어갈 수가 없지 뭐예요. 그래서 차를 세우고 나가는 사람보고 차 좀 뒤로 빼달라고 했지요. 거기는 주차선이 길게 한 줄이지 않습니까. 금형동 앞에 말입니다.

— 누군데?

— 쪽을 보호해야 하니까 이름은 말하지 않겠습니다.

깜깜해진다.

그러나 이름을 밝히지 않으니까 건너뛰어야 한다.

— 그런데 이 여자 하는 소리가 말자입니다. 제가 바빠요, 실컷 주차하겠는데 뭐하면서 그냥 도망을 치지 뭐예요.

누군데? 하고 이 부장이 다시 서정국을 돌아본다.

— 하여간 그런 사람이 있어요. 그래서 거기 주차를 하지 못하고 돌

다가 저 뒤에 장비고 앞에 가서 세웠지 않습니까. 그따위 염치없는 여자가 있어요? 나는 평소에 그렇게 안 보았거든요.

— 염치없는 여자가 누굴까? 하미연은 갔으니까 아니고.

하미연은 지난 3월에 이동한 그렇고 그런 사람이다. 챙길 것도 기억할 것도 없는 할머니다.

— 아침부터 뚜껑 열리네.

서정국이 다시 자리로 돌아온다. 비밀 번호를 넣고 엔터키를 툭 소리 나게 친다.

— 아침에 미인을 만났다고?

그가 부아를 돋운다.

— 아이구 참, 형님도 염장 좀 지르지 마시오.

아이콘을 잡아 화면을 열어놓더니 그에게로 고개를 돌린다.

— 형님만 알고 계세요. 미술과에 오영심 있잖아요.

— 오영심?

— 네.

그도 그 사람이라면 할 말이 있다. 어쩌면 서정국보다도 더 황당한 경우가 아닐는지도 몰랐다.

— 나도 말이지. 그 여 선생을 그렇게 안 봤는데 대단한 싸가지인 것 같아.

— 그렇지요?

그의 곡정曲情을 서정국이 알 리 없다. 건성으로 응해 주는 말동무로 안다.

흉각각 정각각이니 사정이 이렇게 되고 보면 지금부터는 흉을 좀 봐도 될 것 같다.

— 보기와는 사람이 달라. 나도 한 번 겪었어.

— 사람이 좀 차갑지.

그 참에 이 부장이 서정국 곁으로 다가온다.

다 입력이 된 것이다.

— 그날 부장님은 내 앞에 누가 줄 서 있었는지 아세요?

— 언제 적에?

감도 눈치도 못 짚는다. 그러니 알 까닭이 있을까.

— 그날, 파전 먹던 날 말입니다. 축제 때.

천신만고해서 도착한 파전 가게. 그리고 줄서기. 줄은 그의 뒤로도 멀리 이어졌다.

— 아, 그때. 지난 가을 얘기네.

구소설이구만 한다. 그는 웃음으로 때우고 만다. 어제가 그믐이고 오늘이 초하루이면 벌써 지난 달이란 식이다.

— 좌우간 말입니다.

그의 앞에 서 있던 여 선생을 보고 그는 다음 말을 했을 뿐이다. 그것도 식권을 들고 뒤에 붙어 선 그에게 도저히 안 되겠다는 식으로 그녀가 말을 붙여왔기 때문이었다.

'대충 구워서 넘겨요. 오징어는 다 익은 것이잖아요.'

그러자 여자가 되알지게 쏘아 올렸다.

앙칼진 말투였다.

'안 돼요! 잘 구워야 해요.'

그렇다면 해가 지도록 자기 순서까지만 구워 받고 나머지는 돌아가란 말일까?

어이가 없었으나 뒷말을 삼갔다. 그때까지도 그는 오가 그런 막된 인품이라는 것을 알지 못했다. 그간 지내면서 오를 잘 보았던 것이다. 때문에 지난 번 시집 표지를 오에게 부탁할까 하는 생각까지 했던 것이다.

결국 그 일은 출판사에서 마무리를 했고 그의 기획은 불발이 됐다마는 대신 시집을 잊지 않고 선물했다. 그런 좋은 이미지를 간직한 여자였던 것이다.

그래서 그는 한 장의 파전을 위해 느긋이 기다렸다. 기다리면서도 나름의 명대사를 생각했다. 이 여자가 제대로 된 사람이라면 어르신 먼저 받아 가십시오 하지 않겠나 싶었던 것이다. 그러나 그것은 이쪽 바람이고 저쪽은 그렇지 않았다. 그렇지 않을 뿐더러 점입가경이었다. 한 장을 구워 받아서 다시 그 자리를 지키고 서 있는 것이다. 두 번째를 기다리는 것이다.

번철 하나에 한 장씩, 한 장마다 소요시간은 4, 5분, 그것을 넉 장이나 받아갔다. 그런 여자였다. 그것이 지금 서정국이 말한 오 아무라는 똥돼지였다.

— 그런 일이 있었어?

뒤에 서 있었기 때문에 그의 앞에 있는 오를 보지 못했다고 이 부장은 그날의 얽힌 상황을 되풀이 했다.

— 얼마나 얄밉던지 당장 좇아가서 내 시집도 내놓으라고 말하고 싶었지요.

— 그랬구나.

전에 있었던 학교에서는 어느 동료가 차를 마시면서 자기에게도 한 잔 같이 하자는 말을 하지 않는다고 평생 기억할 것이라며 손바닥에다 꽁꽁 이름을 적는 것을 봤다. 그의 뇌리에서도 오래 지워지지 않는 여자가 될 것이 뻔했다.

— 형님을 그렇게 모시면 안 되지. 아마 자기 아버지뻘은 될 걸?

— 아버지는 무슨 아버지야. 할아버지지.

그가 허물자 할아버지는 무슨 할아버지야, 서로 애정을 나눌 사이지 한다. 그것은 이 부장의 염원일 것이다.

사람에게는 이야기가 있고 자연에게는 가을이 있다고 그는 그날 돌아와서 메모를 남겼다.

그래서 사람도 가을을 닮으면 가을처럼 아름다울 것이란 생각이다. 그것이 안 되면 은행나무가지에라도 타고 올라가 있지 싶다. 가을을 빼닮게.

이 부장이 돌아가고 서정국이 컴퓨터를 헤집고 있는 사이, 그는 방금 재생한 사람 이야기를 꺼내 되살린다. 나뭇가지에 올라서 자연에게 있는 가을을 소망하는 사람이라, 그러면 가을을 닮을지도 모른다 싶다.

## 2.

어느 날 아침은 이렇게 시작된다.

— 사임을 딱 했으면 좋을 것인데 말이지.

철걱 닫히는 인쇄실문 소리와 버스럭 넘기는 신문지 소리와 거의 동시에 서정국의 부탁으로 인쇄물을 맡겨두고 되돌아 나오는 그의 귀에 털 빠진 수사자 모습을 하고 앉았던 신경필이 벼락같이 일성을 날린 것이다.

— 요새도 사이가 안 좋으세요?

그는 모처럼 구면하고 말문을 튼다.

과거에도 많은 대화는 없었으나 묵은 정이 있으니까 계산 없이 대화에 나선 것이다.

— 사이요?

— 신문은 요즘도 열심히 보시네요.

그는 말을 옆으로 돌린다. 최근에도 누가 그에게 신의 말을 전했다. 바로, 맞다. 이 부장이다.

— 돌아가는 이야기야 신문이 보감이잖아요.

신문의 역할을 신경필이 보편적으로 정의한다. 그러면서 비어 있는 김호웅 자리를 보고 앉으라고 권한다.

— 아닙니다. 인쇄실에 들렀다가.

— 사이야 예전에 벌써 파기했지요. 이런 정부에는 믿을 것이 없어요. 그놈도 그놈이고 저놈도 그놈이고 모두 그래요.

단숨에 물을 끓여 붓는다.

— 파기를 해요?

빠르게 들은 말이지만 느낌이 오는 말이다.

— 정부와 국민 사이에는 믿음이란 게 있는데 말입니다. 그런 믿음이 없어졌다는 말입니다.

얼떨떨해서 그는 입을 열지 못한다.

신경필이 넘겼던 신문을 도로 펼친다.

— 여기 보세요. 이게 뭡니까, 도대체.

펼쳐진 지면에는 전국 노동자 집회가 대대적으로 여의도에서 열린다는 기사이다.

— 이것도 보세요. 이 사설에서는 또 뭐라고 했습니까? 위기의 한국 어디로 가나? 이렇게 크게 제목을 뽑았잖아요? 그 외에도 수만 명의 솥단지 데모에다 여기는 또 뭐랬나. 한미간 작통권 협의 운운하고 있어요. 반세기 동안 자유수호를 잘 해왔는데 그걸 넘겨받아서 어떻게 하겠다는 겁니까? 형님, 아우 먼저 먼저 하면서 어떻게 하겠다는

것입니까. 이념상 대단히 위험한 시기입니다. 앞으로 몇 년간은 특히 긴장해야 돼요. 우경화가 겁나는 나라가 일본인데 비해 좌경화를 경계해야 할 나라가 시방 우리에요. 그 중심에 일본 총리와 우리 대통령이 있어요.

그는 스멀스멀 좀이 쑤시기 시작한다. 온갖 화살들이 집중해서 날아드는 느낌이다. 신경필은 아주 오른쪽이고 상대는 중간 지점에서 벗어난 좌편향이란 시각이 확립된다. 그러기에 거리 맞춰 종주먹을 휘두르는 것이 아닐까 싶다.

— 내가 어북했으면 이 사람이 어느 날 대국민 담화로 긴급히 사임하겠다는 발표를 할지 모른다는 상상까지 했겠어요. 여기저기서 너무 많은 국민들이 아우성치니까 말이지요. 기업은 기업대로 탈한국하지요, 그러니 노동자들은 일자리가 없어 아우성이지요, 나라가 지금 사회 정치 경제적으로 말이 아닌 것입니다. 우리만 태평할 뿐이지요. 여의도 데모도 바로 그런 것 아닙니까? 안 그렇습니까?

— 네.

덩달아서 그는 한쪽으로 쏠린 자신을 발견한다. 좌우측의 중간쯤은 되는 자신이 열풍 같은 신경필의 입김에 반은 얼이 나간 기분이다. 해서 그는 꼼지락 꼼지락 자신을 빼낼 꼼수를 노린다.

산특 교감의 백전노장이라는 얘기와 곽 아무 교감이 야간부 김 선생의 친척이라는 얘기가 지금의 신을 우편향에서 한 숨 돌리게 할 것이라는 계산이다.

— 여기도 보세요. 날마다 신문이 이러니 억장이 무너질 수밖에 없잖아요.

숫제 신경필은 펼쳐둔 지면을 손바닥으로 내려친다.

— 좋은 토론 감사합니다. 따로 할 얘기도 있는데 시간을 한 번 만

들어야겠어요.

— 언제 조용히 만나 이야기합시다.

순순히 신경필이 그의 말에 동조한다. '따로 할 얘기' 가 전교조 사태 관련이라는 것을 눈치로 알아챈 것이다.

— …….

말은 상대방이 했지만 입은 그가 아프다. 그리고 힘도 다 빠졌다. 그래서 그는 목례도 없이 자리를 비켜선다. 큰 수업을 받은 셈이다. 우연히 자리가 엮여서, 한 시간만 같이 있어도 평생 받은 반공교육을 능가할 것이라 싶다.

그는 밖에서 찬 기운으로 한 차례 얼굴을 부빈 후, 세면장에서 다시 한 차례 삽상한 기분을 적신다.

— 뭔 얘기가 그처럼 열렬해?

창문 곁으로 다가오자 이 부장이 추천서를 내보인다.

— 누구요?

— 함 선생.

— …….

— 학습 방법 개선, 경제 교육, 생활지도 등이 있는데 올리기나 해 보려고.

자리에 없는 것을 보면 함동우는 수업 중인 듯하다.

1학기 때도 교육감상 추천을 했으나 다른 부서로 뺏긴 적이 있어 부장으로서 재차 성의를 보이는 것이 아닌가 싶다.

— 한 사람이네?

머뭇거리다가 이 부장이 보탠다.

— 작년에 학생부 있을 때도 생활지도를 깐깐하게 잘 했어.

— 묵은 경력이 새 경력을 압도하나?

이 부장이 헐겁게 웃는다.

— 서류를 위조해 볼까?

— 어떻게?

— 그렇게.

지난 이야기지만 생각해보면 함동우 말처럼 그런 의심도 없지 않다. 아니라면 이런 작은 일까지 누구를 주나마나 하는데 유럽까지 가는 혜택을 일개 무명에게 갖다 넘기겠는가 말이다. 교장으로서야 털어놓을 수 없는 문제도 있겠지만. 또 쉬쉬해서 덮는 것이 상책이고 산특 교감 말대로 '아무 일 없는 것' 이 학교의 속성 내지 미덕일 수도 있으니까.

— 직접 들고 들어가시게요?

— 그래볼까?

이 경우에도 담당은 연구부에 속한다. 연구부에서 지금은 누가 맡았는지 몰라도 전에는 산휴 중인 손규희가 맡았다.

— 본인한테는 말하지 말고 올려나 보지요.

— 그래야겠지? 또 실망할지 모르니까.

자리로 돌아와서 가제트 부장을 기다린다. 그러면서 이 부장은 이런 말을 한다.

— 이제는 이런 교육감상이나 장관상이 필요하지 않지만 옛날에는 점수에 많이 가산됐잖아? 여기에 있던 어떤 여 선생이 하나 있었어. 아는지 몰라. 나갈 때는 국무총리상까지 받아서 나갔어.

— 하미연?

— 맞아. 아네. 그 사람이 또 외국어과잖아. 외국어과에 지혜로운 사람들이 많아. 안목 때문인가?

그가 와서 2년차 3월에 유명한 하미연이 나갔다. 한 해를 더 유임한다는 소문까지 있더니 9년만에 떠난 것이다.

그 동안 하미연은 학교에서 특정 종교 모임을 열심히 이끌었다. 그 이력은 친목도모로 공로를 인정받았다. 그러나 그 모임 때문에 욕도 많이 얻어먹었다.

욕감태기였던 것이다.

— 야간부에서 여러 해 근무했어. 그때 대학원 다녀서 석박사 학위를 다 땄어. 꼬박 6년 걸렸을 거야. 그런 사람인데 어떻게 국무총리상을 받았는지 알 수가 없어. 공적이 이러이러하다 하고서 받았을 거야. 거기에는 야간부 지도도 들어가 있었겠지. 반드시 말이지.

야간부를 누가 모를까? 해서도 알지만 안 해 봐도 뻔한 일이었다. 반 토막을 먹으면서 반나절 일을 한다면 모를 일이었다.

그런데 반나절도 못되는 토막 근무를 하면서 종일 수당을 받는 데가 야간부였다. 그나 이 부장이 이런 논의를 하는 것은 매우 곤혹스런 일이지만.

그래서 야간부는 남는 시간에 특히 낮 동안에는 사방팔방의 일을 다 볼 수가 있었다. 대학원 수학도 그런 틈새라 가능한 것이다.

— 지금은 어딨어? 인문학교인가?

— 모르지. 신경 쓰나.

이 부장은 혀를 끅 찬다. 냄새라면 뭣하지만 아무튼 별난 사람이었다. 유난히 종교에 매달리면서 하는 짓은 종교인과 판이한 얌체짓을 다한 노파였다.

그래도 대학은 꽤 유수한 데를 나왔다고 했다.

— 공부합시다.

그는 큰 소리로 말한다.

빗자루로 쓸 듯 분위기는 다시 잠잠해진다. 신경필의 머리가 끄덕끄덕 움직인다. 아침부터 조는 모양이다. 그는 저 양반과 앞으로 이야기를 한다면 아무래도 공통분모는 '그 학교'에 관한 일이라 싶다. 그들이 함께 뜨거웠던.

아이가 3층에서 뛰어내렸다.

학생회장이었다. 다행이 나뭇가지에 걸려서 땅으로 추락했다. 나뭇가지가 찢어지면서 충격이 대부분 흡수되었다. 동시에 떨어지는 방향도 바뀌었다.

낙하지점 옆에는 성난, 모가 사납게 나 있는 돌멩이가 잔뜩 박혀 있었다. 거기에다 머리를 처박았다면! 하고 생각하면 지금도 등골이 오싹하다.

그때가 전교조 사태의 절정이었다. 모모 고교에서 학생회장이 투신했다는 기사가 전국 신문에 대서특필되었다. 뿐만 아니라 TV에서도 톱으로 장식되었다. 그 뒤로 학교에는 내로라하는 언론사의 취재기자들이 매일 출퇴근을 하면서 상주하다시피 했다.

두 번째 큰 사건은 졸업식장의 깜짝 연출이었다. 빼앗고 빼앗아도 계란과 밀가루는 숨겨져 식장까지 들어왔다. 한창 식이 진행되어 학교장의 '빛나는 오늘의 졸업식을 맞게 된 6백여 명의 졸업생과…' 하는데 계란이 연단 위로 날았다.

퍽, 하고 계란은 뒤에 쳐둔 주름막에 부딪쳤다가 단상으로 떨어졌다. 계란이 회벽으로 바로 부딪치지 않고 주름막을 거쳐 바닥에 떨어지는 바람에 파편은 많이 날지 않았다. 그러자 또 한 개, 또 한 개가 날아서 연단 위로 올라왔다.

교장은 축사를 그치고 자리에 앉았다. 그때 장내에는 누가 있었는가 하면 각 언론사 기자와 학부형과 졸업생과 3학년 담임을 제외한 나머지 교사들이 모두 들어와 있었다.

'던져라. 얘, 던져, 어서!'

나중에 돌아나온 얘기였지만 기자들이 특종을 쓰기 위해서 사진기 가방에다 밀가루와 계란을 숨겨 들어와 그것을 넘겨주고 충동질을 했던 것이다. 그러고는 우 우 연단으로 뛰어올라 터진 계란을 사진기로 찍어 갔다.

그 이후 신문에 나오는 기사의 대부분이 연출에 의한 조작된 상황임을 순진한 교사들은 비로소 알게 되었다.

세 번째는 전교조 교사와 다투던 막강한 실력파인 학교장이 자기 책상에 철퍼덕 드러누운 사건이다. 그때 상황은 그도 집에서 TV를 보다가 처음으로 접했다. 밤늦도록 철수하라 고수하겠다를 놓고 다투던 학교장과 전교조 선생이 마침내 시비가 커져 화분이 깨지고 '나를 죽여라' 하는 몸싸움으로 발전했던 것이다.

그것을 두고 누워서 돈버는 직업은 한 가지밖에 없는 것이 아니라는 아픈 농담까지 나왔다.

그 다음에는 학생 사안인데 한 학생을 퇴학시켜야 할 형편이었다. 여건이 시끄럽던 와중이라 무조건 학교가 부당하다는 관점에서 접근하는 학생과 학부형은 한사코 퇴학을 반대했다. 아마 누차에 걸친 교칙 위반 학생이었던 것 같았다.

그때 학생부장은 육군 소령 출신의 교련과였다. 그 뜨거운 열정을 경험한 학생부장도 머리띠를 두르고 뙤약볕 아래서 운동장을 점거하고 1인 시위를 벌이는 학생에게는 손을 쓸 수 없었다. 학생부장은 학생을 쳐다보고 교감은 학생부장을 쳐다보고 교장은 교감을 쳐다보는 난감한 사정이 연출되었던 것이다.

또 한 가지는 그가 맡은 3학년 학급에서였다. 그렇게 식장에서 어렵게 졸업식을 마치고 아이들은 각자 학급으로 돌아와서 졸업장과 사진첩을 받을 차례였다. 또 상장도 있고 졸업 기념품도 있었다.

그 해 2학기가 시작되면서 전교조 교사들이 전국적으로 해직이란 된서리를 맞아 논고랑에 피 뽑듯이 솎아져 나가는 판국이라 그도 학교의 요청을 받아들여 담임을 대타로 들어갔다. 비록 한 학기였지만 무사히 담임 업무를 수행하게 된 것은 그때까지 멀리서 잘 지켜보아 준 전 담임의 덕분이란 생각이 들었다.

그래서 복도에 와서 지켜보고 있는 전 담임을 교실로 불러 들였다. 감사하다는 뜻도 전하면서 아이들에게 아쉬움이 많을 것이니까 한 말씀 하시라고 권유했다.

그것이 이튿날 신문에는 이렇게 실렸다.

전교조 해직 교사가 졸업식 주재.

서울의 아무 고교 남 모 전교조 해직 교사는 학생들의 요구로 과거 자기 학급에서 졸업식을 주재했다….

놀라운 일이었다. 일면 그런 점도 없지 않으나 확대해서 본다면 큰 파장이 일어날 소지도 있었다. 아닌 게 아니라 그는 그 일에 대한 징계로 향후 3년간 보직은 물론 담임도 제외한다는 규제를 받았다. 그러나 이미 그는 부장은 말할 것도 없고 담임도 극구 사양해 오던 때였다. 그의 두 번째 시집이 나왔을 때가 그 해였다.

그 외에도 당시의 얘기를 한다면 끝이 없다. 경찰에 붙잡혀 가서 이 새끼 저 새끼 하면서 욕을 먹었던 일, 교장이 문교부 장관과 친구라서 쇠갈비에다 근사하게 저녁을 대접받던 일, 아침마다 출근하면 교무실 벽면이 온통 새로 제작된 대자보로 빽빽했던 일, 그리고 그런 현장을 사진으로 찍어서 요긴한 학교사學校史로 남겨둬야 하는데 그렇지 못해 안타까움만 절절했던 일이며, 전쟁은 아니었지만 그에 못지않게 살벌했다.

그 일로 학교에는 반목과 불신의 골이 깊이 패었고 아이는 두 달간 입원을 했다. 진실로 어쩔 뻔했던가. 학교가 두 동강이 날 뻔했으니. 새 흙이 차서 성토가 됐으나 아직도 그 자리가 온전히 평탄치는 않다. 아이는 졸업 후에도 상당 기간 깁스를 풀지 못했다고 했다.

넘어가는 바람이 간지럽다. 잎새들을 쓸어 부치던 아침의 기세가 해가 달면서 한 풀 꺾인 것이다.

어디서 들고 오는지 지난 번 시범학교 보고회 때 활용했던 서류철 담긴 상자를 여러 학생에게 들려서 가제트 부장이 교무실로 들어온다.

이 부장이 둥그레진 눈으로 상자들을 하나하나 헤아린다. 보기에도 어마어마한 숫자라는 것을 눈으로 확인할 수 있는 장면이다. 저것이 전부 점수였다니!

그날 서정국은 점심시간이라야 내려왔다.

— 충성!

충성은 어디에다 충성이겠는가. 물살을 뚫는 연어이듯 아침으로 거슬러 가 거기에다 경례하는 것이지. 그도 같은 동작으로 손날을 이마에다 걸친다.

3.

나날이 움츠려지는 시간이 많아지는 오후이다. 가을은 살펴서 창턱을 넘고 바람을 앞세운 찬 기운이 며칠째 진주해 와 점령군 행세를 하고 있다.

그는 아침에도 보았던 낙엽인, 나뭇잎으로 주위를 꾸민 공주로라도 나가보려 기를 쓴다. 그러나 어스름과 함께 자리를 깔고 앉은 긴 복도의 서늘한 기운 때문에 어깨를 감추고 도로 자리에 들어오기를 세 번째. 창으로 살피면 바깥이 용납할 듯하나 복도 앞에 서면 사정은 달라지고 만다.

한 번은 거기에서 새까만 놈들이 공차기를 하고 있었다. 그들 중에서 하나를 잡기 위해 발걸음을 죽여 다가갔다. 한 놈이 찬 공이 불의에 그의 머리통을 때렸다. 정통이었다. 으악 하면서 그는 손으로 머리를 감쌌다. 동시였다. 악 악 하는 웃음들이 터져 나왔다. 박수소리도 함께 곁들여졌다. 대군을 거느린 바람이 나뭇가지를 흔들었다. 우수수수 우수수수 나뭇잎들이 떨어졌다.

'으카카카. 선생님, 미안해요.'

가까이 있는 놈은 윤창수였다. 찬 놈은 저쪽에 있는 딴 애였다.

'이 자식들이!'

그는 한 손으로 머리통을 움켜쥐고 정신없이 윤창수를 향해서 뛰었다.

'으카카카.'

'으카카카.'

웃음소리에 낙엽은 줄줄이 떨어졌다.

그때 쌓인 낙엽은 모조리 느티나무 잎들이었다. 계절의 진통을 알짜들로 손질해서 한 곳에다 풍성히 모아둔 것 같았다. 그래서 마음은 빠져서 공주로에 나가 있고 걸음은 겨우 복도를 넘어서지 못하고 서성대는 중, 그 풍뎅이가 다시 붕 뜨는가 싶더니 엄청난 가속력으로 그를 향해 돌진해 온다.

— 선생님!

잊을 만하면 보게 되는 얼굴이다.

— 하진아.

그도 맞장단으로 소리친다.

털썩 불덩이가 그의 옷섶에 올라붙는다.

— 저는 선생님 안 보고 싶었어요.

그날 이후 세 번째인 것이다. 만난 지가.

— 그래.

같이 오던 풍뎅이들이 다가온다.

민교와 강주다. 하진이도 즉시 그의 품에서 떨어진다. 겉옷 한 자락이 다 탔지 싶다.

— 너희들은 왜 사진을 한 장밖에 안 주니?

— 언니들이요.

궁색한 변명을 한다. 그러나 선후배가 엄격한 풍토에서는 사실이지 궁색한 변명만은 아닐 것이다.

그때 찍은 사진은 한 장밖에 나오지 않았다. 다시 나머지를 숫자대로 뽑아오라고 이른 지가 오래된 것이다. 바쁜지 정신이 없는지 이유는 있을 것이다.

— 이리로 오너라.

그는 만난 기념으로 찾아온 수고로 아이들을 교무실로 불러들인다. 남들은 이런 그의 태도를 어떤 눈으로 지켜볼지 몰랐다. 그로서도 조심스러운 것은 사실이다. 그러나 어쿠! 하면서도 마냥 싫지마는 않은 것은 '만년 스승이고자' 하는 그에게도 아직 청년이 남았다는 것일까?

— 고맙습니다, 선생님.

아름다운 민교가 말한다. 하진의 둘도 없는 단짝이다. 덧니가 고운 얌전이다.

— 그래.

— 선생님, 고맙습니다.

사진을 찍던 노랭이와 닮은 강주다. 그러나 혈연은 아니라고 했다. 영특하고 재치 있는 소녀이다.

— 그래.

— 고맙습니다. 호 호 호.

하진이다.

— 잘 가.

— 네.

— 안녕히 계세요.

반짝 소동이 그친 교무실은 다시 정적 속으로 빠진다. 컴퓨터 읽는 소리만 가는 숨결에 묻혀 돌아간다. 그는 가랑잎이고 남새잎이고를 그새 졸업했다.

하진들의 방문으로 역마살이 가라앉은 것이다.

서정국이 의자를 밀면서 요전 시간에 교실에 들어갔거든요 한다.

— 응.

— 얘기해도 됩니까?

— 그래. 해라.

그는 화면을 놓고 턱을 돌려서 서정국을 바라본다. 3학년 학급인데 아이들이 5명밖에 없었다고 한다. 취업 때문이라고 그가 잘라 말하자 서도 동감한다.

— 그런데 문제가 뭐냐 하면요.

서정국이 꺼낸 얘기는 다른 데 있다. 알아보니 그 반에는 기능사 자격증을 둘 이상 가진 애가 드물다는 것이다. 그도 그 문제는 일전에 타진한 적이 있었다. 했더니 2개 이상 자격증을 가진 애가 별로 없었다. 3학년인데도 1개가 대부분이던 것이다.

— 어려워.

그가 단정적으로 말했다.

— 뭐가요?

서정국이 그의 말에 튕겨난다.

— 학교 여건이 어렵다고.

— 그래요?

서정국이 들어간 반에서도 5개를 딴 학생이 1명이고 나머지는 공통적으로 1개씩 땄다는 것이다. 그게 '고등학교 필기 면제자 검정' 인데 2부 시험이 없고 실기만 치는 시험이었다. 전자기계반 경우에는 공유압, 생산자동화, 메카트로닉스, 컴퓨터 그래픽스 운용, 전산응용 기계제도Aut CAD, 수치제어선반 등의 기술자격증이 나온다.

— 제 말은 왜 아이들이 그처럼 자격증 이수를 하지 않는가 하는 것이에요. 그것은 관심이 없다는 것입니다. 관심이 없다는 것은 학교에도 제도에도 문제가 있어요. 제도는 그만 두고 학교에서는 마땅히 2, 3개씩은 따도록 해야지요. 안 그래요?

열 사람이 모이면 열 사람이 똑 같은 말을 하는 열 받는 화두이다. 중뿔나게 그도 그 점을 우려했던 바이니 생각하면 앉은뱅이 용쓰기지 그 이상은 아니었다. 그리고 보육기 속 미숙아의 허우적거림일 뿐이었던 것이고.

— 그나마 5개를 딴 아이도 사설 학원에 다녀서 땄다고 해요. 왜 그러냐고 했더니 형님 말대로 학교에는 여건이 안 되어서라는 것입니다.

그럴 수도 있을 것이다. 만물상회라 해도 없는 물건이 있기 마련이니까.

— 다 갖출 수야 있나.

— 기자재는 해마다 들여오잖아요. 그런데도 여건이 안 된다니 무엇을 사들이는 거예요?

어제였고 쉴 참이었다. 조은주가 섬유디자인과랑 자동차과랑 농구경기를 했다고 한다. 섬디과에는 여학생들이 절반이라 선수층이 얇다는 점을 고려해 벌인 시합이라는 것이다. 경기는 예상대로 자동차과가 이겼다고 했다. 문제는 여학생들 앞에서 멋진 드리블과 패스와 슛을 묘기 수준으로 보여주리란 예상이 빗나간데 대해 아이들의 사기가 뚝 떨어졌다는 것이다. 선수만 남고 나머지는 다 돌아갔기 때문이라고 했다.

거기서 나온 논점이 전원이 경기에 임할 수 있도록 종목을 몇 가지로 다양화시켜야 한다는 것이다. 그러면 다수 참여가 가능하다고 했다. 단순한 발상인데도 효과는 만점일 거라는 것이다. 그런데 진정한 효과는 종목을 다양화하는 것만으로 이루어지는 것이 아니라는 의견도 나왔다. 즉 지금 아이들이 좋아하는 종목을 새로이 편입시켜 세분화해야 실효성을 거둔다는 말이었다.

그 이론을 이쪽에다 대입한다면 기존 학과에다 기존 설비를 진일보한 것으로 바꾸는 것만으로는 아이들의 다양한 선택욕을 충족시킬 수 없다는 말일 것이다.

아이들은 이것을 원하는데 학교에는 저것밖에 구비되어 있지 않다는 말이다. 할 수없이 외부로 나가서 실고생들이 자격증을 따오는 믿기지 않는 외도가 벌어지는 것이다.

— 이해가 되세요, 형님은?

— 저쪽 학교에서 보니까 인문고에서도 학원에 다녀서 한두 개씩 자격증을 따와.

— 거 보세요. 그러면 인문고생하고 실고생이 뭐가 차이가 나요? 그것이 문제인 거예요. 기껏해서 공통적으로 따는 2급 기능사 자격증 1개, 그 차이밖에 없어요.

그것이 실업교육의 눈앞이요 코앞이라는 열변이다.

수업을 안 하니까 화가 난 것인가, 학생이 없어서 화가 난 것인가. 뭉뚱그려 그는 수업은 않고 무엇을 한 거야? 이런 토론만 했어? 한다.

지금은 수업이 안 된다고 털어놓는다. 그것은 그도 아는 일이다.

— MP3 듣고 만화책 보고 리니지가 어떻고 전사가 어떻고 게임 얘기들뿐이에요.

— 낼모래가 수능이니까 초조하겠지. 해놓은 공부는 없고.

남은 아이들을 놓고 서와 그는 조금씩 다른 분석을 한다. 아이들이 음악 듣고 딴 짓하는 것은 나름대로 이유가 있다고 그가 재차 설명한다. 몹시 초조한 시기인 것이다.

그 점을 서정국이 모르지 않을 것이다.

— 실업교육의 현상을 잘 파악했어. 다음 교육계획에 반영할게.

어깨를 컴퓨터 앞으로 돌려놓은 서정국이 계속 침묵한다. 자기 무게에 스스로 짓눌린 모습이다.

이런 논리는 어떨까 싶다. 초임 때 그는 한 주간에 수업을 최대한

39시간까지 했다. 그때는 교사들이 외부에 대해 일체 군소리가 없었다. 지금은 수업이 줄어서 창재를 포함해서 14시간이다. 2부 수업은 제외하고. 서정국도 비슷하다. 그보다 주간부 수업은 2, 3시간이 많을 것이다.

그렇다면 방법은 다시 수업으로써 교사들을 꼼짝없이 묶어놓는다면 군소리가 없지 않을까 싶다. 나라에 대해서, 학교에 대해서 말이다.

아서라! 이런 발상이 공론화되고 만일 누가 발의했다는 사실이 알려지게 된다면 그는 혼자 조용한 밤길을 나서지 못할 것이다. 워낙 세상이 면도날 같고 벼룩의 콧잔등 같고 유리알 같아졌기 때문이다.

감히 취소합니다, 취소합니다, 취소합니다.

그는 꺼진 컴퓨터를 툭 쳐서 일으키며 잠시나마 신둥부러졌던 생각도 날려 버린다.

4.

이틀 후, 밖을 향해 등을 펼치고 선 서정국이 이번에는 혼자 부글댄다.

— 10층에서 떨어지는 사람이 떨어지면서 나는 괜찮아 나는 아직 괜찮아 한다더니.

— 누가?

서정국은 아무런 대꾸도 없이 자리로 돌아와서 앉는다. 그러고는 열린 컴퓨터를 닫는다.

— 집에 안 가세요?

— 가자고?

— 내일 출근 않을 겁니까?

— 봉급날은 일찍 가는 거야?

— 그런 것도 있지요.

책상을 정리하고 갖다 놓은 우산을 챙긴다.

— 갈치나 한 마리 사들고 가. 사랑받을 거야.

— 비리진 것은 안 먹데요. 족발이나 돼지껍데기 같은 것을 좋아하지.

— 독특하네.

— 장모님이 첫아이 때부터 모유 수유를 시키면서 족발을 사들고 오셨는데 그 이후로 잘 먹어요.

— 그래서 좋아하는구나.

내일 뵙겠습니다 하고 서정국이 우산을 들고 자리를 벗어난다.

— 뭘 보고 하는 말이야?

그는 고개를 내민다. 주차된 차량들이 잇대선 사이로 낙화된 금편들이 흐드러지게 깔려 있다.

— 방금 서정국이 무슨 말을 한 겁니까?

— 방금?

— 10층이 어떻고 하데?

— 으응.

그도 느낌이 조금은 온다.

— 우리 주임이 근심이 많네.

— 왜요? 무슨 일 있었어요?

— 낮에 밖에 나갔다가 두 사람을 본 모양이야. 아이들이 낄낄거려서 돌아보니 무슨 레스토랑에 앉았더래. 창가에 버젓이 말이지. 밥 먹는다고 아이들이 웃었겠느냐는 거지. 그리고 그처럼 붙어 다니는

사이면 어디를 같이 안 다니겠느냐는 거야. 조용히 지내다가 눌러 있는 게 낫지 가면 딱지 안 붙느냐는 거지. 욕은 배가 안 부르니 쯧쯧.

— 외고 펴는구만.

흠 흠 콧소리를 내며 이 부장은 유리판 밑의 전화번호를 찾는다.

— 갔나 있나 어디 보자.

그는 받은 전자우편을 덮는다.

— 어디서?

어투로 보아 귓전에 한 사람이 나타난 모양이다.

— 여기 학교지. 지금 출발하려고.

그도 컴퓨터를 닫는다.

— 돌려, 이쪽으로. 할 말이 있응께.

할 말이 있다면? 하고 그는 통화 중인 상대를 좇는다.

— 전철을 돌리라고. 금방이겠네 뭐. 언제 빨리 나갔어요?

알겠다. 둘 중에 하나일 것 같다.

— 빨리 돌아오시오. 가을 전어가 생물로 좋은 집이 있어요.

황, 하고 그는 낙점한다.

— 아, 벌써 왔겠다. 할 이야기가 있다니께?

— ……?

— 오케이.

별별 말들이 나온다 싶다. 몇 개 국어에 몇 개 사투리까지 뒤범벅이다.

— 누구요?

그는 외투를 들고 가방을 걸친다.

— 쩌기 산신령.

이 부장이 실내화를 벗는다.

황 영감이던 것이다.

— 왜?

— 같이 가요.

그 때문에 오늘 일정이 어떠냐고 물었던 것인가 싶다.

— 난 선약이 있는데!

— 알아. 내가 낮에 약속했잖아.

구두를 손가락을 넣어서 꿴 뒤에 컴퓨터를 지운다.

— 같이 나간다고?

— 중요한 자리야.

지향도 모른 채 그는 가마 속 갑분이처럼 이 부장과 같이 교정을 나선다. 교정에는 팔딱팔딱하는 아이들이 하교를 서둔다. 그는 좌우를 살핀다. 어디선가 떼보살들이 나타날 것 같은 느낌이 좌우를 긴장케 하는 것이다.

놀랍게도 황 영감은 수위실 앞에 서 있다. 전번 같이 수위장처럼 서 있는 것이다.

— 언제 왔어?

— 무슨 일이야? 명동에서 전철을 돌렸잖아.

그럴 리는 없다. 거리나 시간상으로는 연계 버스나 전철역 근처에서 전화를 받은 것이다.

— 잘 했어. 오늘은 내가 살게. 술 한 잔 하자고.

— 누구 생일이야? 요새도 어린애들처럼 생일땜을 하나?

오히려 그가 서먹하지 두 사람은 그런 사이가 아닌 것 같은데 여전히 모르는 척 얼렁뚱땅 한다.

— 가보면 알아요.

— 가보면 알아?

그러나 그들은 전어집 앞에서 걸음을 멈춘다. 여태 문을 열지 않은 것이다.

— 옛날에 말이지. 서강 고등학교에 있을 때인데 그때도 지금처럼 일찍 학교를 마치고 그 집을 가지. 그러면 주모가 냅다 욕을 퍼부어. 햇구녕도 안 막혔는데 술이나 처먹으러 다닌다고. 전에도 한 번 얘기했지?

— 한 번이 아니라 오백 번은 들었네.

황 영감이 퉁바리를 준다.

— 젊은 여자인데 몸이 부했지. 우리랑 나이가 비슷한 것 같았는데 그 욕설이 왜 그렇게 시원한지 몰랐어.

시장통을 절반 헤맸지만 그들은 그때까지도 장소를 결정하지 못한다.

— 어떠냐? 이 집도 괜찮던데?

자그마한 움집처럼 생긴 도가니탕집이다. 입구는 낮고 좁아도 보기보다 내부는 넓다.

— 도가니가 관절에도 좋아.

이 부장이 다음 차림표를 펼친다.

— 그래?

관절이라면 황 영감도 약하다. 황 영감은 1학기 때 관절 때문에 비 오는 날을 몇 번인가 알아 맞혔다.

뽀얀 살결이 일흔 노파답지 않게 주모는 얼굴이 깨끗하다.

그것도 물어보지는 않았으나 그들은 관절에 좋은 도가니뼈 때문이라고 믿는다.

— 오랜만이에요.

— 네.

— 장사가 잘 되십니까?

— 안 돼요. 얼마나 답답하면 우리 영감이 냄비 들고 여의도에 갔겠어요.

신경필이 떠들던 수만 개 솥단지 중에는 이 집도 진원지의 하나인 것이다.

— 그때 여의도에 나간 사람들 전부 잡아간다고 하던데? 우리 아들이 명동에서 음식점을 하는데 며칠 전부터 문을 닫고 피신을 갔는데.

— 그래요?

할머니가 놀란 눈으로 황 영감을 쳐다본다. 물잔을 올려놓는 손이 달 달 달 떨리는 모습이다.

— 아닙니다. 이 영감탱구는 평생 남 골려 먹고 사는 사람이니까 정 반대로 들으시면 됩니다.

그가 할머니의 겁먹은 얼굴을 감안해서 충분히 안심할 수 있을 만큼 위로를 한다. 그러자 할머니의 표정이 거짓말처럼 풀린다.

— 놀랬지요?

— 아닙니다. 호 호 호.

도가니가 두 번째 덥혀질 즈음에야 황 영감이 이런 진술을 한다. 내장된 깊은 목소리다.

— 나는 살면서 말이지. 지금까지 남을 공격해서 딱 한 번 속 시원했던 적이 있어. 두 사람도 알 거야. 무슨 말이냐 하면 작년에 어느 여선생을 호되게 닦아세운 일이야. 생각 안 나? 다른 학교로 간 모 여교사가 참석했을 때인데.

— 글쎄요?

두 사람은 동시에 머리를 내젓는다.

남의 일상사까지 그들이 다 기억할 수는 없다. 있다고 하더라도 쉬이 생각나지 않는 것이 상정이다.

— 그냥 얘기를 들어봐. 그래서 일부러 찾아온 이 여선생을 내가 괘씸해서 야단을 쳤어. 도화선은 다른 데 있었어. 내가 쓴 수필이 전에 알던 잡지사에서 요청이 있어 발표가 됐지. 떠나고 나서 나만 그네 학교에 가보지 못했잖아. 그런 일도 있고 해서 수필이 발표된 잡지를 보내주었지. 편지도 한 구절 써서 말이지. 그런데 인사를 어디로 했느냐 하면 그때 가까웠던 어떤 남선생이 있었는데 그쪽으로 내가 책을 보내줬다고 고맙다고 그렇게 인사를 돌려보낸 거야. 이게 얼마나 웃기는 일이야. 내가 바보가 된 기분이더라구. 벼르고 있던 차에 긁어 부었어. 아, 그때 당신들은 나와 대각선으로 저쪽 구석에 앉았던 것 같아. 걔가 누구냐 하면 은사의 딸이라고 했잖아. 실은 딸은 아니고 대학 때 교육원리教育原理를 가르친 교수의 조카야. 그런 인연도 있고 해서 각별히 위해줬지. '눈높이 교육' 을 그 분한테 배웠는데, 다 배웠지? 눈높이 교육. 사람이 경우가 있어야지 말이야. 안 그래? 그렇게 혼을 내고나니 속이 후련해. 그 일은 지금도 후회 안 해. 아마 눈물이 쏙 빠졌을 거야. 그런데 또 한 가지 문제가 있어.

안주보다 술을 선호하는 영감이라 잔부터 바닥을 본다.

— 천천히 드셔. 바닷물이 쉬지 않으니까.

술잔을 일부러 이 부장에게로 돌린다.

— 요즘 내가 새로운 과제를 한 가지 얻었어. 그것을 송 영감은 공연한 걱정이라며 팽개치라 하데.

빈 잔이 그에게로 돌아온다. 그는 가득하게 차는 소주잔을 기분 좋게 바라본다.

— 무슨 말인가 하면 또 현다영 얘긴데, 그것은 쓸데없이 집적댄 것

이니까 자발적으로 신경 끄라더라고. 자기 생각에는 너무 깊이 간여하면 안 좋다는 것이야. 간여가 아니고 이것은 교육적인 차원에서 접근하려는 것이지 다른 뜻은 없다고 했지. 같은 선생이라도 다 선생이 아니잖아? 그들은 모든 면에서 미숙한 데가 많은 신출들이야. 안 그래? 그런 차원에서 하는 얘기지. 이번에도 내 판단이 딱 맞아떨어졌으면 해서 말이지.

— 희망 사항일 뿐 보장은 없잖아.

애천愛泉 분수에 동전 던지듯이 이 부장이 막연하게 더듬는다.

— 좌우간 내가 그 여선생을 호되게 나무란 것은 내 교직 생활 가운데 유일한 사건이야. 그렇게 나는 상대를 판단해서 일방적으로 호통친 적은 없었거든?

사소한 일을 가지고 침을 묻히네 싶다. 그런 생각인지 어떤지는 모르나 이 부장도 듣는 척만 한다.

— 이것은 또 다른 얘긴데 내가 오늘 이 생각을 하면서 퍽 우울했어.

그는 황 영감이 이 부장으로부터 받은 술잔을 다시 단번에 홀짝 넘기는 것을 유심히 쳐다본다. 그에게는 윤곽이 안 잡히는 술자리로 인식되는 까닭에 다소 멍청할 수밖에 없다.

— 아줌마, 여기 배추김치 좀 더 줘요.

모처럼 황 영감은 오들오들한 안주를 한 점 집는다.

— 장도 좀 더 주시구요.

— 어릴 때 우리 딸들이 열심히 잘 불렀던 노래가 있어. 이 노래가 생각나면 나는 우리 세 딸이 생각나. 그리고 어렸을 때 딸들이 생각되면 그 노래가 생각이 돼. 무슨 노랜가 하면, 금세 눈물이 나려고 하네. 눈물 없이 이야기하려고 하는데 말이지.

황 영감의 눈시울이 벌겋다. 정말 술 때문이 아니라 감정이 격해지는 모양이다.

— 오늘 따라서 별스럽네. 자, 술이나 한 잔 받아요.

그가 분위기를 흩뜨리면서 술잔을 내민다.

— 다 알겠지만 이런 동요가 있었지.

산중호걸이라 하는 호랑님의 생일날이 되어
각색 짐승 공원에 모여 무도회가 열렸네
토끼는 춤추고 여우는 바이올린
짠짠 찌가찌가찐짠 찐짠찐짠 하더라
그 중에 한 놈이 잘난 체하면서
까불 까불까불까불 까불까불 하더라

— 아, 있지. 그런 노래 우리 애들도 많이 불렀어.

— 그래?

— 그런데 세 놈이서 합창도 하고 혼자도 하고 했는데 몸짓까지 곁들여서 참 잘 불렀어. 그 애들이 둘은 미국에서 살고 하나는 구미에서 살아. 저희 식구들 데리고 말이지. 나는 지금 사궁四窮 중 하나에 처해 있어. 환과고독의 독獨인 셈이지.

말이 엄청나게 무겁다.

영감이 왜 이런 쪽으로 이야기를 흘리는가 싶다.

— 아이들이 자라면 집집이 다 그렇지 않나.

이 부장이 오랜만에 잔을 비운다.

— 그런데 나는 그 아이들 시절이 자식을 얻은 부모로서 가장 좋았던 황금시간대였음을 이제 깨닫는 거야. 그래서 인생이 뭐 이래 싶어. 손에다가 쇠붙이를 한 주먹 쥐어주고 아무 얘기도 해 주지 않다가 오랜 시간이 지난 후에야 전에 네가 가지고 있었던 것이 귀중한 보

물이야 하고 귀띔해 주는 식이야. 안 그래? 그때 안대를 눈에서 벗겨 주던지 안대가 덮였으면 저게 뭣이다라고 가르쳐 주던지 해야 할 것이 아닌가 말이지.

다시 영감은 홀짝하고 잔을 단번에 삼킨다. 빈 병이 세 병째 옆으로 쌓인다.

— 아줌마, 여기 소주 한 병 더요. 그리고 이것도 좀 덥혀 주실래요? 기왕이면 국물도 더 주시구요.

— 밑천 없이 장사하는 사람이 있나? 뭘 자꾸 더 더 하나.

황 영감이 기분을 돌려 분수를 가린다.

— 괜찮아요. 손님도 없는데.

아줌마는 그래도 표정이 푸근하다. 경륜이 그렇게 가르치는 것일 것이다.

— 요즘에는 뭘 생각하세요?

— 요즘에? 생각하는 게 없어. 그냥 사는 거지.

— …….

이 부장이 요모조모 황 영감의 얼굴을 뜯어보는가 싶더니 한 마디 걸친다.

— 오늘 아침에 집에서 하는 말이 이 달에는 보전 수당인가 뭔가 있다는데 돈이 좀 많겠네 한단 말이에요. 그래서 내가 가봐야 알지 했어요. 그러고 나오는데 형님 생각이 났어요. 아, 이제 석 달밖에 안 남았구나 하고 말이에요.

— 그래서 파발을 친 거야?

그는 속으로 벌컥 웃는다. 새끼줄 준비하라는 말에 정말 죽으면, 하던 말이 떠오른 것이다.

— 아침에 얘기를 한다는 것이 깜빡 했어요. 요즘 와서 울적하지 않

을까 생각했는데.

그런 자상함이 있었구나 하고 그는 이 부장을 보고 고개를 끄덕인다.

— 울적했지. 그래서 슬며시 빠져 나간 거야. 어디 가서 술이나 한 잔 할까 하고 말이지.

— 거 봐요. 내가 선견지명이 있잖아. 안 그래요?

영감을 보고 이 부장이 손바닥을 펼친다. 역주를 마치고 들어온 사람들처럼 손바닥을 마주친다.

— 관심貫心이 있어. 마음까지 뚫어보는 경지에 올랐어.

새로 안주가 덥혀져 나온다. 국물도 따끈하게 덥혀져 배추김치와 같이 겸해진다.

— 고맙습니다, 아줌마.

그러고 보니 손님은 눈을 씻고 봐도 나타나지 않는다. 그만큼 불경기란 말이 실감이 난다.

때문에 모씨가 입에 거품을 물더니 상황은 나와 보면 더욱 고달프다 싶다.

— 요새는 생각한다는 것이 있나, 없지. 몇 달 후면 환경이 달라진다는 것. 그리고 앞으로 20년이 한 덩어리로 뭉쳐 있다는 것, 그것밖에 없어.

— 20년인데 왜 한 덩어리로 뭉쳐 있어요?

— 지금처럼 세분화 규칙화 될 수 없잖아. 월요일엔 월요일 출근을 하고 화요일엔 화요일 출근을 하는 일이 없으니까. 눈 뜨면 그 시간이 눈 뜨는 시간이고 잠자면 그 시간이 잠자는 시간이지. 누구 말처럼 30년 후에 백운대에서 아흔넷 하고 대답하면, 윽! 하는 소리를 듣겠다는 설계가 있나. 산을 내려갈 때처럼 이제부터는 어려운 길이야.

젊었을 때는 무조건 힘만 쏟아 부으면 되었지만 정반대거든, 내려갈 때는.

어느 시점에선가 그런 점이 고려되어 쿠웨이트도 발상되었을 것이다. 그러나 실현되기까지는 난관도 적지 않을 것이다. 쿠웨이트가 아니고 우즈베키스탄이라든가.

— 그렇군요.

— 오늘 이 부장이 내 마음을 잘 읽었는데 그것은 참 고마워. 그래서 흥분해서 밑도 끝도 없어. 할 이야기는 참 많지만 우리가 모여서 공감할 수 있는 내용은 아까 말한 그 정도야. 아이들 얘기, 그것은 인생으로서 너무 아쉬운 대목이고 또 여선생 얘기는 도리에 관한 것인데 반면교사로 나도 얼마나 엉터리 같은 수작을 부렸을까 하는 반성도 없지 않지. 그리고 앞으로의 생각에 대해서는 방금 말한 그대로야. 궤도대로 앉은 대로 가는 거야. 이대로라면 조절이 어려워. 모든 것을 다 바꿔야 하니까. 생활습관부터 모든 걸 말이지. 그러니까 지금처럼 살면서는 안 되지. 인연도 끊고 말이지. 사람 인연 음식 인연 많잖아.

— 이런 어른이 더 무섭다. 갑시다. '삼포' 나 한 번 가봅시다. 그 여자 주인공 이름이 백화야.

이 부장이 병목을 겨우 내려선 술병을 보면서 자리를 차고 일어선다. 그런 연유로 이 자리가 급조되었구나 싶다. 그는 오감 중에 이럴 때는 매우 중요한 부분이 빠진 느낌이다.

— 왜! 가려고?

미련 없이 그도 이 부장을 따라 두 번째로 일어선다. 결국 세 사람은 햇구멍이 사부자기 막히는 찰나에 도가니탕 집을 나온다.

그 집은 들어올 때처럼 나갈 때도 앞을 보고 고개를 숙여야 한다.

안 그러면 이마에 불똥이 튀니까.

5.

커피잔을 손에 쥔 송 영감이 나타난 것은 다음 날 2교시 쉴 참이다.

— 어제 잘들 모였어?

커피는 1교무실의 송 양에게 접대를 받은 것 같다. 막내딸이라 부르면서 스스로 우쭐대는 처지니까. 실은 유치원 학부모인데도 싹싹하기 배맛이라 사람들은 주저 없이 송 양, 송 양하고 부른다. 언젠가는 고쳐야 할 호칭이나 마땅한 이름이 지금으로써는 없는 것이다.

— 다들 반성이 깊었어?

— 무슨 반성?

그는 인상 깊었던 호랑이 잔치 노래를 일러줄까 하다가 어물거리고 만다.

— 한 사람 성토했어?

— 앞으로 몇 번 더 모이면 용미리행 버스를 탈까를 얘기했지.

— 그러니 착하게들 살라고!

요령껏 커피잔을 옆으로 빼들면서 그의 어깨를 툭 친다. 그러고는 손님이야 하면서 도로 휴게실을 통해 가 버린다.

손님은 하진이들이다.

— 선생님. 필름을요, 못 찾겠대요. 언니들이 선생님 한 번 더 오시라고 해요.

— 나를?

입가에 자르르 흐르는 미소가 하진의 특징일지도 모르겠다. 그때마다 미세한 보조개가 숨었다 났다 한다.

— 제 동생이 그제 친 불어시험 또 100점 받았어요. 지난번에도 100점 받았거든요.

김호웅 쪽으로 고개를 넘기면서 함께 온 민교가 쏘삭거린다.

— 저도 작년에 불어 100점 받았어요. 2학기에요.

— 그래?

그는 서랍을 연다. 그러나 나눠줄 사랑이 없다. 대신 더 잘해, 내년이면 3학년이야 한다.

— 고맙습니다.

— 안녕히 계세요.

아이들이 자리를 뜨는 것과 무섭게 서정국이 그를 돌아본다.

— 재들이 형님 여친들인가요?

— 뭐라고?

— 그러지 말아요. 소문이 났어요. 일부 사람들은 형님을 보고 뭐라던데요.

점점 이야기가 이상해진다.

— 뭘 말이냐?

— 아이들을 마구 껴안는다고요.

— 누가? 내가?

— 네.

— 언제?

— 몇 사람이 봤대요. 위에서도 봤다지요?

— 그거 말이 되네.

— 저도 봤구요.

그러면서 서정국이 자리를 차고 일어선다.

— 요새는 형님, 박수 안 치세요?

손짓이 범상치가 않다.

— 나가자고?

— 네.

무슨 말이 떠돌아서 구설수가 된 것인가 싶다. 댓바람에 서정국은 가죽나무 밑으로 해서 체육관을 돈다. 안 보았더니 옹벽만 양생시켰던 계단이 역시 금줄을 쳐서 출입을 막고 있다. 사흘에 피죽 한 그릇도 안 먹고 하는 일처럼 느리기 그지없다.

— 이 사람들 이제는 어디서 학교를 파헤치나.

서정국이 체육관과 목공실 건물 사이에서 담배를 꺼낸다.

— 내년 봄쯤 운동장 공사를 한답니다.

— 운동장은 왜?

— 투스콘으로 트랙 공사를 하려나 봐요.

그러면 떡고물 소리가 또 날 것 같다. 정곡을 찔렀다 싶은 그 말은 공사판마다 따라다니는 윗사람들에게는 매우 불편한 족쇄이다. 왜 멀쩡한 운동장을 파헤치는가 싶다. 거기에 모종의 혐의를 두는 것이 일반의 시각이다.

저쪽 학교에서는 중앙 현관문을 회전문으로 교체했다. 회전문이란 일부 관공서나 일반 빌딩에다 설치하는 것이 보통이었다. 화재라도 난다면 쏟아져 나올 각층의 학생들을 어떻게 감당하려고 무사한 출입문을 부수고 스테인레스로 뱅글뱅글 도는 불편한 출입문을 설치했을까? 그런 것이 바로 떡고물 떨어지는 공사였던 것이다. 그것 외에는 모르는 것이니까 말할 수가 없다.

— 왜 잘 있는 운동장을 파헤쳐?

그는 널따란 운동장이 그 자체로 좋다고 생각한다. 왜냐하면 그나마도 눈에 익고 흙냄새가 풋풋하기 때문이다.

— 비온 뒤에 조정부들이 준비 운동을 하거나 주민들이 아침운동을 하면 발바닥에 흙이 묻는대요.

— 그래? 아닐 텐데? 조정부는 한강 연습장에서 주로 사는데?

좌우간…. 그는 서정국이 급하게 한 모금 빨아들이는 담배를 그윽한 눈길로 쳐다본다.

— 무슨 얘기를 들었어? 누가 뭐라고 해?

— 그게 아니고 형님.

그는 다시 서정국이 길게 한 모금 빠는 것을 지켜본다.

— 작년에 형님, 중국에 갔을 때 무슨 일 있었어요? 혹시 왕따 당했어요?

아이구야 싶다. 드디어 곪은 데를 찌른다 싶다. 지난 해 얘긴데도 정확하다.

그리고 한 영내이면서도 그 얘기가 돌아 나오는 데는 그만한 시간이 걸리누나 싶다.

— 누가 뭐라고 하는데?

— 긴장하지 마세요? 너무 긴장해서 듣는 것 같아요.

— 이 사람아, 지금 사람을 긴장시키고 있잖아. 내가 흡사 구석지에 몰린 기분이야.

그는 서정국을 주먹으로 푹 내지른다. 살이 뭉클하게 어깨를 감싸고 있다.

— 그게 아니라 근자에 어디서 형님 사진을 봤어요. 형님 사진이 아니고 그 사람 사진을 봤지요. 거기 함께 찍은 사진이 있던데 그걸 보고 하는 말입니다. 별일은 아니고요.

미적거린다? 하고 그는 서정국의 속도 조절 의도를 더듬는다.

— 누구냐고 하면 안 가르쳐 주겠지?

— 일반 사진이었어요. 그런데 내가 형님 이야기를 평소에 본 대로 재미있는 분이다. 재밌는 일 한 판 안 벌였느냐 하고 캐물었지요. 그랬더니 자연스럽게 이야기를 했어요. 그때 있었던 로맨스라야 되나 해프닝이라야 되나.

서정국이 웃는 바람에 그도 덩달아서 웃는다.

— 제 말이 맞지요? 제가 재미있게 물은 것이지요?

— 맞아. 그것은 네 말대로 해프닝이었어.

그 순간의 일을 지금으로서는 이러쿵저러쿵 하고 싶지 않다. 늘 그랬듯 그는 자기 감정에 어느 정도 치우친 삶을 살아와서 그 자체를 부인하거나 또는 대단한 것처럼 덧씌우거나 하고 싶지 않은 것이다. 그러나 일이 외부로 번져나가고 있어 덮어둘 필요는 있을 것 같다. 꼭 덮는다기보다는 불필요한 오해는 가리는 선에서 울타리쯤은 쳐야 할 것이라 싶다.

— 그때 중국인 일행 중에 깡마른 여교사가 한 분 있었어. 우리 학교에도 왔어. 나는 그 여교사가 마치 우리 시골의 소꿉친구를 보는 것 같았어. 꼭 그랬어. 초면인데도 낯선 느낌이 들지 않았어. 그래서 자연히 끌렸던 것 같아. 여기서 며칠을 보냈지만 이곳에서는 별 접촉이 없었어. 서너 차례 만나기는 했지. 그뿐이야. 그것도 합동으로 만나는 자리였지. 중국에서는 나흘간이야. 첫날 돌발 사고가 일어났어. 내가 술이 과했던 거지. 그 결과 그 여 교사를 어깨동무해서 사진을 찍었지. 그 대목을 일방적으로 혹평한다면 껴안고 사진을 찍었다고 할 수도 있어. 그러나 껴안았다기보다는 어깨동무를 했다는 말이 옳아. 왜냐하면 그 장소가 그녀의 집이었고 주위에는 사람들이 화등잔 같은 눈을 하고 지켜보고 있었던 까닭이지. 그녀 부모도 같이 있었고. 바로 그 장면이야. 그게 지금 말하는 해프닝이지. 어때? 상상이

안 돼? 그 장면이 어땠을 것 같아?

— 되네요, 충분히.

— 얼버무리지 말고 이야기해 봐. 어땠을 것 같아? 해프닝이야 아니면 내가 추태를 부린 거야?

— 아니지요. 그 정도는 충분히 양해될 것 같은데요.

— 충분히 양해된다고 했어?

— 네.

— 그 말은 현지에서 내가 한방지기에게 물어서 들은 말이기도 해.

— 누구요?

— 아무튼. 그 사람도 그렇게 말하데. 그걸 가지고 뭘 그러냐고. 신경 쓰느냐고 했어.

— 그래요?

— 이야기는 엎어놓고 할 수도 있고 뒤집어서도 할 수가 있어. 입맛대로 하다 보면 전혀 딴 애기가 될 수도 있지.

— 그랬군요. 나는 단지 사진이 있기에 웃을 일 많았겠다 했지요. 그랬더니 형님 말이 주제가 된 것이지요. 그리고 또 있지요? 이번에 동창회보에 실린 그 시 말입니다. 그건 도대체 누구에요? 사람들이 시를 안 읽는가 싶은데, 아니면 시를 몰라서 그런가. 거기에 못지않은 화제꺼리가 숨어있을 것 같았는데요.

거지반 타들어 간 꽁초를 서정국은 발끝에다 놓고 모지락스럽게 부빈다.

— 이 봐! 뭘 자꾸 캐내려고 해. 그만 얘기해. 치부가 자꾸 드러나니까.

그는 오래간 만에 박수를 툭 툭 친다.

알알하게 전달되는 손바닥의 아픔이 오히려 시원하다.

— 제 생각에는 거기에도 그 여자 분이 등장하지 않나 싶은데 어떻습니까. 제 말이 맞습니까?

— 치우라니까! 틀렸어.

그는 이어서 세 차례나 박수를 더 보탠다. 들여다본 손바닥의 손금이 묻힐 만큼 혈색이 붉다.

— 이걸 하면 어디가 좋다구요?

— 탤런트 이름이 전운혁이야. 그 사람은 돈 주고 따로 하는 운동이 없대. 이것을 하루에 몇 차례씩 한다는 거야. 그러면 수지침 효과를 본다는 거지. 혈액순환이라든지 장기의 기능이라든지. 전에도 말한 것 같은데.

— 그래요?

— 나는 이 정도면 내 체력으로는 충분한 단련이 안 될까 싶어. 그런데 자신할 수 없는 것이 지난번에 받은 직장 건강검진 있었잖아.

— 그때는 모두 엉터리라고 했어요.

— 그 얘기는 나도 했는데 거기서는 혈압이 무려, 놀라지 마라. 180에서 마이너스 12야.

— 그럼, 얼마라는 말입니까? 168?

— 높지?

— 15에서 20정도로 대부분 높게 나왔대요.

— 그렇기는 한데 좌우간 이 놈 혈압과의 밀고 당기기 중인데 내가 지네. 밤에는 술도 깨작깨작 자주 마시고 말이지.

— 끊으세요. 아니 조금씩 줄이세요.

— 그래야겠는데 말이지.

그들은 오던 길로 되돌아서 나온다.

서정국이 다시는 이렇거니 저렇거니 따지지 않는다. 그러더니 화장실로 들어가면서 그에 한 마디 던진다.

— 그러니 내 추측이 맞네요.

— 뭐가 맞아.

그도 덩달아서 앞춤을 거머쥔다.

— 형님은 로맨티스트라는 생각.

— 아까는 그 말이 아니었잖아.

치룩치룩하고 오줌 끝이 줄지어 머리를 박는다.

— 아까는 그 아이들과 사랑이 새로 엮어지는 줄로 알았지요. 그런데 형님.

큰 몸짓으로 오줌을 털며 서정국이 그를 돌아본다.

— 정말로 그 아이들과 어떤 사이에요? 몇 사람이 그 장면을 본 모양이에요. '시인은 람보' 라느니 하대요. 다른 사설은 없었구요. 나도 봤잖습니까.

— 내 딸이야. 늦게 얻은 딸 말이야.

— 그래요?

그도 오줌을 두 번 흔들어서 턴다. 집어넣고 남대문이라고 아이들에게 놀림도 당했던 지퍼를 끌어 올린다.

— 사제지간이지 무슨 딴 말이 필요한가?

— …….

그 말에는 까탈이 없다. 그는 서정국의 등을 보고 따라간다. 그러나 서정국은 비뚜로 인쇄실로 향한다.

막말로 대문을 열어준다고 해서 들어가겠어? 막말로 비몽사몽이라고 해도 말이지. 안 그래? 그게 누구네 집인데. 딸네 집 아닌가.

이런 그의 이심以心에 서정국의 이심異心이 돌아온다. 나뭇잎이 하늘거릴 때의 그 파장 같다.

에이, 형님도 다 아시면서. 얼럴럴루 얼럴럴루.
서정국은 인쇄실문을 열고 인쇄실 안으로 몸을 감춘다.

6.

수업은 시작되고.

— 오늘은 두 페이지만 때린다.

정상적인 상황이라면 야! 하는 환호성이 터져야 한다. 그런데 조용하다. 그는 수업이 시큰둥한 것이라고 생각한다.

그런데 이놈들이 전적으로 수업을 하지 않겠다고 하면 빠샤! 빠샤! 하며 나뒹굴 것인가 싶다. 그건 그럴 것이다. 하거나 말거나 그는 수업을 밀고 나간다.

이 단원은 일찍부터 학년말 고사에 나온다고 선언했기 때문이다. 그러니 긴장할 수도 있다. 그리고 오늘 시간 앞에서도 그 얘기를 하고 또 했다. 꼭 기억하라는 뜻이었다.

그런데 시간은 의외로 한 면을 더 할 만큼 여유가 있다. 안 해도 되겠지만 그는 너무 아이들을 수업과 격리시킨다면 안 된다는 생각 때문에 이를 악문다.

결국 세 번째 쪽으로 넘어간다. 어느 경우라면 야단이 났을 것이다. 그러지 않지 않았느냐고. 즉 여기는 하지 않기로 했지 않느냐고. 그러나 아이들은 꿈쩍도 하지 않는다. 마치 그가 처음에 해당 분량을 정해서 발표했을 때와 똑 같이 분위기가 아주 조용하다. 그러니까 일체 반응이 없는 것이다. 야, 참이다. 참 참.

수업 중에.

종전대로 미리 복도로 나가는 다섯 놈은 그가 속내를 알고 있다.

— 야, 교실로 들어와.

판돈이 커지면 안 된다. 가끔씩 순시를 하는 교감이 볼 수도 있다. 그러면 지도 불찰을 지적당해야 한다. 그것은 수업 중에 일어난 비행이니 꼼짝없이 불찰을 인정해야 하는 것이다.

— 너는 자리에 들어가라.

김경우는 지난번 직업학교 기능경기대회에서 당당하게 금상을 받았다. 행운도 따랐겠지만 2학년이 동상을 받은 것을 본다면 경우의 실력은 놀라울 정도인 것이다.

— 감사합니다.

멋도 모르고 아이들이 밖으로 나가니까 껴묻힌 것이다. 그의 불문율이라면 교과서를 가지고 오지 않은 학생만 밖으로 나가는 것이다. 그 결과는 선언한 바와 같이 수행평가 점수에서 매회 1점씩 깎는 것이다.

그럼에도 구애받지 않는 아이들은 속셈이 뻔하다. 점수와 무관하니 저희끼리 놀든지 말든지 하고 싶은 짓이나 하겠다는 뜻이다.

— 나머지는 여기서 벽을 보고 꿇어 앉아.

꿇어앉지 않아도 되지만 긴장을 시키기 위해 그는 강화된 벌칙을 준다.

— ……!

그런데 출입문 앞에 모인 4명이 무릎을 꿇거니 말거니 한다. 그는 그 자체에 대해서는 더 이상 말하지 않는다. 그러고는 하던 대로 수업을 진행한다. 한데 수업중인 아이들과 계속 수신호를 하면서 장난치는 일이 벌어진다. 누가 더 책임이 크냐를 따지기 전에 일단 그는 주모자를 지적한다.

— 재록! 너는 문을 열고 열린 문에다 얼굴을 대고 있어라.

문이 한 뼘 정도 열린다. 거기에다 오성인가 한음인가가 상대의 아내에게 가한 장난처럼 재록에게도 코를 박고 앉게 한다. 그렇게 1분을 견딘다면 스스로 이 벌칙이 무엇인가를 알 것이라 싶다.

— 선생님, 너무 추운데요?

다른 애가 아닌 재록의 뒤에 앉은 경훈이 야단이다.

— 뭐라고? 너도 같이 코를 내놓고 있을 거야?

— 아닙니다.

— 가만히 있어라.

그런데 가만히 있는 아이들이 아니다. 벌써 자세가 풀어져서 가부좌를 하는가 하면 유도상은 두 다리를 멀리 쭉 뻗어놓고 있다.

— 야, 유!

— 네?

— 니 츠팔러마你吃飯了嗎!

아이들이 콰르르 웃는다. 밥 먹었느냐는 중국식 인사말인데도 상찬이라도 받은 것처럼 4명은 모두 표정을 넉넉히 푼다.

— 도상이, 다리 안 접을 거야?

— 네!

그새 출입문은 닫혀 있다. 재록은 배철을 향해 편안한 자세로 앉아 지금 일어난 광경에 흐뭇하게 웃는다.

— 야, 재록!

— 네!

— 안 춥지?

— 네?

— 지금은 안 춥지 않느냐고.

— 네.

— 너는 더 추워야 돼. 어서 문 열고 코를 내밀어!

— 아이, 선생님. 복도에 가시나들이 막 지나가요.

— 뭐라?

— 아닙니다. 여학생들이 자꾸 지나간다구요.

— 어째서 임마.

— 선생님.

이쪽은 또 다르다. 누구냐 하면 갈방니라고 해도 좋을, 학급에서는 이홍렬이라고 이름이 붙었을 만큼 이 아무를 너무 닮은 시오가 계속해서 차병을 두들겨댄다.

일방적으로 장난을 거는 것이다. 언제나 야단맞는 사람이 차병이기는 하지만 가끔씩은 돌발적인 장면도 없지 않은 것이다.

— 야, 시오야!

하는 사이에 열렸던 문은 다시 살며시 닫히고 있다.

— …….

그는 알게 모르게 쿠우 한숨을 쉰다.

점심시간.

아이들과 한 바탕 씨름을 한다고 그는 전에 없이 식당가는 시간을 늦추게 된다. 밥동지들이 야단인 것은 물으나 마나다. 더 가관인 것은 그 결과로 식당 줄이 무지 많이 밀렸다는 것이다. 그래서 그들은 본의 아니게 기아 체험을 단 몇 십 분이라도 하지 않을 수가 없다.

그는 기다리는 동안 오늘 시간이 늦을 수밖에 없었던 점을 간략하게 말한다. 그러자 함동우가 말문을 튼다.

— 저희 집에서 한 번은 강아지를 키웠어요. 그런데 이놈이 배가 고

프면 부엌으로 가만히 들어와요. 들어와서는 조용히 기다려요. 아내가 그것을 보고 불쌍해서 먹을 것을 조금 집어 준단 말이에요. 그러면 이놈이 가만히 부엌을 나갑니다. 그런데 양이 차면 괜찮은데 그렇지 않으면 다시 부엌으로 들어와요. 들어와서는 아까와 같이 또 가만히 기다리는 것입니다. 그것을 보면 개도 영리한 놈은 우리 아이들보다도 나아요. 안 그래요?

그것은 뜻밖이다. 아니랄 수도 없고 기라고도 하기 어려운 내용인 것도 같다.

그래서 이 부장과 그는 가만히 입을 다문다. 무릇 영리한 강아지보다 못한 아이들을 가르친다면 그들은 정작 강아지 조련사보다 못한 자격증을 갖고 간신히 교사 직업을 얻어 이 고생을 한단 말일까? 그것은 스스로 생각해도 잘못된 무엇인 것도 같다.

하지만 주인을 구하고 자신은 목숨을 잃는 장한 개들 이야기는 동서양에 널리 귀감이 되어 전해 온다.

누가 누구를 어떻게 했다는 사실이 중요한 것이 아니다. 이런 경우에는 누가 얼마나 말귀를 제대로 알아듣느냐, 정황 분석을 잘 하느냐 하는 것이 관건인 것이다.

그런 점에서 본다면 지금 이야기도 전해 오는 어느 유명한 이야기들보다는 낫다고 말할 수는 없다.

— 내가 며칠 전에 말입니다. 행정실에 어떤 분한테서 중요한 상담을 받았어요. 내용인즉 자기 아들이 지금 중학교 3학년인데 우리 학교에 지원을 할까 말까라는 것이었어요. 그 사람으로서는 매우 중요한 문제겠지요. 해서 내가 간단하게 결론을 내렸어요. 이런 학교에 오면 아이들 다 버린다 했지요. 네? 왜 그러냐고 그 여사님이 깜짝 놀라더군요. 선생도 문제가 많고 아이들도 문제가 많다고 절로 그렇게

된다고 했지요.

— 아, 그래요?

— 우리 학교에 오겠다는 것을 못 오게 했다구요?

어디까지 와 있느냐 하면 여기까지 와 있음을 알 수가 있다. 이 부장도 이 학교에서는 엄연한 간부이다. 그 간부가 한다는 소리가 이 정도라면 외골수 안목도 있겠지만 문제도 있다고 봐야 한다.

— 밥이나 먹읍시다.

그가 당겨진 줄을 보고 밥줄부터 밀어 넣는다.

— 그래. 밥이나 먹읍시다.

4교시.

장행식도 없이 3학년들은 2교시를 마치자 예비소집 장소로 갔다. 빈 교실은 출입문이 굳게 닫혀 있다.

개인적으로 보면 여유 시간이 없는 편이다. 엿이라도 사주고 악수라도 하며 격려해 주고 싶으나 여건이 맞지 않다. 실고에 오면서 더 나빠진 편이다.

오늘은 제왕이까지 학교에 나오지 않았다. 회사에서 예비소집 장소로 바로 갈 것이라고 세민이가 일러줬다. 그러니까 제왕은 회사에서 한 움큼의 엿이나 찹쌀떡을 받아먹고 있을 것이다.

직업탐구만 잘 치면 돼요, 총점은 아무런 의미가 없어요 했다.

바뀌기로 말한다면 요즘 2, 3년 동안에도 숱하게 바뀐 수능이다. 30년 경력이 무색할 만큼, 가늠조차 못할 만큼 진로지도도 복잡해졌다. 아이들이 지침을 알아서 그를 일깨워주는 형편인 것이다. 직탐의 경우가 대표적인 예라 하겠다.

빈 교실은 3층도 마찬가지다. 어느 교실인들 3학년이면 집으로 돌아갔지 남을 까닭이 없다. 전투는 바깥에서 치르지 이제 교실에서의 훈련은 끝난 셈이다.

이 가을도 빈손이네 싶다. 이렇게 교단도 끝나는 것이다. 3학년 수업을 했지만 여기서는 인문학교와는 달리 모두에게 한두 반씩 나누어 수업을 한다. 인고에서 중요시하는 경력, 경험을 무시해 버리는 것이다.

2학기 중간고사를 치고 나면 3학년들은 취업 문제로 바빠진다. 그래서 수업진행이 되지 않는다. 그런 이유로 공평하게 쉬자고 3학년을 분할한다.

신임이라도 예외는 아니다. 사실이라 한다면 현도 거기에서 남학생을 본 것이고. 이것은 다른 인문 과목도 마찬가지다. 와서 보면 사람들은 그 점에 놀라게 된다. 1, 3학년이나 2, 3학년으로 모두 3학년에 수업이 걸쳐 있는 것이다. 명사수가 되었을 때만 3학년 교실에서 분필을 잡았던 시절, 그런 환경은 지금도 있다.

사설학원에다 소명을 다 빼앗기고 남은 자존심을 지키기 위해 헉헉거리는 인문학교들이다. 되나? 안 되지.

가면 쓴 마수가 사설학원 발 앞에다 살금살금 먹이를 놓아주고 가는 바에야 나무늘보 걸음인 학교로서는 방향조차 제대로 잡지 못하는 것이다. 천방지방 헤매다 뒷북이나 치고 사설학원 뒷정리나 해주고…. 그래서 아이들은 학교에서는 졸업장이나 받고 대학진학은 모야모야 학원에서 공부해서 들어간다고 한다.

이처럼 학교가 제 기능을 발휘하지 못하기 때문에 최근에는 여러 가지 형태의 변종도 나타난다. 바뀌는 것이야 시대적인 흐름일 수 있으나 대안조차 없이 학교가 이 기능 저 기능을 스스로 떨어버린다는 느낌은 씁쓸하지 않을 수가 없다.

매를 들고 예전처럼 꽝꽝 호령을 하면 어떨까? 하는 생각도 들지만 그렇게 힘 있는 선생도 없고 시대도 무너져 버렸다. 그래서 지금은 조금만 지껄이고 약간만 시비를 가리는 게으른 모습이 돼 버렸다. 시대가 그렇게 교사를 이끌어간 것이다. 그것이 바로 교단 붕괴 이후 더욱 현저해진 현상이지만 그 점에 대한 시비, 분석은 남겨두고 말한다면 그때가 현대교육 1백년사의 위기요 기로였던 것은 틀림없다.

어느 여교사가 등기우편으로 받은 편지에 '7년 전에 학부형이었던 아무개 엄마입니다. 그때 봉투에 넣었던 10만 원을 다음 계좌로 돌려주시기 바랍니다. 안 그러면 교육청과 교육부로 알리겠습니다' 했다는 실화는 가슴에 남는 현장 교사의 비극이며 치부일 것이다. 그 때문에 교사의 사기가 떨어진 것은 아니겠다. 떨어진 사기의 원인이 어디에 있는가를 반성하는 데서 사기는 쇄신되고 고양될 터였다. 그것은 그렇다 치고 그 일로 인해 부부교사이던 남편도 학교를 그만 두었던 일까지 그는 곁에서 목격했다.

학교불신, 교사퇴출, 교단재편의 책임이 학생과 학부형과 사회의 의지에 있다는 점을 정부는 강력한 메시지로 투하했다. 그래서 생긴 것이 '촌지고발 창구'와 '정년단축'이라는 쌍칼이었다. 나이 많은 사람은 나가고 돈 받으면 나간다는 인간 양심을 긁는 불순한 시책이었다.

다른 학교도 그랬겠지만 그가 있던 학교에도 커다랗게 '촌지고발 센터'란 아크릴 패찰을 내걸었다. 행정실 수납창구 앞이었다. 각종 납부금을 갖다내던 유리문이 이제는 아이들이 교사를 밀어 넣는 버거운 창구로 돌변했다.

몇 사람이 그 창구에서 희생되었는지 통계는 나오지 않았으나 얼마 지나지 않아서 괴이쩍은 간판은 쥐도 새도 모르게 내려지고 말았다. 위에서의 지침인지 아니면 교사들이 직접 뜯은 것인지 아니면 사회적 인식이 그랬는지는 모르겠다. 아무튼 당시에 찍힌 낙인은 지워지지 않는 흠결이며 평생의 아픔이었다.

그가 현장에서 직접 고발당한 학생 사안도 그 흐름에서 일어났다. 엄마, 빨리 와. 어떤 선생이, 하던. 그런 풍조는 지금도 쉴 새 없이 빈발하고 증가되고 계발되어서 교사들의 입지를 좁히고 있다.

—……!

대학을 마쳤거나 군무에 열중할 학생은 혹시라도 지난 일을 생각한다면 그때는 가당찮은 어깃장을 놓았다는 반성도 할 것이다. 사람은 살아가면서 수없는 실수를 하는 것이니까.

그는 말끔하게 치워진 계단을 조심조심하면서 접는다.

예비고사 시절 열심히만 가르쳤지 어설펐다 싶은 뒤끝이라도 아이들이 돌아와서는 반갑게 소리쳤다.

'선생님! 국어는 기똥차게 잘 봤어요. 선생님 덕분이에요.'

학원이 없을 때였다. 일부 영수과목들만 찬값으로 조금씩 새끼를 칠 때였다. 도시와 농촌이 반반씩이던 지역이었는데 해마다 5월이면 기이한 행사가 열렸다. 교실이 헐렁해진 비온 뒷날이면 동민들이 총동원되어 개울가로 몰려나갔다. 산란기를 맞은 숭어를 가마니째 건져냈다. 그런 다음 날엔 학교 식당이 푸짐했다. 회 매운탕 뼈다짐이 그야말로 성찬이었다. 그런 곳이었다. 그곳의 아이들은 공기만 먹고서도 공부를 잘 했다.

한 꾸러미 짊어진 박민태를 계단 끝에서 만난다. 노트북에다 사진기에다 종이봉투까지 짐이 무겁다.

— 피난 갔다 오는 거요?
— 수업하던 것 교실에서 챙겨 나옵니다.
기자재를 많이 쓰는 신세대 교사이다. 워드만 다룰 줄 아는 그에 비하면 선생님이다.
— 3학년에 한 애가 교통사고로 병원에서 시험을 친대요. 감독관이 병원까지 나와서요.
— 대단하네.
교육부가 비로소 감동을 한 번 준다 싶다.
— 이리 줘.
박민태의 손에 든 종이봉투를 받아든다.
— 책이라서 무거운데요?
— 디지털과 아날로그의 통합인가?
머뭇거리던 박이 씩 웃으면서 그런 셈이지요 한다. 이후로는 기본 학습도구가 디지털이겠구나 싶다.
박민태는 풀썩 왼쪽 어깨에 멘 노트북 가방을 다시 추슬러 맨다. 전사, 박민태가 앞으로의 전사인 것이다.

## 7.

이 부장의 웅얼거리는 소리가 오늘 따라 그의 귀에까지 들린다. 그는 만지던 것 중에서 두 편은 파일에 올리고 세 편은 입력만 시킨다. 다시 이 부장의 한 음계 높인 소리가 들린다. 남의 글을 구송해서 음미하는 것 같다.
그는 오타가 난 글자를 찾는다. 그에게서 까다로운 것이 외래어이다. 탈랜트냐 탤런트냐서부터 초콜랫이냐 초콜릿이냐까지 문제는 많고 많다. 그 중에 초콜랫은 사전으로는 초콜릿인데 그의 어감으로는 전혀 맞지 않는 것 같아 번번이 주저된다.

— 시인, 자요?

이 부장이 고개를 돌린다.

— 나요?

그도 초콜릿에다 자판을 정한다.

— 황 영감 입전入電 없지?

그 후로 며칠째나 얼굴을 내밀지 않고 있다.

— 전화를 해보지요.

황 영감이 그날 우울했던 것은 뭐니뭐니해도 손자들 때문이라 싶다. 그 예쁜 살붙이들, 천사들의 재롱을 또 한 차례 겪지 못해 화증이 난 것이다. 생각 같아서는 거북이 후려잡듯 해서 불러 내릴 수도 있지만 단순히 얼굴을 내밀고首其現也 안 내밀고 할 문제가 아닌 것이었다. 자세한 것은 모르겠으나 언젠가 들었던 이야기 중에는 이런 얘기도 있었다.

단독주택에서 살 때라고 했다. 오르고 내리면서 지나가는 아이들을 마냥 얼굴을 꼬집고 '불알 한 번 당기자' 하면서 허둥대며 덤볐다고 했다. 그래서 영감이 나타나면 아이들이 꺼병이처럼 이 구석 저 구석으로 흩어져 숨더라고 했다. 내남없이 아이들을 그만큼 좋아했던 것이다. 어쩜 그가 아이들에게 당했던 것처럼 그렇게 아이들도 줄행랑을 쳤던 것이다. 형제가 아니랄까 봐.

그런 생각을 하고 있는데 조은주가 까르르 하면서 휴게실에서 나온다. 그 웃음에 묻혀서 박민태가 허옇게 웃고 뒤이어 이미례도 자글자글 웃는다.

— 어디서 오는 거야?

박민태를 보고 이 부장이 언급한다.

— 아닙니다. 제 얘기를 듣더니 다들 웃으시네요.

뿔뿔이, 그 웃음은 자리에 앉아서도 그치지 않는다.

— 좋은 것이면 같이 웃어.

이번에는 그가 박민태를 건너다본다.

— 시골에 저희 큰아버님이 계신다고 했잖아요.

— 큰아버님이?

이럴 때는 들었던 얘기도 금방금방 잊어버린다 싶다.

— 동대문에서 2차선 차도를 겁 없이 걸었다는 얘기 말입니다.

비로소 그는 아아 한다. 실마리를 찾은 것이다. 인도가 손수레에 막혀 갈 수 없으니까 차도로 걸었다는 얘기였다. 길이 있으면 길로 가나 길이 없으니 길로 가지 하면서.

— 또 오셨어?

— 누가 얘기해 드리세요.

박민태가 순번을 이미례에게 넘긴다.

얘긴 즉, 당시의 큰아버지 어록이 두 가지로 정리가 되었단다. 하나는 한자숙어로 꾸민 것이고 또 하나는 사투리로 표현한 것인데 '도유하행道有何行 도무가행道無可行'과 '질이 있으면 질로 가나 질이 없으니 질로 가지'란다.

— 사투리가 우습지요?

— 우습네.

박 선생 집안이 다 웃기는 기질이 있구나 한다.

— 그 피가 그 피지요.

이미례도 웃는다. 그래도 압권은 박 선생이에요 하고 아내를 길에다 세워놓고 집 앞까지 운전한 일을 조은주가 놓치지 않고 들먹인다.

— 연구대상이다야, 그 집안.

이 부장이 입전된 내용에다 쿵작쿵작 장단을 맞춘다.

그러나 그들이 실제로 웃었던 것은 다른 데 있었다. 이를테면 강아지가 남편보다 나은 점 셋, '뭐게?' 하는 따위.

## 8.

6교시를 향해 느슨느슨 걷고 있는데 복도 중간 지점에서 서정국이 박차를 가해 따라붙는다.

— 형님! 형님!

뛰어오느라 숨이 턱에 걸린다.

— 어이.

그는 대꼬챙이로 창틀을 툭 툭 치면서 뒤따라온 서정국을 맞는다.

— 지금 봤지요?

그들의 열 발자국 앞, 김이 화장실로 들고 있다. 커피인지 녹차인지 머그잔을 손에 들고 있다.

— 왜?

호흡을 가라앉힌 서와 걷던 방향으로 걸음을 맞춘다.

— 그 춤이 말이에요. 연조가 있는 춤이래요. 그러니 외설은 아니라는 거지요. 대학 때부터 춤동아리에서 활동했는데 남편도 거기서 만났대요. 인물이 남궁원표라던데요. 제 얘기가 아니구요.

— 그래?

…뻑 가는 소리 들었어? TV에서 토론하는 것 안 봤어? 남자는 30%가 여자는 27%가 애인이 있대. 토론 주제가 '한국 기혼 남녀의 성의

식' 이야. 그러니까 기혼 남녀가 그렇다는 거지. 그렇게나 많아? 이야기는 잠시 끊어졌다. 그러다가 조금씩 살아났다.

감이 오잖아. 문제가 있는 거야. 여자들하고는 안 섞이잖아. 여자들 감이 빠르거든. 지방에 있대. 오래 됐나 봐. 그러더니 한 소리가 들렸다.

'남궁원표래. 제비표 아니야? 칼 칼 칼.'

우물가의 수다를 알면 세상을 다 안다든가. 그는 돌아앉았던 터라 서넛으로 보였던 여 교사들의 면면은 알 수 없었다. 어느 늦은 점심시간, 식당 안 한 짬 풍경이었다.

— 그런데 화장실에서 커피를 마시면 맛이 어때요?

— 모르지.

어떻거나 말거나 간여할 일은 아닌 것이다.

— 그런데 형님. 신신우는 누군지 아세요?

또 시비다.

— 아니. 왜?

듣고만 있으려니 우리 학교에 기러기가 있는데 그게 신신우요 그 처가가 캐나다에 있는데 큰 부자요 올 봄에 부인이 외동이를 데리고 그리로 이민을 갔는데 날마다 아빠 언제 들어오느냐며 전화래요 한다.

— 귀가 크네.

— 나도 엊그제 들었어요. 놀랍지요?

그러니까 뚜껑 없는 차가 빈껍데기는 아닌 것이었다. 더구나 대포차니 할부차니 하는 말들은 다 헛발질인 셈이었다. 개조한 차니.

— 어느 반이세요?

— 1학년 돼지털과(디지털 산업과).

— 저는 멀티과(멀티미디어과)에요, 1학년.

그들은 밖으로 나온다. 화장실을 지나서 계단으로 오른다. 출석부를 든 남학생이 계단을 꼬꾸라지듯 내려가 금형동을 향해서 뛴다. 도르래가 구른다 싶을 만큼 아이의 발걸음이 날쌔다.

— 엊그제 수능 치던 날, 고사장에서 예전 학교의 친구를 만났걸랑요. 거기서 재미난 얘기를 들었어요.

— 재미난 얘기?

— 네. 저기 개똥이요.

화제는 얼른 변검變臉처럼 얼굴을 바꾼다. 그래서 그는 대충 응하고 고개부터 끄덕인다. 그러자 서는 저쪽 학교에서 김차희는 '강단 있는 여자', 또는 '한다면 한다는 여자'로 통한다 했다.

— 강단 있는 여자야?

신문에서나 나오는 얘기가 아니냐며 그가 더듬더듬 말한다.

— 아니에요. 나 보고도 조심하래요.

— 뭘 조심해?

— 전번 학교에서 무슨 일이 있었느냐 하면요. 학부형이 있었는데 무척 애를 먹였던가 봐요. 학교마다 그런 사람 있잖아요. 김차희가 어느 날 그 학부형을 불러서 따끔하게 조졌대요. 당신 어느 학교 나왔어? 나는 ㅅ대 나왔다, 여기 부장님도 ㅅ대를 나왔다, 당신보다 못한 사람은 이 교무실에 아무도 없다 했대요. 그러면서 당장 애를 데리고 나가라, 아이를 가르치려면 선생 말을 들어야지 누구 말을 듣느냐 했대요. 구의원이고 그랬나 봐요. 건물도 몇 채나 있고요.

— 졸부가 벼슬도 얻고 어딜 가나 목소리도 높이고 그런 거지.

전형이다 싶어 그가 상식적으로 말한다.

— 2학년까지 여덟 번이나 전학을 시도했는데 국회의원, 지역 유지

있는 대로 줄 세우고 그러더래요. 저 물건 꼭 내가 조져야지, 1학년 때부터 벼르더니 결국 끝장을 본 거래요. 담임도 아니고 학생부 상벌계였나 본데 그러니까 아이는 잘 알지요.

— 그랬구나.

— 그때 개똥이 별명이 '한다면 한다' 였대요. 인디안식 이름으로요.

— 한다면 한다가?

— 네, 인디안식 이름 있잖아요. 한다면 한다, 늑대와 춤을.

— 당차네.

— 그날로 지역 인사는 즉시 BMW를 몰고 사라졌답니다. 개교 이래 가장 어기찬 학부형을 길들인 사람이 개똥이래요.

학교 자랑도 때로는 마패가 되네 싶다. 당신 어느 학교 나왔어? 나는 ㅅ대 나왔다! 통상 금하는 생색을 비책으로 써먹은 것이다.

— 여장부네.

나오는 대로 그도 감탄한다. 당차기로는 여장부 같은 기질도 없지 않아 보인다. 그런데 어이 오만 섬 미운털이 박혀 가지고.

— 환경이 때로 사람을 바꾸나 봐요.

— 그렇네.

계단을 끝내고 그들은 3층 복도 앞에 선다. 그는 4층이고 서정국은 다 왔다.

— 전에 제가 10층에서 떨어지는 사람이 어쩌고 했잖아요. 어떤 영화에서 본 얘긴데 김차희가 그 꼴이에요. 막말로 내일 어떻게 될지 모르잖아요. 악당들이 습격해 오는 데도 지금 평온하니까 대피 않겠다는 촌장과 같은 거예요. 주인공이 딱해서 하는 말이에요. 사표니 뭐니 하는 말은 젖혀놓더라도 욕은 안 먹어야지요. 안 그래요? 제가

제일 무서워하는 말이 '선생한테 배울 게 없다' 예요. 그래서 선생이고 학교고 불신당하잖아요. 교실이든 교실 밖이든.

— 그 얘기였어?

그 얘기였다. 아이들이 보고서 낄낄거렸다는…. 그걸 '나는 괜찮다' 로 본 것이다. 그리고 부연되는 얘기도 있었다. 그래도 나는 아직 괜찮다….

— 저는 여기 보강이에요. 자습입니다.

— 나는 창재야. 창의적 재량수업.

디지털과는 아이들이 꿀꿀해도 열심이고 그것은 단성학급이기 때문이라고 그가 분석한다. 서정국이 북경 오리처럼 입을 쭉 내민다.

떼불알, 샹들리에도 아네!

속으로 웃으면서 그는 교실을 나온다. 바글대는 소리가 기포처럼 실내를 채운다. 계단을 꺾는데 서정국이 복도를 지나간다.

— 어이, 서 선생! 서 선생!

이번에는 그가 숨넘어가는 소리를 한다.

— 네!

화들짝 놀라서 돌아보는 움직임이 빠르다.

— 수업을 마치고 교실을 나오는 노 교사의 뒷모습이 성스럽다고 했어.

숨부터 돌린다.

— 누가요?

— 그런 말이 있어.

— 하, 형님 말을 하는구나.

비둘기 두 마리가 겁도 없이 그들을 향해 다가서고 있다. 살이 쪄서 내두르는 엉덩이가 무겁다.

— 형님은 요새 뭐로 수업하세요? 난감하지 않나요?

— 나?

교재가 없다는 점을 염두에 둔 것 같다.

— 막연하지 않아요?

— 이것저것.

오늘은 북한말 공부를 했다고 한다. 미리 통일 수업을 하느냐고 서정국이 건너뛴다. 자료도 있고 해서 한 시간 운용해 봤다고 한다. 좋은 데요 한다.

— 단짝친구는 딱친구, 건달은 날총각, 생떼는 강떼, 고함치다는 고아대다, 골몰하다는 옴하다.

— 재밌겠습니다.

— 아이들도 좋아해. 고시조도 하고 한자숙어도 하고 어떤 시간은 가족들 이름을 한자로 쓰기도 하고.

— 괜찮은데요. 활용하기에 따라서는 창재 수업이 괜찮네요.

— 교과서가 얼마나 시대에 안 맞는가를 체험해 보는 거지. 그런 의도는 딱히 아니라도 그렇게 하고 있어.

— 그런가요?

엉겁결에는 머망결에, 도시락은 곽밥, 샹들리에는 떼불알, 과일주는 우림술, 구설수에 오르다는 말밥에 오른다… 많다고 한다. 요즘 아이들이 잘 하는 농구용어로도 골밑슈팅은 윤밑던져넣기, 바스켓카운터는 덤던지기… 아이들이 금방 따라 해, 한다.

— 그래요?

— 그럼.

계단을 끝낸다. 옆으로 길을 잡는다. 수평으로 늘어진 긴 복도를 바라본다. 저만큼 복도 끝이 어설피 불티가 오른 장소이다. 불티는 사그라졌고 흔적도 없지만 남학생은 그 뒤로 학교를 그만 두었다는 얘기가 들렸다. 원주로 이사를 갔기 때문이라고. 교육적 모색이 아닌 생활 방편이던 것이다.

아이들 마음이 어디에 있는지 모른다면 어쩌나 싶다. 아이 따로 어른 따로, 그래서는 교육이 안 될 것이다. 더구나 예민한 시기의 성교육은.

— 전에 말이다.

숨을 가라앉힌 후에 그는 묻혀 있던 이야기를 꺼낸다. 그로서는 입안에 남은 까끄라기 같이 불편한 여운이다.

— 전에 뭐요?

— 그 사진 어디서 봤어? 교장실이었어?

— 사진요?

— 그래.

— 그건 상관없잖아요.

서정국이 단호하게 말끝을 돌린다.

— 그래. 그러면 그때 두 가지 이야기를 했던 것 같은데 그 두 가지 이야기가 상관있다는 거냐 없다는 거냐?

— 무슨 얘기를요?

— 이야기를 그때 두 가지로 엮어서 했잖나 말이지.

— 하나는요?

서정국의 눈이 전등알처럼 탱탱해진다.

— 하나는 아이들을 덥석덥석 껴안는다는 말이고 또 하나는.

— 아, 그 얘기군요.

— 그게 서로 상관이 있다고 해서 물은 것이냐 말이다.

— 덥석덥석 껴안은 이야기하고 중국에서 찍은 그 사진 이야기하고 말입니까?

— 그래.

— 그게 말입니다,

머뭇거리는가 싶더니 이번에는 서정국이 머리를 긁적긁적한다,

— 알았다. 말하기 어려우면 내가 말하마. 그때 이미 결론이 났지만 말이다.

이쪽저쪽이 아닌 정히 가운데여야 하는 것이다.

— 언제요? 무슨 말을 했는데요?

— 제자들이라고 하지 않았어?

그게 결론이었다.

— 네.

— 그리고 이것은 다음 이야긴데 왕따 얘기는 네가 먼저 꺼냈나, 다른 데서 먼저 나온 말인가?

— 왕따요? 누가요? 형님이요?

— 그래. 내가 왕따 당한 얘기. 그걸 누가 먼저 시작했는가 말이다,

— 글쎄요. 아리송하네요. 좌우간요?

비둘기들이 발 앞에서 푸득거린다. 그러고는 두어 발자국 앞에서 다시 부리를 내둘러 모이를 쫀다. 간이 어떻게 된 놈들이다.

— 암튼지 나온 얘기니까 마저 하자.

전후 얘기의 구분이 아직 미진하다는 생각을 동시에 한다. 그리고 두 얘기의 서로 다름을 서정국에게 확실하게 인식시켜야겠다는 생각이 드는 것이다.

— 생각하니 그러네요. 왕따는 구성원들이 그럴 수밖에 없었는 걸요 뭐. 그리고 그 사람들이 실과들 아닙니까. 우리하고는 다르지요,

정서가. 그래서 형님이 어려울 것이란 얘기를 저희도 어느 술자리에
선가 했어요. 연세라도 젊으면 여기저기에 대놓고 얼굴을 내밀겠지
만 체면이 있지 않습니까. 안 그래요? 내 말이 맞지요?

— 그래.

엇비뚜름해도 가려운 데는 어지간히 긁는다 싶다.

— 출세에 목맨 놈들이 모두 위만 쳐다보고 해바라기짓을 했을 것
이고 형님은 몇 발 처져서 따르다 보니 그런 분위기가 만들어지지 않
았겠습니까? 해서 술맛이 부담 없었을 테고, 그렇지요?

같이 간 또 한 패가 있었지요? 한다. 십리안 백리안 공부를 했나 하
고 그가 추킨다. 그들이 이 사장들인 것이다.

— 잘 아네.

— 가시고 나서 우리끼리 구성원이 안 좋다 했지요. 여행인데 구성
원이 좋아야지요. 그렇다고 그쪽 학교에서 알아서 예우해 주었을 리
도 없었을 것이구요. 거기도 비즈니스 차원이었을 것이니까요. 또 말
까지 안 통하니 말입니다.

서정국이 써준 몇 자 회화는 싱퀄라, 츠팔러마만 빛을 봤다. 워 아
이 니는 써먹을 자리가 없었다. 지나가는 말로라도 말이다. 중국에는
사람도 많고 빼어난 인물도 많다는데 얼굴조차 보지 못했으니 과연
이 나라가 얼마나 넓은가 싶기도 했다.

— 그랬지.

고삐를 빼앗겨서 그는 할 수없이 서정국에게 끌려 다니는 형국이
된다.

— 저도 다른 생각은 안 해요. 그냥 형님을 로맨티스트라는 입장에
서 재미있게 지냈을 것이란 생각을 하지 색깔을 입혀서 아이들과 중
국 아가씨와의 일을 억지로 붙들어 매려는 것은 아니에요. 어느 것도

형님만이 가능한 일이에요. 그리고 그것은 틀림없이 독립된 이야기일 뿐이구요. 안 그래요?

복도 중간에 세면장이 있다.

— 손 좀 안 씻을래요?

— 그러지.

……

갈 적에도 우연히 같이 발을 맞춘 사람이 돌아올 적에도 같은 길을 같이 걷는다. 그러나 종착점은 거기였다. 세면장. 그리고 말은 끝이 없는 법이고.

— 저는 향 좀 피우고요.

— 그래.

참으로 이상한 인생행로처럼 그들은 조금 남은 길을 다시 따로 걷는다.

# 5부 삽화 하나

1.

ㄱ. 현수막

교문을 향해 다가서다가 그는 하늘에 넓게 걸린 현수막을 읽는다.

오늘부터 시작이구나.

나날이 현수막이 걸려서 하루도 교문이 빤한 날이 없는 가운데 지금처럼 내용이 알려진 경우가 아니면 옥석을 가려내기란 어려운 일이었다. 게다가 오늘은 교문에서 바라보는 운동장 상황은 가히 놀라움 그대로였다. 마치 몽골인들이 집단 이주해 온 것처럼 흰색 천막ger들이 길길이 들어서 있는 것이다.

— 선생님, 오늘 수업해요?

지나가던 여학생이 운동장을 바라보며 묻는다.

— 지숙이냐?

지숙이는 지난 학년도에 가르친 여학생이다. 똘망똘망이요 발발이었다.

— 글쎄다.

인사도 없이 지숙은 쌩하니 길을 재촉한다. 그에게 묻고 싶은 것은 단지 수업여부였던 것이다. 반가워서가 아니라. 그는 씁쓸한 뒷맛을 지울 수가 없다. 1년이 소지燒紙된 듯 가슴이 허전하다.

올인! 청광공업고등학교.

분수대 앞에 서 있는 입간판에는 그렇게 적혀 있다. 초점이 쉽게 모아지는 글귀다. 모든 글귀는 퍼즐 놀이라더니 누가 내다 세운 간판인지 반짝이는 느낌이 예사롭지 않다.

짧으면서도 강렬한 것이다.

제3회 서울 직업교육 박람회

the 3rd seoul vocational education exposition

머리띠처럼 내걸린 현수막은 교문 외에 후관동과 멀티 · 컴퓨터동 사이에도 또 하나 기다랗게 걸려 있다.

ㄴ. 직원회

— 심령대부흥회가 잘 되어야 할 것인데.

조는 것 같더니 황 영감이 주간전달사항을 들여다보면서 중얼중얼 한다.

— 무슨 부흥회?

— 조용기 목사가 오는지 누가 오는지 강사에 따라 성패가 갈릴 거야.

점점 어렵게 엇나간다. 사람을 불러 모으는 행사인 점에서는 교회 집회와 다름없다 하겠으나 구체적으로 강사까지 거론한다는 것은 관점이 다르다. 왜냐하면 교육 박람회에는 말 잘하는 강사가 필요치 않기 까닭이다. 굳이 그에 준하는 인적자원이라면 학교마다 선발한 몇 명씩의 학생 도우미나 지도교사 정도가 될 것이다.

— 대전 엑스포가 생각나네요.

앞자리에 앉은 우 선생이 뒤를 돌아보며 웃는다.

— 만국박람회 말이지요?

영사과인 우 선생은 그와 지난 해 같은 정문조였다.

— 크게 성황을 이루었잖습니까. 집안 잔치라는 비판도 있었지만.

— 대단했었지요. 아이들을 데리고 가서 여기저기 얼마나 뛰어다녔던지요. 한빛탑이라는 상징탑 앞에서 사진도 찍고 놀고 뛰고 했지요.

그 행사라면 그도 기억이 새록새록하다.

— 그런데 이것은 집안 잔치가 되면 안 되지요. 안 그렇습니까? 목사님 아들과 딸, 그리고 처가 식구들만 모여 심령부흥회를 하면 되겠습니까?

— 그만, 전방 주목!

시종 트집인 황 영감을 제지하며 그가 턱짓으로 실과부장을 가리킨다. 주무인 실과부장이 마이크를 들고 일어선다. 저 사람이 금메달로 인생을 열었다고 했다. 장차는 교감, 교장까지.

— 안녕하십니까? 오늘부터 예정대로 직업교육 박람회를 개최합니다. 참가 학교는 상업계열 4개교와 공업계열 6개교입니다. 선생님들의 많은 관심과 동참을 부탁드립니다. 4일 동안 하루 1천2백 명, 1천3백여 명씩 모두 5천여 명의 중3학생들이 본 박람회를 참관할 것입니다. 2개 교육구청 산하에 있는 21개 중학교의 졸업예정자들이 직접 와서 보고 본인의 진로 선택에 중요한 자료를 얻어갈 것입니다. 선생님들의 친절한 안내를 부탁드립니다. 그리고 안내소 안팎에서 일하

는 학생 도우미를 1, 2학년에서 몇 명씩 뽑았습니다. 그 학생들이 수업에 참석하지 못하는 점 참고해 주시면 고맙겠습니다. 이상입니다.

학교별 안내소는 운동장에도 있고 체육관 안에도 참가 학교 수만큼 마련해 놓고 있었다. 그는 아침부터 안내소에서 일하는 교복이 다른 남녀 학생들을 몇 명씩 보았다. 본교도 예외는 아니었다. 일반 안내소와 체험 안내소를 운영하는 까닭에 많은 학생들이 나와 바쁘게 움직이고 있었다. 그들 외에도 본교에서는 더 많은 학생들 도움이 필요할 상황이라 여겨졌다.

— 오늘은 수업이 안 되겠네.

다시 황 영감이 사설한다.

— 지금 얘기했잖아. 30분씩 수업한다고.

주간전달사항에도 나와 있다고 보충한다.

— 그래?

그는 위태위태하게 황 영감의 눈치를 살핀다. 혹시 무안해 할까봐 조심스러운 것이다.

— 오늘은 이쪽 지역에 있는 중학교 3학년 학생들이 많이 올 것입니다. 선생님들도 아시겠지만 실업학교는 현재 어려운 시기입니다. 잘 가르치는 것은 우리들 몫이라도 학교를 선택하는 것은 중3 학생들의 몫입니다. 그래서 금년이 세 번째인데 막대한 예산을 들여 행사를 하는 것입니다. 물론 국가 예산으로 하는 것입니다. 단위 학교로서는 그런 돈도 없지만 말입니다. 그런 점을 십분 감안하시고 미래의 본교생들, 나아가 실고생들에게 좋은 인상을 줄 수 있도록 신경 써주시면 좋겠습니다. 성공적인 행사가 될 수 있도록 만전을 기해 주시기 거듭 당부 드립니다.

학교장이 오랜만에 주문을 낸다. 평소라면 각 부의 일과는 주간전달사항에 나와 있고 덧붙일 일이 있으면 교감이 나와서 끝을 내는데 행사가 그만큼 중요하다는 뜻일 것이다.

— 이상으로 직원회를 마치겠습니다.

다른 부서의 얘기는 뒷전으로 밀리고 오늘은 단연 실과부(장)의 날 같다. 학교장의 지원 사격에다 대형 현수막까지 두 개씩 내걸었지, 명실 공히 본교가 실업학교이고 인문교과는 보조교과요 변두리 과목임을 그는 오늘 같은 날도 스스럽게 이해하지 못한다. 수년차인데도 그렇다. 그래서 반드시 필요한 구성원인가 하는 의문이 없지 않은 것이다. 이런 생각은 어쩌면 한가한 투정일 수도 있겠고 미안한 생각을 뒤집어 표현한 것일 수도 있겠다.

— 가시죠. 차나 한 잔 하게.

교무부장의 말을 신호로 그는 황 영감의 팔을 잡아끈다. 우 선생과 나란히 앉은 송 영감은 일어날 생각도 없이 꾹 눌러앉아 있다.

ㄷ. 천동

중학생들의 방문은 09:00부터 시작되었다. 그야말로 미어터진다는 말이 실감났다. 수위장은 양껏 교문을 열어놓고 수위실 안에서 내다보고 있다. 지각생 단속도 없고 무단출입 교사들의 이름을 적는 명부도 치워졌음은 물론이다.

— 졸라! 학교 크네.

그는 옆으로 스쳐가며 툭 던지는 남학생을 돌아본다. 어느 놈이 시부렁댔는지 뒤통수만으로는 가릴 수가 없다. 그들의 첫 소감이 학교의 외형에 있다는 것은 아이들다운 일이다. 어른들이라도 그런 느낌이기는 마찬가지겠다. 먼저 하늘벽 같은 높디높은 시멘트 담벽을 끼고 돌면서 그들의 위압감은 비롯됐을 것이다.

— 어, 그놈들 참.

그는 아이가 방금 내뱉은 말에 대해 고약하다고 생각한다. 어디서 온 말인지 뜻은 무엇인지 순미한 우리말 속에서 새로 언어 파괴를 한다 싶다. 졸라 〈존나 〈좉나 …? 알 수가 없다. 조금만 들여다보면 알 수야 있겠다. 뿌리 없는 말이 없을 것이니까. 한 예로 '고뿔' 이 '코에 불났다' 에서 비롯했다지 않던가. 고는 코의 옛말이고 블은 불의 옛말인데 '고의 블鼻火' 즉 '고ㅅ블〉 곳불〉 고뿔' 로 진행된 것이라 했다. 그러고 보면 어원 연구도 재미있겠다 싶다. 양주동님이 '東京明期月良' 에서 '東京' 의 '東' 이 풀리지 않아서 고심고심하던 끝에 어느 새벽 찬바람 속에 앞이 트인 뒷간에서 일을 보다가 동녘 하늘에서 반짝이는 '샛별' 을 보고서 무릎을 쳤다고 했다. 그래서 얻은 것이 東은 'ᄉᆡ', 'ᄉᆡ벌東京' 이 되어 마침내 'ᄉᆡ벌ᄇᆞᆯ기ᄃᆞ래' 로 처용가處容歌의 첫 구절이 탄생했다는 것이다. 누구에게 또 뒷간에 앉아서 용을 쓰게 하려고 이 애들이 저런 괴상망측한 말을 만들어 쓸까? 뒷날 틀림없이 또 한 사람의 언어학자가 나와서 '졸라' 에 대해 머리를 싸맬 것이다. 무슨 뜻인지 어원이 뭔지 등.

— …….

그는 병마총의 장수들 같은 아이들의 등줄기를 두루뭉술하게 바라본다. 언어서껀 행동까지 가장 톡톡 튀는 철부지들이 이들 세대다. 저 시기의 생기와 발랄함은 하늘을 도리질할 듯 광대하고 그 함성은 내지르면 산을 넘었다. 열두 대문도 단숨에 차고 오를 넘치는 재기, 생력生力이 이들의 전부였다.

그래서 십대 초반을 천동天童, 십대 후반을 인동人童, 그 후를 묶어서 중생衆生이라 한다고 했다. 타당한 구분인가도 싶지만 인동, 천동의 구분이 그럴싸하고 중생(숨튼 것 다) 또한 크게 어긋나지 않는다는 점에서 이 나눔은 거반 틀림없다고 혹자께서는 폐일언했다.

— 오늘은 담 뛰어넘을 놈이 없어서 편하네.

수위장이 그의 곁으로 나서며 들으라는 듯이 말한다. 하늘까지 쌓으면 하늘까지라도 솟구쳐 담을 뛰어넘을 아이들이다. 수비를 하면 수비를 하는 만큼 공격도 있기 마련인 이들이다.

— 아예 열어놓지 그래요.

— 어저께는 2학년 남학생이 철조망에 걸려서 허벅지를 열일곱 바늘이나 꿰맸어요. 구급차까지 왔는걸요.

수위장이 일방으로 말한다. 그래도 열어놓고 지낸다는 것은 어림없다는 뜻임을 알게 한다.

— 그랬어요?

— 그런데 남자가 남자 가랑이를 보는데 왜 그처럼 우스워요? 왜 그래요?

활짝 웃는 하회탈 얼굴이다.

— 왜요?

— 생각해 보세요. 팬티만 뭉클한데 안 우습겠는가.

알면서 캐묻느냐고 한 말씀 더한다. 그러고는 썩둑 보도로 내려선다.

— 엄청나게 많이 오시네.

시골 닷새장처럼 꼬여든다 싶다. 역시 미어터진다는 말이 실감나게 줄짓고 떼 지어서 아이들이 차고 든다. 줄이 끊어지지 않는 것을 보면 학교별로 시간대별로 방문 계획표를 짰을 것이다.

— 6, 7백 명씩 오전에도 오고 오후에도 온다니까 이 학교 생긴 이래 이렇게 많은 사람이 오기는 처음이겠지요.

또 출애굽 하는 어느 민족의 홍해 행렬도 이런 장관이었을 것이고.

아침에 대전 엑스포 얘기도 나왔지만 그때의 분위기도 이만했을 것이라 싶다.

— 관제의 힘이 무섭습니다.

한 장의 문서에 의해 구역별로 아이들이 길을 놓치지 않고 찾아오는 것이다.

— 관제요?

— 네.

들어갈게요 하고 그가 아이들 대열에 휩쓸리며 말한다.

— 네, 들어가세요.

ㄹ. 공연

돌아본 소감으로는 가장 인기 있는 안내소가 칵테일 만드는 학교라 한다. 그리고 얼굴에 페인팅하는 안내소도 아이들 줄이 길었다. 그 밖에 본교의 물레질하는 도자기 안내소에도 인원이 적지 않았다. 그 안내소의 인기 총아가 금상 수상자인 김경우였다. 물레를 발로 돌리면서 손으로 도기를 성형하는 과정이 현실감이 있었다.

— 인기 만점은 뭐니 뭐니 해도 음악실에서 하는 특별 공연이더만. 스포츠 댄스니 힙합이니 또 사물패들 공연도 괜찮았고.

스포츠 댄스를 어린 남녀 학생들이 손잡고 발맞추어 돌고 돌리고 안고 안기며 돌아간다? 긴장될 순간일 것이 분명하다.

— 어느 학교 학생인지 그 놈 팝송 실력도 보통이 아니던데. 밤무대 서는 솜씨야.

조영남의 아류 정도로 가창력이 있었다. 실고에서는 그런 뛰어난 기예자들이 있다고 보면 이쪽도 전망이 어둡지만은 않은 것이다.

— 그 뭐냐. 농구나 야구장에서 열연하는 응원단 흉내도 가히 수준

급이던데!

짤막한 치마가 보기에 땀띠 날 정도였다. 그러나 그 부분을 사람들은 주목해서 지켜봤다. 하다면 또래인 남학생들은 어떻게 받아들였을까.

그로서는 그 점이 아슬아슬했다. 익숙해서인지 오히려 지켜보는 아이들이 어른들보다 더 덤덤해 보이는 것 같았다. 그렇게 긴장되는 장면들은 한참씩 학교를 바꾸어 가면서 이어졌다.

— 눈요기로 그런 행사도 끼워 넣어 놓으니까 볼만은 하데.

송 영감의 생각이다.

— 그게 없으면 아이들이 무척 심심했겠지.

이 부장이 동감한다.

— 글쎄요. 꼭 필요한 순서였을까? 없어도 되는 행사가 아닐까요?

함동우가 반대한다.

— 그건 그렇고 아까 교육감이 떴을 때 사람들 몰려온 것 봤어? 수업하느라 다들 못 봤지?

송 영감이 다시 부채질을 한다.

— 만수산에 구름 모이듯이 했더구먼. 이 교장, 저 교장. 머리 내민 사람들은 전부 장감들이야. 내가 아는 한 사람은 북구인데 중학교 교장이야. 내년에 고등학교로 옮길까 싶어 교육감 눈도장이나 찍는다고 왔대. 그런데 끝까지 기다렸지만 그림자도 못 봤어. 혹시나 싶어 운동장에서 빠져 나가는 차량까지 지키고 있었는데 말이지.

송 영감이 애쓰는 동료의 얘기를 한다.

— 그랬어?

그가 홍미로워서 반문한다.

— 벌떼 같았어. 부석사 마당에서 보면 해 지는 쪽으로 층층이 산들

이 포개진 것을 볼 수가 있지. 마치 그것과 같아. 교장 위에 또 있고 또 있었어.

— 교육장이 두 사람이고 부교육감도 오고 그 위가 단 한 사람의 교육감이야.

— 그렇다니까.

그 말을 들으면서 그는 평교사 밑에는 누가 있나 싶다. 학생이 있지만 그들과는 계통이 다르다. 그러니까 평교사 밑에는 아무도 없다. 대신 위에는 교감이 있고 장학사가 있고 연구사도 있다. 그 위가 장학관과 교장이다. 그 사람들이 한 사람을 보기 위해 시장판을 이루었다는 것이다. 야, 싶다.

그는 갑자기 숭앙하는 학교장을 얼마나 받들어야 할지 모호해진다. 그리고 교장의 높이가 얼마 만큼인지도 흐릿해진다. 2층 위에 3층이 있고 그래서 사람 위에 사람이 있는 시대를 일상적으로 살고 있다. 그런데 2층 사는 주민이 1층 사는 주민보다 얼마나 훌륭한 것인지 어떤지는 눈금을 정할 수가 없다. 건물을 옆으로 눕혀 버린다면 틀림없이 평균치가 되는데 그렇지 않을 경우에는 분명 사람이 위에서 사람을 누르면서 사는 것이다. 온갖 오물까지 터뜨리면서.

— 댄스 공연은 또 언제 있어?

송 영감이 커피잔을 놓고 묻는다.

— 오늘은 끝났어. 내일 오전 11시와 오후 3시야.

— 좋은 것 한 번 보려니까 텄네.

그렇게 별들이 총총했구나.

그는 잠시 후에 그런 생각을 한다. 그러면서 뭔가 가슴이 허전하게 한 뭉텅이가 빠진 듯한 느낌을 받는다.

2.

문을 열자 산특 교무실에서 콰르르 웃음소리가 쏟아진다. 무슨 얘기냐 하면서 그는 둘러앉은 탁자 곁으로 다가선다. 가장 먼저 그를 보고 자리를 권하는 사람은 양호 선생이다.

— 어서 오세요. 떡 드세요.

교감도 변웅섭도 김상호도 떡이 입에 한 주먹씩 들어 있다. 말이 안 나오는, 말문이 막힌 상태임을 눈으로 확인할 수 있다. 떡은 검정콩이 다문다문한 콩찰떡이다.

— 웬 떡입니까?

가방을 놓고 그도 양호 선생이 비켜준 자리로 다가간다.

— 듣고 나서 먹을래요? 먹고 나서 들을래요?

겨우 숨통을 튼 김상호가 질문부터 한다. 듣고 먹겠느냐 먹고 듣겠느냐는 것은 사연이 있다는 말이다.

— 듣긴 뭘 들어. 어서 떡부터 드세요.

변웅섭도 간신히 떡을 삼킨 모양이다.

— 떡은 맛있네.

교감은 물잔에서 찬물을 한 모금 꿀꺽 마신다. 떡은 과연 맛있다. 찰떡은 본래 맛있는 것이다. 거기에 콩이 씹혀서 고소함까지 더한다.

— 이놈의 세상이 요상한 거야. 쇠똥도 안 벗겨진 놈하고 인생 동급이니. 저놈을 잘라야 내가 만수무강하는데 걱정되네.

어수선하게 말하면서 김상호가 떡을 들고 자리에서 일어선다. 떡 먹은 벙어리라는데 벙어리짓을 해야지 뭐 하고 변웅섭이 조언하자 꿀 먹은 벙어리지 하고 산특 교감이 수정한다. 꿀 먹은 날도 소리가 많았던 것을 보면 요새는 꿀이건 떡이건 먹고 나면 시끄럽다는 생각이 든다. 꿀을 몰래 먹은 어렵던 시대의 사람들이 은폐를 위해 입을 닫았던 것은 깨놓은 수박이겠다.

— 선생님, 커피 하실래요?

녹음기처럼 양호 선생이 주문서를 낸다. 기어이 커피를 먹으라는 뜻인지 아니면 그의 말을 기억하지 못해 계속 반복하는 것인지 알 수가 없다.

— 아닙니다. 괜찮습니다.

저녁에는 커피를 안 마셔요, 잠이 안 와서요 하는 말도 여러 번했던 것 같다.

— 선생님은 참, 커피를 안 드신다고 했지.

양호 선생이 비로소 기호를 알아채고 포기한다.

그는 코앞에 진설된 찰떡을 다시 한 토막 찍어서 입에 넣는다.

— 이 떡은 김 선생 반 학생이 가지고 온 거예요. 아이가 첫돌이라면서.

양호 선생이 종이잔에다 찬물을 가져다준다. 고맙습니다 하고 그는 턱을 당겨 인사한다.

— 선생님은 모를 것입니다. 담임도 얼굴 보기 어려운 아이라서.

김상호는 그새 컴퓨터 앞에 앉아 있다.

— 방금 그 얘기를 하다가 웃었는데 얘가 작년에 주간부에서 자퇴를 했어요. 그리고 금년에 다시 1학년에 들어왔지요. 야간부로 말입니다. 그런데 사귀는 누나가 있었는데 그만 아이를 덜컥 낳았지 뭡니까.

덜컥 아이를 낳았다, 이해가 되세요? 하고 김상호가 싱겁게 주석한다. 아이를 얼마나 조심해서 열 달 동안 공들여 낳는데 덜컥 낳는다고 해 하고 교감도 거든다.

— 여하튼 그래서 주간에서 자퇴를 했어요.

그는 몰랑몰랑한 찰떡을 또 한 토막 집어 든다. 굴리듯이 입안에서 어물거리다 보면 스르르 목구멍으로 흘러든다. 그게 찰떡의 특성이다. 마치 흘러들 때는 문어발처럼 미끌리는 것이다. 그러고는 녹을 것이고.

— 자퇴는 누나랑 갈등 때문에 했고 아들은 그 후에 낳았어요. 그러니까 작년 이맘 때지요.

— 그럼 이제 열 칠팔 살밖에 안 됐겠네요?

어디까지 이야기가 진행되었는지 양호 선생이 도중에 나선다. 그와 비슷한 출발인 모양이다. 그는 또 한 조각을 집어 든다. 몰랑할 때 찰떡은 맛있는 것이다. 게다가 그는 오늘 저녁을 먹지 않고 시간에 쫓겨서 출두한 것이다.

— 그렇지요. 지금 얘기가 교감 선생님은 애가 애를 낳았는데 이것을 어떻게 받아들여야 하느냐는 것이지요. 우리는 특별학급이니까 이해되는 부분이 있다고 하더라도 관습상으로는 굉장히 얄궂다는 말이지요.

선생님은 어떻게 생각하느냐며 고견을 말해보라고 변웅섭이 웃는다.

— 글쎄요. 법은 잘 모르겠으나 저도 풍속상으로는 조금 낯설군요.

하고 떡을 입에 문 채 그가 버벅댄다.

— 그 학생이 지금 교실에 와 있어요. 오늘 1학년 수업이세요?

어제 했는데, 자기 반이 어젠데도 김상호가 컴퓨터 너머에서 물어온다.

— 아닙니다. 오늘은 2학년인데요.

그는 입안의 떡을 마저 삼킨다. 세 조각인데 뱃구레가 두둑한 느낌이다. 그러나 그는 한 조각을 더 집는다. 맛있지요? 나도 먹어보니 끝없이 들어가네 하며 교감은 다시 물잔의 찬물로 입안을 헹군다. 그도 따라서 찬물을 마신다.

— 그러면 우리 애비를 못 보겠군요. 내일부터 또 안 나올 것인데.

— 지금까지 얘가 56일을 결석했네. 앞으로 더 결석하면 잘릴 것 같은데.

변웅섭이 주무답게 장결자의 결석상황을 챙긴다. 야간부는 교무부장이 학생부며 연구부 일까지 관장하고 있다.

— 며칠 못 갈 거야. 지금 상태로 나가면 이 달 안에 잘릴 걸?

잘리는 것이 마라토너가 결승점에라도 이르는 일인 양 김상호가 호기 있게 해설한다. 보지 않아도 김상호의 컴퓨터는 붉은 색으로 수놓아졌을 것이다.

— 떡 잘 먹고 왜들 그러세요? 애기 아빠도 되고 했는데 진급시켜 주지.

양호 선생이 부담스러운지 꽁알꽁알 씹는다.

— 법은 법, 밥은 밥. 안 배웠어?

갑자기 그때부터 말이 뚝 끊긴다. 양호 선생도 컴퓨터를 들여다보고 있다. 그는 떡 네 조각으로 시장기를 때운다. 제 때에 먹으면 양이 적어도 요기가 되는 것이다.

— 교감 선생님. 이번 박람회 때 보니까 한누리경영정보고라는 학교가 있던데 그것은 무슨 학교에요? 신설 학교예요?

변웅섭이 끊어진 대화에 다리를 놓는다. 그는 입안에 남은 떡을 다시 찬물로 헹궈 넘긴다.

— 아니야. 옛날 월전상고라고 있었어. 아이들이 안 오니까 교명도 바꾸었지. 주산이니 부기니 하던 것도 버리고 웹 운영이니 그래픽 디자인으로 내용도 바꾸었어.

— 월전상고라면 오래 된 학교인데요?

— 우리 학교와 같애. 50년이 넘었어. 학교도 변해야 살지 안 그러면 아이들이 안 와. 그 때문에 이번 같은 큰 행사를 벌였잖아. 홍보 차원에서 말이지.

그 숱한, 그 짜드라 했던 천막들의 잔치도 나흘만에 끝났다. 나흘이래야 1년으로 치면 365 분의 4였다. 그래도 가장 큰 덕을 봤다면 천막을 품고 앉았던 '졸라 큰' 본교가 아닐까 한다. 다른 학교들은 찬조출연에 지나지 않았고. 안 그럴까?

맞십니데이. 그 말도 맞지예. 하지만 5천 명이 다 올인할 필요는 없지예. 받을 만큼 4백 명, 2백 명, 1백50 명 정원을 받으면 되지예. 안 그래예? 그러니 꼭 한 학교만 덕을 봤다고는 할 수는 없어예. 덕은 다 봤지예 하면 할 말이 없다. 그 말도 옳은 말이기 때문이다.

— 그러면 효경여상은 효경정보과학고등학교가 된 것입니까?

변웅섭이 박람회장의 시끌벅적함을 달아 묻는다.

— 그렇지.

— 부림여자정보산업은 부림여실이 전신이구요?

— 그럼, 그 외에도 관광고등학교니 생활과학고등학교도 교명을 새로 단장했잖아. 그리고 로봇고등학교도 생겼고.

로봇고등학교에는 그가 아는 이도 있는데 한다. 떡은 두 팩이 남았고 보이지 않는 사람은 우장봉이다. 담임은 3교시부터 수업이니 그때쯤 들어올 것이다.

— 이름만 바꾸었지 학과는 대개 비슷하지 않아요?

— 아니야. 전시장에 안 가봤어? 같은 것도 있지만 교육과정이 달라. 그래서 홍보가 필요했던 거야. 예전에 있던 학과들이 없어지고 새로운 학과들이 얼마나 많던가 봐. 실용 음악이니 미용 피부니 그리

고 만화 영상 같은 것이 최근에 새로 생긴 학관데 전에는 상상도 못했던 이름이었잖아.

가장 늦게까지 떡을 지키고 있던 교감도 어슬렁대며 자기 자리로 돌아간다.

— 효과가 얼마나 있을지 제 생각에는 돈만 쏟아 부은 것이 아닌지 모르겠어요.

교감의 설명과 상관없이 김상호는 변함없이 부정적이다.

— 안 그래. 이번에는 많이 달라. 댄스에다 칵테일 제조에다 이건 대단한 홍보였지. 과거에는 공문만 보내고 학교마다 각자 안내소에서 전단지만 뿌렸으나 이번에는 교육을 파는 본격적인 판촉행사를 했던 셈이지. 홍보 효과가 눈에 보일 거야. 연일 인산인해를 이루었으니까. 게다가 교육감이 다녀간 우리 학교, 이쪽 구역은 대단한 성황을 이루었지. 박 선생도 보셨지요?

— 네.

— 경제도 안 좋고 해서 예년에 비하면 좋은 아이들이 많이 올지도 모르지.

홍보 효과보다 변웅섭은 외부 상황을 놓고 점을 친다. 그런 요인도 있을 것이다. 미래를 내다보고 현재를 결정해야 하지만 실제는 체감온도로써 뒷일을 결정하는 수도 적지 않다. 눈앞의 떡인 것이다. 미래는 모험이고 현실은 현실이라 판단하는 이유이다.

— 그런 영향도 있을 거야. 이나저나 작년보다는 월등히 낫지. 몇 배까지는 몰라도 낫기는 나을 거야. 작년에는 다 알겠지만 합격선이 90%가 넘었던 학과가 절반 넘었어. 그 중에는 97% 짜리도 있었고 95% 짜리도 일곱 학과나 되었어.

주간부 경우야 한다.

— 우리끼리 이야긴데 그것이 어떻게 되었느냐 하면 말이지. 최종 합격자를 확정해 놓았는데 몇 개 학급에서 도중에 아이들이 빠져 나갔지 뭐야. 그래서 뒤늦게 머리수를 맞춘다고 허겁지겁 받아들이다 보니 그렇게 되었어. 그 아이들이 아까 말한 작년 합격선이 된 아이들이야. 금년에는 많이 다를 거야. 그런 일도 없을 것이고.

웅덩이에 풍덩 빠지는 느낌이다. 그들이 지금의 1학년들이다. 누구 누구 하는 얼굴들이 금방 머리에 떠오른다. 그가 들어가는 반만 해도 그렇다.

그런 아이들은 2학년 3학년에도 있었다. 그래서 갈등과 소동은 나날이 이어지고. 누구 누구 누구. 그러나 그는 그들의 성적을 당장 확인해 볼 마음은 아니다. 그럴 필요가 없는 것이다. 또 인생은 '성적순서' 가 아닌 까닭이다. 그는 현명하게 그렇게 생각한다.

— 그건 모르지요, 교감 선생님. 그리고 도중에 적응 못해서 빠져나가는 경우도 허다하잖아요. 빠져 나가는 아이들이 누구이겠습니까?

김상호는 끝까지 반대 의견이다. 두 사람만 모이면 민주당 자유당이 생기기 마련인 것이다. 그것이 우리의 활발한 토론 풍토이다. 누구 때문이라 손꼽을 것은 없고.

— 그런 경우도 없지 않겠지. 하지만 이제는 그런 아이들을 붙잡아야지. 안 빠져 나가게 말이지.

— 참말로 순진하시네. 교감 선생님은 학교의 체질을 너무 모르고 계세요. 어떻게 안 빠져 나갈 수 있어요. 그것은 불가능한 일입니다.

— 왜 불가능해?

교감이 지지 않고 김상호의 말을 받는다.

— 들어와 보니 다른데 어떻게 안 빠져 나갈 수 있어요.

애매하게 말하고는 핸드폰을 귀에다 대고 밖으로 나간다. 이내 복도에서 언놈이야? 빨리 오지 못해! 하고는 큰소리로 다그친다. 0.5초 내로 와 임마 하는 소리도 같은 고음으로 들린다.

— 지금 김 선생이 하는 얘기는 있었던 일이고 교감 선생님 하시는 얘기는 있어야 할 얘기에요.

맺고 끊음이 분명하게 변웅섭이 가담한다.

— 그런가? 하기는 이상이 안 맞으면 나가는 수도 있겠지.

— 현실이 안 맞아서 나가는 아이들이 있다니까요.

다시 이번에는 변웅섭이 다른 당이 된다.

— 좋은 애들은 성적이 어느 정도나 됩니까?

삐걱거리는 순간에 그가 편승한다. 궁금한 것은 지금 아이들이다. 누구 누구 누구. 그들은 틀림없이 안 좋은 성적일 것이다. 비하여 아무 아무들은 성적이 좋은 편일 것이 틀림없다. 시누대밭에도 왕대가 섞인 상황이니까.

— 전자과는 전통적으로 우수한 반이니까 상위가 20% 선이지. 해마다.

— 그래요?

전자과가 가장 낫다는 말은 그도 들었다. 그러나 지금까지 한 번도 가르쳐 보지 않아 알 수는 없다. 재빨리 손을 써 버리니까 돌아올 겨를이 없었던 것도 사실이나 한편 노련한 전사는 쓰고 단 것을 가려서 수업을 하지 않는다는 보관 때문이라고 말해야 올바른 진술일 듯도 하다.

— 그런 반은 합격선도 40% 정도야.

— 양호하네요.

— 지금 선생님이 들어가시는 1, 2학년도 전자과라는 것은 아시지

요?

변웅섭이 웃으면서 말한다.

— 아니야. 얘들은 아니고 주간부의 전자과를 말하는 것이지.

교감이 아는 소린 데도 헷갈릴까 봐 정확하게 가려준다.

— 왜요? 여기도 전자과는 전자관데요.

말을 하는데 김상호가 열이 가라앉아서 들어온다.

— 겨우 세 놈 왔어. 애비란 놈은 주무시고.

역시 믿음이 가는 것은 2학년이다. 출석율도 일정한 데다 보는 얼굴들도 일정하다. 그들 중에는 오늘도 4개의 바퀴 같고 기둥 같은 성인 남자 4명이 버티고 있다. 이들이 어린 것들을 무언으로 나이로 붙잡아 가는 것이다. 때문에 수업하는 맛이 제대로다. 굳이 비교한다면 7, 80년대 수준이라 할 것이다.

— 자, 오늘은 한 번 읽고 끝냅시다.

마음의 무게가 말의 무게라서 가볍다.

— 그런 공부도 있어요?

— 쉬워요.

— 시험은?

안 나와요? 하고 되묻는다.

— 시험 안 나오는 공부가 어딨나.

김 사장이다. 지난 학기엔 생일 턱을 거하게 냈다. 전교생과 전 교직원에게 자장면을 한 그릇씩 죽 돌렸다. 숫자로는 40명 내외였지만.

— 한 번 읽고 그럼 어떻게 시험을 쳐?

농구를 하던 점퍼 차림이다. 아들 뻘인 아이들과 일찍 오는 날은 농구를 했다. 뺏고 빼앗겼다. 30분 동안 3번도 공을 손에 못 붙였다고 한다. 아이들 손이 빨랐던 것이다.

— 읽는 것이 시험이지. 맹하기는.

옳거니 그르거니 한다. 출석부 날인을 끝내고 접힌 부분을 들어 배를 가른다. 그리고 158쪽! 한다.

— 이 사람이 누구예요?

— 밑에 써 놓았잖아. 1915년생이고. 야, 책도 많네.

— 오늘은 이 시를 읽고 감상토록 하겠습니다.

— 이게 시에요?

점퍼는 말이 많다. 외국인 며느리를 시장에 데려온 것 같다.

— 산문시 배웠지요? 산문시는 뭐가 같고 뭐가 다르지요?

반응이 뚝 끊긴다.

— 뭐와 닮았지요? 겉보기에.

— 산문과요.

똑똑한 아저씨다. 그래서 그는 똑똑이라고 부른다. 김 사장 점퍼 반장이 나머지 기둥들이다. 4인방이 와야 부수적으로 몇 명이 더 온다. 아이들이 더 느리다. 그리고 더 바쁘다.

— 산문과 닮았다고 했지요?

똑똑이의 대답을 한 번 더 짚어준다. 아, 하고 반장이 마침내 고개를 끄덕인다.

— 그러면 내용상으로는 무엇과 닮았지요?

시요, 하고 점퍼가 이번에는 씩씩하게 답한다. 그것은 눈치였다. 산문과 시, 형식과 내용을 대비적으로 계산한 것이다.

— 그렇지요. 그럼 왜 시와 닮았다고 하지요? 겉보기는 산문인데.

어렵다. 대답이 얼른 안 나온다. 배운 지 몇 달이 지나서 그렇다.

— 시는 줄이 짧지요? 이것은 길지요?

— 네.

— 길어서 산문과 같지요?

— 네.

— 그러면 시하고는 어떤 점이 같아요?

— 운율이.

하고 똑똑이가 뽀듯이 말한다.

— 그렇지요. 시는 뭐가 있지요? 짧든 길든 공통적으로.

— 운율요.

반장 목소리가 앞선다.

— 됐습니다. 그럼 이 시는 산문과 닮았고 시와도 닮았어요. 양성동체인 셈이지요. 남성성도 있고 여성성도 있는 한 몸에 두 가지 성징이 다 있는 거예요. 아셨지요?

— 네.

형식은 산문과 닮고 안으로는 운문과 닮았다고 한 번 더 되풀이 한다. 그리고 이야기부터 꺼낸다.

— 전에 남북 이산가족이 금강산에서 만났어요. 지금도 그 행사는 계속되지요. 한 부인이 남한에서 초립동이었던 신랑을 만나러 갔어요. 세월은 어느덧 반세기도 훌쩍 지났어요. 두 분 다 저만큼씩 여든을 바라보는 연세예요. 파파노인이지요. 북한의 초립동이었던 신랑은 결혼을 해서 아들딸을 여럿을 낳았어요. 그런데 남한의 할머니는 혼자였어요. 이름이 정귀녀예요. 자녀가 있었는지 모르겠어요. 신문과 TV에서 봤는데 너무 오래 돼서 말이지요. 이쪽 기자가 할머니에게 물었어요. 왜 시집을 다시 가지 않았느냐고. 그러자 할머니가 이렇게 대답했어요. '사람답게 살아야지 어떻게 사람이 소나 말처럼 살 수가 있겠느냐' 고. 그 기사가 대서특필 되었어요. TV에서도 할머니

부부의 상봉 장면이 연신 나왔어요. 반백 년 넘게 한결같이, 아니지요. 부부의 일생은 말이지요. 전통적인 가치로는 태어나서 남녀는 한 사람을 만나기 위해 10년 20년을 알뜰살뜰 기다리지요. 그리고 한쪽을 만나서 자녀를 낳고 일평생을 함께 살지요. 그런데 이 할머니는 할아버지를 만나기 위해 10여 년을 고스란히, 그리고 만나고 나서 금방 헤어졌으니까 나머지 삶을 모두 남편 기다림으로 보낸 거예요. 그래서 할머니 사연이 더욱 눈물겨웠던 거지요. 보셨겠지만 특히 할머니의 상봉 장면은 눈물도가니였어요. 그야말로 눈물 없이 볼 수가 없었지요. 사람답게 살아야지 어떻게 소나 말처럼 살겠느냐! 그게 한 남자를 기다린 할머니의 말씀이었어요. 얼마나 고결합니까? 그걸 우리는 예부터 내려오는 가장 동양적이면서 가장 세계적인 가치인 신춘향지념新春香之念이라 부르겠습니다. 기억나지요? 정귀녀 할머니의 얘기 말입니다.

— 그런 사람이 요새야 있나요?

이야기는 갑자기 달라진다. 점퍼가 김 사장을 지목한 것이다.

— 여기 김 사장은 말입니다. 출장에서 돌아오면 저기 안양서부터 미리 전화를 한대요. 여보 나 집에 가고 있어, 안양이야 하고 말입니다. 그런데 왜 전화를 그만큼서 미리 하는지 아세요? 퍼뜩 김 사장이 말해 봐.

사람들이 모두 버글버글 웃는다. 싸게! 하고 점퍼가 채근한다.

— 사람이 예의가 있어야지. 부부 사이에도.

그게 김 사장의 대꾸이다.

— 무슨 말이냐 하면요. 다시 말해 봐. 선생님은 모르시잖아.

— 왜 모르셔.

빙그레 김 사장이 웃는다.

— 무슨 말이냐 하면요 신발 신고 나갈 때까지 최소한 그만큼은 시간이 걸린다는 겁니다.

— 나가다니요?

그가 어림잡히지 않아서 묻는다.

— 왜, 있잖습니까. 누구랬지?

김 사장은 굳게 입을 다문다.

— 남자 친구가 말이지요.

— 아!

진땀이 확 난다. 그 해답을 얻으려고 뒤좇아 온 골목길이 여간 빡센 샛길이 아니다.

— 아셨죠?

— 아 하 하!

그는 비로소 커다랗게 웃는다. 그래서 미리 안양에서 전화를 하시는구나.

10분 휴식 시간이 지나서야 분위기는 쇄신된다. 담배도 피우고 화장실도 다녀오고. 그새 아이들 둘이 왔다. 모자를 꾹 눌러 쓴 놈은 비 맞은 사람처럼 후줄근한 걸음으로 뒷자리에 가서 앉는다. 나와 주는 것이 담임에게는 고맙고 자신에게는 나온 것이 다행이라는 아이다. 양곡도매상에서 일을 하는데 힘이 드는 모양이었다. 남은 애는 그 애 앞에 다소곳이 앉는다. 큰일도 없이 왔다 갔다 한다는 아이다. 일거리가 적당치 않은 것이다.

쇄신이 완벽하게 된 듯 네 사람은 뿔뿔이 표정이 밝다. 오늘은 수업을 한 시간 동안 판서 없이 담소로 때운 것이 영향을 준 것 같다. 책은 부담인 것이 사실이다. 정해놓고 극복해야 대상으로 침투되기 때문이다.

'여보, 여기 안양이야. 별일 없지?'

그게 예비 신호라는 것이다. 그런 예의쯤 있어야 현대에서는 부부로 무난히 남는다는 말이다. 우화인 줄 알겠는데 그것이 암시하는 뒷말이 무섭다.

물론 김 사장은 아니다. 본인이 겪고 있는 일이라면 결코 자신 있게 공개하지는 않을 터였다. 동문수학인 남자들의 가슴너비는 비슷하니까. 그렇다면 누구에겐가 들었다는 것이다. 그러면 그 누군가는 누굴까? 어디에 살까? 그리고 어디까지 실제 상황일까? 대한민국의 일부일처제가 이렇게 조각나는가 싶다.

— 선생님, 공부 안 하세요?

반장이다. 반장답다.

— 예. 합시다.

그는 간단히 받아들인다. 우스개를 가지고 재탕 삼탕할 수는 없다. 그것이 본인을 더욱 이상하게 만들 것이다.

— 자, 그럼 읽어봅시다. 아까 얘기했지요? 산문과 닮은 점, 운문과 닮은 점, 그리고 일반시와의 형식상 차이도 생각해 보세요. 좋은 작품이니까 내용도 잘 챙기세요. 재미있는 김 사장이 읽어 보세요.

— 제가요?

버그르 하고 나머지 사람들이 웃는다. 다시 분위기는 일정 수위까지 전 시간으로 돌아간다.

— 좋은 시네.

벌써 묵독을 끝낸 반장이 고개를 끄덕인다.

— 좋은 시지요?

— 재밌어요.

부스스 김 사장이 자리에서 일어난다.

— 앉아서 읽으세요.

— 서서 읽어야 되지. 초등학교 때 양팔 일직선으로 쫙 펴고 또박또박 큰소리로 바둑이와 영이를 읽었잖아. 기본이야.

개의찮고 김 사장은 자리에 도로 앉는다.

— 그런데 이런 사람이 요새도 있어요? 맞아 죽을지 모르겠는데요? 집에 가서 이 소리 했다가는.

— 많이 변했지요. 그러나 기본 가치는 잊지 않아야 하겠지요. 순금과 같은 것이니까요.

야, 참! 한다. 반장은 마음에 벅찬 눈치다. 도대체 이런 시가 있느냐, 이런 사람이 있느냐 싶은 것이다.

— 아까 정 할머니도 있었잖아. 그 분이 이 분이야. 상황이 약간씩 다를 뿐이지.

— 언제 읽어요?

똑똑이가 마침내 맥을 짚는다.

— 그래요. 오늘은 읽고 마치겠어요. 읽어보세요.

— 읽어요?

— 네.

— 또박또박 성우처럼 읽어. 성의 없이 읽지 말고.

— 알았어.

김 사장은 또박또박 읽기 시작한다. 서정주의 산문시인 '신부'를. 여기 전문을 옮겨보면 다음과 같다.

신부新婦

서정주

신부는 초록저고리 다홍치마로 겨우 귀밑머리만 풀리운 채 신랑하고 첫날밤을 아직 앉아 있었는데, 신랑이 그만 오줌이 급해져서 냉큼 일어나 달려가는 바람에 옷자락이 문돌쩌귀에 걸렸습니다. 그것을 신랑은 생각이 또 급해서 제 신부가 음탕해서 그 새를 못 참아서 뒤에서 손으로 잡아당기는 거라고, 그렇게만 알고 뒤도 안 돌아보고 나가 버렸습니다. 문돌쩌귀에 걸린 옷자락이 찢어진 채로 오줌 누곤 못 쓰겠다며 달아나 버렸습니다.

그러고 나서 40년인가 50년이 지나간 뒤에 뜻밖에 딴 볼일이 생겨 이 신부네 집 옆을 지나가다가 그래도 잠시 궁금해서 신부방 문을 열고 들여다보니 신부는 귀밑머리만 풀린 첫날밤 모양 그대로 초록저고리 다홍치마로 아직도 고스란히 앉아 있었습니다. 안쓰러운 생각이 들어 그 어깨를 어루만지니 그때서야 매운 재가 되어 폭삭 내려앉아 버렸습니다. 초록 재와 다홍 재로 내려앉아 버렸습니다.

3.

굳이 말한다면 원서접수 닷새 전, 그는 여느 날과 다름없이 시간표에 의해 지정된 교실을 찾아간다. 이 교실에 들 때면 그는 간혹 나름의 의식을 마음 속으로 갖는다. 그것은 프로젝션 TV 구석에 계시는 그만의 조용한 신주가 있기 때문이다.

'신주님, 이 아이들을 어떻게 가르쳐야 하겠습니까?'

한참 머리를 마음 속으로 조아리고 있으면 정리가 된다. 상황이 상황 그대로 눈앞에 그려지는 것이다. 그것을 그는 당신 신주님 곧 스승님이 내린 지침이라고 생각한다.

산특 교감의 설명이 아니라 하더라도 누구 누구로 이름 지어지는 아이들, 그들이 여기에 있다. 그리고 다른 반에도 있다. 그 반대도 여기 있고 다른 반에도 있다. 바닥에서부터 그는 시료들을 채취해야 한다.

— 자, 앉아라!

그는 1분 간격으로 다섯 차례에 걸쳐 외친다. 그중에 90% 짜리가 짱뚱어처럼 뛰고 농발게처럼 기면서 개펄을 휘어잡고 있다.

— 야! 앉아, 어서!

대꼬챙이로 때릴 듯이 아이를 지적한다. 야! 앉으래, 앉으래 하고 종당에는 저희끼리 소리친 다음에야 자리가 어지간히 수습된다.

— 오늘은 요점정리를 하겠다. 모두 교과서를 펴라.

제삿날 돌아오듯 시험이 시험을 물고 닥친다. 가난한 집에서 치러야 하는 손마디처럼 촘촘한 기제사는 산 입에 풀칠도 어려운 형편에 망자를 위해 때마다 갖은 음식을 갖춘다는 점에서 물적 심적으로 여간 큰 고충이 아니었을 것이다. 흡사 그와 같이 시험이 싫고 공부가 힘든 아이들에게는 돌아서면 닥쳐오는 시험이 매운 당고추만큼이나 싫을 것이다.

— 교과서를 펴랜다.

아림이가 수아를 툭 치면서 사물함으로 달려간다.

— 거기, 너희들 밖으로 쫓겨난다!

녹이 슬었겠지만 시종 위협조로 뒷자리를 집중한다. 대부분 아이들은 묵묵히 책을 꺼낸다. 꺼내는 손들이 귀찮고 무겁다.

— 야, 종필이 민규 경훈!

그는 또 한 번 소리친다. 올챙이 몇 마리가 도랑물을 다 흐리는 마당이다.

— 저 뒤에는 누가 안 들어왔어?
창가 쪽이 버짐자국같이 비어 있다.
— 여기는 반장 자리구요 차병이랑 대환이도 안 들어왔어요.
— 왜?
— 학생부에 갔어요.
— 누가?
— 셋이서요.
정신없는 아이들이다. 신은 그 후로 잠잠한가 싶더니 완전하게 정돈된 상태는 아닌 모양이다. 하기야 일거에 맺고 끊는다면 여북 좋을까?
— 중요한 곳 몇 군데만 보자.
그는 알 듯 말 듯 넌지시 암시를 해준다. 아무래도 시험 문제를 보자고 말할 수는 없는 것이다. 그것은 교사 양심에도 허락되지를 않고. 그럼에도 중간고사 때는 별스런 일까지 생겼으니 사람은 사람마다 생각하는 기준이 다름을 알 수가 있다. 딸깍발이처럼 사는 사람에게는 그의 이런 방법조차 이해하지 못할 것이다. 그런 짓을 왜 하느냐고, 교사 양심이 있지 않느냐고. 글쎄, 글쎄요이다. 좌우간.
— 몇 쪽요?
아림이가 그래도 가장 세심하다.
— 167쪽, 민족문화의 전통과 계승.
참 어려운 단원이다. 햇수로도 오랜 단원이다. 인문고에서는 그렇다고 하더라도 말이 안 통하는 이들에게 이 어려운 논설문을 어떻게 가르쳐야 할지 과연 가르치기는 했는지 두고 보고, 보고 보아도 이해가 안 된다.
그래도 성적이 좀 나은 아이들이라면 모를까 같은 단원을 특목고의 신동들도 같이 배우고 있다고 생각하면 더욱 까마득하다.

— 자, 여기 둘째 줄에 '목은 잘라도 머리털은 못 자른다吾頭加斷 此髮不可斷' 는 말은 위의 문장을 보면 무슨 뜻인지 암시가 돼 있다. 머리털에서 발끝까지 모두 서양식으로 꾸미고 있어 머리털을 자르느니 차라리 내 목을 자르라고 했다. 머리털에 자존심 또는 우리의 방식이 담겨 있다는 뜻이다. 이해가 되나? 우리 것을 안 지키는 현실이 안타깝다는 그런 뜻이다.

무슨 뜻이냐고 방금했던 말을 되돌려 묻는다.

— …….

대답이 뒤좇아 나와야 함에도 아이들은 기다리기만 한다. 대답은 '우리 것을 안 지키는 현실이 안타깝다' 이니 생각하고 말고 할 것도 없다. 했던 말 그대로인 것이다.

— 그럼, 다음 단원을 보자.

더 건드리지 않고 넘긴다. 너무 집적대면 노출이 될지 모르기 때문이다. 지금 한 말이 정답이야, 그게 시험 문제라고 하게 되면 와전될 수가 있다. 국어 선생님은 정답을 가르쳐 주더라고. 그러면 또 한 사람의 김호웅이 2학기 기말고사에 나타나게 되는 것이다.

그것은 걱정스런 관행이 될 것이다. 사회가 모두 우려할 만한. 이런 경계선까지 이르렀음에도 그는 모험을 하는 것이다. 아이들 성적을 위해서 말이다.

— 선생님, 무슨 설명인지 전혀 모르겠어요. 한 번만 더 해주시면 안 돼요?

수아가 야지랑을 떤다.

— 뭘 더해!

— 모르겠단 말이에요. 한 번만 더 해 주세요.

— 뭘 한 번만 더 해!

그는 속으로 엄청 우스워한다. 선생님, 우리 자고 해요, 네? 자고 해요 하던 요청과 흡사한 까닭이다. 물론 그는 때가 묻었고 수아나 과거의 여학생은 눈꽃 같은 순수의 열정들인 것이다.

— 방금 설명한 이런 말이 도무지 무슨 뜻인지 모르겠단 말이에요.

— 왜 몰라! 어째서 모르나. 그대로 이해하면 되지.

그는 그야말로 우악을 쓴다. 스스로의 설명이 하나도 어렵지 않다고 생각하기 때문이다. 수아에게 눈높이가 있지 않고 자신에게 눈높이를 맞추어 놓았기 까닭이다. 이럴 때 잘 알려진 교수법이 그 유명한 '눈높이 교육' 이다.

사전 답사를 할 때도 꼬부라진 허리로 진열장을 둘러보고 이튿날 조무래기들과 같이 와서도 허리를 꺾어서 전시물을 둘러보는 것, 그것이 바로 눈높이 교육인 것이다. 요지는 피교육생의 수준에다 강의 수준을 맞추라는 것이었다. 교직과목 이수자면 누구나 배웠던 내용이다. 그 사람은 물론 정상인이었다.

— 나는 이런 것도 모르겠단 말이에요.

밑줄을 주욱 긋는다. 이제 막 설명을 끝낸 부분이다.

— 여기 봐라. 이렇게 돼 있지를 않니.

그도 허리를 꺾어서 줄을 따라 설명을 한다.

— 지금부터 1백 년 전의 어머니들은 이렇게 많은 일을 했어. 빨래를 하고 바느질을 하고, 그렇지?

— 네.

— 음식을 만들고 벼를 찧고 장에 가고 물 긷고, 그렇지?

— 네.

— 밭일 하고 늦게 자고 일찍 일어나고 실 잣고 베 짜고, 누가 하는 일이야?

— 어머니들이요.

— 그래. 조선시대의 어머니들이지. 그리고 아이를 많이 낳는다고 했어. 그래서 그들은 서른 살에 벌써 쉰 살은 돼 보이고 마흔이 되면 이가 빠진다고 했어. 그렇지?

— 네.

— 그러면 여기 봐라. 문장이 이렇게 돼 있지를 않나.

몸단장을 해야겠다는 생각마저도 아주 이른 나이에 잊어버리고 만다.

이것은 몸단장에 관심이 없다는 말이냐, 아니면 몸단장할 겨를이 없다는 말이냐?

— 겨를이 없어요.

— 그래. 그런 말이야.

— 그렇게 설명해 주면 되잖아요. 다시 한 번 해주세요. 이번에는 100점을 받아야 한단 말이에요.

— 오늘 설명한 것을 집에 가서 잘 생각해 봐라. 이제 알았으니까 내년에는 더욱 열심히 하자.

가려운 데를 긁어놓고 나서야 그는 수아의 올가미에서 벗어난다. 흔쾌하지는 않지만 자기 요구대로 알아듣게 설명해 주었다는 점에서 수아는 안심하는 얼굴을 한다.

— 내년에 선생님 안 가시지요?

— 그럼.

— 우리가 졸업할 때까지 가지 말아요, 아무데도.

감쪽같이 마음을 바꾼 수아가 이제야 본심을 내보인다 싶다. 내년에 가세요! 하더니. 남친 사이를 깨놓으려 한다고.

— 선생님이 가시면 우리가 막 울 거예요.

수아보다 아림이가 더 적극적으로 발언한다.

— 알았어.

— 선생님, 저요. 질문 있어요.

경훈이가 기특하게 질문을 한다고 한다.

— 그래. 해봐라.

그는 한 아름 꽃다발을 던져줄 생각으로 입 안 가득 웃음을 준비한다.

— 요전에 친 모의고사는 성적에 안 들어가지요?

— 그래.

— 안 들어간다잖아!

민규의 옆구리를 사정없이 팔굽으로 내지른다.

— 선생님, 신입생들 원서는 다 끝났지요?

— 아니, 며칠 있으면 할 거야. 지금 상담 전화 받고 있어.

그들의 대화가 어떤 수준이었던가를 일부나마 알게 한다. 수업 시간에 주변 이야기에 혼곤히 파묻혔던 것이다.

— 그게 다야?

이번에는 민규가 경훈의 머리통을 가격한다.

— 네.

— …….

그는 다시 그를 지켜보는 스승님을 향해 질문한다.

스승님, 오늘 수업은 어떻게 되었습니까?

나올 때까지도 세 놈은 교실에 나타나지 않고 있다. 벌청소를 하거나 벌을 서거나 할 것이다. 몰골들을 한 번 봐주고 갈까 싶어 그는 학생부 쪽으로 마음을 정하다가 참는다. 재미일 수도 있지만 약점을 보인 아이들 기만 떨어뜨릴 수도 있는 것이다. 그래서 가던 대로 중간 계단으로 나선다. 분수대 곁으로 학생부장이 명아주 막대를 질질 끌면서 오고 있다. 정문까지 수시로 나가 아이들 출입을 살피는 극성파가 학생부장이다. 어쩜 학교장이 이 학교의 윗자리가 아니라 자신이 두목이라고 생각하는 지도 모를 양반이다.

— 부장님.

그는 얼른 화제를 찾아낸다.

— …….

커다래지는 두 눈, 그것이 학생부장의 대답이다.

— 지난번에 입 맞춘 아이들 어떻게 되었어요?

먼 얘기다. 컴퓨터라도 한참 뒤적거려야 끌려 나올 법한 문서인 것이다.

— 아, 그놈들. 하나는 전학 갔어. 그리고 여학생은 지금 노량진에서 학원을 다닌대. 검정고시 한다고.

둘 다 파산이 된 셈이다. 그 한 번의 사건으로.

— 왜 그렇게 됐어요?

여유를 준다면 한 번쯤은 묵인이 안 될까 싶다. 예사로 묵인되어서는 안 될 일이지만 학교를 그만 두는 것은 잘못일 수도 있는 것이다.

— 대학이야 여기 아니면 못가나? 차라리 검정고시를 보면 더 빠른 길이지.

학생부장 입장에서 하는 말일 것이다. 선도 범위를 벗어나는 학생들은 내보낸다는 보관이다. 그 다음에는 그 다음 기관이 맡으면 될 것이었다. 가령 복지부라든지 종교계라든지 아니면 사설기관이나 또는 대안 학교 등에서도 넘겨받을 수 있는 것이다. 쓸 만한 인재들만 데리고 학교를 학교답게 정렬해 가겠다는 것, 이것은 일선 학교의 공통된 이상이요 희망이다. 그러나 학생부장은 학교에서 자르기만 하느냐고 물으면 이는 명백하게 대답은 '아니오' 이다. 하다면 학생부장은 아이들을 너그럽게 감싸 안아야 하는 것이다. 때론 신부님처럼. '내 아이라 생각하면 내던질 사해는 없다' 가 학생부의 전설이니까.

— 엄마가 아버지보다 더 무섭데. 여학생은 엄마가 와서 막무가내 끌고 나갔어.

— 그래요?

— 요새는 학부형들이 학교에 오면 자기가 다 판단해. 데리고 나가든지 어쩌든지. 강원도 간 그 놈은 아버지가 와서 데리고 갔잖아.

사건의 실체는 덮어둔 채 학생부장은 시종 결과에 대한 관심을 잊지 않는다. 어쨌든 두 쪽 다 아이를 데리고 나간 것은 그 일이 화근이던 것이다.

그보다 남들이 더 많은 얘기를 가지고 있으니까 들은 말을 하면 그날 박정임은 이런 말을 했다. 어느 여학생과 통화할 일이 있어 전화를 했더니 병원에 있다고 했다. 왜 병원에 갔느냐니까 남친이 입원을 했다는 것이란다. 그런데 왜 네가 늦은 시간인데 거기 있느냐니까 밤샘을 할 것이더란다. 정혼한 사이도 아닌 1학년이 벌써 그러면 어쩌냐고 당장 집으로 가라니까 집에는 부모들이 일을 나가고 아무도 병간호를 할 수가 없다더란다. 다음 날 여학생을 불러서 어디까지 간 사인가 물었더니 거기도 입술까지 끝낸 사이더라는 것이다. 그러니 참 딱해요, 부모들은 그런 것도 모를 뿐더러 거기까지 신경 써서 지도할 틈이 없어요, 다 살기가 바빠서요 했다. 가난하면 성교육까지 안 된다는 것이 그날의 또 하나 결론이었다. 돈이 없어서 학원교육을 못 시키는 것, 그것은 틀림없이 가난이 원죄였다지만 성교육까지 안 된다, 가정교육도 안 된다는 말은 꼭 새겨들어야 할 현실적 과제의 하나였다. 가정교육은 사회교육보다 학교교육보다 훨씬 소중한 선행교육이라는 것은 두 말할 여지가 없는 일이었다. 사회가 가정을 허물고 가정이 청소년들을 파기한다고 이번 일을 두고 보면 누군들 공감하지 않겠는가 말이다.

— 일과 중에도 교문에 나가세요?

허벅지 찢어진 사건까지 있었으니 학생부장의 노고를 우회적으로 치세운다.

— 애 안 받는 것만도 다행이지 뭐. 지난 달에 학생부장 회의에 나갔더니 저쪽 학교에서 쌍둥이를 받았다잖아. 옥상에서.

— 쌍둥이를요?

부우부우. 그는 방금 들은 얘기를 하늘로 날려 보낸다.

— 그만하기 천만다행이지. 큰 사고 날 뻔했잖아. 뉘 말대로 전쟁빼고는 다 있는 거야. 학교가 이제 안전지대가 아니야.

희미하게 웃으면서 학생부장은 걸음을 뗀다. 그것은 아무것도 아닌, 애야 오히려 생산인, 하는 뜻이 숨었는지도 모르겠다. 수많은 일더미 속에 파묻혀 사는 자리다 보니 무엇이 중하고 무엇이 경한지를 학생부장은 아는 것이다. 안녕히 가세요 하고 그는 등 뒤에다 대고 인사를 한다.

교무실에는 박정임의 웃음이 팝콘처럼 터지고 있었다. 그것은 추가 졸업한 맏이가 유수한 기업체에 합격됐다는 의미였다.

— 내일 점심 낼 거야? 소도 잡는데.

벌써 박정임의 주머니는 돈 계산으로 쨍그랑거린다.

## 4.

수업을 하고 돌아오니 인쇄물이 책상에 놓여 있다. 제법 두툼한 넉 장짜리다. 11월 시행 1, 2학년 모의고사(학력평가) 분석표인데 지난번 직원회 때 받은 문건 같은데 다시 나온 모양이다.

— 이거 누가 갖다 놓았어?

침을 묻혀 한참 내용을 훑은 그가 서정국을 흔들어 묻는다. 서정국은 공책에 도장 찍던 일을 멈추고 그를 돌아본다.

— 다 보셨어요?

— 꽤나 힘썼네.

꼼꼼히 했다는 말을 그는 바꾸어서 표현한다.

— 신송지가 했대요.

서정국이 공책들을 한쪽으로 쌓는다. 수행평가 자료인 것이다.

— 신송지가?

가만히 있다고 가마떼긴 줄 아느냐는 말이 있다. 얌전히 지낸다고 해서 생각이 없는 것은 아닌 것이었다. 반짝하는 본성이 신송지에게서 일어난 셈이다.

— 열 받았나 봐요.

— 왜?

— 접때 실랑이할 때 형님도 보셨잖아요.

그러니까 그때가 1, 2학년 모의고사 분석표가 나오던 날이었다. 교무부장이 은근히 언어영역을 지목해서 폄하하는 발언을 했다. 분석표에 나와 있음에도 불구하고 언어영역이 어느 과목보다 점수가 낮다는 듣기 싫은 소리를 한 것이다. 뭐 저런 말까지 하는가 싶었더니 땡삐들이 가만있지 않았나 보다. 그러고 나서 2주일이 지나 새로운 분석 자료가 나온 것이다. 전체적인 것은 아니고 언어영역을 위한 자체 자료인 셈이다.

— 표3은 국어과용으로 만든 것이구요, 고딕으로 처리한 학교 평균은 신송곳이 직접 교무부장을 찾아가서 원장元帳을 보고 고친 것이에요.

— 잘못 되었나?

— 오차 폭이 많이 좁혀졌지요

— 별명 잘 지었네.

이 부장이 무슨 말끝에 날카롭다는 뜻으로 칭찬한 말이 적중하는 별명이 된 것이다. 말끝이 똑똑 떨어지는 부분도 그런 기운이 돌지만.

— 나도 망신당했잖습니까.

— 왜?

— 그날 직원회의 마치고 2학년 직업탐구를 지적했거든요. 이게 뭐냐고, 전국에서 상위 성적이어야 하지 않느냐고, 그러면서도 언어영역이 수리영역보다 낮다고 까느냐고.

— 그랬어?

— 자기 교과는 숨기고 다른 교과만 꼬집는다 싶어서 흥분했는데 말입니다. 그런데 지금 보니 신송지가 그 부분은 맞다고 분석했네요.

그가 더듬거리는 동안 서정국이 허리를 비틀어 보고 있는 자료를 꼭꼭 짚어준다.

— 여기 종합 분석에 '직탐은 1차보다 인원수가 상향되어 전국 평균보다 높다' 고 했지 않습니까. 원안 그대로 인용한 것이에요.

— 그랬구나.

— 내 망신당한 것은 둘째 치고 그놈의 입을 반쯤 꿰매준 것이 통쾌해요.

서정국이 손등으로 입을 쓱 문지르면서 자리로 돌아간다.

— 그러니까 원장을 보고 바로잡았단 말이지. 1, 2학년 수리와 언어영역을.

그의 이야기를 서정국이 잠시 새겨서 듣는다. 그런 후에 말한다.

— 이참에 3차 분석을 다시 해야 할까 봐요. 1차 분석부터 도무지 믿음이 안 가요.

— 설마. 그리고 신송곳이 다시 했는데.

— 밉광스러워서 말이지요.

회의석상이라 듣고는 있었지만 부레가 끓었던 모양이다. 뒷심 없는 노룡들은 제풀에 시르죽는데 비해 피 끓는 청룡들은 갈기를 보인 것이다.

— 좋은 자료네.

그러면서 그는 자신이 들어가는 1학년 국어 2개 반에 대한 순위를 되새긴다. 10/14, 11/14이면 꼴찌나 다름없다. 꼴찌 학급이 참고로 밝혀지기는 했으나 그것은 오십 보 백 보 차이다. 따라서 엊그제 수아랑 '학습' 했던 과정이 읽혀져 머리가 무겁다. '전체 과목 중 언어영역이 하위인 것은 실업계 고등학교의 두드러진 특성이다' 는 진단은 그래서 명쾌하다.

5분 가량 또래들이 이야기하는 자리를 지켜보고 있을라치면 그들의 대화는 두 마디도 알아듣지 못함을 알게 된다. 이것은 그들 언어에 대한 배경지식이 턱없이 부족한 까닭인데 이런 언어를 쓰는 외계인 다름 아닌 세대들에게 기존 언어란 보편성이 없기 마련이다. 퍼펙

트니 퍼펙트 빵이니 하다가 금세 '베드신 나왔어, 어제' 하고 화제는 다른 데 가 있다.

말을 알아들을 수 없는 또 다른 이유는 따발총처럼 빠른 그들의 말씨다. 유승민이 때리는 탁구공보다 빠른 회전력으로 언어구사를 한다고 보면 틀림없겠다.

'뭐라고 했어? 다시 말해 봐!'

그러면 대답 대신 뒤통수만 긁적이는 아이들. 최소한의 어휘로써 윗사람들과 교통하고 나머지는 저희들 말로써 저희끼리만 치고받고 소통하는 세대들이다.

'지금 설명한 이런 말도 무슨 뜻인지 모르겠단 말이에요.'

그것은 용기요 솔직함이지 무식이나 치부가 아니다. 겸해서 수아만의 난관이 아니라 적지 않은 아이들의 공통된 과제임도 자료로써 객관화할 수가 있다. 교복으로는 같지만 교과서로는 천양지판인 세계가 그가 들어가는 현재의, 이곳의, 실업계 교실의 모습이다.

— 자료를 보니까 찜찜하네요. 진작 만들어야 하는데 누가 만드나요? 실고에서는 인문교과가 만년 서자 취급인데 뭣 하러 궁색하게 생색을 일궈서 내요. 내 말 맞지요?

— 복지부동이야?

— 괜히 그렇잖아요.

서정국은 인쇄물을 한쪽으로 밀어놓고 자리에서 일어선다. 교과서를 챙겨 자리를 벗어난다.

— 다녀오겠습니다.

저만큼 나갔다가 서정국이 다시 돌아온다,

— 형님, 앞으로 신송곳과 화해할까요?

— 언제 싸웠나?

시간표 때문에 지난 3월에 서정국은 티격태격 다투었다. 그 일로 최근까지 서먹한 것은 사실이다.

— 에이, 형님도 좋아했으면서.

— 나도?

묶어드는 이유가 상황을 얼버무리겠다는 뜻이다. 빨리 수업이나 들어가! 하고 내쫓듯이 그가 말한다. 얌전하고, 약간 쌀쌀맞은 것이 흠이라면 흠이지만 차돌에 바람 들면 썩돌보다 못하다는 말도 있으니 지금 그 말은 이미 둘 다 화해를 시도하고 있음을 그는 조금 후에야 깨닫는다.

무기질 인간, 지랄 안 하나.

그는 비시시 속으로 웃는다.

## 5.

원서 접수 첫날. 그는 수위실 앞에서 운동장을 바라보다가 한 계절이 등을 보이고 있음을 발견한다. 조정부 합숙실 뒤에는 줄넘기 덤벨 역기 같은 몇 가지 운동기구들이 늘려 있었다. 그중 그는 덤벨만 한 달 바짝 들고 흐지부지해 버렸다. 감기가 한 동안 그를 지배했고 시월 들면서 모임이 여기저기 많아서 쫓아다니노라 몸이 곤핍했던 까닭도 있었다. 그밖에는 긴장감이 느슨해진, 역시 건강에 대한 유념이 흐지부지한 탓도 컸다. 모두 걱정하는 혈압 과체중 당뇨 고지혈증 중에서 그도 몇 가지 인지된 사항이라 불가피하게 동참을 했으나 일은 그리 순조롭지 못했다. 땀을 빼서 체중을 줄이고 함께 혈압도 떨어뜨린다는 굳게 세운 목표가 작심 한 달로 끝난 것이다.

— 너는 왜 맨날 지각이야? 너희 아버지를 부를 거야!

교장에다 부장까지 역할을 다하는 수위장이 덜렁하게 실내화를 끌고 오는 남학생을 나무란다.

그래서 내던진 건강다짐이 운동장 끝 합숙소 건물 뒤에서 여름처럼 시들고 있다. 아니 가을도 거반 지났고 건강다짐도 나뭇잎같이 마음에서 이울어 버렸다. 새로운 동기가 주어져야 파릇하게 새 움이 틀 것이다.

— 이른 시간인데 신입생들이 오나.

그러는데 샛문 기둥 뒤에서 아이 하나가 봉두난발로 들어선다. 까치집 같이 뒤숭숭한 머리가 요즘 중고생들의 한 유행이다. 그러나 본교에서는 잡히면 잘라 버린다. 오두가단이나 차발불가단이란 소리는 감히 하지 못한다. 그래서 아이들은 잔꾀를 쓴다. 아주 늦게 오거나 아주 일찍 오거나 법망을 피하는 길을 모색하는 것이다.

— 입학 원서 어디서 냅니까?

보기와 달리 목소리는 또렷하다.

— 쭉 가면 화살표가 붙어 있다.

— 감사합니다.

고개를 사뿐 숙이고 돌아서는 중학생을 그가 붙잡는다.

— 너, 어느 학교에 다니니?

— 저요?

중3이면 아직도 경계심이 있을 나이인데 의외로 눈빛이 맑고 또렷하다,

— 응.

— 삼희중학교요.

삼희중학교라면 몽구스씨가 교장으로 있는 학교이다.

— 합격되면 머리를 단정히 해야 된다. 우리 학교는 두발 단속을 엄

격하게 한다. 알았지?

— 네.

어찌 보면 막간을 이용해 잠시 동안만 장발을 즐길 요량 같기도 하다.

— 앞에 보이는 4층 건물로 들어가면 된다.

마침 들어서는 사람은 황 영감이다.

— 전철 형!

그는 자신도 모르게 비장의 이름을 내뱉는다. 괜스레 입술이 타는 기분이다.

— 아침부터 왜 여기 나와 서 있어? 추운데.

— 정문 지도하는 날이야.

— 그래, 나도 지난 주에 한 번 나와 봤어. 마지막으로 말이지.

마지막, 마지막이다. 칠첩반상에서 이제 남은 것은 김치보시기와 간장종지라는 말이다. 지금 황 영감의 밥상은 거의 빈 상태이다. 그는 조금 뒤처져서 숨 가쁘게 따르고 있다. 그래서 그도 은근히 조바심이 나는지도 모르겠다.

— 뭘 했어? 통 안 내려오데.

기껏 할 말은 그것뿐이다.

형, 강남에 인공기가 떴데. 봤어? …이런 얘기도 할 수가 없고.

강남역 근처 어떤 건물 옥상에는 대형 네온사인이 걸렸다고 했다. 거기에 외국 기업체의 로고가 번쩍거렸다고 했다. 그런데 그 모양이 영락없는 인공기였다고 했다. 별 하나가 한가운데 딱 박혀 있는. 드디어 대한민국이 야단법석도 없이 이렇게 되었구나 했을 것이다. 무서운 일이었다.

— 출제 중이라 못 갔어.

— 출제를, 형이?

대다수 기피하는 출제를 황 영감이 맡았나 보다.

— 신 여사 차롄데 솜씨 한 번 발휘해 보려고 달랬지.

— 기념으로?

또 말꼬리를 묻다.

말하자면 이런 게 천기누설이지.

각간과 여왕폐하가 연애를 한데!

신라 진성여왕(신라 제51대)과 각간 위홍角干魏弘의 얘기야. 천상천하 만인지상인 여왕폐하가 보좌 아래의 어떤 남자를 좋아했단 말이지. 그들의 애틋한 사랑을 기려서 후대에 조성한 것이 우리나라 최고最古 목조불로 탄생한 거야. 해인사 대적광전과 법보전에 있는 목조비로자나불 얘기야. 지금은 다른 데로 옮겨져 한 곳에 모셔졌는데 수인이며 상호가 똑 같대.

할喝하면 이런 거지.

'사랑에는 천하하물이든지 자유로울 수가 없다.' …이런 얘기도 할 수가 없고.

— 그럼. 왕년의 솜씨가 어디 갔겠어? 손바닥 안에 들어 있지.

옷섶을 더듬더니 안주머니에서 담배를 꺼낸다. 본교는 전체가 금연구역인데 싶다.

— 아이들이 보잖아. 저기 오고 있어.

아이들이 왔다. 그는 무가지를 쓰고 있었고 아이는 우산을 쓰고 있었다. 예전 같으면 누구야! 하고 불렀을 것이다. 아니면 아이가 먼저 선생님! 하고 달려 왔을 것이다.

아이도 그도 아무 말하지 않았다. 교육포기는 현장마다 있다. …이런 얘기도 할 수가 없고.

— 여기 하는 장소가 있지. 와 볼래?

하면서 영감은 곧장 수위실로 들어간다. 그러고는 다시 화장실로 직행한다. 누군가 학교를 줄였다 늘였다 한다고 했다. 전부가 금연구역이면 흡연구역을 만들어 쓰면 된다는 것이다. 그 예가 쓰레기장 옆이다. 그리고 멀티과 교사실이나 목공실도 이용된다고 했다. 결국 없는 장소를 만든 것이니 특구를 만들어서 요긴하게 쓰는 셈이다.

어느 학교인지 종이봉투를 든 학생들이 떼를 지어 밀려온다. 나흘이었으니 길지는 않았어도 성황을 이룬 잔치에 공감한 부분이 많았던 모양이다. 한 차례 와 본 경험이 있었던지라 눈썰미 있는 아이들이 일로 분수대를 향해 들어간다. 반쯤은 저희 학교라는 듯 걸음들이 우쭐하다.

— 벌써 오는 걸 보니 아이들이 많이 올 것 같네.

교문 밖에서 이윽히 둘러본 수위장이 즉흥적으로 소감을 말한다.

— 많이 오겠지요?

심령대부흥회가 대박 낼 조짐이라 그도 어깨가 당겨진다.

— LG마켓 앞에 새까매요.

호랑이가 있는 것도 아닌데 그는 동행이 있어 일찍 정문을 떠난다. 몇 걸음에 불과하나 말이 통하는 사람이 있다는 것은 반갑다. 아니, 들을 말이나 할 말이 있는 사이라는 것이 즐거운 것이다.

— 이 나무 봐, 나처럼 늙었어.

외틀비틀한 소나무가 목련나무 사이에 한 그루 서 있다. 반송인데 삶이 신산했기 때문인지 흐름이 순탄하지 않다.

— 형이 늘 푸르단 말이에요?

비꼬아서 한 마디 던진다.

— 마음은 아마도 청년이지.

푸하 하고 황 영감이 웃는다. 폭 주저앉을 줄로 알았는데 그의 어깃장을 갈아타는 재치는 만년 청년이다.

— 가서 차나 한 잔 마시고 가.

분수대 앞에서 그가 말한다. 할 말은 밀리고 밀린다. 그러나 이야기는 너무 단조롭다.

저기 있잖아. 세라믹과에 홍 선생 말이지. 그 사람이 시를 잘 써. 얼마 전에 두 편을 보여 주는데 날카로웠어. 한 편은 '부르카의 여인' 이고 한 편은 '교통사고' 야. 일종의 풍잔데 이래.

차선이야 까짓 거
언제라도 넘으라고 있는 거
도덕적인 면에서 1차선은 승용차로고
2, 3차선은 승합차로 화물차로고
……
그 차가 훅 모텔로 들어가면 나도
훅 모텔로 들어가 쉬고
……
대형일세 교통사고야
천하에 아까운 선남선녀세
중앙선을 침범했구먼

했어. 괜찮았어.

이 사람 말이지. 고등학교 때는 시를 괜찮게 썼나 봐. 전국백일장에서도 입상하고 '학원' 에도 발표했대. 헙수룩해도 영혼이 맑아. …이런 얘기도 할 수가 없고.

— 가야 돼. 올 전화가 있어 받아야 해.

손을 유리창 닦는 시늉으로 이리저리 흔든다.

— 그럼 나중에 갈게.

— 맘대로 해.

푸지게 웃는다. 그도 따라서 허 허 한다. 그러는데 황 영감이 별안간 내지른다.

— 국어 좀 잘 가르쳐. 나야 얼마 안 남았지만 쫓겨나!

— 알았어.

찌릿한 느낌이다. 벌써 들었어야 할 말을 요리조리 피해 오다 드디어 골목 끝에서 만난 기분이다. 쫓겨난다고? 오 리 한 자 십 리 한 자 가르치니까?

형은 교편敎鞭을 믿어? 내가 아는 선배는 자기 권위의 8할을 교편이 책임졌대. 형은 얼마야?

참, 이다도시 버전 알아? 그 집에는 차가 석 대야. 친구가 와서 물었어. 무슨 차냐고. 그러자 이다도시가 말했어. 모르니? 내조! 마시서.

이런 허름한 얘기도 이젠 할 수가 없다. 할 때가 아니다. 그러기에는 그들에게는 촌각이 아쉬운 시점인 것이다.

— 그럼 있다가 봐.

입이 벙그러지는 저 웃음은 여유인지 무엇인지 알 수가 없다.

결국 영감이 그와 자신에게 해 주고 싶은 말은 그거였다. 밀어뜨려도 난간이지만 서 있어도 난간인 그를 보면서 자신을 스스로 다그치는 속내가 아닐까 싶은 것이다. '국어 잘 가르치기 또는 수업 잘하기'는 잘난 종잇장 하나 때문만도 아닌, 어제 오늘의 숙제도 아니었던 그들이 오늘까지 해결하지 못한 해묵은 과제가 아니었을까 싶다.

교무실에는 이미레와 현다영이 우물에 빠져 있다.

멀지도 않은 상담실을 맞굴 뚫듯 시간을 맞춰 그들이 찾아간 것은 6교시다. 상담실은 한껏 뛰어든 한낮의 양광 속에서 서너 사람만 신문을 만지거나 컴퓨터를 읽는 중이다.

— 그래. 잘 해라, 기철아.

그들을 보자 황 영감이 상담 중인 아이를 내보낸다. 그리고 웬일이야? 한다. 아침의 언질을 까먹은 것이다.

— 웬일이기는. 하도 안 움직이니까 죽었나 해서 왔지.

이 부장이 격의 없이 말한다.

— 앉아. 살림살이 거의 정리했어.

황량할 만큼 책상에는 아무것도 없다. 황 영감은 단순히 학교를 떠나는 것이 아니라 더 멀리 떠나는 것처럼 서둘러 치운 느낌이다.

— 밖에 춥지? 앉아.

— 앉고 말고 썰렁해서 앉을 마음이나 있나. 어떻게 이처럼 다 치웠어?

— 미련 두면 뭘 해. 빨리 빨리 정리를 해야지.

출제 이야기, 상담하던 아이 이야기, 드러난 화제뿐이다. 이 대단한 화제 보따리가 가면 국어과도 이제 다른 여느 과와 수준이 같을 것이다.

— 차 한 잔 할까?

— 올 때 줘야지 갈 때 준다는 것은 안 준다는 것이지.

— 그런 셈이지.

푸하하 하고 영감은 아침에 웃던 웃음을 그대로 날린다. 그들도 영감의 마르지 않는 능청에 함께 푸하 한다.

## 6.

ㄱ. 웅호

날씨가 추워 며칠 전부터 아이들은 정문을 지키지 않는다. 충격인지 충성인지 그 구호를 그는 해 전에 풀지 못하고 숙제를 안고 갈 조짐이다.

— 야, 웅호야!

어깨를 접고 잰 걸음으로 지나가는 아이를 불러 세운다.

— 안녕하세요.

난리판에서도 살아남은 있는 듯 마는 듯한 아이가 몇 있었다. 그들을 보면서 오히려 그가 안정을 얻는 입장이었다. 염웅호도 그 중 하나였다.

— 일찍 오네?

— 이번 주 주번입니다.

— 아침은 먹었어?

빤질이들, 조약돌 같은 놈들이 얼마나 많은가? 학급 당번이면서도 나 몰라라 하는 천연덕스런 놈들. 그에 비하면 웅호는 남아 있는 순혈이라 싶다.

— 네.

— 내일부터 시험이지?

— 네.

국어는 중간에 편성돼 있고 그 전후 일주간이 1학년 마지막인 2학기 기말고사였다. 정말 눈 뜨면 시험인 것이다.

— 아는 것만 써. 기죽지 말고.

새로 나온 출제안을 검토한 바로는 문제가 까다로웠다. 이렇게 가르치고 저렇게 문제를 내는 것도 또 다른 공부라고 학습의 광의적 측면을 강변했던 적도 있었다. 지금 생각하면 그것은 오류였다. 그런 오류를 수없이 범하면서 그는 이제 남의 오류를 엿볼 수가 있었다. 지난 1학기 때도 그처럼 지적했음에도 불구하고 또 엇비슷한 수준이던 것이다.

— …….

— 잘해, 웅호!

— 안녕히 가세요.

서른 명쯤이면 주머니에 넣어서도 상담을 할 숫자이다. 그러나 많으면 많은 대로 적으면 적은 대로 상담은 쉽지 않다. 담임 여부를 떠나 교과 담임으로서도 그렇다. 알량하게 지금처럼 오며가며 한 마디씩 던지는 것만으로도.

ㄴ. 서정국

시감 후 이어지는 빈 시간에 그는 더듬거려둔 작업들을 꺼내 검토한다. 될 듯도 말 듯도 한 육감이다. 이 정도면 목차 끝에는 이름이 올려지겠네.

그는 일단 검토용으로 출력한 시를 지정 묶음에다 끼운다. 빼고 박고 해서 수시로 눈에 닿아야 하는데 그것이 여의치는 않다. 누가 한 재담에는 이런 얘기가 있다. 너무 게을러서 어머니가 먼 길 떠나는 아들에게 찰떡을 한 줄로 길게 만들어서 등짐에다 쟁이고 그 한 끝을 입에다 물렸더니 입에 물린 것만 먹고 말더라 했다. 코앞에다 묶음을 진열해 놓고서도 손이 안 가는 자신이다. 무덤덤해서, 덜 집요해서, 그것도 게으름이라면 게을러서.

— 형님! 갑시다.

그는 굵은 목소리에 주눅부터 든다. 서정국이 전에 없이 폼을 잡는다.

— 어디를?

— 시감試監 없지요?

— 왜?

— 제가 지금 학생부에 다녀왔어요.

학생부에 가 봤습니까 하고 서정국이 돌려서 묻는다.

— 나는 학생부는 싫어.

한때는 학생부가 많이 시끄러웠다. 거의 파출소 분위기였다. 용어부터 그랬다. 무슨 새끼니 도둑놈이란 소리가 예사로 나왔다. 그래야 추궁이 되었다. 순화가 되었다고는 해도 어수선하기는 예전이나 마찬가질 것이다. 대차게 김차희가 끝내줬던 학생부 분위기도 비슷한 수위일 것이고.

— 어떤 학부형이 와서 지금 고래고래 소리를 지르고 있어요.

— 왜?

— 수행평가는 냈지요?

화면을 덮자 서정국이 화제를 바꾼다. 그러면서 잠깐만요 하고 주머니에서 핸드폰을 꺼낸다. 그는 마우스를 놓고 고개를 든다. 수행평가야 기차게 냈지. 그것도 단숨에, 아물아물한 표기를 오차 없이 한꺼번에 일사분란하게 말이지.

— 형님, 잠시만요.

서정국이 양해를 구한 뒤 휴게실로 들어간다. 짬이 생기자 그는 슬그머니 심통이 난다. 남들 하는 일이나 엿볼까 아니면 다가가서 말이나 걸어볼까 싶은 것이다. 함동우는 머리를 빠뜨리고 있고 현다영도 골프공처럼 몸을 동그랗게 사리고 있다. 어지간히 황 영감의 추적을

당하더니 요즘엔 편하게 지낸다. 편하게 지낸다기보다 일방적 추리극에 말려들었으니까 이쪽이야 편하고 말고 할 문제가 아니다. 애초에 그 문제는 꼬였거나 아니면 미궁이거나 둘 중 하나일 터였다. 하지만 그가 보기로는 황 영감쪽 잣대는 아니라 싶었다. 건전한 상식으로는 그랬다.

'없어요.'

현다영은 분명히 그에게 그렇게 말했다. 남자 친구가 없다는 말과 엄마랑 산다는 말까지 끌어대면서 짚었다. 좌우간.

— 이제 가시죠.

핸드폰을 들고 서정국이 다시 나타난다. 그는 핸드폰이 없어서 그렇지만 지극히 보채는 강아지 같다는 생각을 한다. 핸드폰이 있어서 사람들은 수시로 자신을 감시당하는 것이다. 그것은 어린애를 하나 데리고 다니는 것과도 동일한 균형감이다.

— 전화 끝났어?

— 제가 오늘 쟁반자장 잘 하는 집을 알아놨어요.

— 점심 먹자고?

학생부에다 당장이라도 인계시킬 양 험악하게 서둘더니 말끝이 이내 공손해졌다. 전화 때문에 미안해서 그런지도 모르겠다.

— 그 집에 가면 11시 20분, 젓가락 들면 11시 반이 돼요. 형님 식사 시간이 좀 일찍은 11시 30분이죠?

— 언제 뒷조사까지 했네.

— 평소 부장님하고 가시죠 하고 일어설 때가 이맘때잖아요.

처음일세.

쟁반자장을 먹으면서 하는 서정국의 얘기는 예상외다. 자신의 신상 문제轉補를 꺼내는 것이다.

지난 해였다. 서정국은 의욕적으로 부장 자리를 노렸다. 그러나 모 씨에게 밀렸다. 공사公事가 공론에 있지 않고 사사에 있다는 것을 새롭게 확인하는 순간이었다. 이렇게 우리 사회는 구태를 끊임없이 되풀이하는 거야, 해서 장강으로 흐르지 못하고 꽉 막힌 우물로써 썩는다고 여럿이 입방아를 찧었다. 그래도 서정국은 지금까지 상대와 아무런 감정 없이 무난히 지내고 있다. 그가 만일 서였다면 적어도 1년쯤은 꽁해서 경쟁의식을 떨치지 못했을 것이다. 한혜진이 가제트 부장과 외양으로 잘 지내고 있는 것도 보면 신통하다 못해 그 자신이 편협하다는 생각까지 든다.

— 유임하지.

— 유임하면 추할 것 같아서요.

— 1년인데.

좋지 않은 전례지만 8년, 9년짜리도 있었다고 했다. 그것은 서를 비롯해서 2교무실 안에서 떠돌던 얘기였으니까 모르는 사람이 없다.

— 그렇게 되면 작년 과정을 또 밟게 됩니다.

— 그래도 마음먹은 일인데 한 번 더 시도하지 않고.

서정국은 이미 다른 학교에서 상담교사 자격증까지 따놓았다. 그리고 내년에는 상담부장이 전출을 한다고 한다. 하다면 이번에는 그쪽으로도 기회가 있는 것이다.

— 결정적인 것은 말입니다. 제가 전교조 아닙니까. 그래서 내년에 부장 신청을 한다고 하더라도 유임이라서 안 되느니 하면서 어떤 구실로든지 낙마시킬 것입니다. 뻔하잖습니까.

— 듣기에는 전교조 몫의 부장이 두 명 할당돼 있다면서? 비공식적이지만.

색깔이 모호해도 학생부장이 전교조 회비를 꼬박꼬박 납부하는 조합원이다. 그러면 또 한 사람인 상담부장이 가면 그 자리는 마침맞은 기회가 되는 것이다.

— 작년에 겪어 보았지 않습니까. 지금 교장이 있는 한 나는 담임도 배제 당합니다. 무엇을 가르칠지 불안해서가 아니라 어떤 명분도 주지 않겠다는 뜻이지요.

— 왜 그처럼 밉상이 됐어?

전교조 돌격대로 낙인찍힌, 찍혀서 실세들의 밉상이 된 서정국이 무 접시를 젓가락으로 밀어 물잔 옆에다 붙인다.

— 그때 연가투쟁 때문이지요.

— 작년에?

그 무렵 서정국은 그에게 일정을 알려줬다. 지금은 정치화 세력화할 시대가 아니잖은가 하고 그는 말렸다. 그 점이 그로서는 걱정스럽던 부분이었다. ○○노조의 강성 성향을 전교조까지 답습한다면 이것은 잘 하는 일이 아니라고 설교했다. 그러나 학교에서 한 사람은 나가게 돼 있어서 부득이 자신이라도 나가야 한다고 했다. 물론 수업은 바꾸어서 다 했다. 그 바람에 교감이던 몽구스는 구급차를 탔다. 사흘만에 퇴원을 했는데 이유는 드러나지 않았다. 지병(고혈압)이라고도 하고 누구 때문이라고도 했다. 누구 때문이란 말이 근거가 있었던 것은 당신의 승진에 막대한 영향을 미칠 사건일지도 몰랐던, 강력히 엄단하라는 지시를 못 막았기 때문이었다. 교장은 교장대로 다 키운 인재를 제 손으로 꼭지 누르는 것 같아서 안타까웠을 것이다.

— …….

— 그래서 5년 찼으니까 나가겠다는 말이네?

서정국은 접시만큼 크게 웃음을 입가에 올린다.

— 제가 있으면 형님 내년에 퇴임식을 근사하게 시켜 드릴 것인데.

— 그래라. 새로 사귀다가 이별하기보다는 정 들었던 사람하고 마무리는 것이 낫지.

— 새로 사귀자면 그것도 번거롭고 말이지요.

— 새삼스럽지. 이제는 사람 사귄다는 일조차 싫증나네. 종말이라서 그런지 나도 왜 이런지 모르겠어.

— 그 동안에 한 연대급은 넘지요?

— 비늘처럼 다 떨어져서 그렇지. 한 곳에다 모았다면 내가 사귄 사람만도 한 연대급이 아니라 한 동네가 됐을 거야.

'제가 다음 주 입대합니다. 저희 집에 가서 식사 같이 하실래요?'

그런 인사도 있었다. 그가 따라 간 곳은 말로만 듣던 고색창연한 호족의 종택이었다. 세월을 입어 살아 있다면 저도 이제 장년줄에 들어섰을 것이다. 그러나 기억 속의 마흔아홉 칸 집 종손은 예대로 젊어 있고 그는 거울 속의 현실로 나타나 있다. 그가 그 시절의 대부분을 잊었듯이 저도 그와의 일들을 다 잊고 지낼 것인가? 풍문으로는 남해권으로 내려가서 산다는 얘기를 들었다. 반딧불이처럼 궤적을 지우며 사는 삶 속에서 흔적만 미세하게 공기 중의 향기처럼 떠돌 뿐이다.

— 그렇게 알고 계세요. 형님한테 먼저 말씀드리는 것은 제 결심을 확인하려는 것입니다.

그는 짠한 기분이 들어서 고개를 주억거린다.

— 시집은 언제 나오나요?

— 아직 원고가 약간 모자라. 내가 정년퇴임하는 기념으로 그 무렵에나 나올 것 같아.

— 그럼 언제요? 7월? 8월?

— 앞 당겨질 수도 있어. 그런데 문제는 내 재미로 쓰기는 하는데 궁극적으로는 내 시가 스스로 위안이 되기보다는 때로는 이 껍데기야 하는 느낌도 들어.

— 왜요?

— 부질없다는 느낌이지.

— 염세나 회의, 그런 세기말 현상인가요?

형님 개인으로서의 세기말적인 하고 서정국이 주석한다.

— 그런 것은 아니고.

사람은 다 죽으니까 하고 그도 서정국처럼 뒤를 단다. 그 뒤는 서정국보다도 길다. 톨스토이도 죽고 게리 구퍼도 죽고 한다. '뮛버들 연심戀心' 홍랑洪娘은 무엇이며 안 할 말로 미국 대통령인 레이건이 후년에 권좌 8년 알츠하이머병 10년을 살다 죽었는데 그것이 지금 망자에게 무엇인가 하는 의문인 것이다. 사람은 태어날 때 이름이 없었으니 갈 때도 이름 없이 가는 것이 자연의 순리요 법칙인 것도 같고. 안 그러냐? 아우야.

— 형님 혹시, 유서 써놓았다는 말씀하시려는 것은 아니지요?

— 에끼!

쟁반자장은 도자기에 담긴 그릇의 중후함으로 인해 맛이 유다르다고 말하고 그들은 청요리집을 나온다.

— 아까 전화는?

— 집에서요.

한참 오다가, 적이 15분은 지나서 교정에 들어섰을 때 서정국이 빼먹지 않고 처음 얘기를 되돌린다.

— 학생인지 누군지 학교 담장을 허물었답니다.

— 담장을 말인가?

그는 생경한 제보에 귀를 의심한다.

— 그 때문에 지금 학부형이 와서 난리 치고 연말에 학생부가 시끌시끌해요.

— 학부형은 왜 그래?

학부형이 난리치는 것은 종종 있는 일이었다. 책상을 뒤엎고, 서류를 내던지고, 엄마들이 달려와서 위아래 없이 소리치고, 교실에서 멱살까지 잡히는 담임도 있는 것이 현실이며 사실이었다.

— 지난 달에 그만 둔 자퇴생 집으로 전화를 했답니다. 그러자 학부형이 얼씨구나 하고 쫓아왔어요. 도둑을 앞으로 잡지 뒤로 잡느냐고, 우리 아이가 언제 지게차로 담벽을 밀었느냐고.

— 지게차로 했어?

— 그 놈이 지게차 면허를 냈답니다.

— 면허야 낼 수도 있겠지만 단순히 그 때문에 지목한 것은 아니지 않을 것인가?

서정국이 한숨을 돌린다. 낮게 깔린 겨울바람이 가랑잎 한 장을 끌고 길을 건넌다.

— 지금 학생부에 가 보실래요?

— 거기에는 왜 가. 불 난 집에 기름 들고 가나?

어찌 된 전말이냐고 묻는다.

아이는 상습 월담자였다. 월담하는 이유는 흡연 때문이다. 흡연도 아귀가 찼고 월담도 아귀가 찼다. 한 놈이서 주유소나 지하철 화장실에서 조용히 피우고 재주대로 넘어들면 덜할 것이지만 많으면 다섯 명씩 떼를 지어 나간다는 것이다. 그리고 장소는 그도 잘 아는 길 건너편 골목이라고 했다. 민가와 음식점들이 골목을 길게 형성하는 곳이었다. 거기를 굽돌면 그들이 이름 지은 '안주 전부 합쳐 6만 원' 집이 있었다. 주민들이 내다보고 전화로 신고를 할 때마다 숫자나 허우대는 비슷했다. 일을 마친 아이들은 비호같이 담벽을 타넘었다. 남쪽 담장을 끼고 고라니떼처럼 줄을 서서 뛰었다. 그러면 아무리 수위장이 눈에 불을 켜고 지켜봐도 허사였다. 어 어 하는 사이 체육관인지 본관인지 아니면 후관동인지로 스며들었다. 몇 대의 승용차 지붕도 찌그러뜨렸다고 했다. 그것에 대한 보상책마저 난감해서 학교는 무척 골치를 앓는다고 한다.

— 그 정도였어?

— 다섯 명이 한꺼번에 잘렸답니다. 오늘 온 학부형과는 수없이 각서를 썼던 일이라 자퇴까지는 별 소리 없었는데 담장 무너뜨린 일 때문에 도둑을 앞으로 잡아야지 하고 펄펄 뛰는 것이지요.

— 혐의는 있고?

— 그렇지 않고선 늘 조용했던 지게차가 그런 용도로 쓰일 수 없다는 것이지요. 그리고 여러 가지 정황으로 보아도 그 놈일시 분명하구요.

— …….

2교시가 끝나는지 아이들이 여기저기서 콩알 불거지듯이 톡톡 튀어나온다.

— 현장에 한 번 가볼까요?

— 어딘데?

그러자 서정국이 몸을 돌려서 아예 방향을 잡는다.

— 추운데 왜 가!

구경거리도 아닐뿐더러 그것이야 말로 풀무질하는 짓이다.

— 전기동과 장비고 사이래요. 토목동 앞에요.

그래도 그는 모른다. 장비고는 알지만 그 너머 토목동이라면 미지의 세계나 다름없다. 축제 때 부근까지 간 적은 있으나 그때도 목적이 달랐기 때문에 방향마저 가늠되지 않는 것이다.

그때 몸을 돌리고 있던 서정국이 눈을 껌벅껌벅한다.

— …….

그들이 지나온 수위실 앞으로 뚜껑 덮은 컨퍼터블이 미끄러지듯 들어온다. 빈틈없이 덮개를 씌우고 옆 유리도 선팅을 했으나 운전석은 트여 있다. 그러나 둘 다 모자를 눌러 쓰고 있어 좌남우남左男右男이 구별이 안 된다.

— 여기 이렇게 막아섭시다. 그러면 어떻게 나오는지 보게요.

— 밀어붙일 건데?

참하다고 할까 미완성이라고 할까 유심히 보니까 차는 헝겊을 덮어서 어설픈 느낌도 드나 역발상의 조합처럼 외려 새로운 맛도 없지는 않다. 연신 열린 입에서는 둘 다 가지런한 치아가 도드라진다.

— 설마 왔다 갔다 하지는 않았겠지요?

— 뭐?

— 아니요.

그러고는 혼자 꾹꾹 대며 웃는다. 그는 웃도록 내버려둔다. 차는 멀티동 뒤로 꼬리를 감춘다.

— 전에 초딩 때 학교에 가다 보면 동네 골목에서 개 두 마리를 만나잖아요. 그때는 지남철이 붙은 줄로 알았어요. 용접이란 말은 몰랐구요. 그러면 아이들이 가방을 맨 채로 돌멩이질을 해대지요. 그러다가 어떤 애는 남의 집에 들어가서 바가지로 물을 퍼다 마구 끼얹었어요. 하면 개들은 어쩔 줄을 몰라 하지요. 죽는다고 점점 더 낑낑거리는데도 지남철은 안 떨어져요. 그때쯤 동네 사람들이 뛰어나와요. 우리를 보자마자 막 혼내지요. 죄 받는다구요. 그러지 마라 하면서요.

— 난 또.

그는 서정국의 넙데데한 엉덩이를 발등으로 힘껏 내지른다.

— 가자! 죄 받는다.

ㄷ. 블록담

1교무실에 잠시 들러서 돌아오니 눈이 아프게 자그마한 쪽지에는 아림이들이 왔다갔다는 메모가 남아 있다.

선생님. 넘넘 어려웠어요. ㄲㄲㄲ. 수아두요. ㄲㄲ.

오늘이 3일차 국어 시험이 들었던 것이다.

다행이야.

그는 출석부에서 신이 지워지지 않았음을 확인했다. 서정국은 요근래 다섯 명이 함께 자퇴를 했다고 했다. 그 반에서는 4, 5월 사이에 두 학생이 전학을 갔고 나희네 학급에서는 1명이 3월말에 빠져나갔다. 그리고 다른 2명도 있었는데 그들의 자퇴한 날짜는 5월과 7월로 돼 있었다. 혐의는 신에게도 나희 반에서도 일어나지 않았던 것이다. 가능성으로 친다면 신도 선순위일 것인데 기우일 뿐 담벽은 가외의 학생에 의해 무너뜨려졌음이 밝혀진 셈이다. 어느 놈이 얼마나 어떻게 밀어붙였는지 몰라도 가공할 악의가 도발되었음에 충격일 수밖에 없다.

다음 날 그 얘기는 이 부장에 의해서 차분하게 정리해서 듣는다. 블록담에 구멍이 이만큼 뚫렸다고 했다. 그것은 처음에 들은 얘기와는 사정이 판이했다. 감도가 다른 것이다. 그리고 그 크기는 합판 서너 장이면 가려지는 정도라 했다.

문제는 크기나 모양에 있지 않고 행위 자체에 있었다. 혐의를 극구 부인하는 아버지였다고는 해도 주변에서 지게차로 밀어버려야지 하는 증언까지 나왔으니 혐의는 피할 수 없고 현재로서는 뒤든 앞이든 퇴로가 없는 상황이 학생의 처지였다.

……

— 별 쇠똥구리 같은 놈을 다 봤네.

— 학생 사안인데 학생부 일지에는 이런 기록들이 남겨질까?

— 퇴학생이 저질렀는데 그야말로 적이 있어야 기록을 남기지.

그것도 사건이라고 사람들은 입질을 부지런히 했다. 시험 기간이어서 학사나 교무쪽 사안만 봐오다가 학생부 사안으로써 불의의 일이 발생하자 사람들은 관동대지진 만큼이나 신기해했다. 학교를 무너뜨리다니! 말하자면 이야기는 그렇게 시작되어 현실의 단면을 학교와 학생 입장에서 들여다보게 했다. 보기 드문 '학교가 경련' 한 사건이었다. 몇 년 내에도 없었던. 그래서 1학기는 그나마도 고만고만하게 잘 넘어갔든가.

## 7.

사건이 있었으니 화제도 있다. 아침에도 시작부터 학교 무너뜨린 얘기는 쉬지 않는다. 신송지가 들어가는 반이다, 한두 번밖에 얼굴 본 일이 없다는 등, 신으로부터 나온 얘기인 듯 함동우와 현다영이 우엉뿌리 씹듯 조근조근 줄거리를 저작한다. 그러다가 현다영이 그와 눈이 마주치자 지체 없이 뽀그르 웃는다.

— 선생님, 저도 알아요. 누가 모를까 봐요?

— 뭘?

— 막내딸 얘기하고 월남전 얘기요

— 누가 그래?

— 짝퉁도 많이 돌아요.

송 영감이 꺼냈다는 황 영감 얘기다.

— 뭐가 돌아?

— 네.

그러고는 자라목처럼 감춘다. 그 얘기라면 본인이 해야만 빛이 난다. 황 영감이 아닌 다른 사람이 하면 짝퉁에 속한다. 실감이 덜한 것이다.

— 저만 몰랐잖아요. 가르쳐 주지도 않고.

— 직접 들어야 하는데, 그래야 자폭이 되는데.

— 이제는 안 속아요. 들었으니까요.

— 누가 그랬어? 누가 김을 빼놨어?

물으나마나 신송지라는 것은 짐작이 간다. 지금 분위기로도 그렇고 단련된 2년차이기 때문이다.

황 영감의 특기는 능청스러움이다. 그 능청스러움이 빛을 발할 때가 현이 짝퉁으로 접한 막내딸 얘기다. 영감의 집에서 막내딸은 일곱 살된 황금색 뽀맬리안이다. 그런데 어느 날 갑자기 뽀맬리안이 죽어버렸다. 아끼던 강아지가 죽게 되면 어느 집이건 초상집이 된다. 그 뒷얘기를 영감은 이렇게 말했다.

'우리는 전번 달에 막내딸이 죽었어.'

'네?'

'집에서 가장 귀염 받던 막둥인데.'

'왜 그 얘기를 지금 하세요? 진작 하시지.'

'진작 하면 뭘 해. 죽은 목숨이 살아나나?'

'그래도요. 왜 지금에사 하세요. 일찍 하시지. 결혼은 했어요?'

'안 했지.'

'나이는요?'

'나이는 먹을 만큼 먹었지.'

'그런 게 어딨어요. 그때 알려주셔야지요.'

'왜 이제 하세요. 진작하시지.'

'뭘 진작해? 강아지가 죽었는데 그럼 광고도 내고 부고장도 낼까?

'네?'

또 하나는 월남전 얘기다. 영감은 회식자리에서 특히 신임들이 있는 자리에서 주저 없이 자신의 정강뼈를 드러냈다. 그러고는 말했다.

'이봐. 여기에 납작한 것이 통째 쇠붙이라구. 월남전에서 부상을 입어 정강뼈가 다 나간 거야.'

영감이 양손으로 훑어 보이는 정강뼈는 각목이나 쇠붙이처럼 모가 반듯하게 잡히는 형상을 한다. 누구나 살갗을 훑으면 그런 모양이 된다.

그 외에도 영감의 얘기는 숱하다. 잘린 손가락 장난이며 파출소에서 경찰 따돌린 얘기며 워낙 능청스럽게 말하기 때문에 신임들은 남녀 없이 넘어가기 마련이다.

그런데 이제 영감의 장기를 누가 함부로 땡처리하려나 보다. 파장이라고 말이다.

그 사이 현은 자리를 뜨고 없다. 그는 그동안 잡은 새를 '오리와 원앙이 부부' 꼭지에다 모은다.

사랑이 마른가 놀라지 말라, 고운 가랑잎 밑에도 쓸어보면 내 사랑이 숨었거니 하는 내용과 버스를 기다리며 떠올린 시상을 새로 긁적인 것이다. 지치기 전에 오는 버스나 지치고 지친 후에 오는 버스나 우리의 기다림도 당연히 오고야 말려니 하는 내용이다. 그리고 은행잎 떡갈잎도 있다

— 그럼, 방학할 때까지 단축 수업을 해요?

어느 새 현다영이 돌아와 있다. 함동우랑 마주 보고 또랑또랑 이야기를 나눈다.

— 그럼.

— 야호!

새내기답다.

— 그것도 모르고 들어갔더니 바로 끝나네요.

사라진 순간의 부재증명을 하는 것이다.

— 1년 동안 수고 많았어. 이제부터는 행복 시작, 고생 끝이야.

— 야! 지화자네.

— 방학하면 어디 여행이라도 갈 거요?

함동우가 머리를 자빠뜨리고 묻는다.

— 교지가 끝나면 성파도 칠섬에나 가볼까 해요.

— 좋겠네.

— 뭘요. 우리 친구들은 나호트카 항에서 시베리아 횡단열차를 타고 모스크바에 간다고 들떠 있는데요.

삼촌과 조카처럼 둘의 얘기는 끝이 없다. 그는 출력한 시편을 지정 묶음에다 꽂는다.

수업을 마친 한혜진과 조은주, 박민태가 무표정한 얼굴로 교무실로 들어선다. 뒤꽁무니에 선 박민태는 가래톳 선 사람처럼 뻣뻣하다. 큰 키가 가끔씩은 엉성해 보인다 싶다.

수업 시간이 김밥꽁지처럼 잘려나가자 사람들의 운신이 바빠진다. 마치 고속으로 화면을 돌리는 것같이 번뜩번뜩하는 것이다.

그런 움직임은 닷새 동안, 시험 후 방학식 날까지 보이는 현상이다.

방학식은 오전 수업을 하고 점심을 먹은 뒤에 한다고 한다. 그는 3교시에 마지막인, 내년에는 다시 볼 수 없을 애증愛憎 많은 아림이들 반에 시간이 들었다. 무엇을 수업할까가 아니고 전혀 표 나지 않게 있다가 나오면 될 것이나 오뉴월 화덕처럼 한 구석 섭섭할 것이란 예상도 된다.

1교시 마침종이 났음에도 이 부장은 모습을 보이지 않고 있다. 어딘가로 한참 샜는지도 모르겠다.

그는 공연한 설레임과 불안 초조감 때문에 이리저리 복도를 서성거리다가 교정까지 나와서 완연한 겨울 앞에 선다. 며칠째 봤던 티 없는 하늘이 맑아도 꽃잎이나 새순이 아니라 또 감이나 밤이나 탱자도 아닌, 한바탕 질주하기 좋은 얼음판 같은 시원한 광장으로 형성돼 있다.

엇, 춰!

정밀하게 꽉 찬 냉기 때문에 그는 몸 안의 기가 놀란 것이라고 생각한다. 그리고 마른 장작개비들의 드르륵 엇갈리는 소리를 전신에서 듣는다.

— 어디 가?

그도 황 영감도 동시에 한 손씩을 번쩍 들어올린다. 영감의 손에는 누른 대봉투가 들려 있다.

— 어디 가요?

그가 다가서며 다시 묻는다.

— 수업 끝났어.

1교시를 했던 것이다. 4시간 중에 첫 시간을, 그것도 30분짜리를 파래김 굽듯 해치운 것이다.

— 오늘 수업 끝났다고?

오늘 수업이 마지막인 것이다. 들고 나는 모습이 평소와 다르지 않다고는 하나 오늘만은 그 의미가 다르다. 이대로 나가면 출퇴근이란 참따란 명분은 다시없는 것이다. 그것이 생애를 달려온 황 영감의 공직생활의 종지부가 된다.

— 어디 가려고?

암담해서 쭈뼛대는 그에게 황 영감이 되짚어 묻는다.

— 답답하고 불안하고, 그런데 용케 만났네.

— 응. 집에 가려고.

영감이 봉투를 왼손으로 옮겨 쥐며 바른손을 푼다.

— 점심도 안 먹고 가?

그러면 나중에 그도 점심을 안 먹고 가야 하는지 모르겠다. 명심해서 지켜야 한다면 그래 되어야 할 것이나 방학식인데 점심도 안 먹고 가다니 싫다.

— 급한 일이 있어서. 전에 고등학교 동창이 교통사고로 죽었다잖아. 얘기 안 했나?

들은 바가 없다.

— 전번 달에 죽었어. 골프장도 있고 상당한 재산가인데 말이지. 운명이지 뭐.

— 집이 어딘데?

— 안산이야. 오늘 열 시에 사당역에서 친구들과 만나서 같이 가기로 했어.

멈칫멈칫 걷던 황 영감이 바른손을 훌쩍 쳐든다.

— 사물함에 짐은 다 옮긴 거야?

— 책인데 그건 신 선생한테 주고 이것밖에 없어.

짐이 없다는 것은 이상하다. 졸지에 영감이 어느 산막으로 들어가려는가 싶다.

— 실내화라도 있을 것이잖아.

— 넣었다가 뺐어. 뺐더니 이동만이 가져가데.

이것은 예전에 봤던 국어 교과서야 한다. 집으로 도로 가져간다는 것이다. 손때 묻은 것이라 도로 취하는 것임을 알 수 있다. 추억뿐이니까, 남은 것은.

— 방학 때는 뭐할 거요?

— 방학 때? 이제 백수 아닌가. 퇴임식에나 나올 거고. 졸업식 다음 날이지? 잘 하면 통영 앞바다에 발꿈치가 닿을 걸. 그날 보자구.

영감은 다시 손을 높이 쳐든다.

— …….

생업을 접고 가는 사람치고 표정도 말투도 가볍다. 그도 그럴는지 모르겠다. 그리고 영감은 순차적으로 연계되는 친구들과의 만남이 있어 발 빼기가 수월한 모양이다. 그렇다면야 다행이지. 천인단애나 함지咸池가 아니라 하면.

— 서류들은 다 냈어? 학교에 나올 일은 없어?

— 서류야 벌써 냈지. 어제 보험증 반납하러 갔더니 가지고 있으래. 그러고 보니 내가 아직 2월까지는 공무원이더라고.

거품처럼 영감은 벌컥 웃음을 토한다.

— 악수도 없는 거야?

— 악수는 무슨.

— …….

— 방학 잘 보내.

— 그래요.

왕창, 얼음 조각들이 그들 틈새로 쏟아져 내리는 듯싶다. 교문을 향해 조금씩 작아지는 황 영감의 모습이 창호지에 비친 그림자처럼 단순화된다.

— 철이 형, 잘 가!

그러고는 꾸르르 웃는다. 철아, 잘 가 하고 크게 말하려다가 혀가 말린 것이다. 손이라도 맞잡을 듯 황 영감도 그를 따라서 손을 넓게 내젓는다.

## 8.

마음 먹고 전화를 했더니 거기도 나름의 사정은 있었다. 그 학교도 본교와 같은 공업학교였다. 다른 몇 개 학교와 제반 학과가 중복되는 데다 위치도 안 좋아서 신입생 모집이 어려웠다고 한다. 수차례의 회의와 수년간의 논의 끝에 특성화 교육을 하기로 결정했다는 것이다.

— 애로 사항이 구체적으로 뭔데?

— 방금 애기했잖아. 머리수 맞추기가 어렵다고.

— …….

— 어느 정도인가 하면 말이지. 어떤 학과의 경우, 겨우 20명을 받는단 말이지. 성적은 아예 무시하고. 그러니까 백분율 1백짜리가 수두룩한 거지. 이런 아이들이 와서는 그냥 고분고분 잘 다녀주면 여북 좋아. 천 날 만 날 결석이야. 그러니까 한 학급에서 열한둘이 출석하면 잘 하는 거야. 그런 학급이 많아. 그러다가 자퇴를 해. 어느 해는 1년 동안 얼마나 나갔는가 하면 1학년에서만 110명이나 나갔어. 그러니 기로에 선 거지.

— 그렇구나.

— 방학식은 언제야?

— 했어, 오늘.

— 그런데 어디야? 학교야?

— 학굔데 2부 수업 때문에 기다리고 있어.

— 애국하네. 2부 수업까지 하고.

웬일로 전화까지 했느냐고 한다. 목소리도 듣고 싶고 로봇고등학교가 어떻게 해서 생겼나 해서 말이지 한다.

— 방학하면 한 번 만나. 연락해서 말이지. 말본 선생들 다 살아 있지?

— 그러지. 좋은 학교에서 승승장구하겠다. 로봇 선생.

— 내가 박 시인보다 생일이 두 달 늦은가? 그래서 반년을 더 하네.

— 큰 축복일세.

시간은 물방울로 바위구멍을 내기나 마찬가지다. 특히 오늘 같은 날은.

— 왜, 안 가시고? 선생님밖에 없네요?

— 일이 있어서.

날마다 박민태의 어깨는 무겁다. 사진기는 기본이고 종이봉투도 필수 지참물이다.

— 왜 박 선생은 여태 안 갔어?

— 예. 영사과에 가서 스캐너 작업 좀 한다구요.

— ……!

감탄이 절로다. 신세대 중에서도 박민태는 남보다 앞선 선두 대열 같다. 이제 생각하면 컴퓨터에서 가끔씩 꺼내보던 아이들 사진이 이름만 없는 전문가인 것이다. 그도 사진을 많이 찍었지만 그것은 풀냄새가 풋풋한 초보였고, 그래서 수량만 넘쳐나게 많이 찍었던 것이다.

— 박 선생은 참 부러워. 영상자료로 수업을 하니까.

그러면 아이들의 호응도도 가일층 높을 것이다. 내용에 따라 우열이 있을 수는 있겠으나 기본적으로는 아이들을 흡수하고 들어가는 것이다. 42인치 대형 화면에다 시원하게 수업 내용과 자료들을 엮어가면 50분은 순식간일 터였다.

— 저는요. 분필 한 토막으로 쫙 빨아들이는 수업을 해봤으면 좋겠어요.

— 분필 한 토막으로 쫙 빨아들이는 수업을 한다고?

— 네.

처음 듣는 말이다. 그가 지금까지 해온 수업이 분필 한 토막을 들고 하는 수업이었다. 그 수업의 정화는 박민태가 말한 '쫙 빨아들이는 수업' 그것이었다. 오늘까지 그래왔고 30년을 지향해 왔어도 그 퍼즐을 왜 못 맞췄을까 싶다.

— 선생님은 그런 수업을 하시잖아요.

— 할 수 없이 하는 것이지. 그런 경지는 구현하기 어렵지.

안 되는 것은 아니다. 그런 수업도 있다. 숨소리를 바닥에 깔고서 하는 수업, 그것은 '분필 한 토막으로 빨아들이는' 카리스마였다. 그런 수업은 그가 대학 시절에 ㅊ이나 ㄹ교수의 열강에서도 보았다. 그가 지금까지 지향했던 완전한 수업의 전형이 거기에 있었다. 비교하자면, 비교 대상으로 부적합할지는 모르겠으나 '분필 한 토막의 카리스마' 와 '연필 한 촉의 예술' 은 궁극적으로 혼신의 집적이라는 점에서 서로 상위 영역에 속했다.

— 먼저 가 보겠습니다.

책상을 거충거충 정리한 뒤 박민태가 꾸벅 인사를 한다.

— 잘 챙겨 가. 다시 들어오지 말고.

일상적으로 하는 말이다. 박민태의 건망증을 두고 하는 말이 아니다. 박민태가 네 하고 대답하면서 교무실을 나간다.

벽시계는 지금 30분을 남겨놓고 있다. 정시가 그렇고 아이들 얼굴을 보려면 1시간가량이나 기다려야 한다.

다시 출입문이 열린다.

— 다 갔네!

박민태가 아니다. 홍 시인이다. 홍 면도날이래도 좋을.

뭐랬나? 훅 모텔로 들어가면 훅 나도 들어가고, 대형일세, 중앙선을 침범… 한 사고라던.

— 오셨어요?

— 이 위에 어떤 학급은 말이지요. 급훈이 '아자 아자' 예요. '아자 아자 아자' 라고 했던가? 그게 어떤 뜻이에요? 좋다 좋다 한다든가 얼씨구 절씨구 한다든가 그러면 모르겠는데 아자 아자가 통 뭔 말인지 모르겠어요. 국적이나 있는 말인지, 생각도 없이 늙은이 젊은이들이 주먹 불끈 쥐고서 소리쳐대더니 기어이 급훈에도 그게 올라붙었어요.

— 갸고! 라는 것도 있지요?

시라는 공유된 매체로 인해서 그는 전에 없이 다감하게 응대한다.

— 네. 요새는 결재도 안 하나 봐요. 급훈이 저러니 교실이 엉망인거예요. '엄마가 보고 있다' 도 있어요. 우리 때는 한 달 내 급훈 때문에 쩔쩔 맸는데.

— 좀 앉으세요.

— 아닙니다. 가야지요.

— 다른 시는 없으세요?

그는 굵은 침을 삼키며 홍 시인을 쳐다본다.

— 시요? 못 써요. 예전 같지도 않고, 어려워요.

저 사람의 특기는 뒤끝이 가볍다는 것이다. 즉각 돌아서는 것이 홍 시인의 특기 같다.

때마침 전화벨이 울린다. 요란하다. 나가는 홍 선생의 뒷덜미를 당겨 잡듯 땅 땅 날카로운 소리를 낸다. 세 번째 울림에서 그가 송수화기를 집어 든다. 홀가분하게 홍 시인이 2교무실을 빠져나간다.

— 네. 학곱니다.

— 아, 선생님이 계셨네요.

산특이다. 변웅섭이다.

— 있어야지. 그럼 가도 돼요?

— 에이, 가시면 안 되지요. 오늘 수업계획이 말입니다. 1,2교시는 생략하고 3, 4교시는 담임 시간으로 하기로 했어요. 그래도 선생님은 오셔야 해요.

— 왜요?

그는 수업 빠진 것이 이채롭다 생각한다. 예상치 못한 일이기 때문이다. 떡 한 덩이 얻은 기분이다.

— 교감 선생님이 순대며 머리고기를 사왔어요. 오소리감투도 있어요.

종업식 쫑파티를 한다는 것이다. 지금 교감이 오셨기 때문에 일찍 연락을 못했다고 오셔서 꼭 드시라고 교감이 특별히 전하라며 옆에서 이른단다.

— 두 시간을 더 기다려야 한다면서?

— 아닙니다. 선생님은 오셔서 먼저 드시고 우리는 수업하고 나서 먹으면 되지요.

— 그런 법이 있나.

— 그리고 참, 2학년한테서 선생님에게 선물도 있어요.

— 나한테까지?

— 선생님들한테 다 샀어요. 그런데 영 연락이 안 되네. 영어도 그렇고 음악도 그렇고.

— 감사합니다.

— 그럼, 오실 거지요?

— 감사합니다.

— 지금 오세요. 따끈따끈해요.

— …….

— 선생님 오실 거지요? 꼭 오세요.

# 6부 또 다른 삽화

1.

교정에는 바람이 세차게 쓸리고 있다. 그 바람이 교정을 떠올릴 수 없다는 것은 당연하다.

교정뿐만 아니라 가지를 휘어잡는 행태까지도 나무를 침잠케 할 뿐 일으켜 세우지는 못한다.

아이들이 없는 교정은 한 마디로 정적 자체였다. 이 정적이 오래 되면 어느 왕궁터처럼 오작이 집을 짓고 잡풀이 우거질 것이며 주춧돌마저 흔적 없이 사라질 것이다.

설마 그렇게야 안 되겠지마는 동면 60여일은 그런 점에서 그를 겁나게 한다.

지지고 볶더라도 각다귀판이 벌어지더라도 학교는 살아 있어야 하는 것이다. 침잠이 아닌 활기에 넘쳐 옥신이 각신이가 생기고 거품도 물고 밀리는 사람은 밀리고 허우적거리는 사람은 허우적거리고 길거나 짧거나 아이들은 아이들 하는 짓대로 방치도 하고 야단도 치면서 밤낮을 예전대로 운행케 해야 살맛이 나는 것이다. 그것이 사람 사는 냄새이다.

그리고 사람이 살아가는 진솔한 모습이기도 하다. 이렇게 정적에 깊이 빠져 있게 되면 도중에 기상이변이나 역사 새로 짜맞추기나 또는 최초요 최후인 병마가 휩쓸어버린다면 그때는 누구도 학교를 상아탑의 중심이며 배움의 본거지였다고 기억을 이어가지 못할지도 모르게 되는 것이다. 기상이변 속에 묻혀서 뭉개진 마천루나 공동주택이나 지하철 주변의 한 가지 흔적으로만 되새겨질 수도 있는 것이다.

학교에 아이들이 있다면 그런 천재지변도 전무후무한 역질도 감히 엄습하지는 못할 것이다. 왜냐하면 천지 삼기실 제 인간이 최귀하게 태어났으니 우주의 주인은 언감생심 건드릴 수가 없겠기 까닭이다. 하늘 닮은 저 맑은 눈빛을 가진 1천4백여 명, 3천 개의 눈알이 별빛처럼 반짝이는데 누가 어느 악질이 인류의 행복과 영광을 해살짓는단 말인가.

그런 점에서 학교는 하루 빨리 정밀과 침잠에서 깨어나야 하는 것이다. 송곳부리처럼 주둥이가 나와서 철썩 합쳐지던 두 남녀도 할 수만 있다면 다시 데려오고 입술 뚫은 자국이 흉하더라도 신을 끌어내야 한다.

담장을 무너뜨리고 발뺌을 하는 놈까지도 불러다 다시 교정에서 젖혀지고 엎어지게 만들어야 한다. 그들 속에 섞여서 아림이랑 경훈이랑 차병이랑 혜신이가 놀아야 한다. 비단잉어도 그들의 발자국 소리를 들으면서 멋진 유영을 펼쳐야 한다.

새봄에 노란 속잎이 꼬물거리며 죽은 나뭇가지를 붙잡고 흔들 듯이 아이들의 요란한 웃음과 발길질이 죽어버린 교정을 깨워 내야 하는 것이다.

……

방학은 학교를 오랜 잠 속으로 몰아가고 있다. 그 때문에 방학은 양귀비요 대마초요 필로폰인지도 모르겠다.

— 어떻게 나오셨어요?

— 네. 일이 조금 있어서.

— 교무실이 추울 것인데요?

— 네. 잠깐이면 됩니다.

— 열쇠, 여깄어요. 두 군데를 풀어야 돼요. 이게 본관동입니다.

— 네. 감사합니다.

학교에 아무도 안 나왔어요? 하고 물으려다가 그는 입에 엉기는 서리 때문에 생략한다. 당직인 강덕만씨는 다시 TV 앞으로 돌아앉는다.

## 2.

길고 길고 넓고 넓고…. 그는 무엇을 말하려 그 생각을 했는지 흐리터분하다.

하여간 일을 억지로 손에 잡는 사람이 자신이다. 식탁에 앉혀 놓으면 밥을 먹고 내려두면 먹듯 마듯이 하는 투이다. 그것이야 그럴 수도 있겠지만 도대체 집에서는 '오리와 원앙이 부부' 의 깃털 보기가 헤아려도 마냥 다 헤아릴 판인데 꺼내기조차 드문 실정이니 중병이라도 여간이 아니다.

그렇다고 아닌 말로 이 나이에 아내의 뒤태가 고와보이는 것도 아니고 말이다. 아무래도 아이들 틈에서 조악하더라도 그들의 기운을 받아야만 손끝에서 생기가 제대로 살아날 모양이다.

— 알까? 뭐해?

송 영감이다.

— 어디야?

— 어디긴 어디야. 학교지. 졸업식인데도 안 나와?

— 시무식 때는 왜 안 나왔어?

— 그때는 집에 노인이 편찮아서.

— 괜찮아? 좀 어때?

— 구순이니까 왔다갔다 해. 노환이니까.

— 내일 또 나가야 하니까.

— 가려서 나온단 말이지?

— 내가 학교에 충성꾼도 아니고.

— 이 부장은 오늘 온데.

— 동남아 갔나?

— 일본 규슈로 어디로 JR 패스로 달린데.

— 왜 갔어? 돈 비싼데.

— 우리나라 역사 탐방하는 모임이 있어. 역사 발굴이래나 뭐래나.

— 그런 것도 있어?

— 알은 잘 까져?

— 전혀.

— 그럼, 용 써봐. 어부인 괴롭히지 말고.

— 네, 감사합니다. 누명을 벗겠습니다.

10분은 수다를 떨었을 것 같은 격의 없는 대화에 더부룩한 체증까지 감한다. 날씨도 찬데 졸업식에 온 사람들이 고생스러웠겠다 싶다. 꽃이라도 몇 송이 사서 잘 사귀었던 몇몇에게 나누어 줄 걸 싶다. 애정이지만 때로 애정도 감춰질 때가 아름다울 수도 있다. 그것은 꽃을 내밀었을 때 보면 가끔은 드러난, 표현된 애정이 군더더기 같을 수도 있기 때문이다.

방보진 나제왕 김상신 그리고 컴퓨터반 모두들, 사랑한다! 인생 끝판에서 너희는 또 하나 즐거운 분신들이었어.

그는 줄이 길게 늘어진 송수화기를 천천히 제 자리에 놓는다. 유리창에 달라붙은 햇살이 성에를 타고 녹고 있다.

3.

정문에는 어제 깃발을 날렸던 '제 52회 졸업식' 이란 현수막이 그대로 붙어 있다. 꽃다발도 여기저기 흩어져 있고 밀가루도 많다. 꼭 홀스타인 등짝 같다. 유우, 얼룩소 말이다.

— 학교가 많이 썰렁하지요?

— 왜?

— 아이들이 뭉텅 빠져나갔으니까요.

— 그렇네.

그는 통 느낌이 없이 허둥댄다.

— 바쁜 일이 있었나 보지요? 어제는 안 오셨던데.

커피를 들고 함동우가 창가로 다가온다.

— 그냥.

어제 송 영감과 전화로 했던 말이 있지만 그것이 정답일 수는 없어 묵살하고 만다. 내가 충성꾼도 아니고, 노티를 냈다.

— 성파도에서도 달려 왔던데요.

— 성파도에서?

나 여깄 지롱 하는 시늉으로 현다영이 문을 열고 나타난다. 현을 보자 그는 함동우의 시사가 바다를 건넜다는 것을 안다.

— 현 선생, 언제 왔어?

토끼 장갑을 끼고 목도리를 두르고 양손으로 얼굴을 잔뜩 움켜잡은 현다영이 정신을 못 차린다.

— 아! 선생님, 안녕하세요. 날씨가 너무 추워요.

난로가 있다면 껴안을 것처럼 현다영은 발을 동동 구른다.

— 성파도 갔다 왔어?

— 네.

행사도 있고 해서 일정을 앞당겼데요 하고 함동우가 대변한다.

— 그랬구나.

새내기 정신이란 바로 저런 순수함이 아닐까 싶다.

— 이리 와. 따뜻한 물 마셔.

— 네. 서울도 많이 춥네요.

— 성파나루에서 줄곧 이쪽만 바라보고 있었대요. 한 장 한 장 넘어오는 파도가 어제 띄운 엽서처럼 보이더래요.

함동우가 많은 정보를 현다영에게서 듣고 그에게 그대로 옮긴다.

— 말도 잘 하네.

성파도를 겨울 여행지로 택한 것도 평범하지 않고 가서 지낸 생활도 낭만적인 것만은 아니라 싶다.

— 왜 성파도로 갔어?

연지볼이 발개진 채 다가오는 현다영을 보고 그가 묻는다. 때 지난 질문이지만 쉬운 여행은 아닌 것이다.

— 왜냐하면요. 저희 엄마가 우리나라만 둘러봐도 삼십 년이 걸린대요. 그러면서 너, 비슬산 암괴류 가봤어? 제주도 갯깍 가봤어? 하고 면박을 줘요. 외국 얘기만 나오면요.

그러니까 해외여행을 우리나라부터 먼저 하고 나서 한다, 그 말이구만 하고 함동우가 종이잔을 꺼내면서 지원한다.

— 어머님이 생각이 깊으신 분이네.

— 거기도 엄청 춥고 바람이 세었어요. 그 때문에 크루즈급 유람선을 못 탔어요. 성파도 칠섬을 도는 1박2일 여정이 환상이라는데 넘넘 아쉬워요.

— 비싸지?

— 얼마 안 비싸요.

그러고는 헤벌쭉 웃는다.

— 며칠 동안 있었어?

— 일주일 예정했는데 닷새밖에 못 있었어요.

— 왜?

— 졸업식 때문에 앞당겨 나왔대요.

함동우가 다시 정리한다.

— 네. 저희 아파트에 고3짜리 남학생이 있어요. 함 선생님은 아실 거예요. 누나라고 했다가 선생님이라고 했다가 성격이 참 밝은 아이에요. 엄마는 일찍 돌아가셨고 아버지는 IMF 때 집을 나갔어요. 자기가 있으면 구호대상이 안 된다면서요. 할머니하고 두 식구가 사는데 할머니는 폐휴지를 주워요. 동네에서 나오는 약간의 돈하고 어렵게 살아요. 걔가 이번에 졸업을 해요. 교무실에도 가끔 왔는데요.

— 애가 착하더만. 인물도 좋고.

— 차도 태우고 다녔나?

뭉쳤던 더부룩함이 일시에 으깨진다.

— 선생님이 어떻게 아셨어요?

— 알지.

— 쪽 팔린다고 안 타려는 것을 제가 몇 번 태웠지요.

그러면 황 영감이 애초에 증언한 팔을 둘렀다는 소리는 뭔가? 그것은 어떤 사이임을 말하는가. 황 영감이 끝내 넘겨짚은 것인가? 그런 경우야 일일이 사례를 들지 않아도 흔한 일이다. 겨드랑이 보면 젖가슴 봤다고 말하는 세상이니까.

— 그랬구나.

— 애가 왜 쪽 팔려?

— 아니, 내가 자기 때문에 그렇다구요.

— 아 아.

함동우는 고개를 마치 삐걱 소리가 날 만큼 크게 흔든다.

— 그러니까 그 학생 때문에 졸업식 참석한다고 왔단 말이지?

— 그런 점도 있지만 물어보니 며칠 안에는 배를 못 탈 것 같대요. 바람 때문에요. 그래서 왔지요.

현다영이 줄이 빨간 패션시계를 들여다본다. 식은 11시. 지금 시각은 09시를 조금 지났다. 대충 어림잡아 나왔기 때문에 기다릴 시간이 많을 수밖에 없다.

— 사진 같이 찍었어?

— 할머니랑 동네에 가서 막국수를 사먹었어요. 할머니가 막국수를 드시고 싶다고 해서요.

— 감동 드라마네. 이런 젊은이가 아직도 건재하네.

— 뭘요. 자꾸 비행기 태우지 마세요.

차 한 잔 해야지 하고 현다영이 자리에서 일어선다.

— 커피 여기 있어.

함동우가 친절을 과시한다.

— 아니에요. 녹차 마시려구요. 참, 나올 때 김차희 언니 만났어요.

— 어디서?

— 성파나루에서요.

— 혼자?

— 모르겠어요. 춥고 바람이 부니까 모두 움츠려서 파카랑 모자랑 갖추고 있어서 일행이 누구인지 모르겠어요.

— 김차희는 어떻게 봤어?

— 타고 내리면서 우연히 쳐다보니까 언니데요. 언니! 했지요. 그래서 만났지요.

— 그래?

— 성파도가 좋은 데인 것 같아요.

— 나오고 들어가고 했구만.

— 네. 예정이 없다고 하는 걸 보니까 며칠 머물 모양이에요.

— 아이도 있을 텐데.

— 아이요? 그건 모르겠어요, 있었는지.

현다영은 자기 자리로 돌아간다. 서랍에서 녹차를 꺼낸다. 꺼내놓고는 문을 열고 교무실을 나간다.

— 밖이 지금 대단히 추워요.

함동우가 지나가는 실습동 사람을 보고 말한다. 오도독 소리가 나게 실습동 사람은 외투에다 목을 집어넣고 구르듯이 걷는다.

그는 이 부장이 언제 나타날 것인가 하고 막연히 기다린다. 일본에 갔다니 벳부도 갔을지 모르겠다. 여행이라면 특히 겨울철에는 온천이 최고니까.

4.

문을 열고 들어가자 회의실은 분위기가 생소할 만큼 달랐다.

누구였을까? 누가 저런 괜찮은 머리를 짜냈을까? 전면에 있는 단상

천정이 통통한 풍선으로 울퉁불퉁하게 곡선을 짓고 있었다. 그것은 한눈에 화관을 풀어서 표징한 것임을 알 수가 있다.

(경) 신경필 황병수 선생님 정년 송공식 (축)

내용이 달라졌으니 산뜻하게 새로 쓴 것이었다. 졸업식 때처럼 숫자만 매회 바꾼 것이 아니라.

— 환상이네!

함동우가 고개를 들고 이리저리 살핀다.

— 화환은 없네.

화환이 있었다면 하고 그 점은 생각지 못한 일이라 상황을 바꾸어 본다. 그러면 또 야단스러워질 것이라 싶다.

몇 해 전부터 체육관에서 하던 퇴임식을 회의실로 좁혔다고 했다. 전임 교장이 강력하게 스스로의 퇴임식을 직원회의 때 인사말 하는 것으로 마치면서 간소화란 분위기와 맞물려 외양을 축소했다고 했다. 장소가 커지면 장소를 채울 허식이 필요한 것은 상식이었다. 반대로 좁은 장소에다 허식이 많아지면 넓은 공간이 필요하게 되는 것이다. 그런 점에서 화환부터 없앴을 것이다. 거추장스런 장례식장의 화환들은 고인의 직간접적인 후광을 말하는 것으로써 죽은 사람이 산 사람을 압도하는 역설적이고 모순된 느낌을 지울 수 없게 한다. 이런 점으로는 결혼식이나 송공식장의 꽃다발도 순수하게 좋은 것만은 아니니다.

— 돈 들이지 않고 잘 했네. 행정실에서 머리를 썼나?

스승의 날에 꽂았던 한 송이 카네이션을 꽂고 교장을 앞세워서 오늘의 두 주인공이 들어선 것은 예정 시간을 5분가량 지났을 때였다.

우 우 하는 환호와 함께 박수소리가 입장하는 사람들의 발걸음을 이끌었다. 정숙하고 경건하기 마련인 퇴임식이 자칫 가벼워질 수도 있다는 염려도 없지 않은 대목이었다. 그러나 젊은 기분으로 보면 그런 분위기 살리기도 괜찮으리라 싶다.

— 시작하세요.

교장으로부터 사인이 떨어진다.

— 모두 자리에서 일어나 주십시오. 지금부터 신경필 황병수 선생님의 정년 송공식을 거행하겠습니다. 전면에 있는 국기에 대하여 경례!

언제나 교무부장은 저 대사를 입에 달고 있다. 전면에 있는 국기에 대한 경례는 직원회의 때도 엄숙하게 치러진다. 본교에만 남아 있는 보기 드문 의식이라고 한다. 그래서 일부 사람들은 폐지론을 들고 나와 해마다 한 번씩 시끄럽다.

— 바로! 모두 자리에 앉아주십시오. 다음에는 약력 소개가 있겠습니다. 네, 약력 소개는 안내장에 나와 있습니다. 그것으로 대신하고 이어서 학교장님의 축사가 있겠습니다.

빈자리에 놓여 있는 안내장을 함동우가 걷어 와서 그에게도 한 장 준다.

A4지를 중간에 접은 양면 인쇄물이었다.

— 먼저 두 분의 정년 송공을 축하드립니다. 오늘 이 자리는 두 분 선생님이 주인공이신데 제가 먼저 축하받는 것 같아 송구합니다. 굳이 이 자리에 나선 이유가 있다면 그간 발생한 사정이 있어 그걸 소개해 드리고 말주변도 없는데 몇 마디 덧붙이는 것으로 가름하려고 합니다. 사실 두 선생님께서는 여러 분을 오늘 여기에서 만나지 않으려고 했어요. 무슨 말이냐 하면 송공식을 하지 않겠다는 것입니다. 그

러면서 2학기 중 마지막 시간이 든 학급에서 자율적으로 수업하는 것으로 끝마치겠다는 것이지요.

박수소리가 낮고 짧게 터진다. 그런 의논도 했던 모양이다. 기본이 단출한 사람들이니까.

— 그것이 좋은 분도 있겠지만 또 그렇지 않은 분도 있으니까 어떤 해는 이렇게 어떤 해는 저렇게 할 수가 없지요. 관료적 편의주의라고 할까요? 융통성이 없지요. 그래서 설득 끝에 두 분을 보고 남은 선생님들도 있고 하니 종전대로 합시다, 부디 나와 주십시오 했습니다. 그런 점에서 저도 상당히 노력을 했습니다. 노력하는 동안에 두 분의 인품도 새로이 알게 되어 기뻤습니다. 36년, 35년을 한결같이 학생들과 함께 지낸 세월이 여간 단조롭게 느껴졌겠습니까. 그러나 한 편으로는 아이들과 교실이 내 사랑방이요 내 자녀같이 느껴지기도 했을 것입니다. 그래서 교실에서 마지막 수업으로 퇴임식을 하겠단 말씀이 가슴 찡 했던 것입니다. 어디서거나 두 분과 같은 진심과 정직과 정열로 사신다면 우리 교육의 미래는 밝고 우리 사회도 희망이 있을 것입니다. 두 선생님의 앞날에 건강과 행운이 함께 하시고.

교장은 잠시 말을 끊었다가 잇는다.

— 지금까지 해 오신 대로 학교도 변함없이 관심해 주시고 친분도 종전과 같이 나누어 주십시오. 경조사 때는 꼭 함께 하기를 부탁드립니다. 다시 한 번 두 분의 송공을 축하드리고 건강과 집안의 화평을 기원하면서 두서없이 인사를 드립니다. 감사합니다.

여기저기에서 수런수런한다.

우리 교장 언변 좋으네, 처음 듣는다 등등의 소곤거림도 들린다. 단상의 신경필과 황 영감은 긴장을 풀고 담담한 표정이다. 교장의 축사에서 고무된 모습이기도 하다.

— 그러면 이어서 신경필 선생님의 퇴임사가 있겠습니다.

안내장에는 신경필이 36년 3개월, 시작은 스물세 살 때부터라고 나와 있다.

군무를 마친 뒤에 지방과 서울로 중학교와 고등학교로 인문계와 실업계로 사립과 공립으로 13개 학교를 다녔다고 돼 있다. 최종 포상은 홍조근정훈장이다.

— 저는 할 말이 없어요. 수업할 때 교과서를 보고 설명만 하는 버릇이 붙어서 말을 잘 못해요.

그래도 신문에 토 다는 것은 칼날 같이 잘하지 않는가 싶다.

— 오늘 저는 이 자리까지 섰으니까 평소에 느낀 대로 만세삼창이나 해보겠습니다. 왜 만세를 부르느냐 하면 우리나라가 말이에요. 5천 년 역사 속에서 수많은 우여곡절을 겪지 않았습니까? 그러면서도 꿋꿋하게 오늘의 역사를 지켜오고 있단 말입니다. 그래서 대한민국이란 말이 나오면 저는 가슴이 울렁울렁합니다. 누군가 우리나라를 폄훼하거나 능멸하면 저는 분을 못 참습니다. 아시듯이 우리가 어떻게 지킨 나라입니까. 친구들은 저를 원액 국수주의자니 원형질 꼴통이니 합니다. 그런 용어는 없는데 선생이 많다 보니까 지어낸 말이지요. 원액은 물을 좀 타야 되는 것 아닙니까? 웃어야겠지요? 그럴 땐. 그러면 만세 한 번 부르겠습니다.

웃는 소리도 있고 술렁술렁 크게 이야기하는 소리도 들린다. 원액 국수주의에 대한 말들이 오간다.

저 사람의 개인사도 파란만장하지? 하는 소리도 들린다. 아는 사람이라면 한 개인이 겪은 그런 고통은 분명 공유됨직한 시대의 아픔이며 역사의 반성일 것이다. 3초간의 침묵 후에 신경필은 어깨를 들면서 가슴을 젖힌다.

— 대한민국 만세!

대한민국 만세!

대한민국 만세!

우레와 같은 박수가 터진다. 그야말로 박수소리가 천정부지로 치솟는다. 말이 필요 없어, 촌철살인이야 하는 소리도 들린다. 앞에서 수군대던 사람들도 일시에 고자누룩해진다.

— 별별 퇴임사도 다 듣네.

함동우가 그의 귀를 스치며 무심히 던지는 말이다.

— 그럼, 다음에는 황병수 선생님의 퇴임사를 듣겠습니다.

황 영감은 먼저 교장 교감이 앉은 창 쪽으로 목례를 한다. 그러고는 성큼성큼 걸어 나와서 교탁 앞에 선다. 조금 전과 다르게 어지간히 긴장하는 눈치다. 삼포! 삼포! 하는 토막말이 중간에서 들린다. 그 주변에서 우 우 하고 웃는다. 그 말을 황 영감이 들었는지 벌컥 웃는다. '삼포 가는 길' 은 강북은 몰라도 강남이 다 아는 LP판 실력이다.

— 저는 오늘 이 자리에서 선생님들을 뵌다고 결심을 한 뒤에 무슨 말을 할까 생각했습니다. 생각하는 과정에 주마등처럼 35년 여정이 지나갔어요. 빨주노초파람보로 그 색상이 비쳤습니다. 안내장에 보시면 저도 서울 대전 대구 찍고를 수없이 했습니다. 파발마처럼 뛰어다녔어요. 학교를 많이 옮긴 것은 자랑이 아니나 살려고 하다 보니 불가피했지요. 이런 가운데 찾아낸 하나의 단어가 '부끄러움' 이었습니다. 제가 좋아하는 말 남이 좋아하는 말 아름다운 말 예쁜 여러 말 중에서 하필이면 말입니다.

제가 첫 발령을 받고 3월 2일에 입학식을 한 뒤, 다음 날 담임을 맡은 첫 아이들을 교실에서 만나게 되었지요. 그때는 74명씩 75명씩 학급당 인원이 배정됐어요. 제일 먼저 한 일이 지금도 기억이 생생한데

1번부터 끝번까지 이름을 부르는 거였어요. 강씨 성부터 후씨 성까지 전날 밤에 이름들을 깡그리 외웠어요. 이튿날 출석부를 덮어놓고 번호대로 착오 없이 호명을 했지요. 그때 아이들을 요새도 한 번씩 만납니다. 무슨 날이 되면 저희끼리 연락을 해서 식사를 하는데 만날 때마다 하는 말이 '야, 그때 선생님 대단하셨어' 라는 겁니다. 이제는 모두 사회의 중추가 되어 있고 함께 늙어가지요.

여러 분은 아실지 모르겠습니다만 그 무렵 중학교 교과서를 보면 74년도판 3학년 1학기 국어 속표지에는 신채호가 노랫말을 쓴 3.1절 노래가 있어요. 간혹 한 번씩 생각이 나면 '선열아, 이 나라를 보소서. 동포여' 하고 읊조리는데 그게 예전에 기념식을 많이 할 때 불렀던 노래가 아닙니까? 그러니 3.1절 노래도 운동장에서 아이들과 같이 부르면서 배운 것이지요. 한데 얼마 전에 학교에서 책정리를 하다가 문득 그 책을 펼쳤어요. 국민교육헌장이 있고 그 다음 장에 3.1절 노래가 있었는데 가사가 말이지요, '선열하' 하고 적혔더란 말입니다. 저는 깜짝 놀랐어요. 지금은 안 써도 문법상 원문은 '하' 극존칭호격이라는 것을 알았어야 했지요. 그것도 모른 채 삼십 수년을 '선열아' 하고 동네 아이 이름 부르듯이 했으니 이거 남부끄러워서 말입니다.

마지막으로 한 가지만 더 이야기하겠습니다. 지난 기말 고사 때 가로방, 줄판이라고 하지요, 그거 쓸 때를 생각하면서 컴퓨터로 마지막 출제를 했어요. 제가 출제할 군번이 아닌데 빌려서 냈지요. 양해를 구한 것입니다. 그런데 이원목적분류표 OMR 카드를 작성하는 데 놀라지 마세요. 무려 여덟 장을 찢었어요. 그러고 나서 겨우 아홉 장째 성공했습니다. 아, 나도 이제 집중력이 이처럼 떨어지는구나 싶었습니다.

동료 여러분. 고맙습니다. 이렇게 부족한 사람을 선배로서 동료로서 대해 주시고 사랑해 주셔서 무어라고 감사를 드려야 할지 모르겠습니다. 지나고 보니 저의 교직 생활 35년은 부끄러움 일색이었어요. 처음에 말한 집중력이 끝내 주었던 그 시절의 기억도 지금 생각하면 모두 부끄러운 치기였어요. 수많은 시간 수업을 했는데 누가 저에게 몇 시간이나 제대로 된, 만족한 수업을 했느냐고 묻는다면 저는 쉽게 대답하지 못할 것입니다. 그러나 다시금 같은 질문을 받는다면 다섯 시간 정도라고 근거는 없지만 추정해서 말할 수 있을지 모르겠습니다.

소방훈련을 하는데, 부족한 비유같습니다만 이웃집에서는 같은 크기의 자루에다 옹골차게 쓸모 있는 물건들을 담아 나왔고 저는 무능해서 빈 자루를 들고 나온 기분입니다. 나름대로는 주어진 시간 동안 이리저리 많이 뛰었을 것입니다.

부끄러워서 말입니다. 제 자루는 제발 열어보지 마세요 하고 빌고 싶은 심정입니다. 이 자리까지 이른 현재의 기분은 그렇습니다.

여기 또 한 사람, 부끄러운 자루를 들고 나갑니다. 이제부터 저는 좀 긴 방학을 맞았다고 생각합니다. 모아주신 사랑, 소중히 간직하고 오래 기억하겠습니다. 저도 선생님 여러분을 사랑합니다. 모두 건강하시고 여러분과 가정에 큰 발전이 있기를 빕니다. 그리고 제 가슴에는 선생님 만세라는 큰 외침도 들어 있다는 것을 고백합니다.

감사합니다.

누가 우나? 고개를 잔뜩 숙이고 치맛자락을 움켜쥐는 사람은 모두 우는 여 선생이 아닌가? 한두 사람이 아니네.

숙연한 분위기를 떠받치는 박수는 창문을 흔들고 마음을 흔들고 있었다.

— 이상 두 분 선생님의 퇴임사를 마치고 다음에는….

그때부터 그에게는 식순이 귀에 들어오지 않았다. 언거번거한 소리만 하고 다니던 철이 형이 부활한 모습으로 탈바꿈해 버렸으니 그가 설 자리는 아무 곳에도 없을 것 같았다.

— 라디오 성우나 변사의 끼가 보여요. 교회에 다닌다더니 목사님 설교에 감명을 받았는지 아주 조리가 있고 기승전결이 확실하네요.

……

꽃다발이 한 개씩 두 사람의 가슴에 차례로 안겨지고 있다. 저때는 무슨 생각이 들까? 그는 또 다음 번을 생각하고 있다.

— 가시죠. 식당에 오찬이 차려져 있대요.

……

그는 아주 황 영감의 퇴임사에 녹초가 된 느낌이다. 삶은 달랐어도 역정은 비슷했고 또 교과목이 같이 국어였다는 점에서 쌍둥이 형제 중 하나가 먼저 장가를 가 버리는 경우처럼 한쪽이 완전히 비어버리는 공황상태를 맛보게 된다.

— ROTC가 맞네. 월남 참전용사네.

그런데도 사람들은 황 영감을 보충역이니 뭐니 하고 이력을 믿지 않으려고 했다. 이유는 월남전을 빙자해서 헤프게 촌극을 벌였기 때문이다. 이봐, 통째 쇠붙이라구.

— 선생님 만세는 또 뭐야!

— 네?

— 아니요.

그는 비로소 생기를 냈다.

— 어서 가. 다 먹겠네.

주춤대는 함동우를 그가 떠민다. 푸드득하고 앞 사람의 발걸음이 계단에 걸려 헝클어진다. 엉덩이가 내려쳐진 모양이 이 부장 같다.

## 5.

빠르릉 하는 소리에 잠을 깬다,

— 여보세요?

물먹은 휴지처럼 목소리가 늘어진다.

— 접니다. 뭐 하세요?

이 부장이다.

— 아! 잠깐 자느라고.

— 그럼 잠을 깨웠군요.

— 아닙니다. 막 일어날 참이었어요.

이 부장은 어제 3차에서 들고 다니던 외투를 잊어버렸다고 했다.

이 부장과 술을 먹었던 어느 때, 그는 감쪽같이 펴들고 다니던 우산을 버스에서 깔고 앉았다. 그것이 진면목이라고 그는 지금까지 형벌처럼 놀림을 받는 중이다. 가방을 놓고 지하도에 퍼질러 앉았던 것은 최신작이고.

— 그러면 이건 무단투기로 도로 교통법에 걸리나?

— 내가 그럴 줄 알았어요. 그런데 어쩌나. 함동우가 전화가 왔어요. 챙겨 놓았다구요.

— 뭐라고?

— 실망 좀 하세요.

이 부장이 복장 터지게 웃는다. 같이 있는 자리라면 혀라도 발씸 내밀었을 것 같다.

— 집사람이 도토리묵을 채로 썰어서 먹어 보래요. 제가 지금 그것

먹고 있을 땝니까? 우리 집 앞에 섬진강 재첩국집이 생겼어요. 한 그릇 어리어리하게 먹고 왔더니 형님 생각이 나네요.

그도 군침을 푸짐하게 삼킨다. 여러 가지 요법이 있겠으나 어느 해 부산에서 먹었던 섬진강에서 잡은 뽀얀 재첩국은 술에는 왔다였다.

— 잘 했어. 나는 꿈을 꾸다가 막 깼는데 이상해.

그는 꿈 이야기를 한다. 아주 눈에 선하다.

한 교실에서 문제집을 풀고 있었다. 당연히 객관식이었다.

[다음 중에서 체중에 걸맞게 가장 부하능력이 높은 것을 고르시오.]

1. 거북이 2. 거히 3. 말 4. 화물차 5. 염소

'정답은?'

아이들이 2라고 소리친다.

'아니야. 4야. 화물차지. 짐자동차라고 북한에서는 그렇게 불러.'

아니라고 아이들이 아우성이다. 그는 그 괴이쩍은 반란에 진땀이 났다. 어째서 2란 말인가? 당연히 4가 아닌가. 그는 다시 화물차의 적재능력을 설명했다.

'아닙니다. 2에요, 선생님. 다른 반에서는 2라고 정답이 나왔대요.'

그때 비로소 그는 2가 정답이라는 것을 깨달았다.

'그래. 옳다. 2야. 내가 잠깐 딴 생각을 했다.'

틀림없이 정답은 2였다. 그는 쓰고 있던 접시모자의 챙을 내렸다. 교실 창문으로 날아오는 햇살이 눈에 부셨다. 정답을 다툰 때문인지 등골에서는 땀까지 축축했다.

— 시험 스트레스가 있나 보지?

— 그랬나?

— 천동들하고 만날 지지고 볶다 보니까 말이지.

그의 낮 꿈이 시험 때문이라는 진단이었다.

— 은근히 그런지 모르겠네.

뭐할 거요? 하고 이 부장은 오늘 계획과 남은 방학을 아울러서 질문한다.

— 입 벌리고 자야지.

— 원격조정기를 장악해 봐요. 나도 요령을 배웠어요.

이 부장과 전화를 끝낸 뒤 그는 점점 또렷해지는 낱말을 이희승 국어대사전에서 찾는다.

거히, 거시, 거위, 거이.

이상한 노릇이었다. 꿈에서는 납득이 되던 '거히'가 실제로는 사전에도 없는 말인 것이다. 북한말로는 무엇이다 하고 화물차를 설명까지 했는데도. 물론 다른 말들은 있는 그대로였다.

시험 스트레스라고? 이게!

## 6.

그의 계산법으로는 방학이 6백 리에서 1백 리가 안 남았다. 한강도 쓰면 준다고 행사가 몇 번 섞이면서 중간이 성큼 토막 난 느낌이다.

— 학교에 나오세요?

강덕만이 그와 눈이 마주친다.

— 또 당직이세요?

— 네.

하면서 강덕만은 보던 TV에서 아쉽게 눈을 땐다.

— 제가 찾아 가겠습니다.

강덕만보다 먼저 그가 열쇠함에서 눈에 익은 열쇠고리를 벗긴다.

— 좋은 장면이 많나 보지요?

텔레비전 신봉자란 말이 나올 만큼 강덕만은 TV를 껴안고 있다.

— 보니까 아는 사람도 나오네요.

— 누가요?

그는 문을 열고 나오다가 강덕만이 보는 TV 화면을 돌아본다.

— 아침에 보니까, 안 선생님 아세요? 소재과에.

— 안 누구요?

— 키가 작달막한 안 과장님 있잖아요. 안태문.

— 알아요. 왜요?

지금 화면에는 여 기자가 성급하게 산촌에서 봄나물 취재를 하고 있다. 춘산리라는데 그에게는 낯설다.

— 이민 가셨잖아요. 홍콩으로요.

— 그래요?

이민 간 사람은 또 있다. 신이 방학하자마자 캐나다로 갔다. 무개차도 짐 싸서.

— KBS에 나왔는데 공항에서 대담을 하대요.

— KBS에서요?

— 카메라가 그냥 잡은 모양이에요. 해외 이민자가 급증한다는 뉴스를 내보내더니 공항 사진이 나왔어요.

홍콩에 아들이 있고 2월까지 월급과 연금을 계산해서 갔다, 어렵다는 사표를 미련 없이 내고서 떠난 것이다.

— 그랬구나.

— 몰랐어요?

— 몰랐지요.

과가 다르니까 거기와 자기는 먼 나라라고 말한다.

— 아들이 쭝완中環에서 무역업을 하는데 10년이 넘었나 봐요.

자그마한 사람이 찾아와서 아무갭니다, 뵙게 되어 기쁩니다 하던 때가 어언 3년이다. 그러고 나서 그는 식지도 않은 밥상을 여태 가슴에 꾸리고 있다. 그러면서도 밥상보를 벗기지 못한 것이다. 오며가며 식당이나 교정에서 몇 번인가 만났는데도. 유독 그 사람이 고맙다는 것은 돈 안 드는 인사라고는 하지만 찾아와서 일부러 반겨주었기 때문이다. 거기까지는 앞서 있었던 학교의 심 선생이 안내를 했기 때문이기는 했지만.

— 아, 그렇구나.

TV 속에는 세상이 있고 이웃도 있고 본인도 있다는 말이 실감난다. 그보다는 원격조정기를 친구 삼는다는 요령 터득이 중요할 것 같다. 이 부장처럼.

— 가끔씩 학교에 나오시네요?

— 네.

그는 집에 있는 인쇄기가 고장 났다는 말을 생략한다. 시시콜콜이 오히려 이상하게 생각될 수 있는 것이다.

— …….

다시 TV속으로 강덕만이 푹 빠져 있다. 원격조정기를 육혈포처럼 꽉 움켜잡고서.

KBS 푸앙, MBC 푸앙, EBS SBS 푸앙 푸앙.

## 7.

정적을 흰옷처럼 둘러쓰고 쓰삭쓰삭 인쇄를 한다. 예나 다름없이 올곧은 춘향이는 혀를 낼름낼름 잘 내민다.

저 분자들이 여행을 떠났다고 누가 쓸데없는 말을 퍼뜨려서 풍문이 그의 귀에까지 전해졌는지 모르겠다.

쓰삭쓰삭.

춘향이가 진실로 예쁜 것은 몸가짐이 바르기 까닭이다. 한데 그 갸륵한 태도를 칭찬하는 마음을 멱살잡이로 내팽개치는 소란이 있다. 전화기다. 깩깩 우는 한밤중의 고양이 소리요 구슬 같아도 어미의 단잠을 깨우는 아가의 울음이요 어느 깊은 계곡에서 듣는 까마귀 울음소리다. 깨르륵 깨르륵하는 전화기 소리는.

누구야! 누가 텅 빈 학교에 그가 여기 있는 줄을 알고 난리굿을 벌이는가. 숲속의 싱싱한 요정이라도 된다는 말인가? 신이 내린 소리인가? 빤히 보고서 재롱을 떠니까 말이다.

— 여보세요?

무척이나 그의 목소리는 퉁명스럽다. 채전 밭에 울타리로 박는 나무말뚝이다. 숨이 폭삭 가라앉는 듯한 느낌이 이쪽엔지 저쪽엔지 송수화기 안에서 감지된다.

— 선생님. 수위실입니다.

얼마 전 TV에서 횡재수라도 발견한 양 기가 넘치던 강덕만이다. 강덕만이라면 그가 지금 어디에서 무슨 짓을 하는지 환하다. 그야말로 밉살스런 존재이다. 이등박문의 첩자 같은 기질이 있는 인물이다.

— 아, 네. 왜요?

숨이 가빠서 그는 어릴 때 할머님이 곧잘 외우시던 조자룡의 미창산성 매복 장면이라도 한달음에 토해 놓은 심정이다.

— 제가 지금 TV를 보니까요.

푸앙 푸앙 하고 대고 쏘았던가 보았다.

— 네.

강덕만도 시방 숨이 차서 그가 외운 조자룡이 조조를 대패시키던 대목을 되받아 똑같은 속도로 부르르 숨도 없이 읽어버린 뒤 같다.

— 우리 학교에 김차희라는 선생님이 있어요?

— 있지. 왜?

이번에는 애창곡을 펴서 몇 곡을 한꺼번에 노래한 심정이다. 갈 수 없는 먼 곳이기에….

— 여기 KBS에 말이지요.

푸앙 푸앙 하고 연속해서 총구를 휘둘렀나 보다. 남의 여자도 꿰고. 아까는 국외로 탈출하는 사람까지 쏴버리더니.

— 네.

숨을 끊고 그는 입안에 마른침을 비질한다. 입천장까지 까슬리는 소리가 까슬까슬한다.

— 실종이라고 나오거든요?

뭐시라! 뭐시라고? 너 지금 무슨 귀신 씨나락 까먹는 소리를 했어? 실종이 어딨어, 실종이. 실종은 신문에나 나는 거지 아무데나 나나? 더구나 네 코앞에. 그러면 당신 육혈포가 장남감도 서바이벌용도 아닌 한국군의 제식 권총이라도 되나? 실종이라고? 누가? 지금 무슨 말을 했어? 응!

— 누가 말이요? 연속극이에요?

— 아니요. 연속극이 아니라 여기 뉴스에요.

드디어 KBS가 K5 패스트 액션에 적중된 것이다. 푸앙! 명중이요 백발백중인 것이다. 그 사람 참, 기차네. 정조준했네.

— KBS에 그럼 김차희가 나왔어요? TV에요?

그는 조금은 여유를 가지고 마음을 진정해서 말한다.

— TV에서 성파도에 유람선이 떴는데 없어졌대요. 실종이래요.

타당타당타당타당. 그냥 난사다. 빗발치듯 총구가 휘둘러져 불꽃이 날았나 보다.

— 여보시요! 유람선이 뜨지 나나? 무슨 말이에요? 유람선이 없어져요?

다시 그는 실타래를 곱게 풀지 않고 마구 흩뜨린다. 말인지 콩인지 그도 감당이 안 된다. 숫제 어지럽기까지 하다.

— 여기요. 속보가 났거든요! 뉴스 속보예요. 와 보세요. 참, 거기는 TV가 없어요?

이 사람이 참말로 신물나게 원격조정기를 쥐어 잡았네. 물 나겠다. 물 나겠어.

— 여기 TV는 못 쓰잖아요. 그리고 방학이라 휴게실은 잠겼구요.

— 여기 KBS에 자막이 또 나오네요. 오늘 사고가 났다구요. 청광공고 교사 여 33세 김차희하고요.

— 죽었어요?

— 제가 지금 본 것은 배가 어쨌다나 해서 실종인지 실족인지 나온 거예요.

— 실족!… 실종요?

뉴스라는 것은 사고 현장에도 있고 연극무대에도 있다. 그러나 뉴스는 사고 현장에 있을 때 더욱 사명감이 빛난다.

— 제가 지금 어째야 하는지 몰라서 선생님께 전화하는 거예요.

— 틀림없습니까? 우리 학교 선생이.

— 네. 방금도 줄 서서 김차희 서울청광공고 교사 여… 하고 지나갔어요. 어떻게 해요? 여기 보세요. 고물에 있던 승객 한 사람이 갑자기 사라졌대요. 승선자 명단에서 김차희 선생을 찾았대요.

— 익사요?

— 익산지 뭔지 실종이라고 나와요. 수색작업도 바람이 자야 되나

봐요. 파도가 세서요.

또 어떻게 해요? 한다.

— 글쎄요.

그도 묘안이 없다. 전혀 머리가 안 트이는 것이다.

— 어떻게 해요? 여기 비상연락망을 찾다가 선생님한테 먼저 알리는 거예요.

— 그래요. 비상연락망을 찾으세요.

— 그런데 말입니다.

뭐 마려운 사람처럼 강덕만이 더듬거린다.

— 왜요? 어서 말하세요.

춘향이 혓바닥은 다 밀리고 없다. 얌전히 춘향이는 제 집으로 돌아갔다. 아니다. 제 입안으로 남은 혓바닥을 도련님이 신호할 때까지 정갈하게 감추고 있는 것이다.

— 어서 말하세요. 무슨 말이에요?

— 아, 여기 있네요. 교장님은 유럽에, 그리고 교감님하고 연구부장님도 지금은 자매 학교에 가셨네요. 중국에요.

— 저런!

그는 자신도 모르게 송수화기를 내려놓고 말았다. 사람이 실종됐다는데 보고 받을 사람이 없다는 것이다. 단 1분만에 그는 교무실을 뛰어나온다. 소등까지 완벽하게 확인하고 오히려 더 침착하게 자물쇠까지 채운다.

이 부장이 생각난다. 이 부장은 그의 부서 책임자이다. 비상연락망에도 그렇게 나와 있다. 또 한 사람, 현다영이 생각난다. 정보의 시발점은 현다영이었다. 남달리 성파도까지 가서 한 점, 점으로 지내다가 한 가지 아쉬움을 남긴 채 본토로 귀환했다.

귀환할 때 입출 교대한 사람이 김차희였다. 볼거리 먹을거리가 많은 성파도에는 여정이 힘들지만 보기 드문 천혜 요새와 비경이 감추어졌다고 했다. 거기에다 유람선을 띄워 큰곰자리 7개 섬을 탐사하는 특별한 행사까지 배치했으니 사람들이 꼬여든다는 것이다. 잘하면 창해수를 퍼 담는 북두성 바가지가 성파도 칠섬과 한 줄에 놓이는 특이한 장관도 목격할 수가 있다니! 하늘에서 바다에서.

그러나 현다영에게는 연락을 한들 대책이 없다. 일단은 원격조정기를 쥐고 같은 뉴스를 보고 있을지 모를 이 부장에게 먼저 연락을 하라고 해야겠다.

이 부장인들 대안을 가진 위치는 아니다. 일단은 교무가 옳을 것 같다. 이 부장보다 윗자리니까 교무에게 하도록 하고 다음 조치는 다음에 지시받아서 하도록 해야겠다.

출입자; 박본석

출입시간; 아무 날 아무 시부터 아무 시까지

조치사항: 아래와 같음

당직자; 강덕만

당직 일지에는 분명 그렇게 기록될 것이다.

수위실에는 꺼진 TV앞에 강덕만이 원격 조정기만 들고 훌쭉하게 서 있다. 발을 혼자서 굴렀던가 보았다. 세상에, 세상에 하면서, 왜 하필 오늘 당직이 걸려서 하고 일진을 꾸짖으면서.

— 전화했습니까?

— 아닙니다.

— TV에 나왔다니까 교무에게 먼저 전화하세요. 집에 있든 외출했든 바로 오실 것입니다. 그러고 나서 지시를 받으세요.

— 네.

— 당황하지 말구요. 개학이 며칠 안 남았는데 가더라도 멀리 가지 않았을 겁니다.

경험상 이럴 때, 지금처럼 장감이 모두 외유 중일 때는 행정실장과 교무부장은 학교國內에 남아 있는 것이 이치라고 말한다. 그리고 개학 준비로 내일부터라도 학교에 나올지 모른다고 말한다.

— 네.

— 저도 집에서 알아보겠습니다.

— 안녕히 가세요.

— 실장님한테도 지금 하세요. 너무 걱정마시구요. 잘 될 것입니다. 다 있잖습니까.

그리고 여기도 알려야 할 것이라며 엄지와 검지를 차례로 세워 보인다.

— 네.

골목 끝에는 하루 해가 지고 있고 에넘느레한 골목을 휩쓰는 바람이 빈 봉지를 물고 하늘로 떠오른다.

지나면서 보니 발 빠른 바람이 다녀간 흔적을 남기고 있다. 철조망에는 드문드문 검정비닐 봉지가 조기처럼 걸려 있는 것이다.

싸한 바람이 그의 가슴을 뻥 뚫고 지나간다.

# 에필로그

3월이 어떻게 다시 왔는가 하면 그의 생각에는 누군가에게 등 떠밀려 왔을 것이라 싶다. 계곡물을 녹이고 나뭇가지를 간질이고 치맛단이 짧아져서도 왔겠지만 거대한 손아귀가 연일 힘껏 어딘가에서 죽을힘 써 떠밀었을 것이란 생각이 든다. 그로서도 6백 리를 5백 리 1백 리로 좁히는데 눈싸움 많이 했다. 달력을 쳐다보고 연방 이수를 좁혔으니까.

화왕은 이 교정에서는 목련이다. 꽃도 눈부시지만 가장 먼저 핀다. 왕께서 일차 행차한 뒤에 개나리며 진달래가 줄지어 핀다. 졸개답다.

창가의 영산홍도 그 무리 중 하나이다. 영산홍은 아직 입이 뾰루퉁하다. 학꽁치처럼 제법 뾰족해지려면 앞으로 더 다듬어야 한다. 개나리가 만개하고 음지에서 스산한 바람과 맞서 시난고난하는 목공실 뒤의 자목련이 마지막 주먹을 불끈 터뜨릴 때쯤 양 볼이 통통해져 사탕 삼킨 모양새가 된다. 그럴 즈음 어느 하루 봄빛이 눈부시게 바스라지면 총소리가 여기저기서 정신없이 빠방빠방 하고 들리는 것이다. 그로부터 달장간이 양지다방의 꽃잔치다. 그때는 화왕도 가시고 군소 잡화가 자태 자랑에 계절이 혼을 빼지만 그래도 영산홍은 군무를 이루기 때문에 장원일 수밖에 없다.

농구장은 여남 명의 아이들로 뜨겁다. 어떻게 보면 열 놈이 한 놈 같고 한 놈이 열 놈으로 핵분열 하는 것 같다. 그 중에 핵매核媒가 동그란 지구의 같은 농구공이다. 지구를 다투는 것이 열 개 군주들의 몸싸움이다.

어! 슛.

공은 머리핀처럼 꼬부라져 림 속으로 빨려든다. 신기다. 지구를 들었다 놓았다 하는 것이다. 공은 강시처럼 통 통 튄다. 허리 옆에서 엉덩이 뒤에서 또 다리 아래로 들었다 났다 한다. 한 놈이 손 싸게 공을 가로챈다.

훅슛!

골인이다. 허재다. 공은 외곽으로 길게 빠진다. 로켓처럼 옆으로 쭉 패스된 것이다. 멀리 서 있던 놈이 여유 있게 공을 친다. 두 번 세 번 공을 튀긴다. 이윽고 양손에 두 면의 공을 떠받치고 다리를 모은다.

슛!

멀다. 먼 거리다. 공은 날개를 달고 난다. 하늘이 열린다. 공은 열린 하늘에서 자유하다. 공의 자유는 아름답다. 또 순수하다. 어쩜 그것은 차병의 자유가 아닐지도 모르겠다.

— 여기 전화 왔습니다.

그래서 그에게는 세상도 열린다. 공은 긴 포물선 위에서 돌고래처럼 림을 향해 천천히 몸을 사린다. 그도 일순 전화기 앞으로 가기 위해서 몸을 사린다.

— 누구야? 서정국이야?

그가 전화를 받고 나자 이 부장이 고개를 돌린다. 황 영감이라고 말한다. 황 영감? 하고 이 부장이 자못 놀란다. 깜빡 상대의 입장을 잊었던 것이 뒤통수를 친 것 같다.

— 이제부터는 안 나오지? 편한 백성 됐네.

— 언제 가는지 묻데요, 대전에.

— 대전에? 다음 달은 돼야 안 되겠어? 이달은 바쁠 테니까.

— 연락해 달래요. 혹시 모르니까 며칠 일찍 알면 좋겠다구요.

— 서 선생 학교에 안 가볼 건가? 그때 만나 의논하면 되지.

— 그래도 되고.

죽음은 복불복이야. 영감이 말했다.

언제 가봐야지? 대전이라며? 납골당이랬지? 날 잡으면 알려줘. 미리 알려주면 좋겠어. 혹 모르니까 말이야.

언젠가는 죽음이 운명이라더니 명짜名字가 바뀌었다. 죄값인 죽음도 있고 이름 지을 수 없는 죽음도 있다. 죽음의 코드는 다양하다. 그 다양한 죽음에 일일이 이름을 붙일 까닭이 있을까 싶다. 죽음은 죽음 자체로서 엄숙하고 외경스러운 것이다. 또 그들은 그 죽음에 대해 아는 것이란 아무것도 없다. 안다면 신만이 그렇다고 할 수 있을 것이다. 안 그럴까? 아마 그럴 것이다. 틀림없이.

— 서 선생한테도 날 잡아서 가봐야지.

— 전화가 왔어요?

— 떡 해서 오래.

— 그래요?

— 무슨 얘긴지 할 말이 있나 보던데.

— 나한테요?

— 찾더라고. 수업이냐? 화장실 갔느냐? 하고 말이지.

— 오전에는 수업이 없었는데요.

— 오거든 형님, XX를 조심하세요 하고 전해달래. XX가 뭐야? 그러면 안다던데.

— 그래요?

— 왜?

— 그런 게 있어요. 핫!

— 비밀결사라도 했나?

— 그런 게 아니라 농담한다고 그래요. 가면 저는 나한테 죽었어.

— 그래? 무슨 일이 있었구먼.

그는 툭 털고 전화기 옆을 벗어난다. 대단히 끈질긴 친구이다. 해를 넘겨서까지 그 일을 곱씹다니. 나쁜 놈! 그러면서도 그는 속으로 한참 더 웃는다. XX를 조심하라니. 무슨 은밀한 논의에 꼬리라도 밟혔단 말인가? 아니면 즐겁자고 하는 소린가? 결국엔 지난번의 남은 얘기가 그것임을 알 수가 있다.

또 슛!

공은 사육된 돌고래처럼 묘기가 능숙하다. 그 묘기에 아이들이 팔팔 끓는 것이다.

뽀얀 비행운이 오늘도 하늘가로 고대 사라지고 있다. 거기에도 분명 사람이 탔을 것이다. (끝)

# 오랜 인연의 반가운 전화를 받고

이 유 식
평론가 · 한국문학비평가협회 상임고문

얼마 전에 김수영 소설가로부터 참으로 오랜만에 전화가 걸려 왔다. 간혹 다른 작가들이 열심히 책을 내는 것을 볼 때면 문득문득 그의 생각이 떠오르곤 했던 처지라 지난 날의 인연이 있기에 반갑지 않을 수 없었다.

그동안 하도 격조했기에 대충 먼저 그런 사정의 인사말을 서로 나누고 나니, 이번에 장편소설을 한 권 출간하게 되었다며 가능하면 간단한 나의 발문이라도 받았으면 한다는 부탁이다.

즉석에서 쾌히 승낙하고 발문을 쓰려면 우선 편집용 초고라도 한 번 봐야 하지 않겠느냐 하고 전화를 끊었다.

전화기를 놓고 잠시 지난 날 그와 나 사이에 있었던 인연을 한 번 생각해 보았다.

내가 그를 처음 만난 것은 1992년으로 기억된다.

그 당시 그는 고등학교 국어과 교사로서 바로 그 전 해에 『자유문학』 창간호에 단편소설 〈胸像〉으로 등단한 신인이었고, 나는 대학에 있으면서 한국문협 평론분과 회장과 또 모 월간 문학지의 주간직을 잠시 맡고 있을 때였다.

그가 편집장과 잘 아는 사이라 수시로 방문한 것이 계기가 되어 알게 되었다. 우리는 여러 번 맥주잔을 앞에 놓고 많은 문학 이야기를 나누기도 했다.

1970년도에 내가 『현대문학』지에 연재했던 '한국소설론'을 이야기하며 본인에게 큰 도움이 되었다 하기도 했고, 또 때론 작가로서의 큰 포부도 털어놓곤 했다. 나는 덕담 겸 농담으로 앞으로 '시인 김수영'에 버금가는 '작가 김수영'이 태어나길 바란다는 말을 해준 기억이 새롭다.

이 인연의 고리로 그 다음, 두 번째의 인연도 맺어졌다.

나는 주간직을 몇 개월 맡아오다가 그만두고 내 일에만 전념하고 있던 그 이듬 해에 전화가 왔다.

어느 발행인과 인연이 닿아 격월간으로 『삶터문학』이란 문학지를 창간하기로 합의를 봤다며 가능하면 주간직을 맡아주었으면 하는 청이었다.

순간 망설였다. 비록 잠시이긴 하지만 문학지 주간직을 이미 맡아도 보았고, 또 원래 주간직이란 모든 책임을 맡고 있는 자리라 번거롭기도 해서 그 호의의 청을 막상 고사할 수 없어 큰 부담없는 자문위원으로는 참여할 수 있겠다고 말해 주었다.

며칠 뒤 발행인과 상의되었다며 주간직은 그냥 비워 두고 장르별로 자문위원을 구성하여 대표 자문위원을 맡으면 어떻겠느냐는 제안이 왔기에 즉석에서 좋다고 했다.

며칠 후 우리는 잡지사 사무실에 모여 장르별 자문위원을 구성해 보았고, 또 그가 편집장 일을 맡기로 했다.

대개의 일상이 그렇지만 출발 당시는 일급의 문학지를 만들겠다는 생각으로 의욕이 대단했다. 고료도 지불했으며 제법 뜻있는 기획이나 기획좌담도 여러 번 해 보았다. 약 7~8개월간 우리는 의기투합하여 사무실에서 자주 만나기도 했고, 서로의 집에도 스스럼없이 내왕도 했다.

그러나 창간을 도와준다는 뜻에서 참여했기에 4호까지를 내보내고 보니 기틀이 잡혀가고 있다 싶어 모든 것을 편집장인 그에게 일임하고 나는 물러났다.

그 후 한두 번 더 만나고 그와 나 사이에는 그만 연락이 두절된 채 무심히 오랜 세월이 훌쩍 지나가 버리고 말았다.

데뷔 당시와 그 이후 어느 기간, 그의 문학적 열정은 대단했다. 데뷔하던 해에 수필집 《뜻대로 되지 않아 행복했던 일》을 출간한 바 있고, 또 6년 뒤에는 첫 장편소설 《광릉에는 어떤 엽록소가 꿈꾸나》도 출간했으며, 또 장르를 확대해 시집을 세 권이나 냈다는 소식을 풍문으로 듣기도 했다.

이런 풍문을 들으며 나는 이 작가가 처음부터 소설 장르에만 매달린다면 대성할 수도 있겠구나 하고 생각도 해 보았기에 일말의 안타까운 마음도 들었다.

그런데 이번에 장편소설 《스쿨 존에서》을 펴내게 되었다는 전화를 받았으니 어찌 기쁘지 않을 수 있었겠는가.

보내 온 원고를 받아서 읽어 보았다. 한 마디로 교단 체험이나 경험을 소재로 한 작품이다.

이 작가는 지방과 서울의 여러 중고교에서 무려 35년이란 긴 세월을 국어과 교사로 봉직하다가 4, 5년 전에 정년퇴임을 했다. 그런 만큼 비례적으로 그에겐 그 어느 누구보다도 교단체험의 소재가 많다.

그런 소재들의 광맥을 찾아 소설화시켜 본 것이 바로 이번의 이 소설인 셈인데, 일종의 '교단소설' 이라 칭할 수 있다.

어떻게 보면 이 작품은 작가의 입장에서는 오랜 '침묵의 변' 일 수도 있고, 또 그런만큼 그 나름의 회심의 역작을 내보내 보겠다는 욕심도 부려본 것 같다.

제목에 나타난 '스쿨 존school zone' 이란 단어는 학생들의 등하교길의 교통안전이나 주변 교육환경 조성을 위해 학교 근방에 설정해 놓은 '안전지대' 또는 '보호구역' 이란 뜻으로 쓰이는 용어다.

그런데 이 작품을 읽어 보면 마치 현진건의 단편 〈운수좋은 날〉처럼 매우 역설적 제목임을 확인할 수 있다.

이런 역설적 제목을 통해서 작가는 교정校庭의 불안한 상태를 추적하고 있다.

우선 만나는 것이 1백일 기념 키스다. 현장에서 적발된 남녀는 그 후 학교를 그만 둔다.

어른들도 사안事案에 있어서만은 아이들 못지않다. 전학한 어느 학부형의 말대로 사표師表가 안 되는 일들이 많은 것이다. 그것은 현장에 있었던 사람만이 보고 듣고 생각한 바를 리얼하게 그려낼 수 있을 것이다.

— 그럼. 학교란 아무 일 있어도 아무 일 없는 데야.

이 메시지는 참작해 볼 만한 지적이다. 학교가 무사안일하다는 뜻인데 그것은 비단 교육현장에서만 볼 수 있는 일은 아니다. 우리 사회에 상당히 오랜 기간 누적돼온 폐단 중에 으뜸이 공직 사회의 복지부동과 무사안일일 것이다.

그런 점에서는 학교도 성역일 수 없는 것이다.

또 괴이한 사건은 지게차로 '학교를 경련' 시킨 일이다. 학교가, 학교를 누가 바깥에서부터 보호지역이라 설정하고 외부로부터의 위험을 방어하려 했던 것일까?

그야말로 자체 발광으로 스쿨 존에서는 안전치 못한 사안들이 자꾸 터지는데.

그것은 비단 어느 특정 학교의 일만 아니다. 사람이 있는 곳에 사건이 있고 철부지 아이들이 있는 곳에 왈가닥 덜커덕 하는 소리가 나는 것이다.

자녀들을 집에서 키워보면 그들 집단이 어떤 모습일지 그림이 쉽게 그려지는 것 아닐까?

이 소설에서 가장 주목해야 할 대목은 '사회가 지탄하는 불륜' 이다. 하늘벽처럼 높은 담장을 뛰어넘어서 학교라도 예외일 수 없는 이 사건은 사생활이어서 쉽게 건드릴 수도 없고 건드렸다간 '네가 선 돼지냐?' 하는 질책을 거꾸로 받을 수도 있다.

시종 남학생과 여교사의 스캔들로 이야기를 끌어가던 소설은 귀착점을 다른 데다 두고 있다.

이 점은 이 소설의 비밀스런 강점이라고도 하겠다. 작품의 결말이나 초점은 여기서 공개하지 않는다.

왜냐하면 영화관을 나오는 사람이 영화관을 들어오는 사람에게 입을 열지 않는 정도의 배려라고 할까. 그 결말과 초점은 이 작가의 스토리 라인을 좇아 은밀히 따라가 보는 것이 소설 감상의 보편적 문법일 것이다.

죽음은 복불복이야.

허투루 한 말은 아닌 것 같고 그 죽음이 이 명제에 수용되는지 어떤지는 독자가 풀어야 할 몫이라 싶다.

많은 일화들로 가득 채운 이 소설을 계기로 35년간이란 작가의 긴

교단 경험을 감안해 보면 앞으로 필시 제2, 제3의 교단 소설이 나오지 않을까 기대해 본다.

지난 날 그가 품었던 큰 작가로서의 꿈, 그리고 작가로서의 왕성한 열정을 다시 살려 앞으로 소설사에 이름이 남도록 제2의 인생을 크게 장식해 주었으면 한다.

오랜 침묵 끝에 나온 이 소설의 출간을 진심으로 축하함과 동시에 독자들로부터 많은 사랑도 받았으면 하는 마음도 간절하다.

# 선생님 찜!

김수영

선생님, 찜!

이런 말을 들어봤는지 모르겠다. 그리고 이 말의 뜻을 몰라 10여 년간이나 머릿속에 넣어놓고 꿀벌처럼 잉잉거렸다면 어떻게 생각할지 모르겠다. 지금도 나는 '찜' 이란 말을 찾아 국어사전을 들추어 보지 않고 있다. 이제는 대강 뜸들이다와 비슷한 반열에 올려놓고 뜻을 이해한다.

느낌상으로는 도장찍다, 내꺼! 라는 뜻이 아닐까 싶다.

내가 그 아이들을 만난 것은 교직생활 24년차였다. 남녀 공학이었는데 여학생을 만난 것은 그때 처음이었다. 첫 시간 수업을 들어갔더니 교실문을 여는 순간 그 충격은 실로 컸다. 50여 명의 여학생들이 교실 가득했기 때문이었다.

남학생들도 내게 충격을 안겨주기엔 여학생에 뒤지지 않았다. 수업 중에 교실을 나가서 복도를 질풍처럼 달리던 놈도 그때 만났다. 날아든 참새를 창밖으로 발견하곤 혼자 난리를 쳤던 것이다. 물론 다른 교실에서도 그 애 때문에 수업이 깨진 것은 말할 나위 없었다.

그들의 이야기가 《광릉에는 어떤 엽록소가 꿈꾸나》였다. '학생부의 아이들'을 쓴 첫 장편이었다. 그 후 12년째 다시 그 아이들을 만났다. 이번에는 어른들도 보았다. 아이들만 이야기가 아니라 어른 곧 선생도 예외가 아니었다. 어른은 어른 몫의 재지락질이 있었다. 아이들 얘기와 함께 어른들 얘기를 여기에 담았다. 실로 교사 집단도 평범하기 짝이 없고 통속적인 점에서도 사회의 바닥이었다. 그래서 실눈을 해서 따라가 본 것이다. 물론 강냉이로 팝콘을 만들었음을 이해할 것이다.

욕심껏 풍성하게 써볼 생각으로 자료들을 부지런히 모으고 메모했다. 그랬더니 분량이 상당했다. 약한 꼭지에 과부하가 걸려서 마침내 성숙한 열매맛을 못 볼 것 같았다. 그래서 가위질을 많이 했다. 책 제목이 여러 차례 바뀐 점도 그 때문이다.

한 가지 참담한 고백은 국어교사 35년에 '고운 우리말'이 없어 장편 소설 한 권 꾸리기가 힘들었다는 사실이다. 되도록 순우리말로만 쓰려 했으나 그것은 어림없는 생각이었다. 대신 한자어를 쓰더라도 외래어는 쓰지 말자고 보관을 바꾸었으나 그것조차 쉽지 않았다. 기껏 홈런을 본루타本壘打로 바꾸었더니 그 말이 일본식 한자어였던 것이다.

순우리말이 10%도 안 되는 현실에서 날이 갈수록 외래어와 외국어는 범람 일로를 치닫는 실정이다. 이 문제는 '아자! 아자!' 하고 밑도 끝도 없는 말을 노소 없이 외쳐대는 일들과 함께 심각하게 고민해야 할 시대적인 과제가 아닐까 싶다.

본문에 뜬금없는 사투리들이 섞였음도 위에서 말한 우리말에 대한 미련 때문이겠다.

사투리! 다만 꿰지 않은 보석인데 사람이 제 아니 꿰고 미룬다면 아까운 보석들만 망실될 뿐인 것이다. 누구의 말도 아닌 모두가 아는 생각들이다.

제목이 외래어가 된 것은 본문으로 설명할 수 밖에 없다. 참고로 이 작품의 처음 제목이 '그 곳엔 아무 일 없다' 였음도 밝힌다.

꼬마야! 일일이 이름을 찾지 못한 너희들의 발광이 이 소설의 건강한 씨앗이었다. 저만큼 성장해서 여전히 너희들의 빛을 뿌릴 모습이 부시고 설렌다.

문학지 속에서 날카롭게 소설 평론을 하시던 이유식 교수님을 문단 초입에서 만났다. 문예지도 만들고 뜨겁고 재미있었다. 그 정분으로 선뜻 발문을 써주신 노대가께 다시 서늘한 감사를 느낀다. 출판에 동의해 준 오랜 지기인 김사장께도 한 줄 두떱게 인사를 올리며 졸고를 쓰는 동안 잊어버린 친구와 동료들의 반가운 얼굴을 다시 볼 수 있을지 구름은 자꾸 산을 넘어도 산은 그 자리인 것을 믿고 싶다.

2009. 6

# 스쿨 존에서

•

지은이 / 김수영
발행인 / 김재엽
펴낸곳 / 한누리미디어
디자인 / 지선숙

•

121-840, 서울시 마포구 서교동 395-13 서원빌딩 2층
전화 / (02)379-4514, 379-4519
Fax / (02)379-4516
E-mail/hannury2003@hanmail.net

•

신고번호 / 제300-2006-61호
등록일 / 1993. 11. 4

•

초판발행일 / 2009년 7월 6일

•



•

값 12,000원

•



•

ISBN 978-89-7969-345-4 03810